铎声回响

北师大人文纪事

周雪梅　刘长旭　主编

光明日报出版社

图书在版编目（CIP）数据

铎声回响：北师大人文纪事 / 周雪梅，刘长旭主编

. --北京：光明日报出版社，2020.5

ISBN 978-7-5194-5627-6

Ⅰ.①铎… Ⅱ.①周…②刘… Ⅲ.①杂文集—中国—当代 Ⅳ.①I267.1

中国版本图书馆CIP数据核字（2020）第031530号

铎声回响：北师大人文纪事

DUOSHENG HUIXIANG：BEISHIDA RENWEN JISHI

主　　编：周雪梅　刘长旭

责任编辑：陆希宇　　　　责任校对：姚　红

封面设计：中联学林　　　　特约编辑：万　胜

责任印制：曹　诤

出版发行：光明日报出版社

地　　址：北京市西城区永安路106号，100050

电　　话：010-63139890（咨询），010-63131930（邮购）

传　　真：010-63131930

网　　址：http：//book.gmw.cn

E - mail：luxiyu@gmw.cn

法律顾问：北京德恒律师事务所龚柳方律师

印　　刷：三河市华东印刷有限公司

装　　订：三河市华东印刷有限公司

本书如有破损、缺页、装订错误，请与本社联系调换，电话：010-63131930

开　　本：170mm×240mm

字　　数：440千字　　　　印　　张：25

版　　次：2021年1月第1版　　　　印　　次：2021年1月第1次印刷

书　　号：ISBN 978-7-5194-5627-6

定　　价：95.00元

编 委 会

主　　编　周雪梅　刘长旭

参编人员　曾秀芳　游思源　陈思宇　吴　怡

姜皓月　石雅琪　汤　晶　徐涵韬

前　言

琅琅铎声，巍巍木影。在木铎的见证下历久弥新、熠熠生辉的，是北师大人的记忆。在北京师范大学这座百年学府成长起来的一代又一代，弦歌不辍、薪火相传，构筑起一道宽广璀璨的人文天穹。

为深植"盛德励耘，上善乐育"的精神气质，传递广大师生对母校的拳拳深情，我们特从《北京师范大学校报》选取了部分精品文章，汇编成这一本《铎声回响——北师大人文纪事》，以期能展现新世纪以来北京师范大学人文风貌的一隅。

本书分为"名师口述史""我与北师大""校史风华"和"文以载道"四章。在这些作品中，既有大师们追忆往昔、娓娓道来的人生故事，也有师生间传道授业、教学相长的流金岁月；既有学子们踔厉奋发、朝气蓬勃的生活点滴，也有老师们纵论教育教学的沉潜深思……这些由师大人连点成线、绵延谱就的岁月华章，熔铸成北师大"治学修身乐为公""育人兴邦肩任重"的精神底色。

铎本无声，金声在人；文明以止，美在其中。这些我们试图留下的生活，是时间的延续，也是精神禀赋的传承。希望我们每个人都能够继承和发扬"学为人师、行为世范"的校训精神，不辜负梦想，不放弃追逐，奋力鸣响属于自己的木铎。

目　录
CONTENTS

第一章 01

名师口述史

卢乐山先生口述史

编者按：卢乐山先生是新中国学前教育学科的奠基人，是幼儿教育的拓荒者。98岁高龄的卢乐山先生，用一生见证了百年中国幼儿教育的发展变迁。她出身教育世家，在燕京大学获学士、硕士学位，又远涉重洋，到多伦多儿童研究所进修。新中国成立后，她毅然归国，到北京师范大学任教，讲授学前教育学，并担任20多年学前教育教研组主任。改革开放之后，卢乐山先生被评定为我国学前教育专业第一批研究生导师。她所著《蒙台梭利的幼儿教育》一书，是我国第一部系统介绍蒙台梭利教育的专著。让我们在卢乐山先生的娓娓讲述中，品味先生对幼儿教育一往情深的初心。

一、家庭让我与幼儿教育结缘一生

▲ 卢乐山先生在南开大学木斋图书馆旧址前留念

我出生在一个教育家庭，因此我与幼儿教育结下不解之缘，首先是受家庭影响。我的祖父、外祖父都生于清朝末年。他们怀抱"教育救国"的理想，主张改废科举、兴办新式学堂,努力探索适合中国国情的现代教育。作为有一定经济实力的实业家,祖父和外祖父集中全部家产兴办幼儿园、小学、中学乃至大学。其中外祖父在家兴办的严氏家塾、严氏女学、严氏保姆讲习所及附设蒙养园,祖父在家兴办的卢氏幼儿园、卢氏小学(后扩展并改名为木斋学校,包括高初中),都是北方较早涉及幼儿教育的机构。我的母亲是严氏保姆讲习所的第一班毕业生,曾担任蒙养院教师,并开办过幼稚园。我的一位姑母和两位表姐,都曾学幼儿教育,并从事幼儿教育工作。在祖辈的“教育梦”和家庭浓重的教育氛围影响下,我从小就进了母亲和姑姑办的幼稚园以及小学,又在外祖父所办的南开中学读书,最后走上与母亲、姑母、表姐同样的路,成了一名终身的幼儿教育工作者。

祖父卢木斋,名靖,初字勉之,后改木斋,晚年以字行。祖父 1856 年生于湖北光化县老河口(今湖北老河口市)。当时曾祖父晴峰公在湖北沔阳仙桃镇上任私塾教师,祖父 9 岁时随曾祖父在私塾中读书,三年后回家自学。祖父自幼好学,家中住房狭窄,祖父便到附近的家庙中去读书;家贫无力购书,祖父便每天到书店去看书,并帮老板整理书籍。书店老板见他勤快又好学,有时就允许他晚上将书借回家去,于是祖父连夜抄写,次晨赶早送回。饱尝贫寒学子读书之苦,祖父少年时便暗下决心要多刻书籍,广为散布,为无钱买书的学子服务,这也是祖父后来热衷于办图书馆的原因。

祖父学习的范围很广,经、史、子、集、天文、地理、中医等无所不包,尤其喜欢研究数学和力学,既有旧知识,也接受了新思想。中法战争期间,鉴于法军枪炮精准,我方吃亏很大,祖父撰写了《火器真诀释例》一书,引起当时湖北巡抚彭祖贤的重视并代为刊行。1885 年,时年 29 岁的祖父中举。由于祖父在数学和军事上的造诣,次年,他以“朴学异才”的名义被保奏,得以知县交直隶总督李鸿章任用。1886 年,经过考试,祖父调任天津的北洋武备学堂,任数学总教习。当时的武备学堂人才济济,教师中有著名的数学家华衡芳等人,而后来的北洋将领王士珍、段祺瑞等,许多是祖父那时的学生。

1906 年开始,祖父相继出任直隶和奉天提学使。作为直隶首任提学使,祖父做出了很大成绩。在祖父任期内,直隶新式教育发展迅速,共设立农、工、矿、商、法政等各类专科学校几十所,办起官立中小学数百所,民立和私立学校也成绩斐然。祖父在天津、保定、奉天等地设立了图书馆,并计划在直隶各府县均设立图书馆,他认为图书馆是“启民智,育人才”的好方法,1907 年祖父倡议设立的直隶图书馆,即为现在天津市图书馆的前身。祖父还通过私家刊刻和官办书局,广刻图书,大兴社会教育,希望百姓都有机会读书。为了振兴女学,祖父还支持傅增湘等创立了北洋女师范学堂、北洋女医学堂，等等，为天津女学的振兴做了一定的贡献。

1909 年，祖父开始在河北区元纬路自家住宅里办学，从办卢氏蒙养园开始。民国成立后，祖父弃官在天津定居，筹划设立系列学校。1916 年，祖父在元纬路卢宅设立小学，取名“卢氏小学”。1922 年，我们全家迁至意租界小马路，元纬路的住宅全部归卢氏小学使用，该处小学解放后改名“元纬路小学”。次年，姑母卢定生从哥伦比亚大学学习幼教回国，全力帮助祖父经营学校。当时，元纬路的卢氏小学，从幼儿园到小学一共 12 个班，后来又在意租界小马路住宅内办幼儿园及小学，共 8 个班，学校规模日益扩大，声誉日隆。

1932 年，木斋学校开始在元纬路试办中学部，由初中一年级开始，逐年增加班级。同年，学校更名为“木斋学校”。1934 年，我们全家迁居到北平旧刑部街，天津元纬路和小马路两处住所均归木斋学校使用。七七事变后，元纬路的幼儿园和小学被迫中断，中学部暂借英租界内的浙江小学部分校舍上课。两年后，原来元纬路的学校迁至意租界小马路，元纬路只办幼稚园和小学。日占时期，许多家长不愿子女入官方学校受奴化教育，私立木斋学校备受欢迎，又增设了高中，学生多至 1200 人。意租界小马路的校舍不够用，1941 年祖父又增建了一栋教学楼，包括 16 间教室和一个小礼堂。没多久，教室还不够，礼堂又隔断辟为教室。木斋学校 1952 年被天津市教委接管，改名为天津二十四中，现为河北区一所重点中学。

祖父为了帮助贫寒学子上学，在木斋学校内设立助学金和奖学金，帮助了不少贫困学生。祖父很关心学校的精神面貌，他亲自为木斋学校拟定校训为“诚朴勤勇”。祖父晚年还给木斋学校写了“树基惟坚，诲人不倦，学子万千，白圭无玷，禹寸陶分，青镫黄卷，棫朴菁莪，耄龄闵愿”的手书条幅。祖父的校训和条幅，至今仍悬挂在天津二十四中的教学楼内。

祖父热衷于办学校，对开办图书馆也很有感情。南开大学成立后，祖父出资建“木斋图书馆”，把藏书楼里的书大部分都捐给了南开大学。图书馆建设由祖父的外甥黄钰生亲自监工，祖父不顾年事已高，也常去工地看看。木斋图书馆 1928 年落成，堪称当时南开大学最漂亮的建筑。不幸才使用了不到十年，七七事变后不久，连同南开大学秀山堂等其他建筑全给日本兵炸了，很可惜。

1934 年祖父举家迁往北平之后，在旧刑部街买了个大点的房子。这条街现在已经没了，通了以后成了长安大街的一部分，大概的位置就在现在的民族文化宫那里。旧刑部街宅子前面有一院子，祖父买了些新出版的书，添置了一些通俗读物，连同捐南开大学木斋图书馆之后还剩下的一些书，一并放在前面的这个院子里,办了个通俗图书馆,取名"北平私立木斋图书馆"。北平私立木斋图书馆向百姓免费开放,还办有自己的《北平私立木斋图书馆季刊》。据《季刊》的《发刊词》说,开办头半年,平均每天能接待200余名读者。

我和祖父的接触较少。尽管祖父比较高寿,他去世之时我已经32岁,可是我对祖父,能回忆的事情不多。祖父给儿时的我印象最深的,并不是非常愉快的经历。祖父为一家之长,大家庭中一切事务,都由祖父做主。他喜欢"训话",总是讲些大道理。一般是他坐前面,我们小辈的就站着听,听他训导,所以,总是很紧张,只想着能赶快离开。这种状态,直到我中学的时候依然如此,一直不太愿意和祖父多接触。有一次我中学放了学,他叫我去,过去之前我就私下和我的保姆说:"你过一小会去叫我,就说,我妈妈叫我有事。"所以,等到祖父叫我过去,训了一会儿,保姆就来了说"你娘叫你呢",我赶紧和祖父说,"我娘叫我有事",祖父只好答应"去吧去吧",我就马上"逃之夭夭"了。这种感觉一直陪伴我长大。后来祖父日益衰老,我虽然不再紧张,可是还不太愿意主动接近他。长大之后,我反思这段岁月,切身地体会到恐吓和吓唬对儿童教育是最要不得的。

当然,也是在祖父的教训下,我从小就认为读书重要,做教师光荣,对祖父捐资办学、办图书馆的精神十分敬佩,祖父说的"让更多的人能读书"也成了我终身的目标。后来,我终是当了一辈子的教师。我这一辈子的教学生涯,总是学一学就去实践,实践了一会,又加以学习,这是祖父给我的影响和启发。

祖父除了有《火器真诀释例》《割圆术辑要》等军事和数学著作问世外,还组织翻译了日本文部省的一些教育法规。现在图家图书馆的北海古籍馆里,还藏有他的遗稿和手简各一册,而祖父刊刻的众多古籍,则将世世代代地恩泽后人。

二、从自家学堂到巍巍南开

▲ 卢乐山先生（右一）与表姐严仁英（左一）在南开中学严范孙（外祖父）雕像前合影

在我不满 3 岁时，因家里准备搬迁，卢氏幼稚园及小学暂停，母亲便送我到天津女师附属幼稚园。后来家里由河北元纬路搬到意租界小马路后，恢复了幼稚园，我也转到卢氏幼稚园。这期间，我还时不时回外婆家，所以有时也在严氏幼稚园学习。

我在幼稚园的时候，正是中国教育界从学习日本转向学习欧美的时期，幼儿教育也不例外。卢氏幼稚园前后两位老师是我的表姐严仁菊和严仁清。她们幼年时曾在严氏蒙养园学习，后又同进美国教会办的北平贝满女中附属幼稚师范，学习美式的幼儿教育。

这时幼稚园室内的布置已经不同于小学，活动室比较大，一边是几张长方桌，四周放上小椅子，另一边空间较大，用白漆在地上画个大圆圈，集体活动时孩子们或将小椅子沿着大圆圈坐好，或围站在圆圈上做各种活动。大圆圈成为维持秩序、指引活动方向的教具。老师也和小朋友坐在一起、站在一起，和小学教师的位置不同。活动室内增加了一些大型积木，可以在地上搭摆建筑物，有一小部分福禄贝尔和蒙台梭利教具，只作为智力活动和游戏之用，如背球猜颜色等，但并没有按照福氏和蒙氏的教法使用。户外增加了沙土箱、秋千、滑梯、摇椅、压板等，游戏有老鹰抓小鸡、丢手绢，以及捉迷藏等，孩子们的自由活动多了一些。

记得我毕业时，老师让我们4个6岁的小朋友每人到中间讲个故事。那时我很紧张，站在大家面前很不好意思。但当我慢慢地把故事讲完后，听到了老师、家长和小朋友的掌声，那时感到十分快乐。那种成功的快乐，至今记忆犹新。

我满六岁的时候，达到上小学的年龄了。可是卢氏小学停办，我便到严氏女学读书。当时我们的校长叫尹劭询，女学里专门有一间屋子是他的办公室，我们有事了就要见校长。我们进去先行个礼，校长再问我们。我记得有一次校长和我说："你进来的时候看到门是开着的，你出去的时候就还让它开着；进的时候门是关着的，出去就要把门关上。"我这一辈子老记得这句话，就是东西原来是什么样子，你应该还是让它什么样子。

我所上的南开中学是南开女中。南开女中成立于1923年，比男中成立晚，但一切都按男中的规章制度办事。作为南开中学的创办人，学校初建时，外祖父严范孙经常关心，并给予具体帮助，曾偕同张伯苓校长到各地参观学校的管理办法。外祖父于1906年任学部侍郎时，曾提出"尚公尚能"为振起国民素质的教育宗旨（整理者注：1906年《学部奏请宣示教育宗旨折》提出清末教育宗旨为"忠君、尊孔、尚公、尚武、尚实。"严范孙时为学部侍郎，出力尤多）。后来他又为南开中学制定教育目标为："培育学生爱国爱群之公德，与夫服务社会之能力。"在南开中学建校三十周年时，张伯苓校长根据"尚公尚能"的思想，制定校训为"允公允能，日新月异"。

外祖父重实用，提倡科学，但也注意对学生艺术感及世界观的培养。1912年7月21日，严修日记上写了这句话："访伯苓于南开中学，为教育宗旨事，初蔡总长（指蔡元培）拟教育宗旨五项：一、道德主义；二、军国民主义；三、实利主义；四、世界观；五、美感。而教育会会议竟将四、五条取消，大奇，大奇。余劝伯苓力争之。"外祖父的这种观点，对于早期南开中学的发展具有一定的导向作用。

外祖父注意对学生容貌举止等习惯的培养。他曾经手书过四十字《容止格言》：

面必净，发必理，衣必整，纽必结，头容正，肩容平，胸容宽，背容直；气象：勿傲，勿暴，勿怠；颜色：宜和，宜静，宜庄。

外祖父喜欢学生,爱惜人才,对周恩来非常赏识。1914 年周恩来等学生发起《敬业学报》。外祖父在 9 月 29 日日记上说:“周恩来来,求写《敬业杂志》封面,周去即书之。”1916 年全校国文会考,外祖父亲自阅卷,周恩来选“诚能动物论”为题,获全校第一名。外祖父亲书“含英咀华”以赠之。外祖父曾设立“范孙奖学金”奖励优秀学生,如周恩来年轻时赴法国留学,就受到他的资助。后来周恩来参加共产党,有人劝他停止补助,外祖父说:“人各有志,不能相强。”便继续给予资助。

我印象最深的是女中部主任梅美德。她给我们演讲,说:“除你之外,还有别人。”她举了很多日常生活中的“小事”,由于只顾自己方便、省事,而造成别人的不方便。其中之一就是宿舍里的厕所,她说她多少次发现大家用厕所,弄得里面很脏,大家就没有想过待一会,还有人要来用?她说:“我没有办法,我只好用脚给你们擦,你们就没有想过别人?”我总记得这个事,我觉得对于小孩子,也需要慢慢地让他们明白这个观念,除了他自己以外,还有别人。后来我搞蒙台梭利教育,也很注意这一点。蒙台梭利总是说这句话:“你可以自由,但是不能损害别人。”我想这不光对我很有作用,现在的“小皇帝”“小公主”们就知道只有他(她)自己,这也是当前幼儿教育亟需解决的重要问题。

总结起来,南开中学能享有这么高的盛誉,和它的教学是息息相关的。一是它很注重教学质量,尤其是对教师的教学水平要求很严,一旦感觉不合适,就不再续聘。另外一点,它的考试多,考不及格就要补考,要是补考再不及格,就要降一级甚至退学。我在上学的时候就发现,有些学生一、二年级在一起,后来就不见了,有一部分是转学了,也有一部分是因为功课没有考过的。

外祖父反对科举考试,不过对于学校里的考试,他还是赞成的,他觉得这是一种检验功课学习效果的方法。可惜现在的教育也有点走偏,所谓的“应试教育”一说,是指现在的学校教育好像是为了应付考试一样,谁的分高就厉害,小学两门都九十多分了还要追求“双百”,哪个老师教出来的学生分高就水平高,哪个学校高分多就是好学校,这是不好的。当时的南开考试虽多,却不是教学围绕考试打转的,而是真的把考试当成提高教学的一个手段,和“应试教育”是不同的。我们在批判“应试教育”的同时,也要认识到考试的合法性和重要性。

三、燕园里的“幼教梦”

▲ 卢乐山先生(三排左一)参加燕京大学学生生活促进会的合影,正中间为司徒雷登

1934 年,我考入了燕京大学。记得我当时的入学考试是在和平门北师大的老校区,即现在的北师大附中里的考场进行的,考试的科目包括英文、中文和智力测验。

燕京大学的首任校长是美国人司徒雷登。司徒雷登 1876 年出生在中国杭州,父母是来自中国的传教士。司徒雷登热衷于教育工作,决定为中国的教育事业服务。此后,从 1922 年一直到 1936 年,司徒雷登十余次往返中美之间,多方结识中美两国的政要和富人,给燕京大学筹集了丰厚的资金。这也是为什么燕京大学能有高大的房屋、漂亮的校园,并且总能以高薪聘请到名师的原因。司徒雷登倾注了全部心血,仅仅用了十年,便把一个破旧不起眼的学校办成一所闻名世界的综合大学,他也一贯支持并资助学生们的抗日爱国运动。

燕京大学虽是教会学校,但信仰自由。司徒校长为燕京大学提出的校训是

“因真理、得自由、以服务”:强调崇尚科学的真理,求得自由民主,培养有独立的人格、讲求自由的人;强调发挥自己的个性能力,为国为民做贡献。燕京大学校训成为燕大师生行为的准则。

原人大副委员长雷洁琼先生是我大一的导师,关于选课等事情,都是她指导我们。她比我大十多岁,那时刚刚燕京毕业,既做老师,也当我们的辅导员。她曾对燕大的风气有过一句概括,她说:“燕京大学师生员工亲密团结,思想作风平等自由,服务精神出众,办事准时守信,以高效率著称。”燕京大学当时正如雷先生所说的那样。

冰心先生那时候也在燕京大学,她和我姨母严智安都是燕京最早的一批女生。我在燕京的时候,她也在中文系教书。我们四年级的时候,她做我们毕业生的指导老师,为我们开了个送别会。她对我们非常亲切,讲了很多鼓励我们的话。我们已经读过她的很多诗歌,她能来指导鼓励我们,我们都很高兴。

我既想当教师,自然就选了教育系。但初入燕京大学时,我并不知道教育系有学前教育专业。所以,一开始我选的是普通教育专业。不久,一位教育系的同学叶秀英告诉我,她选的是学前教育专业。我问她:“那不是幼稚师范专修科吗?”她说已经改成本科了,我听了非常高兴。因为这本来就是我最喜欢的专业,只是原以为燕大还没有设立本科才没有选。所以,我就立刻找系主任商议,决定改成以学前教育专业作为主修,普通教育作为副修。最让我们兴奋的是,那些校领导、院系主任以及那些高级教授、知名教授,都教一年级。像陆志韦教授,很有名的心理学家、语言学家,他教我们一年级的普通心理学。还有一位刘廷芳教授,是儿童心理学家,曾是司徒雷登的助理,教我们儿童心理学。还有周学章先生,是文学院院长兼教育系主任,教我们教育概论。

我在大学前三年参加了规定的幼儿园和小学低年级见习,当时学前教育也包括小学一、二年级。我在大学四年级的时候本应该在校内的附属幼儿园实习的。那里的孩子大多数是大学教师的子弟,他们家庭生活条件好,有教养,懂礼貌,爱清洁,又在幼儿园受到良好的教育,过着愉快的生活。但见到校外成府街上有些贫苦人家里的孩子,整天在外边闲游、打闹,无所事事,身上很脏,有了鼻涕用袖子抹,有时见了人还说些脏话,往人身上吐口水。而家长对这些小孩一般不管,有时见小孩闯祸了,就啪啪打两个耳光,轰开就是了。当时我就感觉燕京大学这墙里边和墙外边差距太大了,如果我们不去主动教育的话,这些穷人家小孩是没有机会,也上不起学的,甚至连他们的家长也不觉得有这个需要。

虽然认识到了这些现状,但那时的我,没有那么大的魄力和创造性,不过在曾绣香先生长期的鼓励和启发下,我和叶秀英商量,要不我们也自己办个幼儿园,教育一下墙外面的小孩。叶秀英赞同,导师曾先生自然也特别支持。于是就给我们以学校的名义找房子,找到了一个带院子的房子,那时候房子好像比较容易找。我们又向学校借了一些简单的桌椅、教具,再利用实习经费买到一点必要的玩具、教学材料和日常用品,就这样,一个短期半日制的幼稚园就办成了。老师告诫我们说,实习不能只是简单地上上课,要全面地教育孩子。于是我们就开始和学生建立感情,还带学生去学校所属的校外澡堂洗澡,给孩子们换干净衣服。愿意把小孩送来的家庭逐渐增多,最后一共有20多个小孩参加我们的幼儿园。这期间,从家访、招生,为孩子们洗澡、换衣服,直到入园后的全部工作都由我和叶秀英包了下来。

孩子们每天上午9点到11点半在幼儿园,两个半小时,我们教小孩们唱歌、做手工、做游戏。我们有个风琴,还可以用琴声做一些音律活动。除受教育外,还可以喝些开水,吃两块饼干,小孩们特别高兴。我和叶秀英早上8点到8点50分赶着上一堂课,然后骑着自行车到幼儿园,小孩走了,我们赶紧收拾收拾去吃饭,下午还要修其他课。这半年,我们挺忙碌的。实习末了,我们把孩子们的家长请来,由孩子们汇报和展览学习成果。家长们看到子女的进步,感到十分欣慰。我们自己也从中获得了工作和教育儿童的宝贵经验。

几年的学习和锻炼使我深深体会到:学前教育不是婆婆妈妈的事,而是一门专门的学科,它有自己的理论体系,又是一门特别强调理论与实际相结合的学科,幼儿教育不是可有可无的,而是一项非常重要的工作。毕业前夕虽然听到一些议论,诸如“当幼稚园老师?以前那就叫保姆!”“大学毕业生当幼稚园老师,是不是大材小用?”等等。但我接受了曾绣香老师的建议:“应当先到幼儿园去做些实际工作,多接触孩子,然后你才有资本当幼儿师范学校的教师。”

我在燕京大学期间,学问上并没有什么成绩,但是在生活上,处理人与人的关系上,或者说在怎么做人上,学到了好多。比如夏仁德先生他们体现出来的“施比受更有为有福”,还有燕京的校训、校歌,我们老唱的那句“服务同群为国效尽忠”,可以说是终生难忘。大家一聚会,一唱校歌,就激起了大家许多的崇高的情感。所以我们大家在一起,总记得商量要怎么做点好事,不都是瞎闹着玩。

对于教育系历时五年半的学习,我觉得,燕京大学的教育系固然不像历史系、中文系一样拥有许多知名学者,学术氛围浓厚,但教育系在联系实际方面,做得比较多。我觉得自己理论上没什么成就,但是我一直很注意实际,愿意去做,这也受燕京大学教育系的影响。我以为,我们学了点东西,就应该把它给做出来,不是搁在肚子里,而是做点对周围人有用的事情。我把这种思想归结起来,就是“学习不忘服务,治学不脱离实践”,这成了我一生追寻的教育理念。在这一点上,燕京大学给我的教育和祖辈给我的教育是一致的。

我在燕京大学读研究生期间,加入了一个叫“家”的团体。因为这个“家”,我和我的老伴雷海鹏也熟悉了。燕京大学还有各种组织,唱京剧的在一起,演话剧的在一起。也有一些志同道合的进步青年,很自然就在一起了。学校都不太干涉,老师也常来参加活动,表示支持。学生办活动好像特别畅通无阻,记得一些同学说一起要办个小学,他们几个志同道合的,很快就办起来了。我实习的时候,两个同学一起办个幼稚园,也很顺利。这在别的学校好像不是这么容易就能成的。

在燕京大学教育系的学习,使我深受教益,坚定了我一生从事幼儿教育工作的信心和决心。可惜好景不长,1941 年 12 月太平洋战争爆发。12 月 8 日早晨,高厚德先生站在大礼堂台上无奈地宣布:“燕京大学暂时关闭”,我们几乎都哭了出来。可是没有办法,我们只好离开热爱的校园。几位男同学为大家推着行李,我们携手步行进了西直门,实在感到难舍难分,于是相约在我家欢聚了几天,然后依依道别,各奔前程。

四、游学岁月

抗战期间，沦陷区的高校在关闭之后，陆续都在后方复了校。燕京大学以及几个教会大学也选择在成都复校。得知这个消息后，1944 年，我与几名同学南下成都，去完成被中断的学业。

成都之行走了一个多月。我们从北京坐火车到徐州，从徐州坐“架子车”到商丘，又坐马车到了洛阳，这时候我们已经有人长了虱子。平时，晚上不敢睡，白天只有白薯吃，偶尔吃到花生米便是开洋荤了。最后到了西安，坐火车到了宝鸡。之后我们坐卡车进了秦岭，只记得秦岭特别陡，眼睁睁看到有些车直直就掉下山去，我们也真的有同学在那遇险，我心里非常紧张。司机已经很疲倦，当时我心想：他们要稍微眨一下眼，我就没命了。于是我使劲扒着车，总算到了剑阁，经过广元，进入了四川平原，全是平路，一路开到了成都。

复校后的燕京大学只有一栋楼，没有设教育系，所以特别请了四川大学教育系的蒲主任指导我的论文。我那时候在树基学园工作，刚好树基儿童学园的藏书比较雄厚，我所做的研究对象又是儿童读物，在阅读材料上比较方便。就这样，我于 1945 年 6 月完成论文，获得硕士学位。

从 1945 年冬季开始，我和教师们用了将近一年的时间，合写了一套四册的《幼稚园春夏秋冬四季教材》。每单元按年龄班各配两套教材，这样可以供教师两年使用。其中很多教材如故事、儿歌、图画、手工都是教师自编的。此外又找到一些美国的乐曲，编了《幼稚园音律活动》及《儿童舞蹈》，并由附近一个书局出版，当时很受欢迎。现在想来这个做法虽然有计划性，保证了教师有现成的教材可用，但问题也不少。首先，单元的确定出自教师，而不是出自儿童的兴趣和需要。况且，我们事先规定的这些固定单元，也不一定符合当时的环境条件和具体情况。此外，事先选好的教材并不一定符合不同儿童的特点，这样就缺乏了针对性和灵活性。总之，当时虽然名义上是在实施单元教学，实际上，我们并没有学习和理解单元教学以及设计教学法的精神实质。

我和雷海鹏是在燕京大学本科阶段认识的。后来家里人知道我和雷海鹏的关系,就创造机会让我俩多见面,也就算谈恋爱了。1945 年夏,六月份我研究生毕业,8 月中旬抗战胜利,8 月下旬我们俩就结了婚,那是我人生中最热闹的一个夏天。

我们结婚学校挺支持,借给我一间屋子,还有一个镜台,有抽屉的那种小梳妆台,园长蒋良玉先生还把她妹妹结婚用的一张大床借给了我。我自己去买了点四川的土布做了个窗帘。我有一个好朋友茅爱立,也是燕京的同学,比我小几届,和我身材差不多。她知道我要结婚了,来电话让我给她做一件衣服,要白颜色的,绣上龙凤,就按着我的尺寸做。我请成衣做好了,告诉她,她才跟我说:"这是送你结婚穿的。"

结婚当天,我们在院子里摆了椅子,知道我们婚事的燕京同学、四川的同事朋友们都来了。我们准备了一点简单的茶点,也不收礼,也不宴请。我们有个同学家就在成都,他父亲是位医生,做了我们的主婚人。我们还把学校的风琴抬出来,放在草地上。一位协和医院的大夫,我记得姓张,他很会弹那种带管子的大管风琴,我们就请他来给我们演奏。我穿上茅爱立送我的新衣服,非常漂亮。蒋良玉校长的一位加拿大朋友,借给我一块白纱,给我做了半截的婚纱披上。当时大家就都说我们这个婚礼还挺像样的。那时候抗战刚结束,很多人连家都没了,在外面颠簸,我们能这么办一个简陋,但也有模有样的婚礼,已经实属不易了。

1946 至 1947 年,蒋良玉园长第二次赴加拿大进修访问,托我代她负责树基儿童学园的全部领导工作。她回来时,替我向加拿大教会申请了去加拿大多伦多大学儿童研究所进修的奖学金。雷海鹏在华西大学医学院毕业后留校工作,两年后他的主任也为他申请到多伦多大学的奖学金。

我临走的时候,大家都非常难过。树基儿童学园的家长们,给我开了个欢送会,孩子们表演了不少节目。后来她们让我上台说几句话,可是我说不了,根本就是一直在旁边流眼泪。最后还是雷海鹏替我上去说了些话。最后上车的时候,蒋良玉校长还有幼师的学生们,一直送我到成都的东门外,我在那里上汽车。我上了车,透过窗户看着她们,汽车声音一响,她们就"哇"的一声,全哭了。我后来想,那真像人进棺材一样,棺材板一盖,大伙就"哇"地一下全哭了。

几经周折,我们到了多伦多。多伦多大学(University of Toronto)始建于 1827 年。它是加拿大最大的大学,科研实力很强。它所在的加拿大多伦多市,是北美第四大城市,是加拿大的经济、科技、文化中心。多伦多大学儿童研究所在儿童心理研究方面具有世界声誉,它是由 Dr. William Blatz 在 1925 至 1926 年间成立的,

Blatz 教授一直担任研究所所长直到 1960 年。研究所在整合儿童高水平研究、引导在职教师培训、探索儿童教育模式等方面取得了巨大的成就。

研究所的课程主要是教育与儿童心理学,重点是实习和讨论。讲授儿童心理学的教师是儿童所所长,著名的心理学家 Blatz 教授。他曾经跟踪研究了一家五胞胎女孩的成长过程和个性变化经历。通过长期研究,他认为:孩子的个性虽有遗传因素的作用,但更重要的是后天环境和教育的影响。就拿这五胞胎姐妹来讲,他们都出自一母同胎,又生活在同一个家庭,但她们每人的个性很不同。原因是每个孩子是由不同的成人照管,受了不同成人的影响。五个孩子一起生活,每个人又受着其他四个姐妹的不同影响。由于每个人都有了不同的个性,便影响到成人对她们的不同态度,进而又影响了她和别人的关系。如此,外部的各种关系反过来又进一步影响到她本人个性的形成。总之,儿童的个性是受着多方面复杂的关系而逐渐形成的,而不是受某一方面的单独影响。

儿童研究所附设一个托儿所,我们学生轮流在托儿所实习。在托儿所实习期间,我感到那里的师生关系和国内特别不同。集体活动时,老师和孩子一起坐在地上;小组活动时,孩子们常常围坐在老师身边,甚至有的孩子坐在老师的腿上,或者爬在老师肩上。午饭时,老师和孩子们坐在同一个桌子上,一起进餐。老师和孩子谈话时总带有"请""谢谢""对不起"或"你愿意做……吗"等很平等的口吻。老师讲话声音很轻,从不大声说教或训斥。这些使我感到,他们对孩子是尊重的,她们对孩子的活动是观察、指导,而不是命令、监督,他们的师生关系是平等的,而不是上对下的。

1949 年 10 月 1 日,新中国成立了!激动人心的消息连续传到加拿大。雷海鹏和我准备毕业后立即回国,一方面是想回到自己国家工作,另一方面也因为我当时已怀孕,很希望把孩子生在中国。当时回国对我来说,也是很自然的事情。去的时候,就没有想不回来的事情,更何况我不愿意做"白俄"一样的"白华",于是我们便回了祖国。

五、家里家外的“幼教”实践

▲ 1959 年全家福

1950 年 8 月 30 日，我和雷海鹏从加拿大回到北京。

1952 年全国各高校进行院系调整，北师大原保育系与教育系合并。教育系包括两个专业，即学校教育专业和学前教育专业；学前教育只有一个教研组。

院系调整的时候，系主任彭飞找我和张韵裴谈话，保育系已改为学前教育教研组，并任命我为主任，张韵裴为副主任。我当时真是懵住了，以为自己听错了，我低声问张韵裴：“是资料室主任吗？”她说：“不是，是教研组。”我有些吃惊，忙对彭飞说：“我做不了。”张韵裴在旁边阻止我，并解释说：“现在是分配任务，不能推辞，要服从分配。”我不敢再说什么，带着惶恐不安的心情开始了学前教育教研组主任的工作。

在 20 世纪 50 年代，学前教研组除正常的行政事务及教学工作外，还需要大力培养青年教师。当时提出 12 字方针：“系统学习，具体帮助，实际锻炼。”我们认真执行了。过了许多年之后，当时的青年教师李家琳回忆说：“正因为学前教研组在 12 字方针方面落实得好,不仅使我们的专业基础理论水平有明显提高,也锻炼了我们理论联系实际的能力、独立工作的能力和刻苦钻研的精神。”

在向苏联学习期间,我们组织教研组的全体教师制定了各专业课的教学大纲,包括学前教育学、儿童心理学、幼儿卫生学和各教学法。此外还协助幼儿师范学校制定各专业课程大纲。苏联专家指导幼儿园制定了全年、学期、每月、每周、每日及个别作业的计划。幼儿园全年、学期计划由园长负责制定,月、周、日及作业计划则由教师制定。

1956 年,苏联专家离开中国回国后,我们开始考虑如何在“向苏学习”的基础上提高我们自己的工作质量。开展游戏特别是创造性游戏是其中的一个重要问题,为了更好地开展好创造性游戏,我们需要较多的玩具。不久,各地幼儿园就掀起了自制玩具的热潮。教师们都成了能工巧匠,做出了各种有教育意义的玩具、教具。幼儿们特别是大班幼儿也发挥了积极性、创造性,制造出很精致的玩具。这项活动不仅促进了幼儿游戏的发展,锻炼了幼儿的技能技巧,节约了经费,也是一个受教育的过程。

另一个需要考虑的是如何在总结经验的基础上开展实验研究,从幼儿的特点研究教育方法。那时我们对于如何开展科学研究工作,毫无经验。我和教研组的方缃老师做了一个小小的试验,就是研究一下怎样帮助幼儿有效地洗手。事先将洗手分为几个步骤,要求幼儿按一定的顺序完成已定的步骤,再经过多次练习,按心理学的讲法就是“使之成为动力定型”。形成习惯后,孩子们会主动迅速地按步骤完成洗手的要求,而且洗得很干净。这次只是做了一个小小的尝试,并没有进一步开展研究。后来,前些年“非典”流行,咱们国家宣传卫生洗手的程序和方式,各处水龙头前都贴了洗手的步骤图。师大幼儿园的老师骄傲地说,他们不用推行,因为他们早有“卢先生留下的底子”。

通过跟苏联学习,我们感觉到幼儿教育是一门科学。科学就应该用科学的方法,来进行一些实验研究,不是一般性地说一说就完了。所以我们也开始了一点研究工作,20 世纪 60 年代初期,我和北师大幼儿园的教师合作,做了几个课题。比如,通过自我服务培养 4 岁幼儿的独立性;通过游戏培养 4 岁幼儿互助友爱等。对我来说,这是一次自主学习和研究探索的机会。这两个课题研究,最感谢的是当时北师大幼儿园的周南园长,给我的研究和教学工作给予了很多支持。

回到北京之后,我有了第一个儿子雷思晋。由于当时身体不好休养了一阵子,我便一切都按照“科学保育”的原则,什么时间吃、什么时间睡,到了什么时候应该自己睡不管他,全部由我来严格安排。

吃饭时我给他一个小桌子，在一定的地方，一定的时间，我摆上他该吃的东西，碗、勺、喝水杯都摆上，东西他都得吃完，也没什么可挑。万一有时候没能吃完，我就让他留着下顿也要吃完。我们大人和保姆从来不吃他剩下的，也不许他剩下饭粒。

睡觉之前，他也要和幼儿园一样，脱了衣服，在床前摆一小凳子，把衣服叠好了摆好再睡觉。日常生活这些事都按照一定的规定办，他也照着做了，也没遇到什么抵触。

在生第二个孩子之前，我就给雷思晋做思想工作。我说："既然你希望要有个小弟弟或者小妹妹，那你一定得照顾他。他刚生下来，什么都不会，就知道哭，你是大哥哥，比他大比他懂事，应该关心他照顾他。"我发现有些家庭第二个孩子来了，第一个孩子就嫉妒他，原来就他一个人，想怎么就怎么，现在来了另一个，分享了他的权益和母爱。我爱人雷海鹏说，他们兄弟俩差七岁，大的已经懂得照顾小的了。有一次弟弟思政要吃冰棍，我爱人给了两人份的钱，可是思晋就买回了一根冰棍，他给弟弟吃，自己不吃，我们觉得这种关爱和品质很难得。

对于孩子，我们也从来没有打骂的，一切都按部就班，孩子也没有什么坏毛病、坏习惯。我们也不溺爱孩子，挑食、撒娇等他们也都没有，一切都严格要求。

有时候我们燕京的同学吃饭聚会，也带孩子去，吃完饭我也要求他就在同学家睡会儿午觉再回去。我的同学就说："你可真是按规矩办事。"虽然换了环境，但孩子生活习惯和规律最好不要变，我们家很强调在一定的时间、一定的地点做一定的事情，一切按照规律走，孩子就很容易带，不会出现什么大的问题。

六、蒙台梭利与儿童游戏教育

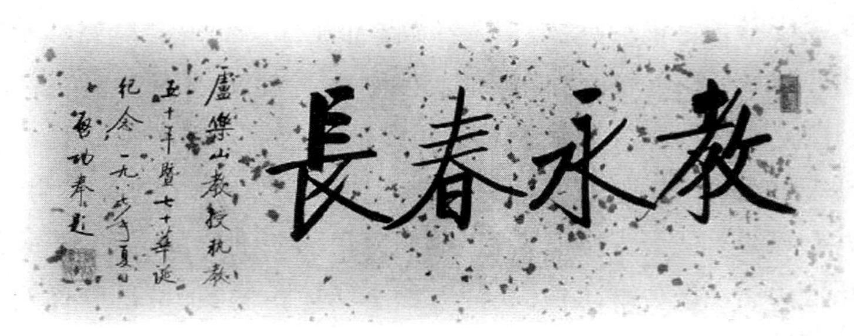

▲ 退休时获启功先生题词

“文革”结束后，因为身体的原因，我就给组织申请让我退休。那时候我也六十了，当时总支先拖了好几个月，后来军宣队就批准了。过了三年，到了 1980 年，当时的教育系主任顾明远来找我，希望我还回来。就这样，我又回到了系里，回到了学前教育教研组。

在我担任幼稚园教师时，增加了自由游戏的时间。例如：早上孩子们到园的时间不齐，有早有晚，在这个时间我准备一些桌上的游戏玩具，如小型积木，仟板，穿珠子等，幼儿可以自由选择、自由操作。等到上课时间到了，就转向集体活动。这些都是由教师选定材料，在教师指导之下进行的。

当时，我认为游戏只是一种适宜的方法，孩子容易接受，对游戏本身并没有去研究。我开始研究游戏，是受苏联专家影响。苏联专家来了之后，肯定创造性和自主性游戏，这在当时也令我很有启发：我们认识到游戏是幼儿的主导活动，于是开始强调游戏的教育作用，注重创造性游戏的开展，并明确了游戏是进行体、智、德、美全面发展教育的有力手段。

这一时期，我们对游戏的重要意义的认识有了很大的提高。由于认识到创造性游戏是幼儿反映生活的有利手段，为了更好地开展游戏，事先总要在作业中带领孩子们认识环境。例如第一天参观了商店，第二天教师就准备反映商店活动的玩具材料，启发幼儿玩商店游戏，帮助他们分配角色，摆好商店的“货物”和一些必需品。此后又注意帮助幼儿在同一时间开展不同内容的游戏。例如有商店游戏;也有家庭游戏(娃娃家)反应亲子之间的活动;有乘汽车的游戏,包括司机、售票员和乘客的活动等等。为了丰富游戏的内容,教师往往启发不同游戏组的幼儿将几个游戏联系起来,如“父母带着孩子,乘汽车到商店去购物”,这样就把三个不同主题的游戏串联在一起。

除了继续之前一贯关注的儿童游戏和玩具研究外,我开始重点研究蒙台梭利教育,并于1985年出版了《蒙台梭利的幼儿教育》一书。“文革”结束之后,我有机会和国外联系,初步接触到蒙台梭利教育。它在其他国家既曾受到过不少赞扬,也受到过不少批判和反对。特别是在美国,经历了一段时间的衰落后,又获得了复生,并且在其他国家的影响也很大。于是我想,对这个意大利女教育家,应当仔细了解一下。

写《蒙台梭利的幼儿教育》的时候,我没能去国外查阅资料。这本书的材料,得益于在文学院工作的挚友杨敏如,杨敏如有个哥哥叫杨宪益,他的爱人是英国人,她有一本蒙台梭利的书,但只是很薄本的小册子,托杨敏如转给我。等看完了这本书,当时就有同事劝我干脆翻译出来吧。可是我尝试了一点点,发现不好翻译,因为这本册子不太全,前后有些内容自己不是很明白。于是我就想,多看点吧,兴许能翻译得好些。这样一连好几年,慢慢地就我所看到的,我写了《蒙台梭利的幼儿教育》这本书,他们都评价这是国内最早的蒙台梭利专著。

随着改革开放,更多新东西涌进中国为人所知,我对蒙台梭利教育的看法又有些转变,我又写了《实事求是地对待蒙台梭利教育》等等,讲述了怎么学习蒙氏教育的问题,这就和最早那本书里的立场和内容有所不同了。

我们学习蒙台梭利,如果要完全按照她的教育去实施,只能作为一个试点研究或实验,看看效果好坏如何,不能简单地就让全国都按蒙台梭利一个模式。有比较,才有鉴别,便于取长补短,也可以提高我们自己的认识,使思想更开放、活跃,对蒙氏教育的看法也会更客观,实事求是。有人说:“如果将一种不同的肥料加入蒙氏教育之中,将会出现更强壮、更健康、更美丽的花朵。”

1983年9月,我随教育部幼教处的领导赴比利时考察幼儿教育。去比利时参观了一个礼拜。我们在比利时参观幼儿园,可是作为组织者的教育部,并没有礼物提供给我们来赠送给他们。我就请了我们师大幼儿园的宣清亚老师,让她把我们幼儿园孩子做的手工作品,收集了一些,都是些精巧的折纸或者图画,作为礼物送给比利时的孩子。收到礼物的孩子非常高兴,对中国孩子的手工和创作很佩服。

从比利时回来不久，我们在 1983 年 11 月，又从北京前往印度。这次去印度，主要是参加研讨会，和许多国家研究儿童游戏的工作者一起，探讨儿童游戏这个主题。会上，大家说得比较多的是怎么开展游戏。做完大会发言后，我还带了一些中国的玩具在会场外面做了个展览，我们在旁边做介绍，吸引了不少与会人士驻足观看。他们觉得中国的玩具做工很细致，一些儿童能动手玩的小玩具让他们很喜欢。

1982 年北京师范大学学前教育专业初次招收硕士研究生，领导分配我担任导师。1985 年，教育系又开办了一届学前教育研究生班，两年毕业，系里又把这项任务给了我。那两年我的身体不太好，幸亏有刘焱做我的助手，她替我做了很多工作。送走了研究班的学生，我已经满七十岁，于 1987 年年底办了退休手续。当时的学前教研组给我开了个纪念会，给我庆祝七十岁生日；当时的主任祝士媛还特别请启功先生给我写了个“教永春长”的题词。

七、退而不休的老年生活

▲ 刚有了第三代时的全家福(1984)

改革开放后,我开始接触不同国家的教育理念、经验和不同的教育模式,这使我逐渐扭转了那种完全肯定、完全否定,非此即彼、独此一家的学习态度,认识到应当博采众长,学习对我国教育改革有用的东西。

退休后首先做的第一件事就是主编《学前教育原理》,着重阐述有关学前教育的一些主要的而不是全面的问题,带有专题的性质。目的在于根据我国社会的需要,按照婴幼儿生理和心理特点及其发展规律,提出对教育的要求,并使教育随着儿童的成长逐步加深和复杂化。本书的内容涉及家庭和教育机构(指幼儿园、托儿所等地)双方面对婴幼儿的教育工作。

退休后,空闲的时间多了,我陆续去了 4 次美国探亲。在美国,我一方面学习我国在解放前一些著名教育家的论著,一方面到美国的图书馆查阅有关早期教育、家庭教育、儿童游戏和蒙台梭利教育的文献、书籍,并复印一些章节,回国后可以仔细阅读。我在美国期间也参观了一些幼儿园,较广泛地接触了西方教育家和心理学家的教育理念和经验。

我在国外开会和探亲的时候,参观了一些国外的幼儿园,当然主要是美国的幼儿园,这让我收获很大。我们一到了幼儿园里,感觉美国的孩子很自然。有时小孩子见了客人就说句“你好”,或者和你握握手。我们国内的幼儿园不同,你到了一个幼儿园,老师总要先给小朋友下指令:“问客人好。”接着小孩才异口同声地喊起来:“客人好!”

美国的幼儿园老师们说得少做得多。比如,老师们都和孩子们一起吃饭,在吃饭的时候就注意小孩的礼貌、姿势、顺序等,拿自己来做示范做榜样。我们国内的老师呢,说得多。比如孩子吃饭,老师在周围站着,一边下指示“你这样,你那样”,说教比较多。在美国幼儿园,老师们要对某个小孩说些什么,都走到他跟前轻声和小孩说。我们的老师总是在门口就大声地拍着手,高喊着“注意啦注意啦”,所以,咱们的老师总是有职业病,嗓子都不好。幼儿教育不是你在那喊啊,训啊,而是通过小孩自己的活动,通过小孩自己与周围事物或人的交流来学习。

张雪门先生是在我国现代教育史上有着重要影响的一位著名教育家。我自身和张雪门先生的接触不多,只是从很早时候就知道他是幼儿教育的前辈和专家,在20世纪80年代中后期,张先生的学生钱令娟、戴自俺、金恒娟,共同组织出版了张雪门的文集,有两大厚本。钱令娟把样书送给我,要我写篇序言。从那时候开始,我才开始学习和研究张先生的经验和思想,接着在各种会议介绍我对张雪门教育学习的心得。

张先生是一位爱国的教育家。首先考虑的是幼儿教育如何适应国家和民族的需要。他将幼儿教育与国家民族的命运和时代使命联系在一起。他反对学习西方文化时采取盲目接受和全盘照搬的做法,认为“从本国的材料中找出来的路子,才能解决中国的幼稚教育问题”。

此外,张先生还很重视各级教育的衔接和整体性。他说:“各级教育本来不是孤立的阶段,而是人类整个生长的一部分,绝不能与其他部分分离。”张雪门先生晚年的著作《幼稚教育行为课程》,代表他的基本教育思想。他和陶行知先生一样主张生活教育,提倡“教学做合一”。

我对于家庭教育的研究和认识,许多感受来自我自身的家庭。我和雷海鹏从1945年结婚,一直到他2007年去世,我们共同生活了62年,经过了金婚和钻石婚。在这么长的时间里,他一直支持我的工作,把家务劳动和教育儿子的任务承担了好多。所以,我这几十年来才能毫无后顾之忧地投入到幼儿教育之中。我们的家始终安在北师大里,一是为了我工作方便,二是为了子女能有更好的受教育条件。他自己往来奔波,先是在协和医学院,后来在药物研究所,路程很远,他都是骑一辆自行车,一趟来回就是四十里,风雨无阻,几十年每天都这样。雷海鹏骑自行车上下班,在师大院里都是出了名的。文学院的钟敬文老先生还在世的时候,杨敏如每年都会带我去看看他老人家,钟先生见了我总要问一句:"你爱人还骑车上下班么?"

我晚年得到了各界领导和同事们的关怀。80 周岁生日的时候,学前教研组的刘焱等人组织教研组的老师,在我家里一起举办了一个简朴又温馨的生日聚会。我 85 岁的时候,正好是北师大的百年校庆,又是我们学前教研组成立 50 周年。当时学前教研组刚成立学前教育系,就由学前教育系给我开了个比较大的庆祝活动。我 90 岁的时候,教育学院和老教授协会学前教育专业委员会,他们合起来为我办了个很隆重的纪念会。

自从老伴去世之后,我一个人住,但是我并不孤单。我享受到了很多亲情和友情,自己觉得很幸福。我的亲属、朋友、同事、学生一直都在关心照顾我,只要我有什么需要,他们都来替我办事。我的衣、食、住、行、健康等问题,都有人关照。所以虽然我是一个人,但一点也不用担忧。

我的生活内容很充实,平时我也读一些书刊报纸,遇到和幼儿教育相关的资料,我会选一些分给我的晚辈们,作为他们教育和照顾下一代的参考。最近思政又给我买了个 iPad,小孙女子昀正好回家过暑假,她耐心教了我好几次,我正在学着用这个新鲜玩意儿。偶尔也还弹弹钢琴。

有人问我这么大年纪了,一个人在家闷不闷,我说,其实我一点都不闷,我还是很忙的。我现在很幸福,活着很有意思,你们将来会比我更好,祝你们都幸福。

(原载于《北京师范大学校报》第 357 - 363 期,罗容海、张蔚整理)

童庆炳先生口述史

编者按：他出身贫寒，从福建西部弯弯的柴路走来；他秉德明节，虽屡经动荡却始终无愧于心；他精研覃思，师从黄药眠、钟敬文、启功等前辈大家；他乐育英才，门下弟子纵横学界文坛。年过六旬，他仍不辞辛劳，领衔建立起教育部文科重点研究基地。年逾七旬，他仍坚守讲台，为本科生讲授《文心雕龙》。我们将向您讲述著名文艺理论家、北师大资深教授童庆炳先生的人生故事，让我们与童先生一起，循着伴随他成长的历史车痕，触摸他与北师大交织一甲子的岁月年轮。

一、难得的童年馈赠

▲ 童庆炳先生（左二）与同学在一起

1936年，我出生在福建省西部龙岩地区连城县下面的一个乡村，地名叫莒溪乡。莒溪乡有条河叫莒溪，这条从深山里流出来的河，环绕莒溪乡一周，就奔流到汀江去了。汀江是闽西最重要的一条江,所以莒溪也好,汀江也好,都是我的母亲河。

这里的山水是非常美的。漫山遍野都是竹林,松树是成片成片的,山上古树很多,最多最大的就是樟树,许多樟树都有好几百年。春天到来的时候,布谷声声,漫山遍野的映山红都绽放了,那景色真的让人难忘。村子里有温泉,还有一个很少人知道的恒温泉,它一年四季永远保持在 21 摄氏度,泉水从村子中间冒出来,流出后经过几十个池塘,再流到莒溪里,夏天很凉爽,冬天冒热气,妇女们都在泉边洗衣服,每当家里要做酒或煮粥,都要来这里挑水。这水里可能有特殊的矿物元素,煮出来的粥特别香甜。我常对朋友们介绍我的故乡,最后一句总是:水是故乡甜;山是故乡美。

但最初故乡留给我的,是最贫穷的印象。山水很秀丽,却很贫穷。贫穷是一个很可怕的敌人。因为贫穷不但伴随着我,还要时刻剥夺我学习的权利。我能够到北京来读书,能够留在北师大,后来成了教授,现在还给我评了资深教授,愉快地跟朝气蓬勃的学生们一起谈论学问,纯粹是偶然。因为从小我的理想就是每天能让家里人有五斤米下锅。我们家老少三代,七口人,七张嘴都要吃饭,每年到了青黄不接的时候,所有的东西都吃光了,包括番薯(白薯)也都吃光了。这时候父母就开始吵架,因为第二天没有米下锅了,连南瓜和白薯也吃光了。

那时我刚上小学,下面还有两个弟弟一个妹妹,还有我的老祖母,我自己饥饿,我自己痛苦,我更能体会他们忍受的饥饿和痛苦。父母很为难,虽然乡里的亲戚朋友很多,但是一次次去借,这太没有面子了,父母已经没有勇气去借。所以每次都这样,第二天没有粮食了,他们总要吵一架,吵架结束了,家里静得不能再静,连我们小孩都知道,家里面临着走不出的穷苦。最后是我母亲,或者我祖母,拿着一个口袋对我说“去你姑姑家”,或者“去你舅舅家”。我在家是老大,那时已经懂事了,所以每次都让我去借米。但借米不是件好差事,因为姑姑家舅舅家也并不富裕,跟我比较亲近的是我二姑。于是我到二姑家了,一句话不说,把米袋子往桌子上一扔,姑姑就知道,说“又没有米啦”,我也不回答。她问“你们怎么回事”,我只能说“我说不清楚,你去问我爸爸”。这样的贫穷,在我的童年记忆里,是很可怕的。由于总是干这样难堪的事,我的痛苦像瘟疫,在我心灵深处传染开来,终日都是无精打采的,所以我小时候做梦都希望我家每天清晨有五斤米下锅。

因为贫穷,我很早就从事体力劳动。什么活我都干,插秧、割稻、除草,我们管这些田里的活叫“作田”,此外挑水、放牛、挑柴、拔猪草、拔兔草……特别是挑柴这个活,是相当艰苦而又危险的。在我的记忆中,父母交给我最多的,就是挑柴。特别是在夏收之前,一定要把家里的柴挑满,因为夏收时节,就得下地干活了。我写过一篇散文《柴路》,讲的就是砍柴的经过。柴路弯弯,我和我的小伙伴"雪老子"要到深山里挑柴。我们找到一片山,先一次性放倒一些树木,通常要砍四到五天,将一座山里那些不太高,看起来不可能成材的树全都砍掉,然后晾在那里,晒上一个月。等第二个月晒干了,再砍成一段一段的,然后挑回家。

问题不在于砍柴,而是我们那里的山路非常狭窄,一边是陡峭的山坡,另一边是万丈悬崖,悬崖下是深不可测的溪水。所以在柴路上每走一步都要走得稳稳的,要很小心,不然会掉下去。我们那里很多人都这样掉下去了。特别是雨天,上面下雨,我们头上却冒汗,全身的衣服都湿透了。等脚踩上平地了,这一天的危险就结束了。到家里,母亲还要用秤,称一称挑回来的柴有多少斤。我初中的时候停学一年,那时候给我规定的是每天90斤,那时候我13岁。我是从30斤开始挑,每天加几斤,最后定格在90斤。所以我性格的一部分,是由弯弯的山路塑造的。我知道,山路挑柴是这样,干别的事情也是这样,人的一生也是这样,总是艰苦而又危险,因此你要拿出你的坚定、坚持、坚韧,要拿出这种不倦的精神,你才可能把柴挑回家。长大以后,我明白的第一原理就是天上不会掉馅饼,你想获得成果,就要有那种在山路上挑柴的精神。

挑柴是贫苦童年给我的一大馈赠。农村的孩子和城市的孩子是不一样的,他吃过苦,吃过苦的孩子再来上学,不用催促,就知道怎样把学习学好。后来我当教师、当学者,我知道要拿出挑柴的精神加以对待,才会有结果。所以,我们小时候虽然贫穷,但那劳动、那奋斗、那困苦也给了我许多精神上的启示。

当然,因为贫穷,我的读书之路是非常曲折的。小学给我留下的印象很深,我的小学是在解放前读完的。我们乡小学的质量很好,老师也不错,整个小学阶段,我的学习都非常好。只是老师的教学方法还是体罚式的。国文课很重要,老师讲课的办法,就是先梳通文意,高声朗诵,然后要求我们背诵课文,老师念一句学生跟着念一句,老师最后再念一遍,完了就让学生们哇啦哇啦大声地读,所以整个学校都是读书的声音。作业也是背诵,头天教过的课文,第二天要对着老师,大声地背诵出来。要是背不出来,老师就会用竹鞭打你的手掌,还要到教室外跪着背诵。

那时我的背诵很好,能够背下的东西很多,不仅能背诵许多古代的诗文,也有许多现代的篇章。其实,由于我们讲的客家话与普通话相差较大,背诵几乎是那时候唯一的办法。我们管"上午"叫"昼时","下午"叫"昼了",都是古文词。这些词在普通话里没有,而普通话里的"上午"与"下午"在我们家乡话的词语里也没有,所以我们只能背诵,老师把家乡话和普通话都写在黑板上,连每一个词都要背诵,有的发音相差很远。

然而对我而言,学习是非常愉快的。我在读书时,不断得到学校的表扬、奖励。母亲从我小时候开始,就在我们吃饭的饭堂墙壁上,从下往上开始贴我获得的奖状,最终小学毕业后我的奖状贴成了一面墙。那是我的“博物馆”,只要有生人到我们家,母亲就要想办法把他们引到这面墙壁前,高兴地给客人讲这张或那张,有时候母亲讲错了,站在一旁的祖母就会出来纠正。母亲和祖母都因为我的学习成绩优异而自豪。她们对我的爱是溢于言表的。

生活不会一帆风顺。1949 年夏天,我要到县城考中学时,父亲的意思却是:小学毕业后就不读书了,在家参加劳动吧。父亲说:“你读了初中有什么用,还是回来种地,家里也困难,因为下面还有两个弟弟一个妹妹,与其去读书,还不如回来帮我一把手,做个劳动力。”况且,全县报考的有 400 人,录取的是 100 人,机会很小,父亲认为我也不一定能考上,还得花钱。幸运的是母亲和祖母说让我去试试,于是我和我小学的几个同学走了 60 里地,到县城考试去了。到了发榜的日子,我们一起去看红榜。看榜的时候我跟别人“看法”不一样,那是一个红榜,四十个名字都在那里。我是从最下面往上看,四十名没有,三十九名没有、三十八名也没有。当我看到三十七名的时候,我的一个同伴叫起来:“童庆炳,你在前面呢!你是第三名!”我连忙往上一看,果然,第一名和第三名是我们乡小学的,我们小学有位年纪比较大的,他考了第一名,我考了第三名。这下子高兴得不得了,我想这就可以和家里有个交代了,也许父亲会支持我上学。

回到家里,全村的人都说,这是从来没有过的,第一、第三名都被我们村占了,大家都说庆炳这孩子有出息,是读书的料子。父亲在乡里那么多人舆论的压力下,不但说不出“反对”两个字,而且还给我做了一套新衣服,这样我就上了初中。那是 1949 年,印象中是 9 月,我们那里还没有解放。到了第二年,1950 年才解放。

我从来不埋怨我的童年生活。相反,正是那贫寒艰辛、那借米的经历,那弯弯柴路上的风雨,还有那祖母、母亲舐犊般的爱,这三者如同鼎之三足,它们托起了人生的宝鼎,这是我获得的童年的珍贵馈赠。

二、祖母四个银元的故事

穿着父亲给我的新衣服,我就高高兴兴地到县城上了初中。一个孩子想读书,想读完初级中学,会有什么困难吗?对于现在的孩子来说,这不是水到渠成的事情吗?但我的初中充满艰涩的人生况味。

在连城一中,学校生活也是很艰苦的。除了吃饭很困难,还有一点就是那时土匪特别多,这些土匪盘踞在我们村到县城的路上。这一路上有两处,我们都不敢从那走,但是不走又不行,去城里上学,从城里返回村子,都得路过那里。怎么办,只有等人,等到多达二三十人时,大家成群结帮一起走那个山谷。有一次就没有过去,遇到了土匪。他们从山上下来了,拿着枪,但也不真的打人,只是往天空上放两枪,吓唬我们,我们就乖乖地停下来了。于是把我们这些过客一个个捆绑在树干上,他们把我的口袋翻了个遍,都没有一个钱,顶多有一点点米而已。但开学的时候,我就碰到麻烦了。那时法币贬值得非常低了,于是发行金圆券,依然根本不顶用。学校收学费就改收银元,四个银元一学期。父母就想尽了办法怎么让我带过去,后来母亲将钱埋在咸菜罐子里,认为土匪对咸菜没有兴趣。结果土匪已经摸透我们的门道,看到我们米就倒出来,看到我们的带的咸菜罐子,就用力把罐子摔在地上打碎,四个银元的学费就这样被抢走了。遭受了这样的困难,家里又要重新筹措四块银元的学费,真是很不容易。

学到初一结束时,父亲终于下定决心不让我上学了。看到家里生活的困境,我失去了再反抗的动力。于是辍学,辍了学干什么呢?在家挑柴。规定要从30斤挑到90斤。那时候我才13岁,开始了挑柴、耘田、插秧、施肥、除草、割稻子、晒谷子的生活。我已经是一个标准的劳动力了。

尽管我心里深深地埋藏着读书的念头,但家里的日子实在过不去了,如果那时候再不帮家里干点活,那个家就真的有可能解体。我理解家里的困境,同意在家劳动,整整劳动了一年。在这一年中,在闲暇时,我把村里面几乎所有的书都一本一本搜罗来读。我搜罗到的书大部分还是古文,印象很深的有《三国演义》,那是半文言写的。一到晚上，别人都去逛、去聊天、去玩，我却在屋子里，在一盏小小的煤油灯下，开始了读书时间。

这一年的阅读，让我增长了许多知识。历史、文学等方方面面的知识，也给了我启发：读书长见识，是一个人成长的关键。我开始隐约意识到：不读书就没有文化，你的思想是贫乏的，你的见识是狭窄的，你看到的无外乎就是周围亲眼看到的这些有限的现实；只有书本才能给你提供想象，提供新的知识，让你看到新的世界，让你知道，在你之前有很长很长的历史，在你之后，还会有很长很长的历史，我们应该知道这些。知识真的是一种力量，它会催促你前行。我常常站在大门边上，望着重重叠叠的远山，想象书中描写的远方的草原、平原和海洋，想象东洋和西洋人如何生活……这样，在新的一年开学的时候，我又闹着要上学。因为此事，我和父亲之间爆发了一场"战争"。我的想法是，我不想在家劳动，无论如何我要复学。这场复学和反复学的"战争"持续了半年。开始还不那么急迫，到了临近开学的时候，我就什么活都不愿意干了，天天要求父母给我四个银元，要去复学。

这时候家里又分成两派，父母反对，唯有祖母同情我。可是祖母老了，她没有能力支持我。她也跑了许多地方，帮我去借钱，我一共有五个姑姑，她一个姑姑一个姑姑家去跑，可是最终没有借到。父亲坚持说，不要念，念书没用。我只说，读书有用。这样反反复复争吵。临到最后，我对父母说，无论反对与否我都要去上学，我开始自己做准备，做了一个扁担，一边放着卷好的一个铺盖卷，铺盖用一个席子卷着，另外一头放着一个藤做的小箱子。

到了开学前一天，那是一个阴晦的清晨，我一个人担着行李走了，家里的人看着我走。走出了大约一里路之后，在晨雾中，我看见一个影子向我走来，越看越清楚，这是祖母。祖母在我心中的地位最高，她最体贴我。我停下来，当时就心里知道，无论祖母说什么，我与父亲的"战争"都要在这一刻结束：如果祖母说，家里实在太困难，让我回家劳动，我就跟她回去，我必须听祖母的话；如果祖母支持我，让我先上城里，说学费以后再凑，那么我就去城里。

祖母向我靠近，她是小脚，走得很慢，我等着她。祖母看到我，我流下眼泪，她拍着我的肩膀说，不要哭，读书是好事，然后她从她口袋里掏出一个红布的包，她揭开红布，里面有一层我们当地产的毛边纸，亮出了四个银元，说这就是你的学费，你走吧，你还是像以前那样，每周日回来拿一次米和咸菜，继续你的学业，她接着说，我相信你会努力学习，成为一个有知识有用的人。当时我感动极了，祖母在我们家里，就是最高的裁判者。祖母支持我念书的那些情景，至今我还是历历在目。

我当时立刻想到她这钱是哪里来的。这是她一辈子积攒起来,准备买棺材用的钱,她把这份钱拿出来当做我的学费。所以,读书对我来说是一件很不容易的事,读书的路,也像那柴路一样,弯弯曲曲。

但学习也是其乐无穷的。我记得上几何课的时候,老师教我们一种证明的方法,我却别出心裁想出了三种证明的方法。老师的鼓励,同学的称赞,似乎至今仍在眼前晃动。

我明白,我读书的机会不多,父亲母亲不会支持我读书,我初中读完之后,就得回家种地,我没有别的选择,我的读书之路,也许就是这短短的初中了。我非常不甘心,大概是在复学后不久,初中二年级上学期的时候,解放军来招兵,我考虑了好几天,最后决定去参军。

我进了他们的招兵站,成为了他们招来的兵中年龄最小的一个。可才待了几天,情况就发生变化了。我母亲不知从哪里得到的消息,她立刻赶到县城,先是到学校闹,说我的孩子根本没有到参军年龄。那时候在我们家乡,参军是不得已的事情,根本不是现在的"一人参军,全家光荣",那时候还叫兵痞子。所以,母亲到学校,又到兵站,大闹了一通。兵站的领导交换了一下意见,同意放我走。学校也来人,要我继续念书。母亲训斥我:你以为你的翅膀硬了,想远走高飞,没那么容易。这样,我就回学校的教室去了。我意识到我读书随时有可能结束,继续去读高中,想都不敢想。

然而,当我读到初三下学期时,命运眷顾我,我赶上了龙岩师范学校恢复招生。龙岩师范学校有一百多年的历史,是一所与北师大同样古老的学校,那里也出了好些名人,邓子恢就是龙岩师范学校毕业的。1953 年,龙岩师范学校恢复招生,他们到各个县来招生,我了解到他们那个学校吃饭不要钱、住宿不要钱,不但不要钱,还有奖学金。我想这是天赐良机,于是赶紧去报考,结果以第一名的成绩被录取,因为我文科理科都很好。

通知书很快就寄来了,但这一次我就有经验了,我不敢张扬,我把那张通知书保存在一个别人根本不会想到的地方。那年暑假回家种地,我特别卖力,表现特别好,父亲老说我长大了、懂事了,将来是一把种地干活的好手。我知道我要是马上拿出录取通知书,那对他们是一个沉重的打击。但是我试探着问父亲:"假定有一所学校,吃饭不要钱、住宿不要钱,也不要交学费,而且还给零花钱,要有这种学校你让不让我去读书?"父亲白了我一眼说:"你做梦吧,世上哪有这种学校,不收你们学费还给你们钱,你死了读书这条心吧,好好干你的活吧!"我又说:"我只是问问,如果真的有这种学校,你让不让我去?"父亲当时没有更多地想,他说:"如果真有这种学校，我就让你去。”

后来终于快开学了，这事情不能不捅开。在一个姑姑舅舅等一大家人都在的时候，我又向父亲提出，假定有这么样一个学校，让不让我读。父亲满口说，上次不是说过了吗，“假定有这种学校，我就让你读”。我请姑姑、舅舅们给我作证，从口袋里掏出龙岩师范的录取通知书来，他们看了以后，都感到惊奇，都认为我应该进这所龙岩师范学校。父亲则一方面高兴，认为我很有出息；但是另一方面，又觉得家里缺了一个最重要的劳动力，以后起码在三年之内，家庭的负担又会更重了。我许诺他们，我毕业之后就去当小学教师，当时小学教师的工资是 28 块钱，我说我会把 20 块钱寄回家，8 块钱我自己留着作生活费。我问大家，20 块钱够不够一天 5 斤粮食吃一个月啊？他们算了算，好像还要多不少，于是大家都很高兴，同意我去念书，条件就是不能向家里要钱。母亲说，我每年会给你做两双布鞋，我们再没有别的东西给你了。

从家乡去龙岩城那天，我用一个扁担，一头是母亲准备的一个铺盖卷，一头是一个新的藤箱子，我沿着那高高低低的窄窄的山路，翻山越岭，向龙岩城走去，头也不回地离开了山村故乡。

三、在龙岩师范学校读书时

▲ 龙岩师范毕业留念（后排右一为童先生）

这样，我又挑着个担子，一头是铺盖卷，一头是藤条箱，往龙岩城走去。这一路，走了五天。五天后，我到了龙岩城，正式地进了龙岩师范学校，享受那种“吃饭不要钱、住宿不要钱”的生活，每月给我评的助学金是三块钱。那个时候，三块钱还是很多的，我仿佛感觉怎么都用不完。那是新中国成立初期，国家就非常重视教育，我还记得，当时为了保证学生的营养，课间时厨房的师傅会挑来一桶豆浆。大家都准备好杯子，加点红糖，就可以享用豆浆了。

这种生活和农村的日子相比，真是天壤之别。我在龙岩师范学校更加勤奋，不需要老师指点，自己就会先把课程提前预习一遍，所以老师一讲就会。后来我写过一篇散文叫《难忘母校龙岩师范》，收在我的散文集《苦日子·甜日子》里，讲的就是这一段生活。

龙岩师范这三年我过得非常丰富而有意义，我认为是我人生的重要基础。那时候的教师大都是青年，相当一部分也只有二三十岁，好多都没有结婚，和我们住在一起、玩在一起、吃在一起，什么都在一起，给我们的指导是很重要的。当时我的语文老师叫赖丹，是从香港回来的一位作家，这位语文老师就常常吊我们的胃口，慢条斯理地说："世界名著第一本，就是歌德的《浮士德》。"可是在整个龙岩城，我们去找过，没有一本《浮士德》。那时候已经有郭沫若翻译的版本了，可是我们看不到。这些老师业余时间也和我们打成一片。鲁迅有一篇很短的剧本，叫《过客》，赖丹老师也让我们来排演，我在其中扮演的角色就是"那位老人"。

我在龙岩师范很快成为了班长，又成为学生会的主席。这段学生生涯很充实，一是老师教东西教得结结实实；再者自己学习的热情也很高。那时候心里没有别的东西可想，一心就想学习，然后想着毕业之后就成为一个小学教师，拿28块钱的工资。

但在那个班里，我还是最穷的。记忆里，我三年都没有回过家。我们班还有一位永定的同学，也和我一样，也都爱好文学，所以我们两个人"志同道合"，一起过暑假、一起过年。这样，学校就让我们两人寒暑假期间护校。学校给米给菜给肉，一切都给我们准备好了，还让我们把被子搬到食堂，让我们自己做饭。并且，学校给我们一人发了一支枪，那是真枪，要求我们晚上9点到12点钟，每隔一两天就要到校园里巡视一遍。我们两个人在那里一起谈文学、谈写作，还挺惬意。这位同学的名字叫作江剑锋，后来他上了福建师大，和我也有很深厚的友谊。

在龙岩师范学校，我学到了很多知识，明白了世界上很多的事情，思想进步也比较快。另外还有一件事情，现在看来，对我的命运起到了重要作用。龙岩师范学校三面都是山，有一次山上起火了，山火蔓延，老百姓扑不过来，我们全校师生就每个人拿着一棵松枝去救火。我当时身体比较好，很积极，老是冲到前面，一不小心冲到了火海里去了。本来火海中也没事，没想到风向一改，火苗直向我追来。在后面的同学就喊了起来："童庆炳你快跑啊，火追着你过来了！"我就只好往上跑，跑到山顶上，我已经感觉自己被烧了，火苗越来越大，情急之下，我从山顶上滚了下来。后来才知道，我后面的头发全都被烧掉了，耳朵后面、脖子被烧伤。于是我在龙岩医院住了几天。后来《闽西日报》登了一则新闻，评我为这次救火的"救火英雄"。现在我还保留了一张照片，就是当时在医院里，群众给我送鸡蛋的照片。这样，学校就特别看重我，让我填表入了党，我就成为了全校学生中唯一的一个党员。

还有一件事，对我也很有意义。当时我胆子已经很大了，敢于给外面投稿。

现在想来,如果我那篇小说当时被《福建日报》副刊发表的话,现在我可能不是一个评论家、理论家,而是一个作家了。我写了一篇以剿匪为题材的小说,《福建日报》副刊的编辑看了以后觉得非常不错,于是稍微改了改,排版准备发表。后来他们发现作者只是个学生,还是个中学生,觉得"是不是太幼稚啊",就这样没有发表。但是他们把校样给我寄来了,我印象中上面有很多红笔改的样子。其实那篇小说是我真正的处女作,可惜没有发表出来。

后来到了师范三年级的时候,我看了一篇苏联的小说叫《古丽雅的道路》,这是描写苏联反法西斯战争为题材的小说,写了一个女英雄的故事,让当时的我非常激动。我写了个读后感,便给《文汇报》寄去了。《文汇报》给我登出来了,短短大概不到一千字,还给我寄来了五块钱。后来,在 20 世纪 80 年代,《文汇报》编辑部找了三四十个学者座谈,我就回忆了这件事情。他们笑道,没想到你的处女作是在《文汇报》发表的。当时收到这五块钱的稿费时,觉得真的很多很多啊,好像怎么花也花不完,这记忆里的滋味令人难以忘怀。我常想,如果当时我那篇小说在《福建日报》副刊上能发表,而不是我的读后感被发表,或许我会走上创作的道路,但也许我就不会来北京了。

龙岩师范是我永远不能忘怀的学校。我已经决定,我死后,我几十年收藏的这一万多本书,要捐赠给龙岩师范学校(已改名为龙岩中学)。当然,我也可以送给我们学校和我们文艺学研究中心,但是我买的这些书与学校和中心大部分是重复的。如果在龙岩中学,现在的那些孩子里面,有些人也和当年的我一样正在做文学梦,想读《浮士德》,那他们就能从我的书里找到《浮士德》,开启他们的文学之路。

第三年,面临分配,学校很重视我,让我留在龙岩师范附小当小学教师。这样也就实现了我当初的梦想,一个月可以拿 28 块钱,我感到心满意足了。本来我已决定就要留在小学工作了,突然福建省教育局来了公文,说这个班可以选四名学生去高考,但是只能考师范类大学。当时我想都没想,直接填了北京师范大学,而另外两个志愿我就根本没有填。当时的想法是,考上的话就来北京,见见毛主席,不行,我就安心在附小,还当我的小学教师,反正有 28 元钱啊!

可喜的是,我们四个人都如愿考上了,三个人来到了北师大,一个去了华东师大。北京师范大学以它的热情、友善、深厚、严谨和老师们的微笑迎接了 19 岁的我,我到图书馆借的第一本书就是歌德的《浮士德》,一条宽广的路在我的脚下展开。

四、初识北师大

▲ 师大数学楼前 · 大一留念

那年夏天，我在田里弯腰割稻子的时候，听到邮递员的喊声："童庆炳，你在哪里？你考上北京的大学了。"我拿到北师大的录取通知书后，全村人都惊讶了，可母亲却发愁了：一没有路费，二没有棉衣。我说这都不用愁，政府会帮助我。果不其然过了些天，龙岩师范学校来了通知，给我们四个人每人 100 块钱的路费。这样我们就有救了，于是我对母亲说，棉衣问题等到了大学也会解决的。母亲始终半信半疑。

经过 15 天的跋涉，我终于从福建西部小小的连城县来到了北京城。进北师大之后，我母亲担心的那些问题都解决了。报名后，总务处说，只要写个申请，要什么就给发,比如棉衣、绒衣、棉裤,甚至还有棉帽子。

尽管如此,大学生活对我而言仍然很艰苦。我没有褥子和枕头,被子又太薄,最困难的是我不知道北京这地方这么费鞋。母亲送我来的时候,给了我两双她做的新布鞋。但是不到一学期,两双鞋都穿透了。所以快到放寒假,春节又还没到的时候,我就盼望着母亲给我寄鞋。我的鞋后跟穿底了,每天早上要做的第一件事就是找几张破报纸,叠好塞到鞋后跟处,第二天再换新的。如此,一直苦苦等到母亲寄到布鞋。这以后,我知道了如何爱护我的鞋——去操场跑步和打篮球不穿鞋,更重要的是请师傅给布鞋钉上橡胶底。

初来北京,不习惯北京的饮食。我们那时是集体伙食,不要钱不要票,一人一份随便吃。我们学校的馒头是很有名的,个头只有两个手指那么大小,早餐时大师傅用一个大笸箩扛出来,大家围上去就抢,有些人手大,一把能抓十个馒头。可是我偏吃不惯,最多能吃两三个,幸亏有粥可以随便喝,也能喝个饱。中午饭也碰到了点问题,我是学生干部,常常课后要开会,等开完会,食堂的米饭都被大家吃光了,剩下的只有窝头,更吃不下了。还好,我们和食堂师傅的关系非常好。其中有一位从部队转业的师傅看我常吃不到米饭,他问了我情况才知道南方人不喜欢吃馒头。这以后,这位师傅每顿会给我留一碗饭,菜也给留一份,放在秘密的地方。这以后,我就都能吃到米饭和菜了,这让我感到由衷的温暖。

那时候,一个月有三块钱助学金,用来买牙膏、牙刷、肥皂之类。虽然没什么娱乐生活,但每周都可以看电影,一张电影票五分钱,一个月就要留够这看电影的两毛钱。北饭厅(后为科文厅,在现在邱季端体育馆的位置)的中间挂一道荧幕,两面都可以看,能装不少人。对我而言,这三块钱得节省着才能够用,幸亏同班里有七八个调干生,他们是拿着二三十块钱的工资来上学的。实在钱不够用了,我就向他们借。如今我的这些同学都老了,或走了,我真得感谢他们对我的关照啊!

这一年的国庆节游行,我也在游行队伍中。我们走过天安门的时候,远远地望着毛主席向我们招手。我们欢呼、再欢呼,几乎把喉咙喊破了,可欢呼声一刻也没有停下来。走过了天安门,才发现自己的布鞋被别人踩掉了,可我还在笑。因为,我们觉得国家会越来越好,生活会越来越好,一切都在向前走,就像《解放军进行曲》的歌词:前进!前进!前进!

最令我兴奋的还是北师大图书馆,我还曾写过一篇文章发在《光明日报》上。老师是活的书本,图书馆就是前人留下来的老师。图书馆是个知识的宝库,上了大学之后,很多老师不手把手教你了,要求自学。那么图书馆就给我们提供了不断的自学资源。我在中学时代向往的《浮士德》,来北师大后就借到了,正是它使我第一次进入了文学的气场。至今,我还记得借这本书时与图书管理员的对话和表情。那时候图书馆还在数学楼一层的教室,只要有新书来了,我都要跑去翻看。其中一位管理员对我永远笑脸相迎,态度非常好,谁喜欢读书就和谁聊天并介绍情况。有一天,这个服务员问我:“你借中译本的《浮士德》,这里还有德文版的《浮士德》,你要不要?”我连忙说:“我现在还不会德文。”

我当时感到知识就像一个大海,你永远也学不完,你看我来了北京,不仅借到了中译本的《浮士德》,还有德文版原文在等着我呢。我当时的第一个体会就是自己太贫乏了,知识太少了,面对这图书馆,我什么时候能把这些书穷尽一遍呢。从此,我就一本一本地借,古典的、现代的,借的最多的还是苏联的书。

当时阅读兴趣未固定在一个点上,尤其是一年级时。我喜欢《诗经》,图书馆给我提供了最好的注译本;我喜欢李白、杜甫和白居易,图书馆也有最好的选本;我喜欢苏联的小说,就一部部找来读。如,普希金的书我很熟悉;果戈理的书不仅熟悉,还对他有思考;列夫·托尔斯泰更是我重点阅读的大家。像“别、车、杜”,这三位俄国文学理论大家,当时我还不能完全读懂,但我也力图从他们的代表作里捡几篇来读。这些书图书馆都有译本,有些书影响我一生,其中有一本书叫《别林斯基论文学》,由苏联学者编辑,上海文艺出版社出版。我一次次地借,后来借得多了,干脆自己买了一本,现在这本书几乎被我看破了。

图书馆是个不竭的源泉,任何一个学生,要做好知识的储备和教学研究的准备,光靠听课读课本是远远不够的。实际上大学的课没有排得那么满,那就意味学校给你一定的自由,你不但可以看教材,还可以看图书馆各种各样的书。这大量的自由阅读时间,由自己去学习,主动地学习,然后逐渐形成自己的专业兴趣。图书馆是我喜爱的地方,可以说,它是我的老师中最博大的一位,让我感激一生。

1956 年,中央提出“向科学进军”的口号。中共八大前后是 20 世纪 50 年代学术环境最浓厚的时期。那时我大二,真是全心全意地投入学习,沉醉在课堂与书本中。那一年学到的东西,比好多年学的东西都要多;那一年读的书,比好几年读的书还要多,因为那是一个“向科学进军”的年代。

五、我的老师们

▲ 童先生与钟敬文先生在交谈

办一个学校、办一个系，还有什么比教师的严整和质量更重要呢？

1952 至 1953 年，北京的院校经过一次调整，燕京大学并入北京大学（以下简称“北大”），辅仁大学并入北京师范大学。北大和师大的中文系，力量相当，但各有特色。一般来说北大中文系的教授能说会讲，思想比较活跃；而北师大中文系老师们写的文章，带有历史考证的性质，比较结实。甚至当时有人认为，北师大中文系有“十八罗汉”（15 名教授和 3 名副教授），实力是各高校中最强的。

这“十八罗汉”可谓是群英荟萃。其中有 3 位一级教授：黎锦熙（1890—1978，现代汉语专业）、黄药眠（1903—1993，文学理论专业）和钟敬文（1903—2002，民俗学、民间文学专业）；6 位研究古典文学的教授：谭丕模（1899—1958）、刘盼遂（1896—1966）、王古鲁（1901—1988）、王汝弼、李长之（1910—1978）和梁品如；3 位研究古代汉语的教授：陆宗达、萧璋（1909—1980）、叶苍芩；以及研究现代文学的叶丁易，研究外国文学的彭慧，研究外国文学和儿童文学的穆木天；副教授则有启功(他的墓志铭头几句:“初中生,副教授,肩瘫左,派曾右”,完全是写实的)、俞敏、陈秋帆3人。当时,杨敏如、郭预衡、徐世荣、葛信益、聂石樵、邓魁英、钟子翱、李大魁、黄智显、杨占升等二十余人还是讲师或助教。这其中,有毛泽东的语文老师黎锦熙,有党内专家谭丕模,有从香港归来的左派教授著名文学理论家黄药眠,有著名民间文学专家钟敬文,有“章黄学派”的重要传人陆宗达,还有清华大学王国维教授的开门弟子刘盼遂等。当时整个学校仅有的7名一级教授,中文系就占了3名。

作为北师大中文系学生,我为我们强大的教师群体感到骄傲。作为本科生,我们都很有幸听到他们亲自给我们上课。那时候还没有研究生,没有实行学位制,只有4年(有一次改为5年)的本科。所以很多著名的老教师都给我们上过课,除此之外,我们还请外面的专家来,比如外国文学,当时系里的力量不足,就请北大英语系杨周翰、朱光潜等专家给我们上课。

对我影响最深的是中国古代文学课。古代文学分为“史”和“作品”两门课,古代文学史由李长之先生和谭丕模先生分别讲授。我的印象中,李长之先生讲前一段,让我们感受到中国文学发展的规律。他讲“《离骚》之于《诗经》是一大变化”,同时深入地分析了这一变化是怎么发生的。

李长之老师是燕京大学哲学系毕业的,他思想活跃,时常会有新见解。后来,他转到中国文学方面从事教学与研究。因为他学哲学出身,因此讲文学史就能提升到理论层面,而不只是叙述一个过程,这对我们有很大的帮助。他是从史论结合的角度来讲文学史,比如文学发生这样一种变化是为什么;比如唐诗为什么会这么繁荣,宋代为什么会出现宋词,他都能从理论上做出回答,而不仅仅是叙述过程。李长之给我们上课的教材是自己编写的《中国文学史略》,有两三本小册子。在我看来,他是个非常洋派的教授,却穿着一件非常土的长袍来给我们上课。李长之老师有鼻炎,上课常忘了带手绢,讲课讲到一半,鼻水流出来了,他就用袖子擦一下,后来擦多了,袖子两边就变成了白色了。当时,我们只要看到一个小个子穿着两袖变色的袍子进来,就会发出会心而善意的笑。李先生个子很矮,可是学问很有水平,他的全集现在已经出版,对很多问题都有精到的看法。他一直熬到1981年前后,那时他住在“北医三院”,自己都不能翻身了,我们这些学生每人轮流去守护他,我也去守护了他一夜。他到生命最后阶段,趁着能说话,还对我们说他对中国古代文学理论有些新的想法,让我们学古代文论的老师去听他口授,把他的构思记下来。

谭丕模先生讲的是古代文学的后一段。谭丕模先生是党内学者,德高望重,学术水平很高。他带着一口湖南口音讲文学史，条理清晰，有板有眼，为我们理清了中国文学发展的规律。特别记得他讲宋词对于唐诗，是一大变化，后来元曲、小说兴起，又是一大变化。重要的是，他把这变化的社会历史原因和文学自身的原因讲得清楚、深刻而又明白。他也写过《中国文学史纲》上卷，令人痛惜的是，1958年在因公出国访问途中(似乎是在埃及开罗)，遭遇飞机失事而过早地走了。

给我们讲古汉语的是陆宗达老师，他的学问在于对古代汉语烂熟于心。有两部书，他是能倒背如流的：一部是《孟子》，一部是《说文解字》，非常了不起。陆宗达是"章黄学派"的传人，现在文学院的王宁老师就是他的研究生。陆先生讲课的方法很简单，没有讲稿，来了就先用粉笔在黑板上写上一个字，然后就开始讲这个"字"的原意是什么，《说文解字》里怎么讲的，引申义是什么，再引申义是什么，讲课中间经常穿插小故事。一堂课就讲四五个字，清楚明白，又有逻辑性。他是北京人，北京话说得很流畅。讲课中间，他会插上一些生活小故事，我至今记得的还有几个。陆先生非常喜欢吃，喜欢喝酒，有一次他讲完一个字之后，他就说，你们知道吗，北京最近又开了一家新馆子，这个馆子在什么什么地方，那里面做的猪肘子如何好吃，滋味特别美，你们可以去尝一尝。正当大家尝试着要问一问"叫什么名字"时，他忽然说道："孔夫子最喜欢吃的就是这猪肘子，你们知道不?"然后接着说："好，现在我们讲下一个字。"这样，我们始终不知那家新馆子是什么名字，课堂气氛却活跃起来了，趣味盎然。

黄药眠先生是我毕业留校之后的指导教师，我是他的助教。在我读本科的时候，黄药眠先生在研究美学。从1955年开始，他发动了一场20世纪50年代的美学大讨论，中心点是批判朱光潜唯心主义的美学。1956至1957年间，黄药眠把这些搞美学的专家，都约请到北师大，每周搞一次讲座，把朱光潜、蔡仪、李泽厚等都请到北师大，一直讲到"反右"快开始，我们都饶有趣味地听了这些讲座。他准备了两次讲演，第二次讲演的题目是《不得不说的话》。很幸运，这次讲演我不但去听了，还留有一位速记员的速记稿，20世纪90年代我根据这个速记稿做了修订，写了序言，发表在上海《文艺理论研究》上。在这个演讲里，他提出一个新的观点——美是评价，美是一种审美的评价。所谓"评价"，这和"认识"是不一样的，认识是指对客体一种很客观很冷静的分析、综合、概括等，而评价是指我这个评价人对评价对象物产生的感性的、理性的甚至包括情感的评价。这完全是一种新提法，那时我是在旁边听他的报告的，可是当时我不能完全理解，只是觉得他说得很有道理。可是道理在哪儿，当时我不是很清楚。直到他去世之后，我整理他的文稿，在修订过程中才真正认识到黄药眠先生认为单一认识论解决不了复杂的美学问题,而应转到价值论上去思考问题,他才真的是那次讨论的有别于认识论的第一家。

黄药眠先生带三四个助教,给我们开课。他给我们开的是作品分析课,他认为作品分析对于搞文学理论的人来说,是最基础的工作,一定要把这个基本功练好。一部作品拿来了,你怎么分析,如何看待它的结构,如何看待它的语言,如何提炼它的主题,如何看它的情调,如何看它美学的特性,都由他手把手教我们。我记得他讲的第一篇作品就是《卖油郎独占花魁》,讲得非常深入有趣,至今令我印象深刻。后来还讲过一些现代的作品,如赵树理的作品等,然后让我们分析作品。他给我们批改作业是一字一句地批改,非常认真。所以,分析作品成为北师大文学理论学科的重点和特色,这和我们重视当代文学创作是相联系的,这是黄药眠先生开创的传统。

启功先生给我们讲的课很有限,当时他还是副教授,上课形式多半是专题讲座,主讲元曲、散曲。这一部分很难讲,不但古文难读,很多字是元曲里的规定台词,完全不懂这些意思字典里都查不到,如果没有戏曲知识。启先生知识渊博,他不但能把元剧的整体讲清楚,而且细节也能讲得津津有味。

启先生是个很风趣的人,他将自己的课程称为"猪跑学",按我个人的理解,所谓"猪跑学"就是讲到哪里算哪里。但是"猪跑学"可不简单,中文系没人能讲他那样的"猪跑学"。他对中国古典的了解,包括杂文学、古典笔记及戏曲等民间文化,都有很深的了解。他的记忆力又特别好,到了 80 多岁时,几十年没见的学生,他依旧能叫出名字来。这是非常不简单的,他可能是用心去记的,因为他觉得人是最重要的,所以首先要记住人家的大名。

20 世纪 80 年代有一段时间,启先生住在小乘巷,我住在月坛北街,离得不远。由于我当时是副系主任,常常隔段时间就骑车去他家,有时是问候,有时是请教一些问题,或者麻烦他做一些事情。当时他还没有被选为书法家学会会长,书法也不像现在这样吃香,他非常寂寞,所以每当来学生了,他就很高兴。他的书房非常简朴,除了一些古书、一张书桌、一把硬椅子,就是放在他对面的一个条凳,用来招待客人用。我每次去他都很客气,他还要把他的椅子搬出来给我,自己坐条凳。我说:"哎呀,启先生,我是你的学生啊,干嘛和我这么客气。"他就笑了,很豪爽地问:"有什么事,说!"他喜欢吃五香花生米,就把装有花生米的碟子从他手边推过来,说:"你吃点,很香!"我说我不吃这个,给他推回去,然后他又推过来,我接着推回去……这样推来推去,直到把花生豆推到我们俩都够不着的地方,这才开始说正事。

到了晚年,我们变成了邻居,我在红二楼住,他住在红六楼。他有时候寂寞了,没人说话了,就给我打个电话,说:“请你过来,有一件事找你说说。”实际上就是去聊天。聊天时他讲的都是古典,我甚至听不懂。启先生博览群书,尤其喜欢阅读杂书,古典的枝枝节节他都非常精通,很多问题他都有自己的看法。不了解启功先生的人,会说启功先生“客气”,可是一旦我们师生在一起聊天时,他就暴露了他的“面目”。比如,有一次我们谈到老舍的《骆驼祥子》,我说里面的人物写得活灵活现。他认为这理解不对,实际上这是部有点概念化的作品。我又说,那他还有一个话剧《茶馆》,大家都说好。他反问我:“你也说好吗?”我说:“我也很欣赏。”他说:“那算是好吗,连写话剧的方法他都没有掌握。”我连忙问是什么意思,他说:“幕帘一拉开以后,台上好几十甚至上百人,这让观众看哪个人说话呢,哪有话剧这么写的啊? 话剧啊,像曹禺那么写,才像是话剧的样子。”我说那老舍的语言总是有特色的,京味语言地道极了。他说:“那你纯粹是个南方人,你知道什么是北京话吗?”然后,他叽里呱啦给我说了几句,我根本听不懂。紧接着,启先生说解放前有些作家你们都不重视,他跟我提了几个名字——后来我把记下来的纸条给了文学院的王一川。他说:“像这几个人,才可能是京味作家,他们真是在茶馆里,把报纸边撕下来,一边喝茶一边写,写完后就直接有报馆的人来收他的稿,在报纸上连载。”启先生认为这些人写的东西很有京味,在喝茶之间挥笔而就。他对古今许多人物和许多正统的看法都不一样。可是这些他不拿到外面去说,只是跟说得来的学生聊聊天、讲一讲。

启功先生的老师叫陈垣。还有一个年纪比启功先生小一点的,叫郭预衡,是陈垣先生正式的研究生。郭先生的学问也很渊博,特别是对中国文学史,尤其是中国散文史。如果说中国古代的诗文研究当代有两大家的话,那诗歌就数南开大学从加拿大回来的叶嘉莹,而散文方面郭预衡先生可以称为第一家。他们两人是辅仁大学同班同学。

郭先生原来是学历史的,但是他偏重于文学史方面,所以他在中国文学史上造诣很深。他当我们老师的时候,不过30岁出头,那时他希望写一个全面的文学通史。后来20世纪60年代初的时候,我们一老一少,老的是他,少的是我,被批判为“白专”道路,给他身上压了很多他不喜欢的事情。这种情况,耽误了他的时间精力,没有完全实现他的梦想。但是他写了一部150万字的《中国散文史》(上中下三卷)。有这部散文史,我想今后中国的30年到50年,没有人敢再写散文史了。这部散文史所表现出来的功力,对散文研究的深入和精细程度,对各代散文之间的承继关系与流变,对不同散文家不同品格的把握,都达到了很高很深刻的境界,而且文字也非常出众。郭预衡研究古人如何写文章,因此他自己写的文章也非常有文采。他曾经集中研究过鲁迅,他写的那些研究鲁迅的文章都非常漂亮。郭预衡不但"四书五经"这些都能背,另外《国策》《国语》《左传》等很多散文作品也都能背得滚瓜烂熟。他给我们上课的时候,翻开《战国策》里随便一段就呱啦呱啦背起来。我印象里,有一次给钟敬文先生开民俗学座谈会,主要的发言人就是郭预衡先生,就在那个发言中,他成段成段地背诵《国语》。如果用一个字来概括他的学问,那就是"通"。

▲ 童先生(右一)与郭预衡先生(中)在一起

以上两位老师以学识渊博见长,而另外一些老师上课的功力同样令人惊叹。现年 97 岁,也是燕京大学的毕业生,至今还健在的杨敏如老师就是我非常喜欢的一位老师。她是"文革"结束之后才去古典组的,当时给我们上外国文学课,她擅长讲宋词,著有《唐宋词选读百首》,她功力很深,又很生动地为我们精讲。在这之前,她一直都在外国文学教研室讲外国文学。她的英文非常好,但当时给我们讲的都是苏联文学。由于她的学术功力很深,所以她对苏联的作家作品有非常深刻的体验。更重要的是,她讲课的时候,带着一种热情,这种热情变成一种吸引力,能够吸引学生。很多老师给我们讲的课我们都忘了,但是杨敏如老师给我们讲课的一些细节,我至今仍然能够记得。比如,她讲法捷耶夫的《青年近卫军》,给我们讲了很多英雄,其中有一位叫刘芭。刘芭被敌人抓住了,敌人要枪毙她,刘芭说"那你们就开枪吧!"德国鬼子让她转过身去,她说:"我是不会转身的,你们要杀我，我要面对着你们，要看着你们的眼睛，看看你们是如何杀人的。”这段话表现了女英雄的气概，至今还令我动容。对于老师来说，学问就在讲课中，怠慢教学是吸引不住学生的。

比杨敏如老师年纪小一些的，还有一位徐世年先生。徐先生是江浙一带的人，讲普通话，却带着一口软软的吴音。他当时还是讲师，给我们讲宋词。就上课的效果而言，我认为可以评到当年中文系的前三名。他那种传达词语感情的能力非常厉害。他讲柳永的《雨霖铃》，“杨柳岸，晓风残月”“执手相看泪眼，竟无语凝噎”。哇，讲得把全教室人的精神都集中到他那里了，整个教室静悄悄的，只听到他一个人在那里讲。他没有讲稿，一句一句合情又合理地讲到我们心里。这位徐先生给我的影响就在于，他不是纯讲理论，而是非常注重作品里面所传达、所表现出来的各种各样的情感，欢乐的、悲哀的、孤独的、欢快的、豪放的、婉约的，他都能够传达得绘声绘色。所以，我从事文学理论教学和研究不会专讲理论，任何一个论点我都要找到作品作为实证，来证实我的观点，这是徐世年、杨敏如这些先生给我的影响。

我们北师大中文系的学术传统，可以上溯到王国维。为什么这么说？这是因为我们有刘盼遂先生。

刘盼遂先生是河南人，他是清华大学国学院“四大教授”第一个研究生班的首名弟子，他的直接导师就是王国维。王国维投昆明湖后，遗体被捞了上来，当时只有一个梳着长长辫子的人跪在他的面前，这个人就是我的老师刘盼遂。刘老师个子不高，留着长辫子，穿着长袍，是传承王国维学问很重要的一位学者。

他是真正称得上国学大师的，对中国古代的语言、文字、历史等无所不知、无所不通。我大一有幸听了他一个学期的课。

刘先生上课非常自由。我现在的印象就是，他给我们讲了好几个月的《史记》，《史记》里的名篇基本上都讲了。他的学问大到什么程度呢？有一次，他讲《廉颇蔺相如列传》，光是对这个“蔺”字，他就用考证的方法，考证了整整一节课。可是他操着一口非常浓重的河南口音，这对我这个刚到北京的南方学生来讲，怎么也觉得听不太清楚、听不太明白。一方面是因为他河南口音非常重，而另一方面，则是由于当时的我对中国古代历史文化的那些背景性知识掌握还不是很丰富，所以我没听懂。可是程度比较好的同学都听懂了。哇，都赞美不绝！同学们说，这就是北师大之所以为北师大、北师大中文之所以和北大中文并列全国第一的原因——因为有这样大师级的人物，有这样学问功夫很深的人物。

可是我听不懂，并遗憾地认为这是我很大的损失，怎么办呢？于是凡是刘先生下一次课要讲的内容,我就事先预习。我预习每一篇他即将要讲的《史记》章节,一定是自己都看得差不多了再去听课。听不懂河南话,上课的时候,我就不做笔记,专门看他的嘴型。因为我已经预习好那些知识了,就可以对照口型来帮助识别和理解,就这样,我慢慢从基本听懂到完全听懂。所以,我《史记》学得非常扎实,这是因为刘盼遂老先生讲得非常精彩。

刘盼遂先生既是一个学者,又是一个藏书家。他最有名的一部藏书叫宋版《十三经》,是无价之宝。刘先生爱书爱到什么程度呢?他有个藏书的书房,他自己也睡在那个地方。北京的冬夏气候变化很大,夏天下雨的时候很潮湿,而冬天又很干燥寒冷。古书的书页在气候潮湿转为干燥的过程中就会有变化,可能会受损。刘先生真是爱书爱到了跟生命一样重要,因此他冬天从来不烧火炉,宁愿挨冷受冻,也不愿意让他的书遭遇到破坏。除此之外,他还有很多书,后来由他儿子送给了我们图书馆。其中有一本书叫《大明通典》,据说全国就此一部,这孤本记载了明朝各种各样的法律、守则等。此外,还有很多别的藏书,都是很珍贵的,所以他是名副其实的藏书家。

在那些给我们讲课的老师中,邓魁英老师可能是最年轻的一位。她给我们讲了很久的唐诗。那时她刚 20 岁出头,比我们大不了几岁,又长得端庄、漂亮。她还说着一口标准的普通话,那话不快不慢,抑扬顿挫,十分流畅。她把每一首诗所抒发的情感、所具有的艺术氛围、所包含的生活气息,都讲得既有条理又具有诗意。当时还盛传,她的口才好到自己亲自到法庭为家人辩护。后来我亲自问过她,邓老师说,是有那回事,只是事情原委并不像同学们传的那样而已。

我为什么要用这么长的时间反复地来讲我这些老师们?一方面,是说明北师大中文系教学研究的实力很强,在全国是顶尖的;另一方面,更重要的是它对我日后学术生涯的影响,对我学术研究的一种启示。

我可以这样说,老师们的这些课程,他们对作品的分析、问题的理解,以及他们提出的一些新鲜的观点,乃至他们刻苦治学的精神和方法,都变成了一种学术的血液流淌到我的血管里,使我日后无论是提起笔写文章,还是走上讲台面对学生,我都会想到这位老师或那位老师。所以,他们的教学作为我的积淀,成为我人生历史的一部分,成为我学术生命的一部分。如果我不进北师大中文系,接触不到这些老师,我的学术会失去血色,我可能一无所成。如果说,我今天在文学理论教学和研究方面,做出那么一点点小的成绩的话,都是跟这些老师们的教导密不可分的。所以老师是我永远不能忘却的,他们是我历史和生命的一部分。谢谢您,我的老师们!

六、我的第一课

1958年冬天，在新一教室（编者注：独立一间的平房阶梯大教室，在学16楼西北角位置）里，我走上讲台，咳嗽两声，清了清嗓子，说："今天，我们开始讲文学的类型。"就这样，在台下400双渴望知识的眼睛注视下，我开始了留校教学的生活。

为了准备第一堂课，我不知下了多少工夫，真是体味到了当一个大学老师的不易。因为过去没有写过讲稿，于是要模仿人家的东西，还要逐字逐句改。这时候还谈不到什么创造，无非就是把现成的知识，做个梳理概括。

文学的类型是个较为浅显的题目，国外是三分法，中国是四分法。三分法，就是抒情类、叙事类和戏剧类。咱们中国呢，就是小说、诗歌、散文、戏剧。那么就要讲这些文体与题材的特点。关于特点，有很多教材都可参考，但是怎么取舍这些论点，费了很大工夫，我简直是用出了所有的聪明才智，还经常开夜车。我很重视自己的第一课，终于能把第一课的讲稿拿出来了，就请黄药眠先生看稿子。黄药眠先生翻了几页，却说："你这个字啊，写得太差了，不好认。"然后让一位年轻讲师帮我誊写了一遍，再请黄药眠先生看。黄药眠先生说："写得太全太多了，有很多东西不是某个文体的特点，而是所有文学体裁的共有特点，这些你总体上讲几句就够了，要删掉。"所以在他的指导下，我开始做修改，真是不知折腾了多少遍。终于到了新一教室，面对400个学生，我讲出了"今天，我们开始讲文学的类型"，这是我人生第一次站讲台。

我的第一课啊，讲的是非常失败的。为什么说非常失败？因为我离不开讲稿，我不能脱稿来给大家很生动活泼地说明一个问题，或者是把一个例子解剖得很细，我做不到这一点。所以我这个课，大家听起来有条理，但实际上就是一般的知识，还是靠念讲稿念出来的，不是从心里面说出来的。现在，习近平总书记主张甩开讲稿来讲话，这个非常重要，能说出来的东西这才是真东西。你真懂的东西，才能脱开讲稿说出来，而不懂的东西只能念，念过去了可能你不懂，学生也不懂。

我想，我让那400个学生感到失望了。当然，后来我还上了几次课，慢慢有些提高，但总的来说，讲得都不是很好。对我而言，不可能一上台就能够那么从容，能够尽情地发挥，就像小孩刚刚开始走路，还在蹒跚学步的阶段。下课后，我非常难过，嗓子也讲哑了，出了一身大汗，可是课却失败了，这就是我的第一课。当时，也有别的老师坐着听我的课，看我讲得怎么样。他们也感到不满意，给我提了意见，于是我陷入了教学的困境。

由于讲课的失败，我在文学理论组待的时间不长，便发生了工作的变化调整。在当时教研室主任同时兼系副主任的提议下，我被调出了文学理论教研室。系里没有办法，只好把我调到学校的教务处。

教务处分为三个单位，一个是教务处，一个是社会科学处，一个是自然科学处。我就在社会科学处的一个科当科员，每天要上 8 小时的班，上班的时候只许看报纸、喝茶，但是不许看书。其实，那时社会科学处也没有多少工作，所以白天这 8 小时过得非常漫长、枯燥、没意思，但是又不能不去。可以说，这就是我在留校以后遭遇的第一个挫折。

但也是在这过程中，我开始了思考：怎么能够提高我的业务水平、学术水平，返回中文系。于是我就开始研读《红楼梦》，一方面因为我对《红楼梦》的确有兴趣，另一方面正好遇到曹雪芹逝世 200 周年。当时毛泽东的口号是“劳逸结合”，希望大家缩短工作时间，休养生息。但对我来说，那是关键时刻，是决定我还能不能够继续走文学研究道路的关口。所以，我把《红楼梦》真的不知读了多少遍。毛泽东说要读五遍，还有人说要读十遍，我读《红楼梦》啊，肯定不止十遍。我印象里，《红楼梦》这一百二十回的章目，我是全部都能背诵的，又有几章我也能够背诵。据我所知，全中国能背诵《红楼梦》全本的，只有一个人——茅盾，他能把《红楼梦》从头背到尾。你要说背诗词、背古文，这都比较容易，但是要背一部长篇小说，这很难的，但是我当时就冲着这个目标努力的。我先把一百二十回的章目都背下来，然后把一些比较重要的章节，特别是介绍性，比如说“冷子兴演说荣国府”，像这些带有概括性的章节，我都背下来了。林黛玉第一次出现在贾府那一回，我也背下来了。我把《红楼梦》弄得滚瓜烂熟，到最后我的论文写完以后，我的脑子都还沉浸在《红楼梦》中。

1962 年年底，我写了一篇一万多字的《高鹗续红楼梦的功过》。这篇文章经过中文系五个教授的鉴定，其中最重要的就是黄药眠先生、钟敬文先生，他们写的鉴定就是“思想文字皆好，可以在学报发表”。

那时候，我们发表文章的阵地是很少的，《北京师范大学学报》也是刚创刊，青年教师甚至教授要发论文都不容易。我的论文受到好评并在学报发表以后，总支决定把我调回教学岗位。这样，我就又回到中文系，还回到文学理论教研室。

七、两次赴外经历

▲ 童先生和阿尔巴尼亚学生在一起

我在越南前后一共待了三年，从1963年8月到1965年7月。我去的时候正好27岁，这对我是一个很好的机会。由于我们的衣服都很破，去越南之前教育部给我们统一置装——一套中山装、一套西装、一件风衣，还有衬衣，花了好几百块钱，我的面貌一下子就焕然一新了。

那时候，我们中国和越南的关系是非常好的。当时我们提出的口号大概意思——8亿中国人是你们的后盾。这是一种“革命友谊加兄弟情谊”，所以越南人对我们非常友好。他们虽然很艰苦，但对我们照顾得非常周到，甚至经常会有他们的领导人到宾馆来看望我们。我印象最深的是1964年春节，大年初一，胡志明来看我们。我们的旅馆里面有个花园，他就站在那花园的台阶上，我们站在花园的台阶上下簇拥着他。当时他精神还比较好,脸上红扑扑的,穿着一双中国棉鞋,令我记忆犹新。

我在越南的教学任务非常繁重,每周24节课,每天四节,于是每天下午和晚上全在备课。在越南三年的教学过程,我写了自己备课的讲稿,作品注释从《诗经》一直到《红楼梦》,近60万字,还写了一部《中国文学史简编》。后来,《中国文学史简编》被越南学校的教务处用钢板刻印了出来。

我记忆最清晰的是1964年10月16日,那天中国的原子弹爆炸成功了,《人民日报》出了号外,中央广播电台连续播报,所以我们第一时间就知道了。接近傍晚的时候,所有的人都涌出来了,在旅馆里面欢呼啊,叫喊啊,互相拥抱。原子弹来得太及时了,因为当时我们跟美国是对立的,跟苏联是对立的,而我们自己又没有原子弹。他们不管谁甩一颗原子弹到中国来,我们没法反击他。所以原子弹爆炸成功,对我们来说是一件大事,一件突如其来的喜事。

第二天,我照样还是去上课,这一路上都非常平静,好像没有发生什么事情,但是我的心情依然是激动的。那天,小车开到校门口的时候,校门紧闭。咦?这很奇怪,平时小车开到校门的时候,校门是开的,司机慢慢地也就停下来了。突然一瞬间,大门打开了。哇!那一天,河内师范大学全校师生放假一天,就是为了祝贺中国原子弹爆炸成功。我刚从小车里面出来,那个会说法语、个子很矮的校长就笑嘻嘻地等在车门边上,跟我握手拥抱。然后我听到了四面八方像山呼海啸一样的几千人的声音,只有两个字:"中国!中国!中国!"整个校园这个时候就只有两个字——中国。然后,大家不由分说地把我抬起来,不是抛,是一直抬着,抬到他们能装几千人的茅草棚礼堂里,把我推到讲台上面。那是个舞台,校长、各系的系主任、翻译,都上去了。校长致辞之后,就把我推到前面,让我讲话。我毫无准备,幸亏当天那种感情啊,涌动着一种对祖国由衷的热爱。所以我也很流利地进行了表达,在几千人的关注下与聚精会神的等待中开始讲话。可能我说的第一句话是,"诚如你们今天所知道的,中国的第一颗原子弹在昨天升空,爆炸成功了",然后全场又是"中国、中国、中国"。当时他们正在跟美国打仗,中国的原子弹爆炸了,对他们来说是一种支持,是一种力量。中国是他们的后盾,后盾有了原子弹,就好像这原子弹不仅是属于中国的,也属于他们,所以他们是那样的欢呼雀跃。后面我还可能讲了很多话,每讲一句话就会被"中国、中国"打断。这是我一个终生难忘的记忆。所以很多日子我都忘了,唯独1964年10月16日,这一天,这个日子我不会忘记。就在那一天,我觉得祖国和我个人的名誉,是紧密地融合在一起的。祖国好了,我们才能好,祖国富强了,我们才能富强。只有祖国强大了,个人才能在这个伟大的祖国当中成长起来，能够做出自己的贡献。离开祖国，什么都没有。

越南的三年，在祖国的关怀下，同时也在越南人民的关心下，我在政治上、知识上以及教学的经验上，都有了很多的积累和发展。了解我的人就开玩笑说：“童庆炳啊，在北师大读了本科，在河内师大读了硕士。”

从越南回国后，我到刚组建的北师大留学生办公室当了一年的教研室主任，很快我又被教育部选为赴阿尔巴尼亚教授中文的专家。于是在1967年8月，我从南线广州，经过柬埔寨的金边，到巴基斯坦的卡拉奇，过埃及开罗，再到意大利的罗马，然后到意大利一个叫巴里的港口城市，从巴里乘坐七个人的小飞机，飞越地中海，到了阿尔巴尼亚首都地拉那。

在地拉那大学教学的内容很简单，对我来说工作并不繁重，这样我就腾出了大量的时间读书。我早晨七点钟去学校，下午三点左右回到宾馆，吃晚饭后差不多四点，四点以后的时间就全部属于自己。晚上没有娱乐，所以我开始大量阅读典籍。

首先遇到的困难是找不到书，没有书怎么看呢？后来我就打我们大使馆的主意。

大使馆在我的宾馆通往地拉那大学历史语言系的路上，由于是必经之路，所以我常常到大使馆转悠。我转悠的目的，是找到大使馆的图书馆。我每次在他们的午睡时间进入大使馆，然后到处转，一个楼一个楼地转，一层又一层地转。终于，我的行为被一个文化参赞识破了。原来，自从大使馆的内部图书馆被馆内红卫兵封了之后，他就是第一个“偷书人”。在参赞的指导下，我也开始了“偷书”生涯。这里面书籍的丰富是当时的我不能想象的，比如《鲁迅全集》，在中国只有1958年出版的十卷本，但是这里是“红皮本”——解放前出版的十六卷本。《鲁迅全集》是我比较早看的，我看了三遍，做了笔记，对我启发非常大，真正让我理解了鲁迅，理解了鲁迅的小说，理解了鲁迅的思想。然后，我就开始有计划地读古籍。从《诸子集成》到《二十四史》，包括《左传》《国语》《国策》，尤其是《史记》《汉书》等，我都找来读。

这些阅读让我受益不浅。所以在阿尔巴尼亚的三年读书生活，为我日后的科学研究打下了非常好的基础。所以又有人给我概括，说：“你是在越南读了一个硕士，然后又在阿尔巴尼亚读了一个博士。所以你现在作为一个博士生导师也就不奇怪了。”

阿尔巴尼亚这三年对我来讲，也有遗憾。遗憾是什么呢？我在那儿待了一年,第二年就又来了一位新的老师,讲英文的。每天早晨我们两个都要走四十分钟才能到学校。清晨七点的时候,我们从西部出发,越过整个市中心到郊区,中间四十分钟,静静的,整个城市都没有车,非常安静。我们所能听到的,就是路上那些女士的高跟鞋所发出来的“嘎达嘎达”响声。这位英文老师是谁呢?很多年之后我才知道,他就是杨澜的父亲。他当时是外国语学院的老师,20 世纪 50 年代在英国读的英语,英文棒极了。我的遗憾就是,当时我一心钻进古典,没想到英语在日后会有大用(当时我们的一外是俄语)。如果我知道,那么我当时就开始学习英语,那时候年轻啊,记忆力也好,在每天上下班同行的八十分钟可能就把英语渐渐都学会了。

八、我的“忙季”

▲ 童庆炳先生部分作品

改革开放到来，祖国一片坦途。李光曦的《祝酒歌》曲调，重新唤起我们青春的激情，唤起我们工作的力量。我也有自己的梦想了，我们真的可以在学术上起步了。

新时期开始，是我人生的一个转折。过去人说：“人到中年万事休。”那个时候我们也人到中年了，到1978年我已经是42岁了，所以是人到中年时期。但是，不是觉得“万事休”，而是觉得万事刚刚开始，刚刚起步，我们终于在中年时期遇到了一个好的机会。我知道，历史新的一页已经翻开了。

1979至1983年期间，我出任中文系副系主任。

我做副系主任，第一项工作就是教学改革问题。当时，我参加了教育部编制新的教学规划的会议，并任组长。我当时有两点思想：第一是既然是大学，就要给学生留下比较多的时间，课程不要安排得太满，让学生有更多的自由阅读的时间。

第二个思想就是一定让中文系学生通过大学这几年的学习,能真正地读古文,了解中国古代的文化传统。这一点体现在课程的安排上,就是我们安排的古典文学课程贯穿整个大学四个学年。第一学年、第二学年学古汉语,并且不再纯粹讲理论,还必须讲古文,并要求学生背诵一定篇目的古文。这对于五六十年代那种教学是一个解放。总之,既要给学生留下大量的阅读时间,又要让学生把古文读通。

经过我们几年贯彻,北师大更严格地实行教育部的教学规划。有一段时间,我们北师大文学院的毕业生阅读古文的能力超过了北大。这个话不是我们说出来的,是北大自己说出来的。北师大的这种安排使学生受益匪浅。

另外一项重要工作,就是教研室工作的恢复。重建教研室的过程中遇到很多问题,这过程非常复杂,我们下了很大力气,终于把各个教研室都重建起来。

教研室重建之后,1980 年又恢复了学位制,我们要去申请硕士点、博士点。1981 年申报博士点,第一批像陆宗达先生领军的古代汉语博士点申请下来了,还有现当代文学以李何林先生为首的博士点也申请下来了。

我的老师黄药眠先生,起初他不愿意申报博士点。到 1983 年,我第二次去找他,这一次,我公开跟他"亮底牌"了。最后他勉强同意,不过他要求所有事情都要我管。他的博导资格很顺利地就通过了。这样,我们北师大在 1983 年获得了全国第一个文艺学博士点。

在改革开放初期,主要涉及的是"转型期"的工作。包括课程改革、评职称、重建教研室等,这个过程耗费了我很多精力,对我来说确实是非常累的,家里面对我很不满意。

我家当时住在月坛北街,我下午一点钟吃完午饭以后,骑车四十分钟到学校,然后开始一天的行政工作。加班是常事,经常是要吃完晚饭之后,我才能够回家。家务活过去都是我干的,从这个时候开始,我全部甩给我的爱人曾恬去干。那么这样,她就对我很不满意。

有一次,大概是十点钟了,由于公交车老不来,我等了很长的时间,还需要转一次车。回到家里,已经十点多了。曾恬呀,就开始"没完没了"地教训我,说:"你作为这一家之主,却把家里面的活全部甩给我。我也有工作啊,我也要面对一个班学生的教学,你忙,我就不忙吗?我比你更忙,可是你把家务活统统甩给我,你是干什么的?你在家里就是一个白吃饭的!"我就像一个小学生,得等她把气撒完了,自然就会好一点。当时,说到"白吃饭的"这几个字的时候,我的小孩,那时候已经上北大了,平时他在我们家里面"站队",从来都是站在他母亲那一边的,不知道为什么,那天他突然站在我这一边了。他把我当时的一个帆布书包抢过去,一股脑地抖在地上:“你说我爸爸是白吃饭的,你看看他干什么活!”

东西散落一地,里面什么都有:我所有的工作计划,一些教案,开会的记录本,还有我每个月要给家里寄钱——寄钱留下来的那个小条子。最可笑的就是我那个包里面,因为我一般回家的时候骑车经过白塔寺,白塔寺旁边有个很大的副食店,我常会买一些各种各样的熟食回家。但是没有地方可放,也都放在那个书包里。因此那书包里就会有纸包着的、残留的、黏黏糊糊、已经发臭了的肉末。我儿子一样一样扒开来给她看:“你说我爸爸是白吃饭的吗?”后来我就一直讲这个帆布书包的故事,我认为这是一个很典型的细节,跟《人到中年》那小说里所写的“中年危机”的意味很像。当时忙得一塌糊涂,没有办法来协助我的妻子把家务活做好,把家里的事情整理好。这真是我的“忙季”啊!

九、“两栖动物”

▲ 童庆炳先生的部分文学作品

改革开放以后，除了当副系主任，担任研究生院第一任副院长外，我还一边研究教学、一边创作，取得了一些成果。由此，我在别人眼中便成为了不多的“两栖动物”。

回顾过去，我的学术研究以及发表论文是随着时代变化发展的。这跟当时的文坛、文学创作、文学批评所提出来的前沿问题、热点问题密切相关。改革开放之后，思想解放也是一步一步来的，并不是一步到位。比如，当时的文学理论，还是要从毛泽东的著作里寻找一些根据。最早一个根据就是报纸上发表了毛泽东跟陈毅谈诗的一封信，在那封信里面有一句非常简要的话："诗，是要用形象思维的。"这样，"形象思维"的问题一下就提到文学理论界的面前，形成了百家争鸣的局面。所以在1978、1979年，我也发表了关于"形象思维"的文章。

随着"形象思维"讨论越深入，我意识到一个很重要的问题——我们过去的很多创作，只是用形象作为传声筒来传达思想，因此这些作品往往不能感动人。因为它是在配合某种观念、某种政策来写某种作品。20世纪五六十年代，我们当然也出过一些比较好的作品，但是大量的小说都有公式化、图解化、概念化的毛病。一个作家要表达一种观念，然后围绕这个观念，设计出一组形象，讲一个故事，这就变成小说了。在这种文学观念影响下，文学就变成了讲一种思想或概念的工具。典型的就是"文革样板戏"追求的主要的目标。

所以，"如何理解文学的特征"成为了一个非常重要的问题。那种认为"形象和形象性就是区别文学和非文学特征"的观念是有问题的。我就抓住这一问题，通过独立思考，力图寻找另一种说法，以促进中国文学理论的转型。1981年，我发表在《北京师范大学学报》上的《关于文学特征问题的思考》是我那个时段最重要的论文。同年，我还发表了《评当前文学批评中的"席勒化"倾向》。我这两篇文章集中想解决"文学的特征究竟是什么"的问题。在1983年，我又写了另外一篇长达3万字的《文学与审美》。这几篇文章构成一个系统，论述了"文学特征问题"。

后来有人归纳，说"童庆炳想做的事情，是要把文学的形象特征论，改造为文学审美特征论"。我觉得这个归纳正好符合我的想法。如果说，1981年《北京师范大学学报》那篇文章是我对别林斯基提出质疑，初步提出了文学审美特征论的话，1983年的《文学与审美》详细论证了文学审美特征论。

1984年，我写了一部40万字的教材。由于中共中央组织部（简称"中组部"）为了提高广大干部的学历水平，设立了一个科目，叫党政干部基础科，开设十门课程，在全国各地通过电视上课。十门课程中就有文学概论，由我主讲。我用了整整半年的时间，一边写讲义，一边讲授。那时候每周三下午，只要打开北京电视台，就可以看到我在讲课。我在电视上讲课的内容总结为了以文学审美特征论为主导思想的教材，在红旗出版社出版。全书分为上下两册，头一版就发行27万册。因为通俗易懂，又搜罗了很多例证，所以大家很喜欢这个教材，我也因此成为了北京市的劳动模范。教材出版后，出版社给了我8000元稿费，"中组部"又给了我2000元上课费，合在一起，我就成为了"万元户"。

在研究文学理论的同时，我和妻子开始了文学创作。当时"伤痕文学"非常火爆,谁要是发表一篇伤痕文学的文章,真是就一夜成名。我俩觉得我们心中也有很多感情,为什么不写呢?有一次,妻子从她学校里听了一个故事,然后她把那故事跟我讲了。于是我们合作,花了两三个月的时间讨论,最后由我动笔完成了这部小说。小说寄到人民文学出版社,文稿到了著名作家、理论家、编辑家秦赵阳手里,得到了肯定。1980 年,我出版了第一部长篇小说,10 万字的《生活之帆》。

《生活之帆》出版以后,反响非常热烈,一印印了 7 万册,全国各地的新华书店都有卖。外地的同学给我们寄信:"你的'帆'在我们这里也升起来了。"前后收到了 500 多封信,可见那个时候文学真是了不得。

1987 年,我又撰写长篇小说《淡紫色的霞光》,27 万字,由上海文艺出版社出版。

"文革"后期,我开始讲课。一直到 1984 年,我每年都给本科生上文学概论课。每讲新的一轮课,我都要再备课。上课是老师的本分,我觉得一定要很负责任地把真正的知识传授给学生。我上课有一个特点,就是把书本上的知识、理论、观点,搭配一些比较有趣的例子、诗词歌赋、小说来讲。一本书,拿出其中的一个细节来,细细地给学生讲,从这一个细节怎么能体现出一个文学观点。另外,学生对我的课最感兴趣的是,我讲课的时候,我是把自己摆进去的,把我自己的所见所闻、所经历的甚至连一些梦境都放到课上去讲。这样讲不但课程更加丰富生动,也更能吸引学生,更能够让学生理解到,文学理论跟每个人的生命、经历、生活是息息相关的,不是纯粹的概念。

我把上课看得非常神圣。我有篇散文叫《上课的感觉》,最先发在校报上。文中就谈到我上课前必须要洗个澡,把皮鞋擦得锃亮,穿上最漂亮的西服,系上相宜的领带。上课对我来说,不是一种负担,是一种非常愉快的事情,就像过人生中的一种节日一样。后来这篇散文在《人民文学》也发表出来了,改名叫《我的节日》,这题目也被五六个刊物引用,特别是被天津的《散文(海外版)》放在头版头条加以转载,还评了散文大奖。

十、怀念那教学相长的日子

▲ 童庆炳先生与学生游香山

1984 至 1989 年，这是我人生最忙的“季节”，这几年发生的事情太多。除了一些行政的工作以外，最重要的事就是开始带研究生和博士生。1983 年，我们教研室获得了博士点；1984 年，我们开始招博士生。当时，黄药眠先生身体不太好，有比较严重的心脏病，所以多数任务都给了我。在 1984 年，我们最早一届招了三位研究生：王一川、罗钢和张本楠。

我对博士生的指导，并不在于给他们讲课，更多是跟他们讨论问题。而他们研究的是不同的领域，这样就逼着我去读各领域不同层面的文章，这样才能跟他们交流。而最重要的是给他们一些方法上的指导。关于方法，我的想法是要稳扎稳打，要把资料研究得非常扎实，要进入语境中。一个问题，一定要放到语境中去研究，不能把某个人物的一句话、某几句话孤立起来。尽管我们是研究理论，也要用历史的、逻辑的方法。

现在回过头来看,头两届博士生后来都成才了,都成了高校很好的学者。比如,北大就有我两个学生,一个是王一川,还有一个是第二届 1985 年进来的丁宁。

王一川如今在北大艺术学院当院长,是长江学者。他对美学、艺术学都有很大的贡献,在国内美学界像他这个年龄的人里,他是出类拔萃的。罗钢现如今在清华大学人文科学学院当书记,同时兼任清华大学学报主编。他在这里只读了三年的博士,应该说是三人中最勤奋、最努力的一个。那时,他的论文题目确定以后,每天就带一个烧饼去国家图书馆,一待就是一天。三年下来,他把中国重要的文学理论家的思想与来源做了一个比较清晰的梳理。很多没有进入我们学术视野里的思想都被他发现了,他的博士论文叫《历史汇流中的抉择——中国现代文艺思想家与西方文学理论》。第三个学生叫张本楠,他是中国的博士生中第一个研究王国维的人。他关于王国维的论文后来在台湾出版,也受到好评。

1985 年,我们教研室三位老师一起招进 13 名硕士研究生。那一届我原本只招了 4 名,教研室另外两位老师钟子翱和梁正华合起来招了 9 名,一共 13 名。但是不久,钟老师患病,指导不了学生了,而梁老师又要回南方去。于是这一届学生全都归到我门下了,再加上 1984 年招进来的三名博士生,1985 年又招进来 3 名,合在一起共有 19 名学生。

带硕士生就要开课,当时我给他们开了一门"文学理论专题课",为上好这门课我费了很大的工夫。因为 1978 年以后,我们放开眼光去看外面的世界,这才发现 20 世纪已经是一个理论的世纪。尤其对文学理论来讲,出现了各种各样文学理论批评的流派。当时第一批翻译过来的文献,让我们感觉仿佛一股新鲜的空气扑面而来,我们也意识到如果不研读这些书,读出心得,作为一个教师就没有资格给硕士生上这些课。所以,当时我下了很大的决心来开这门课,而且要讲出系统性来,不是再讲些陈旧的、过去的认识论的那一套概念,而是要实现文学理论教学内容的转型。

这堂课上,我要实现一种教学的民主。因为像这些外国的理论对学生们来说,是新的东西,对我来说也是新的东西,那么我鼓励交换意见。这堂课整整讲了一年,讲得很慢,每堂课都会有争论。最喜欢提问的那个学生,就是陶东风,现在在"首师大"教书。讨论到有些地方,他就会固执地举起他的手,把他的观点摆出来。紧接着,又有同学举手,说"我觉得你说得不对",这样课堂上就出现了热烈讨论的局面。就这样,我讲解的知识,被他们吸收消化了。同时,他们对问题的一些理解,也有一些很精彩的东西,是我所缺乏的,是我讲稿里的不足。这样,我们就互相补充,教学相长。这是我真正第一次体会到教学相长是什么意思。

除了我开的文艺学专题课以外，当时还开了这么一种讲课形式，就是让学生读一本书，我带大家读，一个班里面大家分工，你读这一章，他读那一章。当然我要做个示范：我读第一章后，对这一章进行概括，主要有几个观点，哪几个观点我不太同意，为什么不同意，然后提出自己的一些看法。当时，我发现学生来学做研究，但是并不会读书，要么是全信书，要么是对书里的东西抓不住要点，总是抓住一些次要的东西，而这书主要讲什么却不明白，读不懂。所以我就带着大家一起读一本书。

当时很多人读伊格尔顿的《二十世纪西方文学理论》，或者韦勒克的《文学理论》，而我选的是苏珊·朗格的《艺术问题》。这本书我引导大家读得很细。苏珊·朗格知识很渊博，她对中国的画论都很熟悉。读到其中一段，谈转化问题，说其实这是由五代后梁画家荆浩提出来的，文中是用现代汉语来解释什么意思，我就让学生去找，一定要找到原话，这样才能理解它。学生就很认真，就把原话找出来了。这是荆浩的《笔记法》里面“六要”的第六要：“墨者，高低晕淡，品物浅深，文彩自然，似非因笔。”类似这样，好些话当时译者没有译出来，但是我们作为专业读者找到了原文。

正当我发愁如何指导这么多硕士生写论文时，我们刚好申报了一个课题，是关于心理学美学的，得到了30000元的资助。我就要求这13个学生，都做这个题目。我们分为三步骤。首先每个人写出一篇3万字到5万字的硕士论文，硕士论文等于是这本书的一个提纲；然后你再写成一本书；第三步，你参与最终成果的写作。

1985年到1989年，我们集中精力研究，手稿写成了，论文也都通过答辩了，一共出了16本书。其中，值得一提的是陶东风的《中国古代心理美学六论》，这本书不知怎么流转到季羡林先生的书房。季羡林专门看了陶东风的这本书，说：“这本书了不起，学贯东西古今啊！”然后问“这是谁带的研究生”，一了解是我。于是陶东风、我还有季先生的另外一个学生——一个梵文学者，被约请到他家里去，整整谈了一天，先生对我们满口称赞。

这个漫长的教学过程不仅取得了成果，更重要的是培养了人。他们现在成了全国各地各高校的学术骨干，然而起步就在北师大，当时大家都参与我的这个项目，写出了人生第一部著作，这是一个非常有意义的过程。

从1984—1985年的这个时段，是读书的黄金阶段。大家都愿意充实自己，愿意吸收马克思主义的东西，吸收西方的东西，吸收古典的东西，因此形成了一个读书的热潮。所谓读书的热潮，就是研究的热潮，所以那个时候的文学理论和文学作品处在社会的中心地带，和现在“文学边缘化”“文学理论边缘化”很不一样。那时候，文学理论话语是很重要的话语，文学理论及作品随便的一篇，或者很不起眼的小说，都可以轰动整个中国。

很多学生都很怀念那段日子，因为那段日子大家没有别的追求，就是死心塌地读书、研究探索问题，以前也从来没有这样过。现在，那 19 个人的班在北京的大约还有 10 位学生。每年年底，在我生日的那一天我们都要聚会。他们也都老了，有好几个学生都要退休了。每次聚会都有一些怀念，就回忆他们当学生时候的那种读书情结。

十一、教研室的十年“长征”

我这一生可以说遭遇过三次打击，三次低潮。第一次是小时候家里不让我上学，让我辍学；第二次是1963年，我被当成“白专道路”批判了一个月，就因为我发表了一篇研究《红楼梦》的文章；第三次就是1990年，博导评选落选。当时我已经辞去了研究生院副院长的职务，回到教研室当主任，正准备一心一意把教研室建设起来，博导评选受挫将我个人和教研室都带入了低谷。

这时候，在我的面前就摆着一个问题：怎么办？对我来说有两种选择，第一种就是选择自己干，不管教研室了，教研室的主任我也辞掉，这样子自己还可以清净地做一点学问；第二种就是还要继续干，带领着教研室走出低谷，不是我自己一个人单独干，而是要跟大家通力合作，把教研室的团结、教学、科研都搞好，让教研室走上一个比较高的教学科研水平。

我自己反复思考，自己一生的追求就是想要为国家、为人民做点事情。所以选择了克服困难，还是要继续干。当时我的情绪很不安定，有的老师就来鼓励我。比如启功先生鼓励我：“没有什么了不起，你受这么点打击有什么呀！不要灰心，要继续干。”然后他写了一幅字给我，是陆游晚年书房的对联“万卷古今消永日，一窗昏晓送流年”，意思就是“你静下来读书吧”。所以我给自己的书斋起名为“消永日斋”，纪念启先生给我的鼓励。

钟敬文先生也把我找去，现身说法，告诉我他最困难的时候是什么样子的。有这些前辈老师的鼓励，又有教研室一批年轻的教师都拿到了博士学位，我也觉得可以再做点事。

我坚定了信心之后，事情很快有了转机。1991年，国务院博导评审组临时增加了一次会议，会议中又通过了一些博导。当时我没有申请，结果却在讨论名单中，被拿出来投票，全票通过。这样，我在1991年获得了博导资格。

也就在这个时候，经过几次人事调整，教研室出现了比较和谐的局面。尽管我们只有一个教授，著作也不算很多，力量也不算很强，可以说正处在教研室的低谷时期,但我们就从低谷开始起步。记得有一天晚上,我把罗钢、王一川、李珺平、张海宁,这四个年轻教师,找到东操场的一个双杠旁边,开了一个很简单的会议,核心议题就是"我们怎么办"。我们分析了教研室的利弊,做了比较深入的讨论、思考,大家建立了信心,开始了教研室的十年"长征"。在接下来的十年里,我们打了四大战役,之后我们教研室一下子成为全系乃至全国最强的一个教研室。

第一个战役是在 20 世纪 90 年代初期,黄药眠先生和我两个人从教育部领来了一个博士点基金课题,课题叫"中西比较诗学",1990 年前后,我们就开始做这个课题。这个课题参加的人数达到二三十人,几乎把所有相关专业的老师学生都组织到一起了。我们按照比较文学的结构和思路,集体撰写出了中国从未有过的一本书,叫作《中西比较诗学体系(上下卷)》,由人民文学出版社出版。这本书是在 1991 年出版的,乐黛云老师——研究比较文学的顶尖专家、北京大学的教授,看到这本书以后就说:"哎呀,我们研究了这么久,就是想写这么一本书,结果我们没写出来,你们比我们先写出来了。"

第二个战役,就是教材编写。1990 年,教育部决定高校要编两部文学理论的教材。一部是由北京大学、南京大学、复旦大学、浙江大学合编的综合大学教材。另外一部是师范类院校教材,就由北师大、陕西师大、山东师大这些单位编写。师范类院校这部教材就由我牵头。在文学活动论观点的统领下,在灵活创造性地运用"古今中外法"的过程中,经过多次会议和漫长细致的统稿,师范院校这本教材于 1992 年出版了。没想到的是,综合大学的那本教材没编出来。于是我们这一本不仅师范院校用,综合大学也用。那时候中文系的学生不管是学哪个专业,都要考一门文学理论,指定的用书都是这本书。后来,我又下了比较大的工夫出了第二版,叫修订版。然后是第三版,现在已经修订到第四版。这个教材在中国影响很大,直到现在仍然还在使用,已经印了 100 多万册。每年我们编写教材的人都可以拿到不少的稿费,像我每年要拿 3 万多元,这书直到现在还在印刷。我之所以说它是一个战役,不只是针对这一本书而言的。我们从这本教材得到启发,我们发觉学术观点要有影响力,就要编各种各样的书,后来我们就编了好多本书,比如《文艺心理学教程》《马克思与美学理论》《西方文论发展史》《美学》,等等。我们在高等教育出版社形成了一套教材体系,很有冲击力。这样在各个高校,无论是基础课也好,选修课也好,都是用的我们北师大文学理论教研室编的书。

第三次战役,是把我们 20 世纪 80 年代所做的心理学美学发扬光大。我们考虑到,仅仅从心理学的角度来分析文学、美学创作、美学作品,还是有缺陷的。因为文学毕竟跟社会有着密切的关联,文学是一种社会心理现象。所以,我们有了教育部的一个课题——“文学艺术与社会心理”。1999年,我们完成了这一课题。这样,关于文艺心理,我们前后一共有了17本著作,我们认为这17本书超过了朱光潜先生所写的《文艺心理学》。

第四个战役,要从它的背景讲起。1989年,对我们文学理论这个学科来说,是一次转向。当时,中央对意识形态管得比较紧,于是文学理论就出现了一次转向,叫“语言论转向”。文学是语言的艺术,我们就专门来研究文学的语言是怎么回事。那时候,我读了很多西方关于语言论的著作,又参照了中国古代诗论、小说论,提出了一个新的概念,其实这个观念并不新,就是“文体论”。当时在我的组织下,我们出了一套丛书,叫“文体学丛书”。我关于文体的思考,在鲁迅文学院研究生班上就有体现,所以后来莫言给我的书《创作美学》写序的时候,他就用了我讲的《轻轻的呼吸》做例子,因为我在讲课的时候讲形式的重要、文体的重要时,他们都觉得这个案例非常好。

所以这四大战役,总结起来,就是我们出了将近40本书。中国没有任何一个教研室在那十年里出了这么多的书。我认为重要的是我们给中国的文学理论研究注入了一些新的东西,开拓了一些新的领域。而这四大战役,涉及了文学理论的各个方面,而且又切合那个时代的需要。比如说,那个时候很需要从国外介绍西方20世纪的文论流派,我们有《文艺新视角丛书》;我们有新的文学观念编写出来的新教材;我们的文体学研究,是一种新的开拓,五四运动以来没有一个人用这样一种方式开拓文体学的研究;在文艺心理学研究,我们把朱光潜先生的研究从古典推向现代,他主要是19世纪的研究,而我们的研究的是20世纪的东西。我们教研室很团结,开了几次学术会议,在各高校也产生了很大的影响。

这四大战役打完了,我们教研室又走向了新的高峰,评上了国家重点学科和教育部人文社科重点研究基地。1999年,我们成为教育部重点研究基地,2001年,我们成为国家重点学科。距离1989年正好十年,我把一个陷入低谷的教研室带到了一个新的高峰。那时候,我们教研室有七个教授,各有特长,这是别的学校所没有的。而且我们的著作,有国家教学成果奖以及很多其他奖项,这是别的学校无法和我们相比的。

世纪之交,我已经到了退休的年纪,没想到随着重点基地和重点学科的入选,我只能更加忙碌起来……

(原载于《北京师范大学校报》第337-350期,罗容海、陈爽、王起晨整理)

彭聃龄先生口述历史

编者按:彭聃龄先生可谓蜚声中外的心理学家。彭先生治学严谨,锐意创新,是我国基础心理学学科的奠基人之一,数十年孜孜以求,志在兴盛中国心理学。他为人宽厚,上善乐育,提携后学不遗余力,培养的一大批高质量心理学人才在国内外开枝散叶,成为学界的股肱栋梁。无论是治学笃业,还是教书育人,彭先生尽皆念兹在兹,如痴如醉。让我们在彭先生的讲述中,共同领略一位心理学家别样的人生轨迹。

一、我的人生从这里起步

▲ 彭聃龄先生

20 世纪的中国处在一个社会大动荡、大变革的时代。这个时代给每个人都留下了深深的烙印,也影响到每个人成长的道路。

我于 1935 年出生在湖南的一个封建地主家庭。过去,我不愿意谈论自己的家庭,原因有两个:童年时,我在家庭中,只看到了不断发生的矛盾和冲突,只看到了母亲辛酸的眼泪；长大了，懂得了“劳动光荣、剥削可耻”后，家庭出身的包袱又常常像影子一样跟随着我。我知道，出身是不能选择的，只有正确面对它，才能正确地认识自己，正确地选择自己的人生道路。

我的曾祖父是一个“挑着箩筐进城学生意”的学徒，开始时在一家炮竹店打工，以后，自己经营炮竹生意，来往于湘潭和浏阳之间，赚了钱，买了田地和房产，成了地主。我的父辈兄弟姐妹共 5 人，我的父亲算老大，有两个叔叔和两个姑姑，大多是同父异母的。

我父亲毕业于上海复旦大学外语系，本来计划去德国留学，由于日本侵华战争爆发，交通受阻，被迫留在国内，后来不幸感染肺病，年仅 26 岁就去世了；二叔中学毕业后，没有继续读书，后来当了工人；三叔解放后进了军政大学学习，参加过抗美援朝战争，复员后当了中学教师，晚年享受离休待遇；两个姑姑也都大学毕业，以后随姑父分别侨居马来西亚的怡保和沙巴。大姑担任过女中校长，爱好书法，热爱中华文化，多次回中国探亲；二姑则是一位小学教师。

我母亲是江西人，是奉“父母之命，媒妁之言”和父亲成婚的。父母结婚时都很年轻。父亲早年去世后，我们兄弟四人就由母亲抚养。解放后，哥哥高中毕业考上银行干训班，以后保送湖南师大银行科学习，曾任中国人民银行永州市支行行长；姐姐于 1951 年考入中南革命大学，以后随姐夫一直工作在石油战线；弟弟初中毕业后考入钢铁学校，以后成为太原钢铁厂轧钢厂工程师。我因为“长得像父亲”，从小又最喜欢念书，就一直升学念书了。

童年时，我亲身经历了战争的苦难和颠沛流离的逃难生活。我的出生地是湖南长沙，出生后的第二年——1937 年，日本侵华战争爆发，一年后半个长沙城被一场大火，烧成了一片瓦砾灰堆。我的家也被烧干净了。我父亲从小就爱看书、藏书，在这场大火中，他有 12 个书柜的书也全部烧成灰烬，这件事对他造成了很大的精神创伤。长沙大火后，母亲和父亲先带我们逃难去了湘西的沅陵县，不久后又因父亲一位同学的介绍，想去江西教书，到了江西安福县，住在农村，那里的居住条件很差，两年后父亲就在江西染病离开了我们。父亲在我心中只留下了片段的回忆。他喜欢藏书、读书，这对我可能有影响。有一次父亲带我出去玩，来到一个土坡旁，父亲扶着我，小心翼翼地让我从一块架在土坡边的木板上走上去，又走下来。当时觉得那个土坡就像小山坡一样，很高，现在想起来，可能就是一个小土堆了。

父亲去世后，我们全家搬到湘潭县，住在十五总的一个大房子内。那两年，留给我印象最深的就是“躲警报”了。日军的飞机时常来湘潭骚扰，投炸弹，扫机枪。我家附近有一个防空洞,我们一听到"空袭警报",就赶紧躲进里边,一直等到"解除警报"后才敢出来。防空洞很小,人很多,空气很糟糕,呆在里面非常难受。

1941至1943年,我在湘潭私立新群小学读书。后来我才知道,这所小学是20世纪20年代初,毛泽东和黄笃杰等7人捐资1000块大洋开办起来的。黄笃杰是第一任校长,我们在新群读书时,黄校长还在主持工作。

新群小学原来的位置在十四总的见龙街,我们家住在十五总兴仁巷,每天我们去学校都是走着去。当时学校的大门外有一大片水田,早上经过那里还能听到青蛙的鸣叫声。从校门进去是一个操场,操场的左边是一个体育馆。从操场沿着台阶往上走,是一个礼堂。全校学生在操场开大会时,黄校长就站在台阶上和大家讲话。

从礼堂左边的门出去,是一个走廊,围成一个长方形或马蹄形,中间是一个小花园。因为校内有几个小花园,学校有"薰园"之称。沿着礼堂外的走廊往右走,再往左,可以绕到对面的教室,分上下两层,低年级在下层,高年级在上层,右侧有楼梯可以上去。从礼堂外的走廊一直往右走,左右两侧还有两个小花园,种着几棵银杏树,再往里就是学校的厨房了。现在旧的校舍已经不见踪影了,但那几棵银杏树据说还留在那里,成了新群小学历史的见证。这是后话。

1942年9月,我7岁了,入新群小学读书,只记得母亲当时说过,送我去学校的时候,我很高兴,没有哭,没有闹,很快就和学校里的小朋友混熟了。一、二年级时,有一位姓万的女老师,是我们的班主任,对学生特别耐心。我的学业成绩好,老师比较喜欢我。从家里到学校,要穿过几条街,每天早上,沿路都有卖葱油粑粑、糖油粑粑、炸红薯块和凉拌韭菜的小吃摊贩,赶上家里给了零花钱,我就喜欢沿路买一点吃。以后每次回家乡,都想再尝尝这些东西,可就是没有机会了。

1943年底,战事更加紧张,日军已经到了湘潭。为了安全,母亲又带着我们弟兄4人逃到湘潭附近的村镇——石潭镇。哥哥在镇上的一所学校读高小,我就进了石潭镇红庙小学读初小三年级。那是一所设在旧庙宇里的学校,上课时经常可以听到神案后面老鼠跑动的声音。有时还有死老鼠从房梁上掉下来,把大家吓一跳。同学中流传庙里有黄鼠狼精,吓得大家放学后不敢一人留在学校里,早上也不敢一人提前来学校做值日,打扫卫生。

半年后,我们先后搬家到张家湾、易家湾和郑家陇。在张家湾和易家湾,我上了大半年私塾。这时日军已经占领湘潭,因为兵力不足,只能在一些市镇和交通要道处出没。在一次搬家的路上,我们遇到了日军,遭受过日军的搜查。

据说那次日军发现了当地的游击队，就在我们离开日军岗哨后几百米，后面传来了机枪的扫射声，大家很害怕。当时有没有人伤亡，我们不清楚。虽说我那时年龄还小，但也懂得在一个外敌入侵的国家，大人、小孩到处逃难、担惊受怕的苦难。

抗日战争结束后，1946 年我们回到湘潭，这时家里的房屋又已在战争中被完全炸毁了。

二、“新群”教诲与“雅礼”精神

抗战胜利后，1945 年底我们回到湘潭，住在九总，是租借别人的房子。1946 年初我在文华镇中心小学上了四年级的下学期。同年秋季，全家搬回十五总，我又回到新群小学读完五、六年级，一直到小学毕业。

高小二年，我的学习成绩不错，上课时认真听讲，爱主动回答老师的问题，也喜欢问问题，又比较听话，老师喜欢这样的学生。记得有一次，我急于站起来回答老师的问题，却忘记老师提问了什么，搞得老师和同学都笑了，我也只好难堪地坐下。我挨过老师一次打。可能是在一次语文课上，我没有把课文背下来，老师拿把尺子要打我的手心。看到那飞舞起来又急速下落的尺子，我本能地把手缩了回来。尺子没能打在我的手心上，却打在了旁边的桌子上，这下老师真的生气了，又让我伸出手掌，狠狠地打了我两下。我觉得痛，但没有怪老师，也没有记住那位老师的姓名和那次“体罚”的细节。我接受了这次“痛”的教训，以后再没有出现过因背不下课文挨打、罚站的情况。

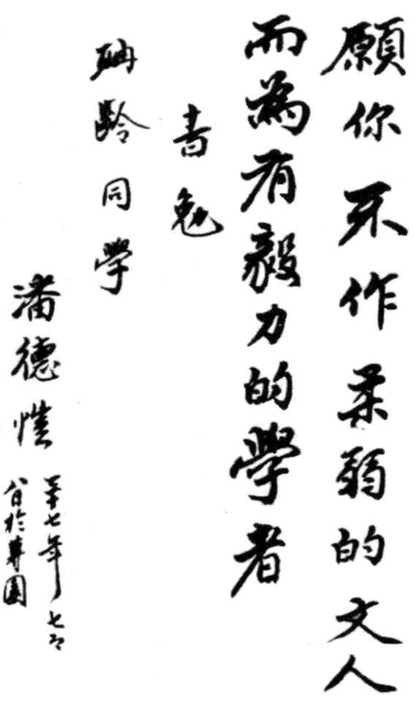

▲ 新群小学教师寄语

在新群小学毕业时，有六位老师给我留下了题词，这些题词写在了一个很普通的留言簿上，60 多年过去了，我一直保存着。

老师们语重心长，对一个当时只有 13 岁的少年寄予了殷切、深厚的期望。他们鼓励我要“努力创造你自己”，“不作柔弱的文人，而为有毅力的学者”。希望我“今日事，今日毕”，要“永恒前进”，嘱咐我要特别注意“待人接物，不可忽略”。还提醒我“天下之事,其不如人意者固十常八九,总在能坚忍耐烦、劳怨不避,乃能期于有成”。对照老师们的赠言,我常常检讨自己,在勤奋和坚忍耐烦上,做得还可以,没有辜负老师的期待,但在魄力和待人接物上,总觉得没有做好,感到惭愧。去年我回过一次湘潭,还专程去了新群小学。我带去了几位老师的题词,希望能见到这些老师或他们的后人,感谢他们教我怎样做人,怎样治学,感谢他们对我的鼓励和帮助,感谢他们给予我前进的力量,同时也想带去我对他们衷心的问候。只可惜,在湘潭停留的时间太短,“寻师”和“谢师”之举几乎是一无所获。给我留言的一位老师是彭冀麟老师,而在学校早年的教师名册上只查到一位叫彭冀林的老师,他就是我要寻找的那位老师吗?带着寻师不得的遗憾,我依依不舍地离开了母校。

1948 年小学毕业后,我从湘潭来到长沙,考进雅礼中学,住在学校北门附近的荷花池。这时长沙已面临解放,蒋家王朝的统治摇摇欲坠,政治腐败,财富高度集中在蒋、宋、孔、陈四大家族手中,通货膨胀,物价飞涨,社会秩序非常混乱。记得有一天早上,母亲让我外出买早点,给了我一张 1000 万元的金圆券,但只够我买几个包子。那时,不但底层的中国老百姓盼望解放军进城,就是我们这种家庭也希望早点“解放”了。大家都厌恶蒋家王朝的统治,也厌恶战争。当时程潜任湖南省省长,程明仁任第一兵团司令,长沙守军的负责人。报纸和社会舆论天天都盛传“和平解放”的消息。

1949 年 8 月 4 日,长沙和平解放。在迎接解放军进城时,我和同学们也都跑到街上去了,那时我打心眼里欢迎新时代的到来。由于父亲早逝,在家里,母亲对我们的影响比较大。现在看来,母亲其实是封建家庭的一位“牺牲者”,她为那个家庭所做的努力,只给自己带来了苦恼和不幸。她对家庭和子女很负责任,忍辱负重,把我们抚养成人;她从小就教育我们要勤奋、好学、诚实、简朴,鼓励我们为新时代、新社会努力工作;解放后,她努力学习,参加了工作,当过会计,得过单位的奖励,她希望尽早和“旧我”划清界线,成为一位自食其力的劳动者。如果父亲没有早逝,我相信她也会成为父亲在事业上最好一位的助手。

雅礼中学是长沙市一所著名学校,1906 年由美国耶鲁大学筹建而成。原来的校址在北门外麻园岭。校园环境优美。从校门进去,是一条林荫道,它的西侧是大操场,操场的南头有教室、科学馆、礼堂和食堂,再往西就是学生宿舍了。雅礼是寄宿制学校,学生都必须住在校内,管理非常严格。操场的西侧是另一条林荫道,往北走可以看到一栋栋美式的别墅,这里是老师的住宅区。还有一个小湖,湖旁有许多银杏树,栖息着许多鹭鸶。雅礼的校训是公、勤、诚、朴,从小就教育学生

"奋发精神,担当宇宙",学会"经天纬地才能";要正确对待社会、对待工作、对待别人和对待自己。学校的教学条件很好,实验设备比较完善,老师的教学质量也比较高。我印象最深的是英语老师 Mr. Shell,一位美国人,大高个儿,长得很帅,为人随和,和学生的关系也很好。他的教学方法很特别,没有教材,没有固定课堂。上课时,常常把我们带到大操场、附近的街道和邮局、对面的湘雅医学院,甚至是他住的别墅里。一路走,一路说,见到什么教什么,让我们听,也让我们跟着说。记得有一次,他把我们领到家中,拿出一大堆衣服和鞋袜,就教我们学习这些东西的英语词汇。那时,我们学得很轻松,从来没有把学习外语当成一个负担。但因为没有大的英语环境,没有固定的教材,不会拼写,也没有办法复习,有些词汇学过后不用,很快就忘了。

雅礼是一所教会学校,自然希望自己的学生信教,但并不勉强。当时学校有一个规定,凡是星期日上午去教堂做礼拜的学生,在进教堂时盖上一个章,就可以下午 4 点以前返校;不做礼拜的,没有这个章,就必须上午返校。我们班许多同学不想做礼拜,又想在家里多玩玩,就想出了一个对付的办法。我们把自己的"礼拜证"交给一个同学,派他拿着"礼拜证"去盖章,盖好章再出来分发给大家。同学轮流值班,这样就可以多一点时间在家里玩。

初中时,班上有许多课外活动小组,是由兴趣相投的同学自发组织的。我们班上有几个同学喜欢物理学和电学,便在一起鼓捣矿石收音机,我也参加了。我们到街上药店里买来黄铜矿石,自己安装矿石收音机。我们还到电器店买来漆包线,用马口铁剪成 U 字形,绕上线圈,做成磁铁,进一步做成电动机。当我们自制的电动机旋转起来的时候,真是开心极了。

实际上,我的兴趣不是物理学,而是化学。记得还在小学时,我就喜欢上"化学"了,逢年过节,家里都要买一些鞭炮。孩子们都爱玩鞭炮,我也一样。但我更喜欢自己找来一些硫磺、硝酸钾、炭粉等,按自己的喜好配着玩。硝酸钾不好买,就从小便池的旧墙上刮硝盐,用它来代替。我还用砂纸打磨铁片、铜片和铝片,得到这些金属的粉末,然后把这些金属粉末掺在"火药"中,制成不同颜色的"礼花"。在雅礼读书以后,玩法就更升级了。解放前,雅礼中学的地下室有日本人留下的一些黄色炸药(TNT),我们几个学生偷偷地从地下室的窗户爬进去,拿出来几小块炸药。现在觉得很危险,但当时不怕,只觉得好玩。弄回家以后,使劲找书看,知道没有雷管,根本引爆不了,我们很放心。我们就拿 TNT"熬汤"啊,什么的,想一些不用雷管就可以爆炸的办法。

我喜欢化学,是因为它是研究物质"变化"的一门科学,我喜欢观察两个不同的东西放在一起时引起的变化，特别是那些能够变“废”为“宝”的变化；我喜欢化学，是因为它产生过像居里夫人、门捷列夫那样著名的科学家，他们的成就让后人永远敬仰；我喜欢化学，是因为它可以创造巨大的物质财富，使人类受益无穷。

现在想起来，青少年时期的这些兴趣仅仅成了自己美好的回忆，那时的一些爱好也只能算是“游戏”和“雕虫小技”。但在这些活动中得到的“锻炼”培养了我的探索精神和对实验工作的爱好，这是我一生的宝贵财富。1998 年当我面临退休的年龄时，我还毅然选择了认知神经科学为研究方向，开展了语言的脑成像研究，并且和学生一起，探索了认知神经科学领域的许许多多有趣而重要的问题。我非常清楚地意识到，这种探索精神正是从青少年时期培养起来的。

三、理想照耀下的中学时代

1950 年春节过后，我因家里从北门荷花池搬到了南门正街的小古道巷，便从雅礼中学转学到长郡中学，插班到初中 99 班，直到中学毕业。解放前，长郡中学是湖南省内 12 个县的联立中学，学生大多数是从各县保送过来的优等生，因此学生的学业成绩在全省一直享有盛誉。长郡中学的校训是“朴实、沉毅”，学生以“勤奋”著称，重“内涵”而轻“外表”，学费比较便宜，这也是我当时选择转学到长郡的原因。

20 世纪 50 年代初，新中国刚刚成立，那是一个社会大变革的时期。刚入学，我们就经历了“抗美援朝”的战争洗礼，也被“土地改革”“三反”“五反”等革命风暴所席卷。几十年过去了，我依然记得自己报名参军、参干时的情景。我们豪迈地唱着“再见吧，妈妈！别难过，别悲伤，祝福我们一路平安吧”，带着惜别和羡慕的心情，送走了光荣入伍的同学；我们敲锣打鼓在街头宣传“三反”“五反”；我们排着长队迎接从寒假学习班学习归来的老师；还记得，为了对抗美国在朝鲜投下的细菌弹，我们全校动员起来，在校内外进行了爱国卫生运动，捕苍蝇和灭蚊子……1954 年，国家开始了第一个五年建设计划。在毕业前夕，我们班组织参观了在长沙举办的苏联建设成就展览，也到湘潭参观了湘潭钢铁厂，观看了多部关于“集体农庄生活”的苏联电影，当时大家都向往着“社会主义”，希望它能在中国早日实现。记得在 1954 年的新年晚会上，同学们激情澎湃地谈起了自己的理想，有人想当地质学家，有人要当石油化学家，还有人要当一名无线电技术工作者，而我当时则想当一名化学家。生活的道路很复杂，我不知道当年同学们的愿望是否都实现了，但重要的是，我们这些人都是一些有理想的青年，希望成为有益于社会、有益于人民的人；在国家面临建设的重要时刻，都在思考自己的定位和可能做出的贡献。

中学时代对一个人的成长是非常重要的。它使我们学到了丰富的知识，塑造了健康的人格，也教会了我做人的道理。举一个例子来说，中学时我的作文水平不高，常犯一个毛病，就是写东西不分主次，眉毛胡子一把抓，让人读了不得要领。记得有一次，语文老师在作文上批注："写文章要集中表达一种思想、情感和事物，必须强调一些东西和抛弃一些东西，文字就会更简练、更集中，勉之！"半个世纪过去了，老师的话不仅依然留在我的心上，而且成为我以后指导研究生的一条经验。还记得有一次，我在作文中写了"苏联出兵加速了中国抗日战争的胜利和日本帝国主义的迅速崩溃和瓦解"。老师给我解释说，"崩溃"像土堆的崩塌，而"瓦解"像"拆房起瓦"一样，前者快，后者慢。你既然说，日本帝国主义迅速崩溃，就不要用"瓦解"了。老师的批注不仅使我明白了修辞的重要，而且向我展示了一种严谨的治学精神。

到长郡中学后，我的兴趣还是化学。我把自己省下的一点点零花钱都用来购买试管、烧瓶、烧杯和化学试剂，在家里装配了一个简陋的化学实验室。我不但继续配制硝化纤维、碘化氨、氢氧混合气体等易燃、易爆物质，也尝试制作肥皂、香水、晒图纸、显影剂等日用品。我的化学成绩一直很好，而且自学了不少大学的化学教程，包括无机化学和有机化学的教程，对中学的化学课自然更加喜欢。记得有一次，化学课老师给我们介绍了元素周期表，告诉我们，周期表上曾经空缺的地方都被后人逐一补上了，鼓励我们在以后的研究工作中要有创新精神。这也给我留下了较深刻的印象。鼓励创新是长郡中学给学生留下的重要精神财富。

元素周期表是一个非常出色的模型，它不仅总结了现有的研究成果，而且具有很强的预测作用。以后我在讲授认知心理学时，就常常用元素周期表作为"建模"的一个典范，帮助学生理解模型的意义。这也得益于当年老师的教诲。

我从初中开始就担任了学校学生会的工作。先当生活部长，后来做学生会主席、团委副书记。学生工作占去了我不少学习时间，需要付出更多更大的精力，但也使我得到了多方面的锻炼。那时候，我只是一个十多岁的中学生，没有工作经验，没有生活阅历，办了不少在"大人"看来可能是幼稚可笑的事情。但长郡中学的李人琢校长、教导主任郭崇望老师、总务主任李士谋老师、班主任程哲宣老师等总是耐心帮助我，使我从各种困难中摆脱出来。

从社会工作中，我学会了珍惜时间，懂得了"一寸光阴一寸金，寸金难买寸光阴""珍惜时间就是珍惜生命"的重要道理；还增强了我的组织能力和社交能力，这对我以后的研究工作也非常重要。现代的科学研究，常常是一种团队行为，只靠一个人或少数几个人是做不好的。因此，把一个团队组织起来，发挥团队中每个成员的作用，调动每个人的积极性，就显得特别重要。我觉得，这种组织能力的培养也得益于中学阶段社会工作的锻炼。

中学生活也培植了同学间的友谊，这是人生中最值得珍视的一种情谊。初中时，我当生活部长，一位姓张的同学当班上的生活股长。也许因为这个原因，我们成了很好的朋友。张为人直率，但多少有点固执，有点爱钻牛角尖。当时我已经是团员了，当然也希望他早日入团。为这件事，我们谈过很多次。记得他得病从医院回来后，激动地说起自己住院时的感受，并决心要早日加入团组织。看到他的进步，我当时十分高兴。还记得在一次主题为"友谊"的班会上，我们为几个同学调解了关系，当这些同学表示"尽释前嫌，重归于好"，双手握在一起时，大家都由衷地鼓掌为他们高兴。

长郡中学一贯关心学生德智体全面发展。入学前，我的体质不够好，眼睛又是高度近视，参加体育活动不多。后因学校开展"劳卫制"，锻炼身体有了更明确的目标，锻炼身体的积极性也显著提高。在老师的引导和同学的帮助下，我的身体素质都有明显提高，肺活量也从原来的2800毫升上升到3600毫升。后来当我在临汾劳动，修建扬水站和开垦荒地时，在哥伦比亚大学图书馆内紧张看书和在认知神经科学国家重点实验室紧张工作时，我都体会到青少年时代练就的健康体魄的重要意义。

在中学毕业的前夕，我出人意料地放弃了多年梦寐以求的化学专业，放弃了当化学家的夙愿。原因是，当时教师职业在社会上还不是一个受到尊重的职业。有一些顺口溜很流行："学好数理化，走遍天下都不怕"，"宁当破烂郎，不当孩子王"。根据国家发展教育事业的需要，学校动员学生报考师范专业。我当时是校学生会主席、团委副书记，自然成了被推荐、被动员的首选对象。在这种形势下，经过了一番深思熟虑，我最后决定报考北京师范大学教育学专业，做出了人生中最重要的一个重大选择。

理想的力量是巨大的。我对化学的兴趣改变了，但希望对社会做出贡献的理想没有改变。"文革"结束后，二十多年来，我一直进行汉语的认知研究，从行为水平的实验，到计算机模拟，再到研究语言的脑机制。特别是10年前，当我已经面临退休的年龄时，仍然决定带领学生开展语言的脑成像研究。如今才意识到，这一次又一次的选择背后，正是中学时代培育的理想和信念在支撑着我前进。理想的力量促使我一直遵循着自己的目标，不懈地努力。

四、走进心理学

新中国成立后，经过短短几年的社会主义改造运动，国内已经从战争造成的混乱中初步恢复过来。1954年国家开始了第一个五年建设计划，吹响了向科学进军的号角。就在这一年，我从长沙来到北京，来到了北京师范大学，就读于教育系学校教育专业，开始了四年大学生活。没想到自此我和心理学结下了不解之缘，如今已经近60年了。入学后，我的心情很复杂。兴奋之余，也有一些失落。中学时，我酷爱化学，一直希望自己能够成为一位化学家。我对理科比较有兴趣，喜欢做实验，觉得有东西可学。来到北师大教育系，刚接触了头几门课程，就觉得有些失望，第一学期除了比较喜欢普通心理学外，对其他课程几乎都没有兴趣，觉得内容浅，虚货多，实货少，不值得自己花时间学习。那一年，一道来北京上学的中学同学有30多人，北大、北航、北钢、北医、北工、地质学院的都有。周末老同学聚会在一起交流学习生活情况，总觉得别的同学的专业都比我好，学的东西比我深，比我学的有用，这就更加让我后悔。这种心态大约持续了半年，才慢慢发生了变化，开始适应了新的专业和学科。

为什么会有这个变化呢?

当时北师大很重视专业思想教育。在大学入学教育中，我主要解决了两个问题，一个是服从国家需要，既来之则安之，既然选择了这个专业，就要好好学习，不能辜负老师和同学的期望。“闹专业思想”当时被看成思想落后的表现，我要求进步，在专业学习上就只能往前走，不能向后退。

另一个问题就是改变了自己对“教育科学”的看法。以前我认为，教育工作主要依赖于教师的经验，教育科学算不上一门真正的科学。后来，我逐渐认识到，教育科学也是一门科学，值得自己认真学习和研究。这种变化与几门心理学课程的学习和苏联专家彼得罗舍夫斯基当时在教育系开设的心理学讲座有关。我比较喜欢心理学，特别是普通心理学（彭飞老师主讲）、儿童心理学（朱智贤老师主讲）和心理学史（郭一岑老师主讲），这些课程使我认识到，人是教育的对象，要教育人,塑造人类的灵魂,就需要了解人,了解教育的对象,了解儿童。而彼得罗舍夫斯基教授的心理学讲座,系统介绍了心理学的哲学基础和自然科学基础,又使我看到了心理学多学科的背景,及它的广度和深度,其中对巴甫洛夫高级神经活动学说的介绍,更深深地吸引了我。在人生旅途中,一帆风顺固然很好,但难免会遇到各种各样的挫折,用什么态度去对待这些挫折,是非常重要的。我庆幸自己当时进行了正确的选择,才有了一个比较好的开始。

和中学学习相比,大学生活是怎样的?入学后我们接受的另一种教育就是独立工作、独立生活和独立思考的教育。为了"独立工作",许多同学都制定了自己的学习计划。我当时是学习班长,负责大家的学习,自然也要带头制定自己的学习计划。头两年,教学计划中安排的课程每周约为25—27节课,课程负担很重。此外,每周还要安排足够的时间阅读课外书籍,广泛涉猎与课程相关的知识;还要安排锻炼身体的时间。我曾给自己规定,每周的学习时间不得少于70个小时。不够了就要查原因,在什么事情上浪费了时间。在这一段学习生活中,我最大的收获就是,进一步养成了勤奋的习惯,使我懂得了"时间"的意义和价值。珍惜时间就是珍惜生命,一个不懂得时间的价值的人,就不懂得生命的意义,也不可能实现自己的理想,成就自己人生的价值。

在大学学习中,课堂讨论给我留下了深刻的印象。它培养了我们独立工作的能力。当时一些主课都有课堂讨论,由老师出题,同学经过充分准备,再由老师组织大家进行讨论。讨论时很重视观点的"交锋",大家各抒己见,然后就一些有分歧的重要问题展开辩论。我们班有几位"调干"同学,他们比我年长,工作经验比较多,对许多问题有自己独立的见解,有些见解甚至和课堂上老师讲的或书本上说的都不一样,因此常常引起激烈的争辩,互不相让,有时甚至到了"面红耳赤"的程度。为了在讨论中使自己的观点更加有依据,我们需要查看许多相关的文献和资料,有些观点还要在讨论课前与别的同学交换意见。讨论结束时由老师做总结,有些问题,老师能回答,有些问题老师也回答不了,就只好存疑。经过课堂讨论,我们学到了更加扎实、更加深刻的知识,也培养了学术辩论的好习惯。

当时我们的考试是口试,不是笔试。这也是我们在中学时没有经历过的一种考试形式。考试前,通常由一门课的主讲教师组成一个3人的口试小组,把一些考题写在"考签"上,每张考签上约2—3道题。考试时,学生进入考场,从一个桶中抽出一张考签,拿到考场旁边的另一个地方进行准备,这时学生可以在稿纸上写下自己的答案,约15—20分钟后,再坐到口试小组几位老师的对面接受口试。第一次进入这样的考场,看到对面老师严肃的面部表情,心里一下就紧张起来。

但经过几次锻炼,有了考场经验,就好多了。见到老师,我们都主动和老师打招呼,问声好;答题时,尽量把第一道题答得比较充实和完美,让老师"完全"满意,这样老师常常就只让我们简单地说说第二道题,不但节省了大家的时间,也避免了"言多有失",给自己带来麻烦。口试时采用五级记分制:优、良、中、差、劣,不用百分制。口试的好处是,它允许老师追问,也允许学生补充自己的回答,这是笔试难以做到的,因此能更准确地检查学生学习的情况,发现哪些地方真正学懂了,学明白了,哪些地方还没有真懂,有漏洞。现在的本科生教学中,口试也没有了,只有在研究生的入学复试中还有口试。20 世纪 50 年代初,我国的教育"全面学苏",后来由于中苏关系紧张和破裂,原来受苏联的东西又被全盘否定。这种不做分析、全盘接受或全盘否定的简单做法,其实是不妥的。

我从小就喜欢读书,上大学后,就更爱读书了。为了尽快培养自己对教育学科的兴趣,适应新学科的特点,我需要从书本中寻找答案和出路。当时阅读的范围比较广,有的和课程有关,有的和课程无关。我喜欢读原著和名著,也就是历史上和现代比较有影响的著述。有些书开始看不懂,也硬着头皮看,看多了就会觉得好一些。在哲学方面,我喜欢亚里士多德、笛卡尔、洛克、狄德罗、费尔巴哈、罗素、恩格斯和普列汉诺夫等人的著作;在教育学和教育史方面,我喜欢卢梭的《爱弥尔》、乌申斯基的《人是教育的对象》、夸美纽斯的《大教学论》和马卡连柯的《父母必读》《教育诗篇》;在生物学和生理学方面,我喜欢达尔文的《进化论》、谢切诺夫的《大脑反射》、巴甫诺夫的《高级神经活动论文集》《巴甫诺夫星期三》;在心理学方面,我喜欢詹姆士的《心理学》和《心理学简编》,华生的《行为主义心理学》、科夫卡的《格式塔心理学》、科勒的《人猿的智慧》、勒温的《形势心理学原理》,以及原苏联格鲁吉亚心理学派的著作。中国的典籍除了自己原来比较熟悉的《论语》和《孟子》外,还喜欢荀况的《荀子》、王充的《论衡》、韩愈的《师说》《进学解》等名著和名篇。这些著作不仅开拓了我的学术视野,充实了有关心理学和教育学的专业知识,而且培养了我对教育学科的兴趣,激发了我的理论思维;作者的创新精神、人格魅力也深深地影响了我。在我主编《普通心理学》教材时,我提出"一部好教材可以影响几代人的成长",就是得益于詹姆士的《心理学》。2006 年我在语言的认知神经机制的研究中,提出了基于情绪调控的词汇识别模型,也是受到了巴甫洛夫提出的"优势兴奋中心学说"的启发。随着心理学知识和相关知识的增加,我对心理学的兴趣也日渐浓厚了。在一个人的成长中,兴趣的确非常重要,但我从自己的生活经历中也体会到,兴趣是可以改变的,也是可以培养的。

在紧张学习之余,我们也有一些文化娱乐活动,虽不像现在大学生的文化生活那样丰富多彩,但也留下了难忘的印象。北师大北校离北海公园很近,因此我们常常去北海公园划船。“让我们荡起双桨,小船儿推开波浪,水面倒映着美丽的白塔,四周环绕着绿树红墙……”,那首校园歌曲就是那时学会的,也一直牢牢铭刻在自己的心中,伴随我走过了近60年求学和治学的旅程。每当唱起这首歌曲,大学时代的生活就都不由自主地从脑子里涌现出来。

大学是人生金字塔的奠基阶段,它奠定了一个人未来发展的基石。我从一个原本酷爱化学的青少年迈进心理学的门槛,就是从大学开始的,从此走上了心理学研究的道路。有时我也会冒出一点后悔的念头,甚至怀疑自己当初的选择是否正确,但半个世纪走来,积极、健康向上的状态始终未变。在心理学的道路上,我有过经验和教训、成功和失败,尽管自己的贡献不大,但我尽了自己的努力,还算得上没有虚度年华,没有碌碌无为,也许这才是人生应该追求的目标。

五、师恩难忘

在人的一生中，除了生养自己的父母外，教师的影响是巨大的。1954年我入学时，北师大教育系有一个阵容非常强大的教师队伍。其中许多老师都直接或间接对我的成长产生了重要的影响。下面我只想介绍几位对我“走进心理学”影响最直接的老师。

引导我“走进心理学”的第一位老师是彭飞老师。

1954年9月，在教育系的迎新会上，我见到了彭飞老师，他当时是教育系系主任，大家都尊敬地称他为“彭主任”。当时的教育系被称为全国教育科学的“母机”，系里邀请了许多著名的苏联心理学家和教育学家来讲学，办了多个心理学进修班、专修班，在全国产生了很大影响。其中，彼得罗舍夫斯基教授开设的讲座，向我打开了一扇了解心理学的窗户。

我们的第一门专业课是普通心理学。那时候，心理学教研室的教授还不多。当时听说给我们讲课的是彭飞老师，既是教授，还是系主任，大家都特别高兴。彭飞老师讲课很有风度，高高的脑门，时常穿一件长大衣，讲话快慢适度，言简意赅，逻辑性很强，常常能给学生一种震慑力，学生都爱听，笔记也好记。入学前，我对心理学几乎没有什么了解，因此第一印象就特别重要。心理学既有社会科学的特点，也有自然科学的特点，这个特点对我有很大吸引力，我对心理学的兴趣可以说就是从这时候开始培养起来的。1958年，我毕业后，留校任教，系里安排我辅导普通心理学，主讲教师还是彭飞老师，我负责课后辅导。当时班上有一位从新疆来的维吾尔族学生，听课有困难，记不下笔记，彭飞老师特别叮嘱我去帮助她，每次课后我都要安排单独的辅导和答疑。彭飞老师还常常很谦虚地告诉我，在心理学领域，自己是半路出家的，没有受过心理学的科班训练，你们年轻人一定要好好学习，成为新中国自己培养的、德才兼备的心理学家。那时我刚参加工作，思想上、工作上都还不成熟，彭飞老师总是用非常宽容的态度，对我进行帮助，让我感到在他身边工作非常安全和顺心。

1960 年在彭飞老师的主持下，北师大教育系成立了心理学专业，为我国心理学人才的培养建立了基地，也为以后心理系的建立打下了基础。在心理学专业建立的同时，在他的主持下，北师大还开办了心理学研究生班。彭飞老师从校外聘请了多位老师给研究生班上课，如荆其诚、李家治、刘范老师等，并安排从苏联回国的王文宁老师担任班主任。后来这个班的学生在我国心理学事业中发挥了重要的作用。

在彭飞老师和心理学专业所有老师的共同努力下，1980 年学校建立了心理学系，彭飞老师任首届心理系主任，朱智贤老师和我担任副系主任，这样让我有机会在彭飞老师的直接指导下参与心理学系的建设工作。那时心理学刚刚恢复，百废待兴，彭飞老师积极带领我们进行心理学的课程建设、制度建设和队伍建设。他为人谦虚，胸怀开阔，作风正派，办事公允，关心年轻人，注意团结系里方方面面的老师共同工作。他关心中青年教师的成长，积极安排中青年教师出国学习、访问，这对“文革”后心理学的恢复和建设起了重要作用。1979 年，彭飞老师推荐我参加了出国的外语考试和培训，接下来又支持我以访问学者身份去美国哥伦比亚大学心理学系进修，这些安排都为我以后在学术上的成长奠定了基础。我从知觉研究转向汉语认知的研究，就是从这次出国访问开始的。我还清楚地记得，那时，我的收入很低，买不起收音机，无法收听英语广播。为了支持我学好外语，彭飞老师把自己心爱的一部“熊猫牌”收音机借给我用。接下来，彭飞老师还安排了多位中青年老师先后去美国学习和短期访问，还帮助一些年轻老师解决了长期两地分居的问题。彭飞老师看上去很严肃，不苟言笑，其实他很关心学生和年轻老师。他默默无闻地为北师大心理系的建设和发展做出了贡献。

为了建设心理学专业的教材，彭飞老师还参加了曹日昌教授主编的《心理学》教材的编写，这部教材奠定了“普通心理学”教材建设和课程建设的基础。1981 年后，我担任了近 10 年的普通心理学教学工作，主编了教材“普通心理学”，该教材前后出了四版，我并因此获得过多项北京市教育教学优秀成果一等奖。饮水思源，我的这些成绩也都得益于彭飞老师当年的指导和帮助。

在引导我“走进心理学”的老师中，郭一岑老师算是第二位最有影响的老师了。

我进大学时，他已经是 60 岁的高龄了，学生和老师都尊称他为“郭老”，没有人叫他郭老师、郭教授，更没有人直呼其名的。20 世纪 60 年代初，系里安排李汉松老师和我当郭老的助教。李汉松老师长我 13 岁，又比我早两年入学，自然是我的师兄或“学长”。郭老当时主讲心理学史，特别是现代心理学流派，我们做辅导，此外系里也希望我协助郭老进行知觉心理学的研究。这样我就有机会直接接受郭老的指导和帮助。

郭老对我的影响主要有几个方面。

其一,学术思想上的影响。郭老是中国第一位介绍苏俄心理学的中国心理学家。1928年他从德国学成回国途中,顺访了苏联,见到了当时苏联一些著名的心理学家,如时任莫斯科心理学研究院院长的科尔尼诺夫,以及在研究院工作的鲁利亚等,他回国后翻译了巴甫洛夫和别赫切列夫等人的著述,1934年出版了《苏俄新心理学》一书,比较系统和客观地介绍了以辩证唯物主义和历史唯物主义为指导的苏俄心理学。他赞赏苏俄心理学的新成就,并热情支持这一新的理论动向。1937年他出版了《现代心理学概观》,这是我国较早用马克思主义哲学指导心理学研究的一部著作。

20世纪50年代中期,中国心理学界掀起了"全面向苏学习"的热潮,多位苏联心理学家先后来北师大讲学,郭老是介绍苏俄心理学的先驱,又是一位进步教授,自然受到大家尊敬,对我也有很大影响。在我早期的研究工作和教学工作中,这种影响很明显。

其二,研究方向上的影响。郭老是我国最早的一位知觉心理学家。他在德国的博士毕业论文采用实验方法,探讨了Aubert现象,即一种在头部向一侧倾斜时,对视野中的线条进行垂直、水平判断所出现的误差现象。研究这个现象不但对认识视觉和动觉的关系具有重要的理论意义,而且对解释"飞行错觉"和某些人格特点(场依存性和场独立性)也有实践意义。我因为中学时就喜欢理科,喜欢做实验,因此很高兴协助郭老继续这方面的研究。毕业后在他的直接指导下,我完成了自己的第一篇研究论文"双眼辐合方向对视觉垂直判断的影响",这篇文章发表在1960年的《心理学报》上。从这以后,我开始了研究方向上的第一个选择:知觉心理学研究。1979年我到美国哥伦比亚大学心理系进修,研究似动现象,后来又在张厚粲老师的指导下进行了主观轮廓的研究,还专门探讨过"运动知觉"问题,发表过"图形同一性对视觉似动的影响",这些都和郭老的影响有关。

其三,理论思维上的影响。在郭老指导下,我担任过心理学史的教学工作。郭老认为,心理学史的教学是要培养学生的理论思维,扩展学术视野,培养批判吸收国内外优秀研究成果的能力,既不能全盘否定,也不应全盘吸收,而是要有分析地对待这些研究成果。由于他早年受过苏俄心理学某些学派的影响,郭老对心理学中自然主义的批判和他对心理学科学性质的看法,在当时引起过比较激烈的学术争论,但这并不影响他作为一位学者应有的探索精神。以后我发表的几篇文章

“行为主义的兴起、演变和衰退”“认知心理学简介”“论知觉的两种加工——谈谈对认知心理学的一点认识”，都受到过郭老的影响。郭老很重视理论思维的训练和学术视野的培养，受他的影响，我也一直认为，一位心理学家，不仅要熟练地掌握实验技术，懂得如何进行实验，而且一定要有广阔的学术视野，要善于进行理论概括和理论创新，只顾埋头实验，没有宏观思考，这种人是不会有大成就的。这些看法也都得益于郭老的教诲。

其四，做人和治学态度上的影响。郭老为人谦虚谨慎，平易近人，待人和蔼可亲，对于年轻人更是关爱有加，在他身上看不到著名学者的霸气和傲气；他担任过很多重要的行政职务，但他并不留恋这种生活，而宁愿有更多时间从事自己喜爱的学术研究；郭老治学严谨，备课很认真，讲稿写得很仔细，都用钢笔认真写在一张张合页纸上。为了帮助我们讲好“现代心理学流派”，他把自己精心编纂的讲稿交给我们，让我们借鉴使用。郭老的言传身教，一直影响着我，让我受用一生。

对我“走进心理学”影响最大的第三位老师是章志光老师。我 1954 年入学时，他还不到 30 岁，正是风华正茂的“而立”之年。他没有教过我的课，也没有当过我的班主任，可是在同学们的心目中，他是一位能力强、长于著述、精力过人的年轻老师。对我个人来说，我和章志光老师还有一些特殊的共同经历，给我留下了深刻的印象。

1961 年，章志光老师主动邀请我和他合作，写了一篇文章“素质与能力”。有机会能在章老师的指导下，写作论文，自然是我求之不得的一件事情，于是我高高兴兴地答应下来。文章的主要思路都是章老师构思的，我只是配合他收集了一些资料。章老师写文章，非常注重论点和论据。为了说明一个问题，他力求收集更多的资料来支持自己的观点；他有很好的理论思维和严密的推理能力，旁征博引，以理服人；他治学严谨，文章经过多次修改才定下来。这一点对我以后写文章有很大帮助。

1961 年前后，系里的老师和学生都到北京郊区的顺义县参加“四清”运动。我和章志光老师被分在了顺义白庙村，这是一个回民村，村里的居民都信仰伊斯兰教。受工作组组长的委托，我和章志光老师担任了写“村史”的工作。我们一起“访贫问苦”，一起下户“吃派饭”，参加干部和群众座谈会，进行调查研究，收集和分析资料。章老师对写村史的认真态度，对材料的仔细论证和独到分析，以及准确的文字表达能力，都给我留下很深的印象。当时我们和村里的干部、群众关系都不错，许多年以后，白庙村原来的村长还来学校看望我们，找章志光老师和我叙旧。

1976 年发生了震惊世界的“唐山大地震”，一夜之间，数十万人的生命和无数财产，就被埋葬在瓦砾和灰堆之中。地震后余震不断，北京也受到很大影响。为了安全起见，我们都从原来住的宿舍中搬出来，住进了在校内大操场上临时搭建的防震棚内。那些天，天连续下着大雨，我们躲在防震棚内，不能外出。就在这时候，章志光老师出面组织我们编写了《小学生年龄特点与教育》一书，参加者有张必隐老师和我，后来由人民教育出版社出版；另外翻译了一本俄文的心理学著作《年龄与教育心理学》。这两件事持续的时间比较长，但都是在地震前后完成的。地震棚的条件很差，我们只能坐在马扎上，在昏暗的光线下工作。那段时间，我们没有白白打发日子，都觉得很有收获。

引导我走进心理学的第四位老师是张厚粲老师。我上大学时，张厚粲老师已经是系里知名的教师了。1956 年我们从北校搬到北太平庄新校，当时教二楼一层的西侧有一间实验室，叫条件反射实验室，实验室有一个设备，叫条件反射实验箱，这个设备的设计者和制作者就是张厚粲老师。20 世纪 50 年代中期，学心理学的学生都熟悉巴甫洛夫的高级神经活动学说，而这个学说的基础是条件反射实验。当时在学生们的心目中，能够用自己设计的条件反射试验箱，进行条件反射的实验研究，就是采用前沿的实验技术研究前沿的科学问题了，对这个设备的制作者自然也就多了许多敬重。

我在张老师的直接指导下进行科学研究，是从“文革”后开始的。1976 年后，心理学迎来了发展的春天，有许多事情要做，而第一件最重要的事情就是恢复科研和教学工作。当时张厚粲老师和孟庆茂老师都担任实验心理学的教学工作，而我在“文革”前做过一点知觉研究，因此张老师决定我们的合作研究就从知觉入手。我们选择的问题是主观轮廓，这是一种非常有趣的心理现象：在客观上不存在刺激的梯度变化时，我们在一片同质的视野中，还可以看到物体的轮廓，这就是主观轮廓。主观轮廓是怎样形成的？受到哪些因素的影响？研究是 1978 至 1979 年间完成的。在整个实验过程中，张老师很重视设计的巧妙性和数据处理的严谨性，对实验的理论意义也很关心。这篇文章于 1980 年发表在《心理学报》上，张老师是第一作者，我是第二作者，孟庆茂老师是第三作者。这是“文革”后我的第一篇文章，也是我在知觉领域发表的第二篇文章。

1979 年 9 月至 1981 年 10 月间，我在美国哥伦比亚大学心理系进修，继续了知觉心理学的研究，主要研究似动现象。其间还在美国华盛顿大学心理系主任 Stern 教授的指导下，进行过阅读的眼动研究。回国后，我面临着两种选择，是继续知觉研究，还是研究语言认知。1987 年，就在国家自然科学基金会开始设置课题资助的第二年,张厚粲老师带领我们申请到第一笔自然科学基金的面上课题基金,研究的题目是“汉字识别与阅读理解的研究”,第二年我又申请到另一项自然科学基金“广播电视节目语言和图象质量的评价”,这些基金的申报成功和随后进行的研究工作,进一步坚定了我开展汉语认知研究的决心和信心,从此以后,我开始了在汉语认知研究方向上长达20多年的研究旅程。

在我的教学生涯中,我的第二门课程是认知心理学,也是在张老师的带动下开始的。1988年在普通心理和实验心理专业委员会召开的南宁学术会议上,荆其诚老师、张厚粲老师、王甦老师、孙晔老师和我都向与会者介绍了认知心理学。会议结束后,张老师回到学校,立即决定开设认知心理学课程。做一次报告,写一篇文章是比较容易的,而要系统开设一门“认知心理学”课程,困难就大多了。这需要有勇气,有学识,有很好的外语水平。张老师喜欢做一些开创性的工作,是大家心目中能开设这门课程的理想人选。张老师主动、勇敢地挑起了这付重担,而且很成功,受到学生的热烈欢迎。我系统地听了张老师的讲课,在此之后,我才接替张老师主讲“认知心理学”这门课程,并出版了《认知心理学》专著。张老师注意提携后学,热情帮助他们成长,也给我留下了非常深刻的印象。

张老师一直以她直率、坦诚、潇洒、开朗、表里如一的人格魅力,受到学生和老师们的仰慕,她又以对事业的执着精神受到大家的尊敬。张老师的即席发言常常在听众中引起热烈的掌声和喝彩声,更令我倾倒和折服。在这里,我想借这次接受采访的机会,再说一句:感谢张老师多年来在事业上对我的诸多指导和帮助!

六、国外求学岁月

“文革”结束后，心理学迎来了发展的春天。1978 年我参加了出国进修的外语考试。1979 年 3 月到 6 月，我在北京语言学院（现北京语言大学）参加了英语强化培训，在此期间通过别人的帮助，联系到了纽约哥伦比亚大学心理系著名知觉心理学家 Julian Hochberg 教授，做自己的指导教师。

1979 年 9 月 19 日，我们赴美访学的 100 多人，从北京出发去美国。那时中美航线还没有开通，飞机起飞后，不能朝东直飞华盛顿，而必须往西行，绕道欧洲再去美国。飞机抵达华盛顿后，中国驻美领事馆派车把我们接到他们的办公楼。我们的异国之行就这样开始了。9 月 27 日，我一人乘火车从华盛顿去纽约。10 月 1 日一大早，我来到位于纽约曼哈顿区 120 街的哥伦比亚大学。在心理系的一间办公室，我见到了 Julian Hochberg 和他的一位学生 Susan。

Hochberg 教授是国际著名的知觉心理学家。他的研究兴趣主要是图形组织和似动现象。当时 Gibson 的知觉直接理论很盛行，这种理论主张知觉是由直接输入的刺激信息决定的。而 Hochberg 是知觉认知理论的倡导者，主张知觉有多个层次，在知觉形成中，无意识推论有重要作用。进入实验室后，我要做的第一件事是“熟悉文献”，特别是 Hochberg 的文章。那时我还不会在计算机上查阅文献。Hochberg 把自己的文章都装在一个文件柜内，我想要他的文章，只能到文件柜去翻。Susan 告诉我，两份以上的文章，我可以拿走一份；如果只有一份，就只能拿出去复印。Susan 还交给我一张复印卡，复印文章不需要自己花钱。要找别人的文章，就只能去图书馆查阅。仅仅这些条件，我也觉得比在国内做研究方便多了。

Hochberg 的实验室主要用投影仪、照相机和电影机进行实验，那时没有数码照相机，实验室也没有录像机，每次拍下来的实验材料，都需要自己冲洗胶卷。好在我在国内就喜欢照相，玩过胶卷，学习起来没有困难。实验室还有一种用来进行掩蔽实验的纸，可以对实验材料的轮廓进行不同程度的处理。

读过一些文献后，我提出了自己的实验计划，希望能探讨物体识别在运动知觉中的作用。当时许多文献都认为，物体知觉和运动知觉是分离的，运动知觉是一种更加原始的知觉，它可以不依赖于物体识别。而我的假设是，两者存在某种关系，在运动过程中，物体的同一性可能有一定作用。研究采用英文字母为实验材料，结果发现，在字母的似动现象中，被试对字母的确认是有作用的，从而部分证明了事前的假设。

哥伦比亚大学心理系的学术活动很多。每周星期五下午四点都有一场报告会，邀请校内外的学者来系里做报告。报告时间通常为 40 分钟，提问讨论 20 分钟。报告结束后，都有一个“party”，有点心和饮料，免费提供给大家。这时大家可以继续刚才的学术讨论，也可以自由交谈感兴趣的问题，气氛非常融洽。在国内我们从未参加过这样的活动，觉得很新鲜，每次都是尽兴而归。

1980 年 2 月间，中科院心理所的荆其诚老师来电话，约我一起去哈佛大学和密歇根大学访问，我高兴地答应了。他当时已经在密歇根大学访问，研究颜色视觉。在哈佛大学行为和社会科学系，我们有幸见到了新行为主义的著名代表 Skiner 教授。他已经退休，但系里还给他保留了一个办公室和两间实验室。在与他合影留念后，他邀请我们参观了他的实验室。来美国前，我们都熟悉著名的“斯金纳箱”，这是他对鸽子进行学习和行为训练的设备。实验室有点简陋，但他还是很有兴趣地给我们演示了实验的程序。当时我有一个感觉，随着行为主义在美国的日渐衰落，Skiner 的学术地位以及他在哈佛大学的地位也都明显下降了。

在密歇根大学访问期间，荆其诚老师还关心地问起我在纽约学习的情况，问我想不想去其他地方看看。他有一位好朋友，叫 J. A. Stern，是华盛顿大学心理系的资深教授，也是著名的生理心理学家，研究眼动。我高兴地答应了。从密歇根回到纽约，我查看了 Stern 的文章，并和他直接联系上了。Stern 很快给了回信，答应给我提供两个月的访问资助，让我提出一个研究计划。一次新的访问就这样确定下来。

1981 年 2 月底，我去华盛顿大学访问。住在 Stern 家，这样我们有机会朝夕相处，实现了真正的“洋三同”——同吃、同住、同工作。Stern 的办公室在心理系的二楼。他领着我见过了实验室里的几位老师和研究人员，回到实验室，就给我介绍眼动仪和他近期的一些工作，一边讲一边演示。接着交给我一串钥匙，告诉我，以后可以用这台仪器做实验。第一次接触这种仪器，不敢乱动，只好拿出说明书，仔细看，一点点对照着看。两天后，他给我介绍了一位博士研究生 Orchard，40 多岁,美籍犹太人。Stern 教授说,设备上有什么不明白的地方,可以问 Orchard。以后做研究,Orchard 就是你的助手。Stern 和 Hochberg 一样,对我都很放手,这让我有机会得到独立工作的锻炼。

Stern 长我 10 岁,为人和蔼可亲,说话好懂。他白天的工作很忙,我不便总去打扰他。但在每天上班和回家的路上,就是我和他两个人的天地了。他经常问到我的工作情况,我也把自己工作的进展和困难及时告诉他。头两周,我工作得很紧张,一方面要熟悉仪器设备,另一方面要进一步阅读文献,制定研究方案和实验设计。这期间,我阅读了大量有关阅读问题的心理学文献。

我们的合作研究进行得很顺利,经过了不到一个月的准备,Stern 同意了我的研究方案,采用眼动技术,对比研究汉英两种文字的阅读模式。我们选用的阅读材料是民间故事《老三和土司》《木马》和《小王子》,有的是全文,有的是摘录,材料的段落大致相等。每种材料分别有英文和汉字两种版本。实验时,让中国被试分别阅读英文和汉字两种版本,而让美国被试阅读英文版本,用眼动仪记录阅读时的眼动模式,包括注视时间、回跳时间、阅读每行的注视次数和回跳次数、句首和句尾的眼停时间、隔行扫视的范围,等等。研究的目的是想了解,阅读时的眼动模式是否受到文字特点的影响。

实验用了 20 名美国被试和 23 名中国被试。美国被试由 Orchard 负责招募,而中国被试由我负责招募。实验结束后,由我进行数据处理,因为没有经验,这花费了较长的时间。文章是在 Stern 的帮助下,隔了一年才完成的。题目是"Evaluation of eye movement variables of Chinese and American readers",1983 年发表在 *PavlovianO Journalof Biology Science* 上。这是我在国外发表的第一篇文章,也是我在语言认知方面发表的第一篇文章。以后正是在这个基础上,开始了我研究的一个新方向,对我在研究方向上的第二次选择产生了非常重要的影响。

我们不但在研究上合作得很成功,在生活上也相处得非常愉快和融洽。这两个月是我在美国访学期间最愉快的日子。我们经常一起外出参观、游览,也一起打扫家里的清洁卫生。Stern 的夫人很喜欢烹调,特别是糕点,Stern 也喜欢做烤牛排和火鸡。我有时也露一手中国菜,如烧鱼、烧肉、鱼香肉丝和素炒青菜一类。我喜欢用蒜做调料,以后他们做菜时也常常开玩笑地说,来一点"Garlic(蒜)"。

在华盛顿大学访问期间,还有一件值得说的事,就是去该校的医学院参观。Michael Posner、Peterson、Peter Fox 和 Mark Mintun 等都在华盛顿大学医学院工作,用正电子发射断层扫描技术(PET)进行注意和语言的脑机制研究,这是国际上最早用 PET 进行认知神经机制研究的一个团队。第一次看到用 PET 得到的实验结果,觉得很先进,实验时能直接观察到脑内正在进行的活动,真是太神奇了。我当时一点都没有想到,20 年后,自己也会投身到认知神经科学的研究中来,并且用磁共振成像技术研究语言的认知神经机制。

最近我上网查看了一下我的几位国际友人的近况。Hochberg 还健在,已经快 90 岁了,而 Stern 已于 2010 年离开了我们,享年 85 岁。当年介绍我认识 Stern 的荆其诚老师也已仙逝了。回顾自己的成长过程,他们的指导和帮助也是让我终生难忘的。

七、科研道路上的四次选择

几年前,心理学院让每位老师留下自己的座右铭。我思考了几天,就写了“选择,探索”四个字。字很少,也不是什么惊人之语,却包含了我在几十年的工作和生活中积累下的众多深刻的体会和感受。

在人的一生中,选择无处不在,选择随时发生。人的一生就是在选择和探索中不断前进的。我一直记得小学毕业时一位老师在我的留言簿上的题词“努力创造你自己”,实际上,选择和探索的过程也就是“努力创造你自己的过程”。

选择和探索很重要,但又很困难。每个人都有不少经验,也有更多教训,简单讲就是要“善于选择,勤于探索”,一个人的聪明才智从他的选择和探索中就可以清楚地看出来。

20 世纪 50 年代以来,我的求学和治学的道路上,有过四次至关重要的选择。第一次选择是从化学转向心理学,第二次是由知觉转向语言,第三次是从语言的认知科学研究转向语言认知神经机制,第四次是选择了语言障碍的认知神经机制,特别是口吃及其矫治。在我之前介绍大学学习生活和国外的求学道路时,已经讲了自己的第一次选择。下面我想介绍一下科研方向上第二次选择。

1981 年我从美国回来,研究工作面临着两种选择:或者按照我在哥伦比亚大学学习的内容,继续进行视知觉的研究;或者基于我在华盛顿大学合作研究的成果,进行语言的认知研究。当时有两个重要的原因使我选择了后者,而放弃了前者。主观上的原因是,我认识到语言是探索人类心智的重要突破口,汉语是一种有自己重要特色的语言,选择语言进行研究,既有利于揭示人类的心理活动的特点,又容易做出有特色的工作;而客观上的原因是,知觉研究需要更加精密的设备,而我们当时缺乏这些设备。由知觉转向语言,是我第二次重要的选择。这次选择决定了我之后十多年的研究道路,并一直延续到现在。

进行语言的认知研究,离不开反应时记录技术。出国前,教育系只有一台计算器,体积比现在一台台式机的主机略小点,花了 2000 元人民币,当时可能是系里“最贵重”的设备了。回国后，我想要做汉语认知的研究，但没有计算机，也没有经费买计算机。于是我们请了无线电系的唐鹏威老师参加我们的课题组，并为我们设计了一台 Z－80 的单片机。1985 年我们完成了一项关于汉字频率效应的研究，就是用他设计的“计算机实验系统”完成的。

由于起步晚，我们当时的研究水平不高，比起香港和台湾的一些学者，我们的研究工作只能说是“小学生”的水平。

大家都知道，世界上有几千种语言，每种语言还有自己的方言。不同语言间既有共同性或普遍性，也有差异性或特殊性。汉语和汉字是一种个性鲜明的语言和文字，比如，汉语是一种声调语言，声调具有区分词义的作用，“ma”的四声分别代表了“妈、麻、马、骂”四个词；汉语的复合词在现代汉语词汇中占很大比重，汉语词汇只有很少的前缀和后缀，这和英语也有很大不同；汉字的形声字，不仅具有标记读音的声旁，还有标记意义的形旁；汉字的空间结构非常复杂，它的笔画和部件在二维空间内展开，而不像拼音文字那样是线性排列的。当时我们的兴趣都放在研究汉语的特异性上，希望探讨这些特性会怎样影响到人对语言的理解和产生，或者说影响到人脑对语言的信息加工。由于普遍性寓于特殊性之中，通过研究不同语言的特异性有可能更深刻地理解和揭示语言的普遍性。

这个时期，我们研究了汉字识别的基本单元、汉字语音和语义信息的提取、语素在汉语词汇识别中的作用、词频和语境在汉语双字词视觉识别中的作用、汉英双语者的词汇表征、故事图式与故事理解、汉语句子理解中句法和语义分析的关系、儿童语音意识的发展与阅读能力预测等。我们的成果开始频繁地出现在国内有影响的学术刊物，如《心理学报》上，并且开始在港台学者召开的学术会议上报告自己的成果。1992 年张必隐老师和我合作完成的“Decomposed storage in the Chinese lexicon”的研究，刊登在 *Language Processing in Chinese* 一书中，这篇文章采用汉语复合词为材料，探讨了汉语词素在词汇识别中的作用，是国内外首次用汉语探讨这个问题的研究成果。我们起步晚，但在大家的努力下，随着成果一点点积累起来，我们在国内外的影响也一点点增加和扩大了。

为了将语言认知的基础研究推向应用的领域，20 世纪 80 年代末和 90 年代初，我们还研究过广播电视节目语言和图像质量的评估，探讨了新闻节目播放中的系列位置效应，提出了广告、新闻和儿童动画片节目质量的评价系统，进行过各类节目收视率的调查，研究过儿童从电视字幕伴随学习汉字和动画片在儿童英语学习中的作用等。

记得我们有一篇文章探讨了新闻节目播放中的系列位置效应，结果发现，听众对节目的理解和记忆并不是按照节目排列的先后位置依次下降,而是存在首因和近因效应以及前后节目的相互抑制现象。文章投给专业性的《广播电视学刊》,刊登在那一期的首篇位置。刊物主编还特别加上按语,赞许了我们的研究方向。今年,我见到了在央视市场调查股份有限公司工作的姜涛博士,他高兴地告诉我,他现在负责电视节目的评价,所用的方法就是20世纪90年代我们在电视节目研究中所提出的方法。他原来也是北师大心理学院的老师,跟随我研究过动画片在儿童英语学习中的作用,因此很熟悉我们当时的研究工作。没想到的是,十几年以后,我们的研究仍然在社会生活中有应用价值,这的确是值得我高兴的。

20世纪90年代初,又有一些计算机背景和数学背景的学生加入到我们的研究队伍中来,因而使我们有可能开展计算机模拟汉字识别和语义启动的研究。

计算机模拟是通过编制计算机的程序,模拟出与人的实验相类似的结果,这是揭示人脑这个“黑箱”秘密的一条重要的研究途径,也是进行人工智能研究的基础性工作。我们当时设计了两个模型,一个是汉字识别和命名的联结主义模型,这个模型采用分布表征的方法表达汉字的形音信息,经过训练后,网络学会了1108个不同类型汉字的读音,包括规则形声字、不规则形声字和例外字的读音,进而模拟了汉字读音的规则效应和频率效应。我们还提出了一个“基于语义的词汇判断的计算模型”。模型是一个5层的神经网络,包括了416个词汇表征单元、24个隐单元、42个语义表征单元、24个词典单元和一个判断单元。运用这个模型模拟了人在进行词汇判断中已经发现的一系列效应,如频率效应、语义启动效应、词频和语境的交互作用、重复启动效应等。1993年,当我在台北召开的第六届汉语认知国际会议上报告计算机模拟的研究结果时,研究受到了不少与会者的好评。

当时我们还没有“顶天立地”的思想,但从自己的研究实践中已经体会到,做基础研究要和应用相结合。基础研究做好了,应用研究才有根基;而应用研究是直接关系到社会生活和人民群众利益的研究,应用研究做好了,研究的社会价值才能更加充分地体现出来。

1996年前后,认知神经科学在国外蓬勃发展,很快也传到了国内。当时中国科学院的陈霖教授、翁旭初教授、唐孝威院士,北京大学心理系的沈政教授等,都敏感地意识到这个研究方向的发展前景,并思考如何推进国内相关领域的研究。我喜欢探索新事物,很快就被这个新的研究动向吸引了,并下决心立即调整自己的研究方向,转向语言的认知神经机制的研究。这是我在研究工作中的第三次选择。

为了迎接脑科学时代的挑战,“国家科委”于1996年5月召开了第74次香山会议，讨论了脑科学的进展和我国应有的对策。我有幸被邀参加了这次会议。会议上，唐孝威院士提出“开发脑”的口号，对大家启发很大。1996 年，在陈霖教授的倡议和主持下，中国科学院和北京医院联合建立了脑认知成像研究中心。

1997 年，我已经 62 岁了。按照学校的规定，再过 3 年就该退休。我当时一点也没有意识到，脑科学时代的这股洪流，竟把一位即将退休的心理学工作者又推上了一个新的历史舞台。面对脑科学时代的挑战，我和校内几个系的老师也在思考一个问题：北师大怎么办？要不要主动迎接挑战？1997 年 5 月我联合了北师大生物系、数学系、电子系、化学系和心理系的几位老师，成立了我国高校第一个认知神经科学研究中心——北京师范大学“脑与认知科学”研究中心。我们的倡议是：组织力量，抓住时机，搞出特色，迎头赶上。中心的目标和任务是：以正常人为主要研究对象，开展脑功能，特别是脑的高级认知功能的研究，为揭示人脑的秘密，开发人脑的智能，提高教育质量，预防和诊断与认知功能有关的脑疾病提供科学的依据。当时很有一点“协同创新”、联合攻关的劲头。

1999 年 1 月，北京大学心理系沈政教授、教育部教育科学研究所朱法良教授与我联合发起了“脑科学与儿童智力开发”香山科学讨论会，讨论了“基于脑的教育与教学”问题。后受教育部委托，上海生理研究所杨雄里院士与我共同承担起草了“脑科学与儿童智力开发”咨询报告。杨雄里院士负责起草“脑科学”部分，我负责起草“儿童智力开发”部分。我们仅仅用了两个月时间，就顺利完成了任务。7 月初，由于杨雄里院士和我当时都在国外访问，上海生理研究所李葆明教授和我校董奇教授分别代表课题组向国务院李岚清副总理汇报了我们的研究成果，得到了李岚清副总理的赞扬，并在社会上产生了较大影响。2000 年，在教育部和自然科学基金委的支持下，我先后主持召开了“语言认知神经心理学与语言障碍高级研讨班”“第九届汉语和其他亚洲语言认知国际会议”，同一年还协助董奇教授和香港大学谭力海教授召开了“第一届脑成像技术及其应用国际研讨会”，这是一次规模大、规格高的学术研讨会。这些活动和会议对推动国内认知神经科学研究的发展和北京师范大学教育部重点实验室、网上合作研究中心的建立，都有很大的作用。

像十多年前我从知觉研究转向语言认知研究一样，开展语言认知神经机制的研究，也遇到了许多意想不到的困难，自己的年龄毕竟大了，这次遇到的困难比前一次大得多。

认知神经科学的研究依赖于脑成像技术的发展。当时北京市的各大医院中，只有 3—4 台可以进行研究工作的功能磁共振成像设备，这些设备主要用于临床诊断。要采集研究数据只能凭借和大夫的私交,利用周末或晚上进行。我们最早的研究是经过翁旭初教授的介绍在首钢总医院进行的。首钢总医院离学校很远,那时候,医院没有呈现刺激材料的设备,我们也没有笔记本电脑,每次到医院去做实验,都要自己扛着台式机的主机和显示屏,带着 2—3 名被试。白天不能做实验,只能靠晚上,利用医院下班后的时间。为了珍惜来之不易的扫描时间,我们常常在医院工作到夜里 12 点钟或者更晚些。回学校,找不到出租车,只好打黑车,遇到下雨天,困难就更大了。以后我们又去了好几个医院,如 301 医院、306 医院等。2002 年,我们与 306 医院磁共振室建立了固定的合作研究关系,研究条件才有所改善。

研究中还有一个很大的困难,就是数据处理的困难。我们费了很大的气力采集到了数据,回来后却不会处理。我派人到处求教,但收效甚微。2001 年冬天,刘鹤龄博士学成从美国回到台湾,经过谭力海博士的建议和介绍,我认识了他,并把他专程请到了北师大,请他帮助我们。我请他仔细检查了我们对第一批实验数据处理的每一步操作,直到他认可为止。我清楚地记得,当他离开我校回台湾时,我高兴地对董奇说,这下我们放心了,可以写文章了。2002 年,我和董奇出席了谭力海博士在香港召开的"认知神经科学学术讨论会",在会上我报告了自己的第一项研究成果:汉字形声字语音自动激活的脑机制研究。与会者反映不错,这是我第一次尝到了做脑成像研究的"甜头"。

经过多次磨合,2000 年,我有幸参加了杨雄里院士主持的"973"课题,负责汉语信息处理的脑成像研究。有机会参加一个国家的重大科研项目,既高兴,又有压力。当时我们有了一批自己的数据,但文章怎么也写不好;文章送出去,经常被退稿,很苦恼。这时候,我们听到了来自校内外一些批评和抱怨的声音,说我们花了很多钱,没有成果,这类研究没有意义,不值得花钱去做。面对这些舆论的压力,我们没有动摇,没有气馁,而是踏踏实实地继续我们的研究。记得有一次,杨雄里先生问我,做 973 课题有什么感受? 我说:"酸甜苦辣都有,先是酸和苦,后来才会尝到一点甜头。"经过我们自己的努力,且在香港大学认知神经科学实验室的帮助下,2003 年,我们终于实现了论文"零"的突破,在国际比较重要的 SCI 刊物上发表了 3 篇文章,2004 年成果更好一些,发表了 4 篇文章。2004 年,"973"课题结题时,我们的成果被专家组推荐申报"973 计划重大成果",专家组认为我们的工作起步晚,起点高,成果显著。2005 年我们的部分成果获得教育部"科学和技术进步重大贡献奖"。这些成果直接为我校申报教育部重点实验室、网上合作研究中心和随后申报和建设认知神经科学与学习国家重点实验室奠定了基础。

2005年初,科技部正式批准我们筹建认知神经科学与学习国家重点实验室,以后又有了我们自己的磁共振成像设备,成立了磁共振成像中心。这样我在语言认知神经机制方面的研究才有了一个更稳定、水平更高、更加完善的平台。除了磁共振成像技术(fMRI)外,我们还可以采用脑电技术(ERP)和光学成像技术(NIRs)。由于实验室引进了一大批从事方法学研究的人才,我们在数据采集和后期处理上的困难也大大减少了。十年来,我们基于汉语的特点,采用磁共振成像技术系统研究了语言加工、语言学习和语言调节的神经机制,不仅揭示了大脑双侧梭状回和小脑在汉字音、义自动激活中的作用,词汇的情绪价对左侧梭状回激活的调节,发现了大脑右半球在语言类比推理中的作用,而且进一步探讨了视觉背腹侧通路在词汇加工和汉字学习中的作用,发现了双侧楔叶在汉字字形加工中的作用、右侧额叶在汉语声调加工中的作用,揭示了汉语不同于拼音文字的某些特点,提出了基于情绪调节的词汇阅读模型。我们还用脑电技术研究了汉语实词和虚词、动词和名词的神经分离,汉字形音义加工的时间进程,以及汉英双语者加工英语的特点,发现在语义任务中,右脑的激活先于左脑;非熟练汉英双语者加工英语时,语义的激活先于语音的激活。我们在国际SCI刊物上发表的论文已经超过40篇。2011年1月,实验室通过了科技部的验收,而且得到了不错的评价,我很高兴自己的研究能为这次成功的验收做出了贡献。

我在科研道路上的第四个选择发生在20世纪末。1999年,我应英国纽卡斯尔大学李嵬教授的邀请,赴该校语言系进行了为期五个月的访问。纽卡斯尔大学语言系在语言障碍方面的研究在国际学术界享有很高的声誉,对培养语言障碍的研究人才也起了很好的作用。访问期间,李嵬教授给我看过一些资料,上面报道了一些发达国家语言障碍的发生率。令我印象最深的是,澳大利亚每七人中就有一名语言障碍者。李嵬教授还告诉我,英国当地每两个学校才有一名医生,而每个学校就有一名语言矫正师。可见英国政府对从小培养儿童健康的语言能力的重视程度。带着好奇心,我进一步翻阅了相关的资料,结果发现,语言障碍是一个巨大的研究领域,它不仅包含了因脑损伤而导致的失语症,而且包含了阅读障碍、口吃、听力障碍等许多内容。由于语言在人类社会生活中的巨大作用,许多发达国家都投入了巨额的资金开展语言障碍的研究。

从英国回来后,我暗下决心要开展语言障碍的研究,把语言认知的基础研究推进到语言障碍的应用领域。2000年,在教育部的支持下,我联合英国纽卡斯尔大学语言系、香港大学言语与听力系,举办了首届"语言认知神经心理学和语言障碍"高级研讨班。办班的宗旨就是"推动国内语言障碍的研究,培养一批从事语言障碍研究的高级人才”。2002 年,我联合天津市河西区医院负责口吃矫正的医生,在我校开办了 4 期口吃矫正班。2003 年,我们又从长春市北华大学请来了有 20 多年口吃矫正经验的林岚教授,开班进行口吃矫正教育。随后又与北京林教授口吃矫正中心建立了长期的合作研究关系。2005 年,在国际口吃日(10 月 22 日)的前夕,我主持召开了“中国首届口吃研究与矫治研讨会”,与会者有科学院、高等学校和医院从事口吃研究的专家,还有全国一些有影响力的口吃矫正师和部分口吃协会的会员。会上,我们提出的口号是:关注口吃人群,推进口吃研究。以后我们又多次举办了国际口吃日活动,检查口吃矫正的成绩,并深入开展了口吃的神经机制的研究。

为什么在语言障碍的研究中,我特别选择了口吃问题? 原因有以下几个方面:第一,口吃困惑着成千上万的人们,特别是那些即将步入社会和刚刚步入社会的许多青年人,他们的痛苦至今没有得到社会应有的关心和关注;第二,口吃是可以矫正的,这为研究学习、训练与脑的可塑性的关系,提供了可能性;第三,口吃是一种综合性很强的疾患,它涉及到生理—心理、遗传—环境—教育、社会—个人等诸多方面的问题,适合于多学科的协同攻关;第四,从基础研究到应用研究,是科研工作发展的一条必由之路,选择口吃进行研究,是从语言的基础研究走向应用研究的一个尝试。近年来,我们在口吃的基础研究中取得了显著的进步和成果,通过脑成像研究,发现了口吃与支配言语计划的大脑—基底节的神经环路的损伤和支配言语运动的大脑—小脑神经环路的损伤有密切关系,在国际上首次提出了口吃的两条通路理论。该项研究被刊物编辑部视为“有新闻价值的文章”。论文发表后,受到国内外口吃研究者的关注,并被国内外多家媒体报道。

除口吃外,近年来,我们还研究了听觉障碍对语言理解和产生的影响,以及语言经验在脑的可塑性中的作用。此外,还研究了阅读障碍,采用动态因果模型(DCM)考察了阅读障碍儿童在语言理解任务中脑区之间的相互作用。

语言障碍的研究不仅有助于揭示障碍发生的机理,也为揭示正常人的语言功能提供了一个很好的模型。因此,我们的研究不仅能有效地揭示不同语言经验对脑的可塑性的重要影响,并能对相关语言障碍的矫治提供脑科学的重要依据。这些成果也为 2011 年科技部对认知科学与学习国家重点实验室的验收做出了贡献。

30 年来,我一直进行着语言认知研究,从大的研究方向上说,30 年我只干了这一件事情。这个领域的科学问题太多了,要想搞清楚其中的许多科学问题,人的一生实在显得太短暂,太不够用了。这是我常常感叹“人生苦短”的一个原因。

当然，时代在前进，学科在发展，在同一个研究方向上，会出现许多新的问题值得探索。选择过程也是一个不断探索的过程。只有在探索中不断提出新的问题，才能在一个研究方向上保持前进的活力，永不枯竭，永不停顿，永无止境。

在研究方向的选择中，社会需求和自己的研究兴趣是两个最重要的依据。我的原始兴趣是化学，以后转成了心理学，又从心理学进一步转成了认知神经科学。我不知道，如果我坚持了自己原来的兴趣，是否会做得比现在好一些，但我相信，我现在所从事的工作，同样具有重要的意义和价值。在这个意义上，我认为，自己50年前、30年前和10年前所做的选择和探索，是值得自己付出的。

近10年来，我在选择和探索中，见证了北师大认知神经科学的发展历程，也见证了教育部重点实验室和国家重点实验室从无到有、蓬勃发展的过程。我常常想起实验室在建设和发展的道路上遇到的种种艰难与困难，也为她的发展和壮大感到高兴。我参与过这个实验室的建设，并用自己的工作为她的成长做出过贡献。但我也清醒地意识到，个人的能力是有限的，与后来的发展相比，我的工作只是奠定了一些基础。今年年初，实验室顺利通过了科技部组织的验收，得到了不错的评价，这使我从内心感到安慰。这五年对我个人和我的家庭来说，是非常不平静，充满矛盾和内心激烈斗争的五年。在选择和探索中，某些牺牲是无奈的，也是难免的。

在我30年的选择和探索中，我得到过来自各方面的关心、帮助和支持，这些支持和帮助来自学校的各级领导，来自周围的许多朋友和同事，来自提供经费支持的许多基金部门，来自自己的家庭和亲人，更来自我近百名的硕士和博士研究生。我要特别感谢和我共同奋斗和成长的学生们，正是他们的辛勤工作、创新精神和对老师的关心和照顾，才有我和我这个研究集体的工作成绩。在这里，我想重申我曾经说过的话，我们的每项成果都是老师和同学集体智慧的结晶，我的后半生是和学生们紧紧联系在一起的。我的所有成绩、荣誉和奖励都是大家努力的结果。我感谢他们，也永远爱他们！

人的生命有止境，但人类对世界的认识没有止境，学术研究也是没有止境的。我不敢肯定，我在选择和探索的道路上还能继续做多少工作，但我相信，只要自己所从事的事业有益于社会，有益于人民，有益于科学的发展，这件事情就一定会后继有人，永远也不会完结，而且会做得越来越好。希望寄托在后来开拓者的身上！

八、博采众长

▲ 1980 年在哈佛大学与 Skinner 合影

▲ 1988 年在日本与 Chomsky 合影

我在汉语认知方向的研究起步晚,和国际水平的差距也大。要想在较短时间内实现跨越式前进,赶上,甚至超过国际水平,就必须走出国门,当好"小学生",虚心向国外学者学习。

从美国学习回来后,我再次出国访问开始于 1987 年 7 – 8 月间,第一次是参加在美国克拉克大学召开的国际情绪研讨会。那几年我做了一点情绪的研究,从文字识别进到了面部表情识别。我们到电影学院找了一些年轻的演员,为我们提供了不同表情的照片,利用这些照片,开展了表情识别的研究。在这次会议上,我们有幸见到了国际研究情绪的一批著名心理学家。

和我们在国内见到的学术会议完全不同的是,会场的布置非常简单,没有会议横幅,没有主席台,会场的椅子也摆放得"乱七八糟",进会场后想坐哪里就坐哪里。但会议内容却是国际一流的。这种重内容而轻形式的学术作风使我们很受教育。我在会议上得到的最大收获就是,懂得了情绪不是认知的"副现象",而是积极影响人类认知的强大动力。这是 20 世纪 80 年代情绪研究的一个重大转变,对我以后研究情绪问题也有很大影响。2006 年我们提出基于情绪调节的阅读模型,就特别强调了情绪作为一个调节系统对词汇阅读的作用。

1988 年我得到日本学术振兴会提供的资助,在日本进行了为期 20 天的访问。访问的第一站是东京,我的一位日籍加拿大朋友 Danny Stenberg 教授当时正在日本东京一所大学任教。Danny 是一位心理语言学家,研究方向是儿童早期识字能力的发展。那时国内有许多人对儿童早期识字很感兴趣。Danny 多次来中国访问,认识了伍铁平教授,而通过伍老师的介绍,我认识了 Danny,并成了关系不错的朋友。在东京短暂停留后,我和 Danny 一起去京都府出席了著名语言学家 Noam Chomsky 教授的 60 岁庆典和京都府为他举办的认知科学成就颁奖会。在会上我有幸见到了 Noam Chomsky 教授,并合影留念。Chomsky 教授因为在认知科学方面的重大贡献而被誉为“认知科学新方向先驱”。他重视语言的普遍性,认为这是语言的本质特性,而我却希望通过对汉语独特性的认知研究,达到对语言普遍性的理解。让我高兴的是,我不但有机会见到新行为主义的杰出代表 Burhus Frederic Skinner 教授,而且见到了认知学派的代表 Noam Chomsky 教授。应该说,他们分别代表了 20 世纪心理学和语言学两个最重要、最有影响的学派。

我去过两次台湾。1993 年由中国心理学会组团参加了在台北举行的第六届汉语和其他亚洲语言认知会议。这是 1949 年以后大陆心理学家第一次去台湾参加学术会议,会议上我报告了汉字识别的计算机模拟研究。第二次是 2003 年,参加在台北举行的第十届汉语和其他亚洲语言认知会议,我报告了汉字形声字音义提取的神经机制研究。

我曾三次到访澳大利亚,访问过澳大利亚新南威尔士大学和澳大利亚国立大学。第一次访问是 1994 年参加在新南威尔士大学召开的“亚洲语言认知加工”亚—澳专题研讨会,出访中我们认识了会议东道主、新南威尔士大学心理系的 Macus Taft 教授和澳大利亚国立大学心理系的陈美珍教授。第二次是 1997 年应 Taft 教授的邀请,去新南威尔士大学合作研究三个月。后来我和 Taft 教授分别申请到中国自然科学基金会和澳大利亚科学研究基金会的资助,1998 年我和丁国盛老师再次访问了新南威尔士大学。我们的合作研究有汉字的语义加工、汉语逆序词的认知加工,研究成果于 1999 年和 2004 年先后发表在 *Journal of Memory and Language*、*Journal of Experimental Psychology* 等国际学术刊物上。Macus Taft 教授小我许多,却是国际心理语言学研究的一位新秀,对研究语素和词汇识别的关系贡献颇丰,他提出的一些模型在国际学术界影响很大。20 世纪末,我们在词汇识别方面的一系列研究,都和他的帮助分不开。

1999 年 3 月应李嵬教授的邀请,我访问了英国纽卡斯尔大学语言系,开展了合作研究。李嵬教授毕业于我校外语系，原来是钱媛老师的博士研究生。我和李嵬老师合作的研究有儿童语言习得和汉语的语义加工，成果后来都陆续发表了。这次访问有两件事对我启发很大，让我进一步重视了双语研究工作。1999 年 4 月，李嵬教授在纽卡斯尔大学主持召开了一个双语认知国际研讨会，与会者有来自英国、美国、加拿大、日本和其他国家的一些著名心理语言学家。正是在这个会上，我第一次认识了国际研究双语问题的专家 Judith F. Kroll 教授和 De Groot 教授。受到会议的启示，我决定开展双语认知的事件相关电位研究，一直持续了 10 多年。另一件事情让我体会到研究语言矫治问题的重要意义。纽卡斯尔大学语言系是国际语言矫治研究的重要中心，在学术界享有很高声誉。从英国回来后，我才萌发了研究语言障碍的愿望，从而开始了我在研究上的第四次选择。

我去美国访问的机会就比较多了。在美国，我有两个合作研究点，一个是匹茨堡大学儿童学习与发展研究中心（LRDC），合作者是国际著名心理语言学家 C. Perfetti 教授，他担任过 LRDC 的主任和匹茨堡大学心理系主任，其特长是语言的认知机制和语言学习。我们的合作主要表现在人才培养上，从 1989 年以后，我有六位硕士和博士研究生先后被派到 LRDC，或者进行博士学位的学习，或者进行联合培养。C. Perfetti 教授多次应邀来中国访问，我也多次去该校访问。另一个合作研究点是美国西北大学，合作者是 Booth 教授，他的特长是儿童认知发展及其认知神经机制。这也是我在认知神经科学这个新的研究方向上建立的一个合作研究点。我们从 2003 年认识后，一直保持着密切的合作研究关系，先后有三位博士生被派到该校进行联合培养和合作研究。合作完成的课题主要有汉字语音和语义学习的神经机制、汉语阅读障碍的认知神经机制和失聪者手势语研究等。成果先后发表在 *Human Brain Mapping*、*Journal of Cognitive Neuroscience*、*Cerebral Cor-tex*、*Plos One* 等国际著名学术刊物上。

我也多次去过香港，访问过香港大学和香港中文大学，参加过在那里召开的第七届汉语和其他亚洲语言认知国际会议（1995），认知神经科学国际会议（1998），阅读障碍问题国际会议（2002）。在香港大学访问期间，在谭力海博士的支持下，我们和 Conrad 博士的合作研究，也取得了不错的成绩。我们在认知神经科学方向上发表的第一批文章（2003—2004），就是在这段时间完成的。2011 年我还被聘请为香港大学资深教授。

博采众长是超越的前提和基础。韩愈在《师说》中说过：圣人无常师。孔子以郯子、苌弘、师襄、老聃为师，才能让自己“出乎其类，拔乎其萃”。圣人况且如此，更何况一个普通人。在过去30年中,我有幸结识了许多国外的朋友,有机会和他们合作,向他们学习,才可能博采众长。他们诚恳、热心的帮助,使我在研究上少走了许多弯路;我在研究方向上的多次选择,在课题上的许多新思路,也得益于他们的帮助。尽管他们中不少人的年龄比我小,职称比我低,但"道之所存,师之所存也",他们也都是我的老师。回顾过去30年走过的道路,我也想借此机会,向他们说一声:谢谢!

九、“开张”和“关门”

人的事业都有起点和终点，就像季节有春夏秋冬一样。春天繁华似锦，夏天绿树成荫，秋天果实累累，冬天雪压枯枝。事业的起点叫“开张”，事业的终点就是“关门”了。

2011 年 10 月我办理了退休手续，但还有两个博士研究生没有毕业，可以说是人退了，门还开着。去年两个学生都顺利通过了论文答辩，走上了新的旅程，他们走后，门就自然关上了。有人建议给我办个“关门”庆典。我说，历来只有开张时才办庆典，放鞭炮，请客吃饭，没有见过关门时也庆贺的。

从“关门”也就联想到“开张”。1981 年我从美国进修回来，1983 年申请副教授。那时副教授的入门条件没有现在这样高。凭着 1983 年发表在国外《巴甫洛夫学说生理学杂志》上的一篇英文文章和两篇发表在《心理学报》上的文章，我得到了副教授的职称。1984 年我招收了第一批硕士研究生。人虽然不多，只有两名，但干得都不错。一人研究了汉字的形音义提取，另一人研究了汉英二语的心理表征。她们的研究成果都发表在心理学核心期刊《心理学报》上。一个发表了三篇，另一个发表了两篇。我们开张时没有庆典，没有放鞭炮，但从结果看，也算是“开门红”了。

我的第二届研究生是四位男生。一位毕业后先留校，后来去香港大学攻读博士学位，接着去美国做博士后研究，他的研究能力高出同辈许多。在掌握脑成像技术之后，他更是如鱼得水，如虎添翼，在汉语认知神经机制的研究中，取得了卓有成效的成绩，在 *Nature*、*PNAS* 等国际顶尖级刊物上有多篇文章发表。另一位也留校工作，但他兴趣广泛，喜欢平静生活，在竞争剧烈的环境中，却总是用一种平淡的心态看待，因而生活得非常潇洒。还有一位早已是博士生导师，著名高校的二级教授，以踏实勤奋工作、论文著作颇丰著称。还有一位在香港大学取得博士学位后，去加拿大继续深造，现在又回到国内发展。在求学期间，他们都为实验室建设和学科发展做出过或大或小的贡献。

我的第三届学生是男女混合型的，由于这一年我开始进行语言认知的应用研究，探讨广播电视节目中语言和图片质量的评价，因此部分学生选择了应用研究的方向。我们的研究从电视节目收视率的调查开始，后来进入某些应用性基础研究和评价系统的建设。这些研究为学生以后进入中央电视台工作奠定了很好的基础。

1993 年，我被评上了教授，1994 年开始招收博士研究生。第一届是男生，后来又招收了一名女生，他们都算我博士生的开门弟子。男生后来去美国和加拿大工作，并受聘成为辽宁师范大学的特聘教授。女生曾留校任教，得过北京市教育教学优秀成果一等奖，后来去跨国公司工作，工作也非常优异。

20 世纪 90 年代后期，我开始调整自己的研究方向，从语言的认知研究转向了认知神经科学的研究。期间有几位博士研究生是我开创这个领域研究的肱股功臣。万事开头难，他们不怕困难，辛勤工作，为这个研究方向打下了坚实的基础。我感谢他们，正是他们在困难面前表现出来的无畏精神和开拓精神，才使我有可能涉猎认知神经科学的研究，并为这个学科的建设做出了贡献。

除了工作上的相处，我还时常想起我和研究生们的“业余生活”。我们每年都有春游和秋游，或攀登长城的烽火台，或荡桨在北海、昆明湖或中山公园的护城河上。送别每一届毕业生时，我们还要相聚在一起尽情高歌。逢年过节，已经成家的“大哥哥”“大姐姐”还从家里带来美食佳肴，让想家的弟弟妹妹们一饱口福。我们还有一位做菜的“国际高手”——泰国留学生，大家从他那里能品尝到泰国菜的特殊风味。

在我招收的学生中，大部分是让我放心或比较放心的，但也遇到过一些让我比较“费心”的学生。有些学生是跨专业过来的，他们很努力，对老师也很尊敬，但基础知识差一些；有些学生的性格固执一点，内向一点，不愿请教老师和同学，不善于吸取老师和同学的意见；还有些学生虽肯动脑子，但很难跳出他的背景学科的圈子，对心理学的研究特色领悟得不好，干起来不顺手、不顺心，总有点格格不入，不得其门而入。当然也有个别学生贪玩，干活不大认真，或者在市场经济的冲击和诱惑下，偷偷地在校外搞推销，对这些学生，自然要更多花费一些时间和精力。我也有过不耐心的时候，有时还对他们发火，想“放弃”。但想想为人师者的责任，既然让他们进了门，就不能误人子弟，也就不忍心真正放弃他们。经过师生双方的共同努力，最后我看到他们一个个顺利毕业，有人的毕业论文还被评上了优秀论文，穿上了庄严的博士服或硕士服，走上了不错的工作岗位，他们笑了，我心里也很高兴。

2003 年以后,我的脑成像研究进入了发展的高峰时期。在研究生们的共同努力和拼搏下,每年都有三至五篇文章发表在国际著名学术刊物上。2005 年 3 月国家科技部批准我们学校组建认知神经科学与学习国家重点实验室。当时我期待着自己的事业在未来三至五年中会得到突破性的进展。

可是就在一切看去都很顺利的时候,我的老伴于 2005 年 7 月被查出得了重病,而且到了晚期。这个突如其来的恶讯,犹如五雷轰顶,让我一下子陷入极大的痛苦和无奈中。

我拼命与命运抗争,希望挽救她的生命,同时又希望能维持我来之不易的研究局面。这一年我正好 70 岁。在随后三年左右的时间内,我非常感谢和我共度时艰的研究生,他们理解我,写信或来家里安慰我,通过不同方式帮助我。没有他们的理解、安慰和帮助,我在与疾病的抗争中,可能很难坚持下来,我的事业也许早就中断了。在老伴走后的那些日子里,他们给了我更多的关心和安慰,让我得到了温暖。我不相信命运,但又不得不接受命运的摆布。但正是我的学生帮我从厄运中解脱出来。

时间过得很快,一晃就是 20 多年。去年有两位博士生毕业,她们成了我的"关门弟子"。和"开张"时一样,也是两位女生。一人研究了文字特点对视觉背腹侧通路加工的影响。她有一篇文章已经发表在 *Brain And Language* 上。另一人研究了听觉剥夺对颞上回脑结构和脑功能的影响。到目前为止。她已经有多篇文章发表了,其中一篇还是 *Neuro Image* 的封面文章。因此,在"关门"时,也还算比较风光,没有无声无息,灰溜溜地把门合上。

28 个春夏秋冬就这样过去了。从"开张"到"关门",真的过得很快,"弹指一挥间",就像只翻过一页书一样。我多次说过,我的事业是和研究生的成长紧密联系在一起的;我的一切荣誉和成就都是我和他们共同奋斗的结果。现在,我的事业之门终于关上了,但关门毕竟和"倒闭"不同。门关了,但事业还在继承。我还有许多事情要做,也还有许多事情可以做。我相信,我所追求的研究事业在我的学生们身上将持续进行下去,而且将永无止境,一往直前,做得越来越好。

十、退而不休

▲ 彭聃龄先生

2011 年 9 月下旬，收到退休通知后的那几天，我的心情有些不平静。想到自己为之奋斗了半生的事业终于走到了"尽头"，有些失落，也有些郁闷。经过几天的思想斗争，我迅速做出了一个新的重要选择：退而不休。自己在学校的工作有尽头，而我的事业没有尽头。我要继续为社会、为学生、为子孙后代做一些力所能及的事情。

干什么呢？我决定做的第一件事情就是办博客。说干就干，2011 年 10 月 13 日我的第一篇博客诞生了。在博客的开篇文章中，我这样表述了当时的心情："现在退休了，以后不会再有入门弟子了，我突然觉得空虚和无聊起来。"博客开通后，看到大家对博客的热情回应，我才突然意识到，还有那么多的学生关心我，帮助我，期盼我在人生的最后一站走得更加稳健和乐观。

我开通博客,有一个重要的理由,就是希望通过博客,实现与大家的交流,进而调整自己退休后的心态。对一位新退休者来说,最怕的是孤独和失落。有了博客,就有了丰富的人际沟通,让我和大家有了交流思想和感情的渠道,这样孤独感就没有了;看到自己的博客在一天天成长,有许多人从自己的博客中得到收益,失落感也少多了。另外,每天思考一篇博客,不但有事做了,而且因为集中思考一个主题,不分心,不胡思乱想,大有"练气功"的感觉和好处:心神宁静,气沉丹田,因而也会有益于身心健康。博客的内容广泛,没有限制,想到什么写什么,没有负担,没有时间压力,有利于放松自己。博客要求图文并茂,因此,写博文除锻炼自己的思考外,还能调用自己的想象力和创造力,实现左右脑的协同活动,还可预防老年痴呆和情感枯竭。

一年多来,我写了 160 多篇博文,20 多万字,平均每月 6—7 篇。博客的题材比较广泛,除了介绍自己在研究生培养工作中的体会和经验外,也讲述了自己的成长过程和治学道路,抒发了自己的亲情、友情,对大自然的感情,以及我对社会和健康问题的关注。我知道,我的博客的点击率不高,但平均每天有 130 到 140 人在关注我的文章,关心我的工作。160 篇博客就像 160 个讲座,来参加讲座的听众少则 100 多人,多则 600—700 人,平均每天都有 130 人参加这个讲座,就这一点,我也觉得满足了。

退休后的第二件事是修订《普通心理学》教材。这部教材于 1988 年出版,2009 年开始进行第三次修订,在我退休后,完成了第四版的修订工作,并于去年发行了第四版。根据出版社提供的材料,第三版在 8 年间发行了 43 万多册,年均 5 万册以上,而近三年每年的发行量超过 7 万册。教材的总发行量超过 65 万册,使用教材的兄弟单位近 200 个。该教材曾获得北京市第八届哲学社会科学优秀成果一等奖(2004 年)、北京市教育教学成果(高等教育)一等奖(2004 年)。去年这部教材的第三版又获得北京市教育教学优秀成果一等奖(2012 年)。

《普通心理学》教材已经成为"新世纪高等学校教材""面向 21 世纪课程教材"和"北京市精品教材"。但什么是精品?怎样才能成为名副其实的精品?这一直是我思考的一些问题。在第二版前言中,我曾经说过,一部教材一定要经过反复修订才能成为受到广大师生共同喜爱的教材,就像一块玉石需要经过精雕细刻才能成为一件珍宝一样。每修订一次,就是教材的一次升华和提高。教材是写给广大学生看的,要让学生喜欢,经得起他们仔细推敲和琢磨;教材也是写给老师用的,要让老师得心应手,使用方便。正因为这样,教材应该保持高要求、高水平才行,否则就可能要摊上误人子弟的责任。也因为想到这两点,我在主编教材时才有了巨大的动力,不敢稍有松懈。这次修订任务非常艰巨,让我再次体会到什么叫“精雕细刻”,什么叫“对读者负责”。这也是我在这次修订工作中的一个重要收获。

退休后,我还继续参加每周一次的课题组大组会,这是我自1984年带研究生以来一直坚持的一个活动,因为这个活动大都安排在每周星期三的下午,因而被学生们亲切地称为“彭聃龄老师星期三”。我参加这样的会议,不仅是为了继续关注学科的进展,让自己不会很快落伍和掉队;而且也希望能尽己之力,对学生有所帮助。我自己不招学生了,但我希望还能用自己的知识和能力尽可能帮助他们。退休后,我还坚持参加校内外的学术会议,应邀外出讲学,参加学生的论文评审和答辩。我认为,一个人的知识和能力,不仅是个人的财富,也是社会的财富,让一种有用的社会资源白白消磨,也是一种浪费啊!

去年一个偶然的机会,读到了一篇介绍百岁老人周有光先生的文章。周先生勤于学习,勤于笔耕,有强烈的社会责任感。他“居斗室,阅古今,看中外,孜孜以求,探求真理”,他写出了大量紧贴社会现实,抨击社会时弊的文章,思路清晰,判断明确,没有粉饰,没有雕琢,深受读者喜爱。他自称“走出专业深井,遨游于无边无际的知识海洋中”。

周先生为我树立了一个做人和治学的楷模,也为我树立了一个“老年生活”的楷模。和周先生相比,他年龄长我29岁,堪称是我的师长;他的高寿更让我羡慕不已;他的学识比我渊博,能“阅古今,看中外”,自由“遨游于无边无际的知识海洋中”;他的思想境界比我更高大,敢于探求真理,抨击社会时弊,这些都是我难于企及的地方。当然,仔细想来,有一点我们是相通的,那就是“讲真话,讲实话,讲自己心里所想的话”,争取做一个明白老人。有了周有光先生这个榜样,我觉得,今后会活得更有信心,更有目标,也更有品味。周先生还引用了巴金老人的一句话:“把心交给读者”。这句话比我经常说到的“对读者负责”,又高明了许多。如果一个人做到了“把心交给读者”,与读者“心灵相通”“心心相印”,那就不只是“对读者负责”,而是出自内心地热爱自己的读者。有了这份爱,还愁不负责任吗?

(原载于《北京师范大学校报》第311-324期,祁雪晶整理)

第二章 02

我与北师大

钟敬文教授的“认真”

童庆炳

杜甫当年曾发出“人生七十古来稀”的感叹，可我的老师钟敬文教授已经活到99岁，至今还是我们学校中文系民俗学研究所的所长，还继续给学生讲课，还继续带着博士生。有时我跟他开玩笑，说：“钟先生，您肯定是中国最老的所长了。”他笑笑：“是吗？”他似乎还没有意识到自己是世界上最老的教授、最老的“博导”、最老的所长，他的心还是那样年轻，就像春天刚刚长出淡绿色的新竹叶，或者像暗绿色旧叶上新吐出鲜嫩的新松针……

钟敬文教授被国外国内的学者称为“中国民俗学之父”。他在民俗学研究方面，尤其是民间文学研究方面的贡献，不是三言两语能说得清楚的，就是写几部专著来研究钟老的学术成就，也未必能尽其意。所以在这篇短文里我想仅就钟老的敬业精神和认真的教学、治学态度，漫议一二。

20世纪50年代，钟先生就是学生们仰慕的老师。他上课时的情景至今难忘。他衣着整洁，精神饱满，迈上讲台，用那和蔼的眼光向教室扫了一眼。第一次来听他的课的学生，以为钟先生也是那类不带讲稿只带三根粉笔随意发挥，谈笑间就把学生的心“俘虏”的教授。不，完全不是。他从书包里掏出一个笔记本，那里密密麻麻写了他要讲的内容。然后，他开始读讲稿，用带着广东调的普通话读起来。他规定听课的学生必须记笔记。每句话差不多都要重复一遍，连逗号、句号、顿号、感叹号都一一读出来。当他说“逗号”“句号”的时候，你一定想学生会笑起来。没有，没有一点笑声。大家被老师那种严谨、认真的精神所感动，连忙把“逗号”“句号”连同那修饰得很好的学术语言记录下来。但你别以为钟先生就这样一路读下去。每读完一段以后，他会把头抬起来，用具体的事例生动地、恰切地阐释他刚才读过的那段文字。学生也获得了一段“休息”时间，仰着脸看着钟先生，聚精会神地听。当这种没有“句号”“逗号”的阐释结束后，他重新读讲稿，中间又可以听见那有“句号”“逗号”声音的非常特殊的朗读……更令学生们吃惊的是，上过几节课后，钟先生会按照学生点名册点几位学生的名字，然后把这几位学生的笔记本收上来，带回家去阅读，上面偶然会写上一段批语，某些不完整的句子被加上了一些词语，而变得完整起来，至今还有一些已经变成老人而退休了的“学生”珍藏着这样的笔记本，尽管笔记本上的知识变得不那么重要，但满篇都似乎写着“认真”两个大字，是为人治学的永远的铭言。

也许你会说，钟敬文教授那时还年轻，不过四十多岁，精力充沛，现在已是年届百岁的老人，难道还像20世纪50年代那样认真吗？朋友，我告诉你，一个人要想成就一番事业，最重要的精神之一就是“坚持”，就像一棵生生不息的树木，坚持着生长不会停止下来，又像那一江的春水坚持着永远流向远方。这不，他现在已经99岁了，视力有些减退，但他的“认真”还在“坚持”着。他现在的主要工作是指导博士研究生。全系判考生的答卷就数他最慢。为什么总是他最慢呢？原来他判卷与别的导师不同。他总是把跟他共同招生的老师（差不多都是他的老学生）叫到他窄小的会客厅兼书房，把考生的答卷拿出来，由几位老师轮流着读，他和大家则专注地听，听完了大家发表意见，于是这张答卷暂时成为他们的学术讨论会的题目，每个人都要拿出自己的评价意见，来不得半点含糊，好就是好，不好就是不好，深刻就是深刻，平庸就是平庸，然后给分，76分或87分，然后他可能又会想起一点什么补充意见，觉得那份判了87分的答卷还有一条好处被忽略，建议给加三分，87分的那份答卷于是在顷刻间被提升为90分。一份答卷就要经过如此又念又评又改，所花费的时间等于开了一次小型讨论会。一天过去了，没判几份。临散会时，有人建议要提速。钟先生自己也说：对，要加快速度。第二天却照旧。判卷几乎还是像小型讨论会一样。没有一份优秀的答卷或平庸的答卷能逃过他的视野。各个教研室的答卷早就判完，上交研究生院的时间早过，系里负责收答卷的小赵，心里急得如火烧眉毛，可钟先生的阅卷小组的工作正“如火如荼”。

钟老对学生的作业尤其是学位论文的审读也有妙招。他把学生叫到他的窄小客厅兼书房。他老先生坐在一把陈旧的沙发上，让学生坐在更加陈旧的沙发上。一个爷爷和一个小孙子两个人似乎合作要演出什么精彩的剧目。其实，他又用了判卷时候的方法。他让学生读自己的作业或论文，他闭目养神似听非听。学生诚惶诚恐地读着自己的作品，看一眼老师，猜想老师是不是睡着了，故意清了清嗓子。钟老就知道学生想的是什么，半睁开眼说：“怎么不往下读？往下读！”学生只得往下读。他又闭上了眼睛。不是用“视觉”而是用“听觉”捕捉着每一点他想捕捉的东西。突然，他完全挣开了眼：“停停，这里有……”于是把学生论文中或观点的偏离或资料的不实或逻辑的混乱指出来，或者大声称赞此处很有新意但要加以补充。或者站起来找一本书，准确翻开其中的一页，发挥其中的观点，供学生参考。然后继续演出开始时爷爷与孙子合作那一幕。就这样，学生作业或论文中的每一个肤浅、错漏或深刻、新颖之处都没有逃过他的"听觉"。

一个人一辈子做一件事认真是容易的，但一辈子做一切事情都始终认真是多么不容易啊！

此刻是早晨六点，钟老像往日一样从他住的红二楼"认真"走出来，手里拿着一根手杖。他来到了天天必来的操场。他围着操场转，他在"认真"散步，可那手杖并不触地，却在手里抡着，抡出了一个又一个圆圈，抡着，抡着，抡出了满天的艳丽的朝霞。

（原载于《北京师范大学校报》2001年9月14日第4版）

一面爱的教育旗帜

——怀念霍懋征老师

顾明远

中国当代著名教育家霍懋征老师走了。教育界失去了一面爱的教育旗帜,我们失去了一位长者和朋友。听到这个消息,无限哀痛。

霍懋征老师毕业于我校,是我们的老校友。她毕生耕耘在小学教育园地,敬业爱生,矢志不渝,为祖国的教育事业倾注了全部的爱和心血。她师德高尚,学业精通,勇于创新,追求卓越,是世人的师表、教师的楷模。从教60余年,她不仅为国家培养了大批卓越人才,而且创造了一套小学教育的理论和经验。

霍老师教育经验的精髓是什么?我常常在思索。我粗浅的认识有以下几点:

首先,霍老师对儿童充满着爱。她提出“没有爱就没有教育”。霍老师的这种爱不是普通的爱,不是普通的所谓喜爱孩子,而是建立在对教育的忠诚、对儿童的信任的基础上,是一种无私的爱、不求回报的爱。霍老师认为儿童是民族的未来,祖国的希望,她把育人作为她的天职;她相信每一个儿童,相信他们将来都能成才,“只有不会教的老师,没有教不会的学生”,这就是霍老师的教育信条。

第二,霍老师爱岗敬业,勇于创新。她把教育教学作为一门科学,孜孜不倦地钻研,研究理论、研究教材、研究学生,不断改进教育教学方法,使它尽善尽美。霍老师毕业于北师大数理系,但她成为小学语文教学的专家。当然她也曾是小学数学教学的专家。这一方面说明霍老师在数学语文方面都有深厚的基础,另一方面也说明霍老师无论在哪个工作岗位都深刻钻研。教学经验不是凭空从天上掉下来的,也不是随着教龄的增长自然增长的,而是在不断钻研教材、不断反思自己的教学行为的基础上、总结提高,上升为理性认识,才能成为成熟的经验和理论。霍老师的经验之所以具有普遍意义,就在于她经过钻研提炼,上升为普遍的理论。

第三,霍老师把教育教学视为一种艺术。语文本身就是一种艺术。但是在日常学校生活中居然会有不少学生不喜欢语文。这说明,有些老师没有把语文视为艺术，更没有把教育教学视为艺术，把课讲得枯燥无味。霍老师却相反，她把语文视为艺术，把语文教学视为老师的艺术。她重视学生的主体作用，充分调动学生的主动性和积极性。我听过她的课，课堂里生气勃勃，师生默契配合，活生生是一堂艺术课。每一册语文课本，一般只有二十多篇课文，但是霍老师每学期可以让学生学到上百篇课文。这样，学生负担重吗？非但学生不觉得负担重，而且越发喜欢语文课。这就是霍老师的教学艺术。有人会说，“实验二小”都是好学生，一般学校的学生未必接受得了。且看霍老师做课。她到各地去讲学，不仅要介绍她的教学经验，还要在那里做课，即在当地学校任意一个班上讲一节课，给当地老师观摹。结果是任何一节课上都同样的生动活泼。为什么？这就是霍老师的艺术。这种艺术不是一般的技巧，而是霍老师用她的心灵表现出来的，她的心是和儿童相通的。

我认识霍老师是在“文革”以后不久。我在学校教育系担任系主任，请她来给学生做报告。她的那次报告给我们师生留下了深刻的印象：她对儿童的热爱、对教学的钻研，她的教学艺术、生动的语言，都深深扣动了我们每一个人的心弦。后来我们又到北京第二实验小学去听她讲课。听她的课真可以说是一种艺术的享受。为了把她的教学经验传播出去，我和北师大教务处的同志策划了把她的课拍成电视，这就是“月光曲”一课电视片的由来。这部片子曾经在全国发行了一百多部，反映也非常强烈。

此后，我们就经常见面了。1980 年小学语文教学研究会成立了，霍老师以及师霞老师、袁镕老师、李吉林老师都是研究会中的著名专家。我曾担任过一届研究会的副会长，但只是做一些组织工作，研究会中唱主角的主要就是霍懋征等几位老师。她们为小学语文研究做出了很大贡献。特别是霍懋征老师，经常到全国各地讲学讲课，把自己的经验毫无保留地介绍给年轻的老师。霍老师还特别关心西部边远地区、少数民族地区的教育，在她古稀之年还奔走于西南、西北贫困地区传经送宝。她献身于教育事业的精神，值得每一位教师学习。

1986 年，“前国家教委”成立了全国中小学教材审定委员会，我和霍老师都被聘为这个委员会的委员。委员会每年都要审查一次教材，于是我们每年都要见一次面。小学语文的审查委员恰好都是上面我提到的几位全国著名的小学语文老师，再加上华东师大、华中师大等几位专家。每次我都会参加小学语文组教材审查，因为我在那里可以学到许多东西。霍老师他们对各种教材的审查是既严格又宽容。所谓严格是一丝不苟，字字句句对学生负责，对教育负责，不容许有一点点不利于学生成长的东西留在教材里；所谓宽容是对于各派的意见，各种体系和选材，只要有利于学生语文的学习，有利于他们健康地成长，都会被保留下来，绝对不拘泥于一家一派。每参加一次教材审查会，犹如参加一次小学语文教学研讨会，都使我受益匪浅。

霍老师曾有一部教育论文集叫《真善美的丰碑》，这再贴切不过了。这种真善美不仅表现在她的课堂艺术上，而且表现在她的整个教育生涯中：她追求自己的工作的真善美，她要把学生培养成真善美。真善美就是霍老师的人生追求，也是我们学习的榜样。

（原载于《北京师范大学校报》2010年2月28日第4版）

用学习和理解来纪念启功先生

王　宁

启功先生在将近一年的时间辗转病榻、将近半年的时间病情加重的情况下逝世，对于我们来说，思想准备是有的，但是在午夜三点听到他停止呼吸的确切消息后，内心仍然波澜起伏，万分震惊。多日来，明知先生的病情不可逆转，但仍然幻想会有奇迹出现——最近几个月，不论工作在哪里，出差到哪里，我们都是在这种心情中度过的。

▲ 启功先生　摄影/罗靖

这些年，启功先生是我们学术上的精神支柱。民俗典籍文字研究中心成立以来，我们的汉字研究加入了字体风格学和书法文字学，把释读的汉字学和书写的汉字学结合起来，构成了真正全面的汉字学体系，这种巨大的转变是在理解了启功先生学术思想的基础上形成的。我们一直在探讨启功先生的汉语语言学思想，在启先生关于汉语特点论述的启发下，坚定了创建和发展有中国特色的汉语语言文字学的信念，把训诂学推向具有中国特色的汉语词汇语义学。由于有启先生碑帖研究方法的指导，我们启动了“近世碑刻及手写文本电子典藏及属性描述”的大项目，这个项目成为民俗典籍文字研究中心的重点课题……这些都可以看出我们迫切希望弘扬启先生语言文字学思想的决心和实际行动；而这正是基于启功先生学术的魅力对我们强大的吸引力。现在，启先生去了，引起我深深的遗憾和自责——20—21世纪之交，我们为启功先生开过四次学术研讨会，都是关于他的语言文字学方面的，而这个方面，不过是启先生博大学术体系的边沿。但是，由于学科的隔绝，我们对启先生的学术也只能从这个方面去推介；也是由于学科的隔绝，即使是启先生关于这方面的论著，我们也学习得太晚了，理解得太浅了。

启功先生是一位具有中国魂的学者，中国上下五千年的文化融化在他的血液中。他的著作中那些看似平易其实充满智慧的言论，都是那么自然，就像是在不意之中随手拈来。那是一种境界——可以步入而难以企及，能够理解却无法模仿。跟启先生学习，常常是在他兴之所至闲聊的时候；但是这种机会近年来并不多，老同学们见了面都互相打听启先生的健康和起居，因为各种原因访问他的外来人越来越多，了解和体贴他的学生实在不忍心再去打搅他。

启先生的人生境界需要正确的诠释——他谦恭、宽容，但有自尊，他给很多人写字，包括那些很卑微的小人物。1998 年，我偶然遇见一件事——有一次，一位完全不相识的残疾人让人背着来找启先生，说是要看看他。启先生皱着眉头说："不必如此！"意思是不必为了见他费这么大的劲儿。但是他当时就主动提笔写了一幅字送给那位来访者。启先生戏称自己是"礼品制造所"，其实，他是很不喜欢有些人用他的字去送礼媚上的。他所以委屈自己来做这些事，是因为一种修养，一种用善意对待人和事的人生态度，是因为他心底深处的一种大感恩、大慈悲。启先生随和，但绝对有原则；幽默，但不开轻浮的玩笑；谦虚，但从不虚伪，不说假话。看到模仿他的假字画，启先生会幽默地说："这比我写得好！"有人拿着真是他写的字去问他真伪，他也会幽默地说："这幅字劣而不伪！"他是不愿伤害任何人的，但他不会真伪不分，更不会指鹿为马。尤其是对那些专门伪造别人的字画赚钱的人，启先生是痛恨的。启先生会用一些可笑的谐语来表达自己的是非爱憎，比如大家都很熟悉的"切葱丝""雨来没有死""世纪跨过，人才只得一半""没有那么乖"……但那里面有十分深刻的理念与是非在内，没有一丝一毫的哗众取宠。

启先生的一支笔就是巨大的财富，但他轻视钱财；启先生声闻远扬，但他害怕炒作。这些年因为工作，应当更多去看望启先生；但又苦于难得他清静的时候，常常忍了又忍，去看望他的时间一拖再拖。而每去一次，最后的结语大多是："勿为名所累"，或者是"声闻过情，君子耻之"。我知道，这是一种感慨，一种对自己不情愿的情怀的透露，也是对晚辈的告诫。

启先生是积极的，那是因为他既胸怀责任，又追求天然而不得。民俗典籍文字研究中心评估的时候，有人建议请启先生签名赠送几位专家一本启功先生的书，从启先生对研究基地的关心看，我知道他会做这件事，但内心非常清楚他做这种“俗事”是违心的。正在犹豫,启先生却知道了,不但签了名,而且一定要亲自盖上印章。其实,那时候,启先生的眼睛已经很不好了,这件事使我一想起来就非常自责。研究中心通过评估后,我拖了许久才去向启先生汇报,提起这件事,启先生却毫不在意地说:“我知道你的难处,我没有费什么事。”当我告诉启先生民俗典籍文字研究中心面临换届的时候,他只对我说了一句话:“老年戒之在得。”这句话他已经是第二次对我说,像是在自律,又像是在劝诫。

启功先生对人生的参透是深刻的,但他又最懂得人间冷暖,他是以大德报大恩的人。他对师母永生的怀念,对陈垣校长无限的感激,都可以看出他澹泊中的炽热。

其实,启功先生晚年的辉煌背后,有他的寂寞、孤独和遗憾。像启先生、钟敬文先生这样的大学者,都是经历十分丰富又善于体验的人,是终身努力学习又极有创见的人,加上他们的长寿,蕴藏在他们内心深处的思想情感和学识智慧已经几乎达到饱和,很难有人可以分享,就是表面的理解也是那样不足。理解他们需要用心而当今的浮躁又难得有真正的有心人。接触他们的人、表面敬重他们的人,利益的驱动与真诚的理解混杂在一起,缺乏绝对的纯净,也就更增加了他们的孤寂感……回想一下,我们曾因为学科的狭窄无法包容启先生的博大,而把他圈在一个并不恰当的、单一的学术领域里;我们曾因为附会时潮,判定启先生的学问“不是主流”而冷落过他的创获;我们也曾因为认识浅薄,在一个时期,只给先生贴上以写字为内涵的“书法家”的标签;甚至按照一种可笑的评估制度认为先生的成果“不是古籍整理”,给他的学科点挂过“黄牌儿”……当然,这都是历史了,比这更早的历史是更残酷的,但也都过去了。我们应当了解他们以大智慧、大修养来忍受内心痛苦的经历!

在启功先生面前,我们这一代人是自卑也自悲的!我们没有真正领略和享受过中国文化的深邃和丰富。我们在一个单一的“学科”中成长,形成了思路的单薄和意念的表浅。北师大的古典学科得天独厚,我们曾有过那么多学养丰厚的老师。但是青年时,我们不能理解自己的老师,与他们擦肩而过;中年时,听到的多半是关于老师们不幸的消息;临到自己年老了,懂得珍惜了,即使是高寿的老师,也难与年龄抗衡,一个个离我们而去。失去老师的悲哀,怀念老师的情怀,恐怕只有到了我们这样的年纪还希望学业有所长进、人格有所净化的人,才能够深刻体会吧!

我自愧没有能力继承启功先生的学问,但我会用继续学习和理解,来作为对老师的纪念!

(原载于《北京师范大学校报》2005 年 10 月 20 日第 4 版)

相信祖国明天会更好

刘家和

我是1950年9月来到辅仁大学历史系学习的，那时候北京解放不满一年，我是第一次来到北京城，还记得那时候虽然已经经过一年的恢复重建，但城市里很多地方还是很残破，印象中满目疮痍，百废待兴。我们这些新入学的大学生都深知自己肩上担负着建设祖国的重任，学习非常刻苦努力。

▲ 历史学院资深教授刘家和

因为我之前已经在江南大学和南京大学读过两年，南京大学是国民党时期的中央大学，到辅仁大学以后，发现教学大纲和课程设置方面没有大的变化，只是增加了中共党史、马克思主义政治经济学、中国革命史等几门课程，所以我适应得比较快。那时候我们历史系算是比较大的系，但一个系也只有几位教授、一个系主任、一个助教，平日里只有助教在系办公室。我们一个年级只有十几个人，学校里最大的系，学生也就20个左右，与现在相比不可同日而语。

1952年院系调整，辅仁大学并入北京师范大学，我留校任教。那时候的校区是在和平门的北校区。1952年新的教学大纲已经初步建立，教学内容相比以前也有了变化。这期间，有件事情印象非常深刻，那是抗美援朝时期，学校为了宣传抗美援朝精神，组织了宣传队去下乡宣传，去的就是现在的师大校址。那时候还没有新外大街，积水潭那边的城墙有个大豁口，也就是现在的新街口豁口，我们从西直门过来，北面到处是庄稼地。乡下很荒凉，只有寥寥几家农户，宣传队由陈垣校长带队，扛着旗。陈先生平易近人，和同学们有说有笑的，给我的印象特别深刻。

1955 年，我们学校从和平门搬到铁狮子坟，那时候这里都是庄稼地，只有少数几栋建筑，我记得物理楼和数学楼，还有四合院是来之前就建好的。那时候讲究将生产劳动列为学校的正式课程，我们还带着学生去旁边的庄稼地劳动，还经常见到有野兽出没。后来，我亲眼目睹了学校里一栋栋建筑拔地而起，尤其是现在的京师广场一带变化特别大。

我于 20 世纪 80 年代末出国进修，那时候改革开放的春风已经吹遍大地，经济发展已经颇见起色，但还是比较落后。在美国，我见识了他们经济发展的迅速。那时候国内私家车还是稀有之物，而在美国读书的时候，私家车非常普遍，我们的同学很多人都有车，二手车也特别便宜。1986 年 3 月至 5 月，我作为中美学术交流委员会高级访问学者访问了美国加州大学伯克利分校历史系、匹兹堡大学历史系、哈佛大学燕京学社。1987 年 9 月至 1988 年 7 月，我在匹兹堡大学历史系任客座教授。1998 年 7 月至 12 月又在新加坡国立大学中文系任客座教授。那段时间的游学对我的研究非常有帮助。这段时间，我亲历了祖国的飞速发展，每次从国外回来，我都觉得北京发生了巨大的变化，有时候我甚至有些恍惚，不知道自己是在北京还是在国外，因为首都北京变化太迅速了，很多地方变得我都不认识了，有时候甚至会迷路。那时候真是想不到，祖国会发生这样翻天覆地的变化。

从新中国成立到现在，可以说我见证了祖国发展变化的每一个脚步。祖国的发展令人感到欣慰，我相信祖国的明天会更好！在此，我想用四句话来表达我对祖国 60 华诞的敬意：“国家滋盛，学术昌明，健行厚载，莫之与京。”

（原载于《北京师范大学校报》2009 年 9 月 25 日第 3 版）

从人口大国迈向人力资源大国

顾明远

我考上北京师范大学恰好就在1949年。还记得当年我入学的时候，北师大在和平门附近，校园只有100亩地，人也不多，全校就一千多人。这60年来，学校的变化相当大。那时，国家正在召开全国政治协商会议，准备中华人民共和国成立的事宜。当时我们学生都参加了国庆的“提灯会”，我们学校还组建了腰鼓队，我也是腰鼓队的队员，大家都兴高采烈地敲打腰鼓迎接国庆。

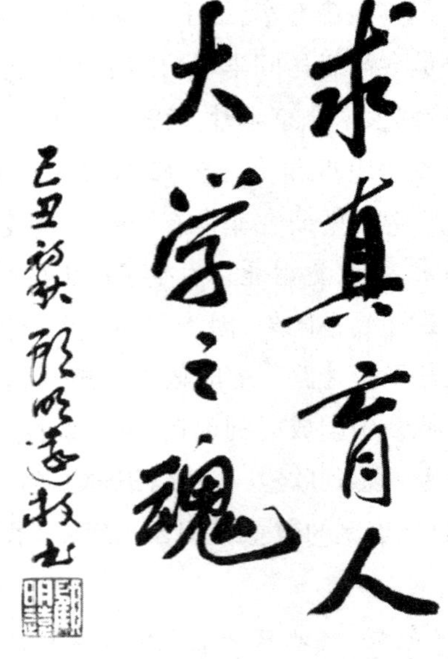

▲ 教育学部资深教授顾明远题词

1951年我进入苏联国立莫斯科列宁师范学院教育系学习，五年后我从苏联回国，在北师大当了一段时间老师。后来，我又在北师大附中当了四年的教导处副主任，这四年的实践使我对教育真正有了深刻的体会，让我在理论的探索方面有了一个飞跃，我的很多想法都是在那时形成的。比如，“没有爱就没有教育”。在教育思想方面，我强调教师要引起学生的兴趣，同时要注意师生关系。师德用四个字概括就是“敬业爱生”，对自己的事业要做到敬业，对孩子要爱惜。我以前提出来的取消“三好生”的评比和取消“奥数班”都是出于对学生的爱惜。现在的孩子太累了，学得太深，而且基本没有选择的余地，我们要给他们减轻负担，让孩子们能够更加健康地成长。几十年来，我的教育理念一直是“以学生的发展为本”。教育搞得好不好，其检验方法就是看学生发展了没有。为什么我反对“奥数”？就是因为“奥数”不能促进学生的发展，甚至一定程度上抑制学生的发展。我认为要给每一个学生最适合的教育，让他获得健康成长、让他获得成功——只要实现了他的人生价值，就叫成功。

关于“免费师范生”这个问题，当年我向温家宝总理提过。我们都是免费师范生过来的，如果没有这个制度我们都上不了学。但是后来要交钱了，于是我就想到，我们旧中国也好、解放初期也好，师范生都是免费的，有一部分优秀的学生，特别是农村的、家庭困难的就都可以来读。另一方面，免费师范生也体现了国家对教师的重视，说明国家重视教育，吸引优秀的学生来上师范，而不光是贫穷的孩子才能来读。当时总理和我们座谈的时候，我就提出了这个意见，我说：“或者是我们贷款，由国家来还。”但总理说：“就要免费！”因此接下来我们在全国六所师范类大学都实行了这个制度。

2009 年是新中国成立 60 周年，60 年来在教育领域，国家出台了很多政策，其中有很多都称得上是教育史上的转折点。第一个转折点是 1977 年恢复高考，提倡尊重知识、尊重人才，“知识无用论”的思想一扫而光。第二个转折点是在 1985 年，《中共中央关于教育体制改革的决定》公布，这是最关键的决定，对体制上做了一些调整，其中很重要的一点就是提出普及九年义务教育，这是我们国家的一件大事。第三次转折是 1993 年中共中央、国务院出台《中国教育改革和发展纲要》，促进了义务教育的普及，到上世纪末，我国基本上普及了九年义务教育。第四个转折点是 1999 年的全国教育工作会议，提出全面推进素质教育，并开始扩大高等学校招生，使我们高等学校教育很快进入大众化。

建国 60 年来，教育领域的发展大致可以划分为三个阶段：第一个阶段是“文革”以前，第二个阶段就是“文革”十年，第三个阶段就是“文革”结束以后一直到现在的三十多年。建国 60 年以来我国教育事业的发展，用一句话概括，就是从一个人口大国，迈向了人力资源大国。

我希望我们的学生珍惜在学校的时间，好好学习。我现在 80 岁了，我觉得最快乐的时候就是大学阶段。这段时间过了以后要再想找回就很难了，所以一定要珍惜这个时间好好学习。当然，学习不等于只是埋头看书，参加社会实践也是学习，要通过多种形式的学习来提高自己。我们要像小草一样学习，随处生根，在任何地方都要吸收营养。北京师范大学的发展，也寄托在学生身上，北师大会为她培养的每一个优秀学生而感到骄傲。

（原载于《北京师范大学校报》2009 年 9 月 25 日第 2 版，范文怡、刘亚奇整理）

不变的爱国情怀

郑光美

新中国成立后，我们的国家发生了巨大的变化，尤其是在改革开放后，变化更可以用翻天覆地来形容，各方面取得了空前的发展。我们对此感到欢欣鼓舞。

艰苦奋斗
实事求是
郑光美
2009.9.9

▲ 中国科学院院士、生命科学学院教授郑光美题词

我们经历过旧社会的这一代人，都曾体验过战乱、贫穷给中国人民造成的巨大伤痛。“九一八”事变后，日本侵略者占领了东北，控制了哈尔滨工业大学，当时正在哈工大任教的我父亲坚决不做亡国奴，于 1936 年举家逃回了北京。日本人后来又占领了北京，屈辱的经历令人终身难忘。我就曾经历过在路上被日本小孩打嘴巴。还记得有一次，日本兵半夜提着上刺刀的枪闯进我家搜查，在床底下拿刺刀一通乱划拉，把我们一家吓得心惊胆寒。到北京后，父亲一直赋闲在家，没有工作，家境每况愈下。因为贫穷，我不得不常常停学或转学，断断续续地完成了中学学业。

1949 年 2 月，中国人民解放军举行了隆重的北平和平解放入城仪式，那时我在读高三，学校组织我们热烈欢迎解放军进城。1949 年 10 月新中国成立后我才有了上大学的机会。如果不是解放，我做梦也想不到能上大学。我 16 岁考入北京师范大学美术工艺系，那时学校还在和平门外。后来，出于对生物学的热爱，1950 年我参加了转系考试，转到生物学系学习，这次转系决定了我此后一生的事业。1954 年毕业的时候，我报名要求去祖国最艰苦的地方，但学校决定让我留校在动物学教研室做助教。1956 年，教育部聘请苏联学者阿·彼·库加金和阿·米

哈耶夫在东北师范大学举办了“动物生态学研究生班”,我以优异的成绩被录取,跟随两位苏联教授学习。他们专业造诣非常高,治学严谨,具有丰富的野外工作经验,在他们身边学习和生活的这两年,为我日后的鸟类生态学研究奠定了坚实的基础。1958 年研究生班毕业后我就回到北京师范大学工作,一直到现在。

我清楚地记得我第一次参加国庆活动时是做过“标兵”的。所谓标兵,就是为了群众在天安门广场游行时走得整齐,由学生标兵为游行队伍充当标杆。那时我们标兵都穿着白衬衫、蓝裤子。开始群众游行时,我们在最前列的游行队伍中一起前进。当到达指定位置后,标兵就不走了,固定在一个位置,做“标杆”,还要负责维持群众秩序。我的位置就在天安门前不远,背对着天安门站立,面向着群众。当时要求很严,不能回头乱看,所以我没有看到天安门城楼上的情景。晚上我们还参加了群众提灯游行。有很多是五星灯,也有圆形的,都是红色,里面点着蜡烛。通过天安门广场的人很多,但秩序井然,大家情绪高昂。

新中国成立后,百废待兴。我们国家经历了很多政治运动,当然,这是破旧立新的过程。“文化大革命”之前,我只是做一些比较小的研究工作,也没有经费和人力的支持,缺少安下心来做学问的环境。自己能够真正大干一场是在改革开放后。改革开放后我国的政治环境、经济实力,人们的思想状况发生了很大的变化,社会更加开放自由。也只有社会进步了,国家富强了,才能为我们知识分子提供更加宽松的科研环境。学校的发展形势越来越好,更加支持科学研究工作,出现了各种专项科研经费。我这一生相当大一部分时间是在野外进行科学研究工作,都是深入人迹罕见的深山老林或是荒漠、湿地,交通十分不便,有时甚至还要冒着生命危险。所以说,进行科研工作,需要勇气,坚持不懈,认定了一个目标就要百折不回挠,这是我多年的体会。即使现在条件再好,也还是要保持艰苦奋斗的精神。要是没有这样的心理素质,那我们工作中被吓跑的机会就太多了。

一定要有爱国心。爱国是我的一个非常朴素的想法,因为我当过亡国奴,知道没有祖国是什么滋味,没有祖国就没有人的尊严。一个人不爱自己的祖国,不以自己的国家为骄傲是不行的,也是被别人看不起的。一个民族的历史传承是非常重要的,我们要明白我们的根在哪里。

(原载于《北京师范大学校报》2009 年 9 月 25 日第 2 版,周雪梅整理)

读书·写书·赠书

瞿林东

读中学的时候,我是南京图书馆的一个经常性的读者。我因有幸得到南京图书馆发给的借书证,受到许多同学的羡慕。“马克思与《资本论》”“关汉卿与元杂剧”等一些小型或大型的学术讲座,也都是南京图书馆给我寄来入场券,我才有机会得以聆听的。40多年过去了,许多往事,记忆犹新。我的图书馆情结,大概在中学时代就萌生了。

1959年秋,我进入北京师范大学历史系读本科。那时,学校的图书馆尚未建成,记得是到“四合院”去借书,很不方便。至于阅览,那就谈不上了。后来,图书馆(即今天的旧馆)落成,大家非常高兴。从此以后,我的大学生涯,除了上课与睡眠,绝大部分时光都用在图书馆里,我在那里度过了我的青春年华。图书馆曾是学校的“标志性建筑”,1964年本科毕业时,全校同一届的、本系同年级的、全班的合影都是在图书馆前面留下来的。从旧图书馆到新图书馆,我们走过一段漫长、艰辛的路。往事如烟,但有关北京师范大学图书馆的一些人和事,却是难以忘怀的。

高教部长夜访图书馆阅览室

20世纪60年代初,中国处于三年困难时期,国家和人民都经受着巨大的考验。高教部长杨秀峰以一个教育家的崇高责任感,时时都把推进中国高等教育作为自己的历史使命。他悄悄“出访”高校,是他做调查研究,掌握第一手材料的工作方法之一。那时,我曾听北大的同学说过,杨部长在晚自习时间,来到北大学生宿舍视察,看看学生宿舍的灯光亮不亮,光线是否适合学生们的阅读。听了以后,我并没有去思索此事的真实性。一天晚上,我在图书馆三层公共阅览室自习。偶尔抬头,看见三四个人走了进来。为首一人着灰色制服。他走到每一张大阅览桌时,都驻足凝神,看看桌面,不知是在看同学们读什么书,还是在琢磨那日光灯光线的亮度。他离去后,我听到有的同学小声说:“是杨部长!”“是杨部长!”至今,我还记得杨部长那驻足凝神的情景。

"抢占"座位的岁月

20 世纪 60 年代初的北京师范大学图书馆，是北京高校值得骄傲的一座建筑。那时，它二、三层的中间部分，是公共阅览室，两侧是几个专业阅览室。专业阅览室有小型的开架书库，借阅很方便，同学们都喜欢到那里阅读，因此座位显得分外紧张。公共阅览室没有这样的条件，座位显得松快一些，况且那里比较宽敞、明亮，很多同学也愿意到那里去读书。尽管如此，全校那么多同学，比图书馆的阅览室座位的总数多得多。这样一来，"抢占"座位就成了当时同学们十分关注的一件事。有的同学在午饭、晚饭时，索性就把书包放在座位上，以便饭后继续阅读。当然，我也有过许多次这样的做法。于是，那些没有事先占据座位的同学，饭后大多得背着偌大的书包，大步流星向图书馆走去，以致时时都会出现一股股人流，很是壮观。当时没有人骑自行车，所以那人流倒也井然有序。

困难时期，人们吃不饱饭，不少同学因营养不够而浮肿了。面对如此困境，"抢占"座位之风从未衰退，那涌向图书馆的人流从未间断。这些莘莘学子，同中国一起，经受住了困难的考验，始终没有放松过学习。这是我们北京师范大学的优良传统。我作为从那个艰苦年代里那股人流中走过的一份子，真的感到很骄傲。图书馆啊，图书馆啊，你将永远矗立在我的心中！

第一次接触《二十四史》

读本科时，我对中国古代史有浓厚的兴趣，因而总想翻阅《二十四史》。也不知从什么年代起，就开始流传一句俗语："翻开一部《二十四史》，不知从何读起。"的确如此，一个本科学生要想翻阅《二十四史》，谈何容易！那时，系主任白寿彝先生提倡背诵一二十篇《史记》中的纪传。做到这一点，要付出多少心血？何况翻阅《二十四史》。于是，我产生了一个幼稚的想法：即使不能翻阅全部《二十四史》，查阅其中各史的目录还是可以做到的。当时，只有《史记》《汉书》《后汉书》《三国志》等出版了中华书局的点校本，其余各史，都要从图书馆借来线装本。北师大图书馆自然提供了这方面的条件。在翻阅各史的过程中，似乎也看出它们在编撰上的变化，于是我又萌生了把目录一一抄录下来，留在身边，便于今后查阅的想法。这样，历经数月之久，利用自习时间，做起这件事来，一个硬抄本写得满满的。同班同学王安绪写得一手好魏碑体，就请他题写了"二十四史目录"几个字。同学们见了，也称赞我的耐心和毅力。可惜，这个本子在"文革"中丢失了。尽管如此，回忆往事,还是有意义的。今天看来,这个本子或许谈不上有什么用处,但它对于我后来报考研究生攻读中国史学史专业,在旨趣上、认识上不是没有关系的。

古籍阅览室,静悄悄

对于图书馆来说,新馆的建成和使用,可谓沧桑巨变。

我非常喜爱图书馆新馆的古籍阅览室。那里,从来都是明亮、清洁、静悄悄的,有一种安宁的、便于人们阅读和思考的氛围。凡到古籍阅览室借书、阅读、抄录资料、撰写文稿的人,为不妨碍他人工作,很少有相互交谈,就连走动,也是轻轻地移动脚步。真的,我感到到这里来的读者,都有一种很高的自觉性,或者说都有一种明确的自律。

记得1998年春夏之交,我在撰写《中国史学史纲》的过程中,涉及到比较多的历史文献,其中有些是没有经过整理、排印的线装书,于是古籍阅览室就成了我经常去的地方。在这里借阅线装书有两个方面总是使你感到非常满意。一是工作人员的耐心。古书版本多,同一种书有几种不同的版本是常有的事情。有时为了核对或比较不同的本子,就要陆续借出有关的本子。还有,有的本子收在丛书中,查找起来很困难,等等。这些,古籍阅览室的工作人员都十分耐心地配合读者,尽力满足读者的需要。看着他们一趟趟往返于阅览室同书库之间,我是很感动的。二是这里有一个不成文的制度,即对所借之书尚须继续阅读、参考的话,可以让它暂不入库、临时存放,以便于接着使用。这不仅仅节省了时间和劳作,更重要的是反映了管理者对于阅览者的理解和关心,这种融洽对于双方的工作都是无形的助力。

赠书时的心情

近十几年来,我陆续出版了几本小书。每出版一本书,我很自然地想到图书馆,并送上自己的新著。这是不是一种高兴的心情的反映呢?说是,也是;说不是,也不是。出书固然令人高兴,但高兴的方式有种种,况且一部新书的出版,也不过是意味着又一个新的攀登的开始。那么,这是一种感激之情的反映吗?看来,又是,又不是。我是很感激图书馆在这许多年为我所提供的各种方便,但区区一本小书,又怎能表达对它的博大、无私和默默奉献精神的感激之情呢!此种心情,很难说得清楚,且绝非我一个人所独有。或许可以说,这就是我和许多人所共有的“图书馆情结”吧。

(原载于《北京师范大学校报》2002年6月20日第4版)

四十岁的“老人”

刘伯里

1953 年，我从“华东师大”化学系毕业，分配到北京师范大学工作，师从胡志彬教授。1958 年是我学术生涯的转折点。那时我国原子能研究刚刚起步，为了适应学科发展的需要，我被选送到中国原子能研究所学习放射化学。冯锡璋教授是我放射化学的启蒙导师。是他把我引入原子能科学的殿堂。在他指导下，我精读了不少著作并开始从事放射性废液处理的研究。

20 世纪 60 年代中期，由于我国三线核燃料后处理工厂建设的需要，核工业部第二设计院给我校下达了核裂变低放废液处理的研究任务。那时我正在山西武乡革命老区参加农村“四清”运动，被提前调回北京，随即开展了这项研究。时间紧，任务重。我们分秒必争，日夜奋战。为了保证数据的可靠性，我们进行了数百次小型流程试验和三次扩大试验，最后终于成功地确定了一套符合国家标准要求的处理流程，并为设计院采用。这项成果处于当时国际先进水平。

接着我们又开始从事裂变核素的电迁移行为研究，为的是用电渗析器法来处理核爆污染的苦碱盐水的除盐除放，以及核潜艇反应堆第一网路水渗析放射性核素的净化等。为了尽可能接近实际，实验材料有的从核实验现场运来的废料，有的用专门提供的放射性物质和浓缩铀经中子轰击来模拟这类料液。这些工作都要接触毒性极大的钚元素和接受很大的辐射剂量，虽然当时我们尽量采用了各种安全屏蔽手段，但前后十多年的研究，造成我们接受的总剂量是很大的。我当时正值年富力强，但由于接受过多的辐射，大量头发早早脱落，剩余的已全部变成白色，从外形看上去宛如一个老人。

一次，我与几个同事到杭州出差，车站里旅客很多，十分拥挤，车站服务员为照顾老年人先上车，总是让年长者从另一入口处先行检票进站。这天，服务员在弯弯曲曲望不到尾的队伍中，一眼就看到我的一头白发，径直向我走来，招呼我向前走。我的几位同行也紧随左右,像是为我“老人家”送行,一同上了火车,受到了一次特别的照顾。其实,当时我们都只有40岁出头。上车后,大家戏谑是借了我白头发的光了。玩笑之后不免黯然。

(原载于《北京师范大学校报》2018年7月30日第4版)

我和北师大有很深的渊源

刘若庄

问:刘先生,今年是新中国成立60周年,您亲身经历并见证了新中国从建立至今的风雨历程,以及北京师范大学的建设发展。您能回忆一下新中国成立前后的情景吗?

刘若庄:1949年新中国成立的时候,我正在北京大学化学系读研究生二年级。建国以后我参加了很多次国庆游行,几乎年年都去。每次我们都要起个大早从北师大出发,五点就要在东单排队等候,然后列队经过天安门,过了"西四"才能散队。场面热烈壮观,大家都很兴奋。我每年都参加,印象很深刻。

问:您是什么时候来北师大的?那时的北师大是什么样的?

刘若庄:1952年院系调整,辅仁大学化学系并入北师大化学系,我就到北师大来了。实际上我和北师大有很深的渊源。我在辅仁大学读的本科,在北大读的研究生。研究生毕业后,就留在北大工作。辅仁大学被人民政府接管以后,就由北大的一位教授邢其毅兼任辅仁大学化学系主任。那时急需教主干课的教师,因为原来的课主要是由外国人教。邢教授就找到我,说你是校友,现在急需教师,你得帮忙,回来教课吧。所以我研究生毕业一年后,就由北大调到辅仁大学教课了。后来就一直留在师大当老师。从1950年算起,至今也有近60年了。教了一辈子的书,能够成为对学生在做人、做学问方面有所帮助的好老师,是我一生的追求。我希望我做到了这一点。

化学系1958年以前一直在定阜大街辅仁大学旧址。那时将现在的校址称为新校,将辅仁大学旧址称北校,将和平门外北师大的老校址称南校。院系调整时,师大和辅仁大学两个学校合并,化学系教师并到一起,也就10来个人,学生几百人,条件很有限。

问:从新中国成立至今,化学学科经历了哪几个重要的发展阶段?

刘若庄:院系调整合并了辅仁大学和北师大化学学科的力量,对北师大化学学科是一次加强。新中国成立前北师大就是师范类院校,有师范教育的任务,所以那时化学系的定位主要就是培养基础教育人才。新中国成立以后,化学系也仍然是以培养基础教育的教师为主。

“文革”结束后,高校教学和科研工作逐渐走上了正轨。1978 年改革开放以来,学校乃至化学系快速发展,学者做研究的环境也发生了很大变化。学校战略转型也使学科的发展思路和深度发生了变化。学校逐渐明确了建设综合性、有特色、研究型世界知名高水平大学的目标,发展更加迅速了。同时,化学专业的发展也非常快,专业深度日益加强。经过几十年的发展,化学系的规模扩大了,整体实力增强了。2005 年,化学系撤系建院,就是现在的化学学院,这应该说是一个非常自然的过程。

问:您能举例谈一谈改革开放 30 年以来化学专业的变化吗?

刘若庄:变化太大了! 这些变化很多是我亲身经历的,所以感触很深。1978 年开始正式招收研究生。1978 年化学系创建了教育部正式批准的北京师范大学量子化学研究室,我本人也于 1979 年 7 月晋升为教授。我副教授以前的职称提得很快,但在“文革”期间就不评职称了。所以我都五十几岁了,才评上教授,这在现在看来就很不正常了。1999 年,我当选中科院院士,当时我 74 岁。

1981 年国内首批博士点设立时,化学系就赢得了两个:有机化学和物理化学。1981 年我成为国务院批准的首批博士生导师。我记得那一次批准的全国高校能指导理论化学学科博士生的就七八个人。后来建第二批博士点时,又增加了放射与辐射化学。

尤其是学校开始战略转型,向综合性大学发展后,教学和科研都很受重视,对教师素质、学术水平的要求也高多了。学科发展很快,物理化学是国家重点学科,无机化学和有机化学是北京市重点学科,学院拥有 1 个放射性药物教育部重点实验室,化学实验教学中心被评为国家级实验教学示范中心建设单位。

硬件方面的建设也得到加强,起码计算机等设备就改善很多。我在 1978 年以前主要教本科生的基础课,1978 年以后,主要是指导研究生。理论化学需要计算机进行计算。我记得我当年指导第一拨研究生的时候,全校只有一台计算机,师生上机要排队。当时的第二机械工业部(二机部)研究所有计算机,那时研究生为了上机做计算,不得不骑车去二机部或其他学校租用计算机。分配的机时好还可以,有时机时分在半夜,学生就得半夜上机。学生很辛苦,宝贵的时间也被耽误在路上了。现在的设备就比较齐全了,这和国家、学校的投资以及教师的努力是分不开的。

问:您是如何看待科研工作的?

刘若庄:搞科研首先要有自己的研究方向,要有自己的想法。这需要根据自己小学科的发展来确定研究方向。最起初我跟着唐敖庆院士做。在唐院士指导下参与对配位场理论方法的研究。但是我要老跟着他做,我就不会有自己的发展。后来我就选了化学反应机理这个方向。当然前十几年做热反应,后来做光化学反应。其次,搞科研要不怕吃苦,做科学研究要有执着精神。我眼睛不好以前,一个礼拜总有两三天工作到半夜两三点才睡。白天到系里教课或指导学生,晚上八点开始工作。到十二点我觉得困了,但是工作正起劲,我就吃片 APC,结果到两点又睡不着,又吃安眠药。我的意思是,一个人哪怕只做出一点点的成绩,都需要艰苦奋斗,需要付出艰苦的努力,没有什么巧的路可走。我觉得我是中等人才,不是什么特别聪明的人,但我很努力。所以,对现在的年轻学生来说,我觉得吃点苦有好处。要不怕吃苦,这样就能找到努力的方向,不要太轻松,要把主要精力放在学习上。

问:您在理论化学领域辛勤耕耘几十年,科研成果丰硕,桃李满天下。素知您非常谦逊,但还是想请您描述一下您在量子化学领域所做出的突出贡献。

刘若庄:用通俗一点的语言,我就是对于某些类型反应的机理做了比较系统的研究和进一步说明。改革开放时,我已经 50 多岁了,主要是指导量子化学方向的研究生和自己做研究。从 1981 年到 2000 年 20 年期间,大概发表了 200 多篇文章,当然很多是带领研究生一起做的。所以我的工作强度是比较大的,我 75 岁时眼睛不太好了。

我带了很多学生,其中很多人在各自的工作岗位上为理论化学的发展做出了贡献,其中有不少人已经成为国内外科研院所的学术带头人和主要负责人。带学生一定要讲究方法。老师教得好,首先自己要懂得透,理解好,这也体现了老师的水平。到一定阶段,就要把学生推出来,让他们独立发展,选择适合的研究方向。

问:回顾 60 年,展望未来,您对学校和学科的发展有哪些希望?

刘若庄:我衷心希望学校实力不断增强,希望整个化学学科能够进一步发展。现在化学学院各个方向的发展势头都很好,部分方向的学术实力在全国已经居于前列,在国际上也有一定地位,我希望他们能瞄准世界一流水平,百尺竿头,更进一步,在国际学术界发挥更重要的作用。

(原载于《北京师范大学校报》2009 年 6 月 20 日第 1 版,周雪梅整理)

我和《中国古代文学史》

郭预衡

我是1945年在北京辅仁大学毕业的。1947年又毕业于该校史学研究所。前后六年，曾受业于几位文史大师。在国文系，有余嘉锡先生讲目录学，沈兼士先生讲《说文解字》，赵万里先生讲校勘学，刘盼遂先生讲经学历史，顾随先生讲诗，孙人和先生讲词，孙楷第先生讲中国小说史，储皖峰先生讲中国文学史。在史学研究所，又有陈垣先生讲史源学和佛教史籍。我当时最爱听的课是顾先生讲的唐宋诗，最用功的课是余先生的目录学和陈先生的史源学实习。至于中国文学史，在今天看来，好像应是一门主课，但在那时，我并不十分重视，也没有认真学习，更没有想到我毕业之后，在大半生中还要讲授、编写中国文学史。

我在北京师范大学讲授中国文学史，是从1957年开始的。当时我刚从国外讲学归来，对于文学史教学没有多少准备。没有教科书，也没有讲义，一面讲授，一面学习。只是在讲授过程中思考了一些问题、对于那几年学术界提出的所谓“民间文学正宗”问题，“现实主义和反现实主义斗争”问题，以及关于古代作家如陶渊明等人的评价问题，等等，都是讲授文学史不能回避的。面对这类问题，我当时没有能力做出自以为是的解答，却写了一篇《鲁迅研究中国文学史的观点和方法》。在这篇文章里我将鲁迅研究中国文学史的观点和方法概括为几个方面，即：关于文学史发展规律的探索；关于作家作品的评价；关于文学史著作的体例及其他。

鲁迅生前撰有《汉文学史纲要》和《中国小说史略》，没有时间完成他所设想的《中国文学史》，但是，他所揭示的这些观点和方法，对于后人编写中国文学史，实有重要的启示。

1962年，中国科学院文学研究所新编的《中国文学史》出版，光明日报副刊《文学遗产》编辑部约我写一篇评论，我于是写了《从魏晋南北朝一代谈文学史的编写问题——读文学研究所新编〈中国文学史〉》。我在这篇文章里主要讲了两个方面，一是描述时代背景如何写出时代特点，一是评论作家作品如何顾及作品的

"全篇"和作家的"全人"。我的主要根据,是鲁迅的《魏晋风度及文章与药及酒之关系》。

1963 年,游国恩等诸位先生主编的《中国文学史》出版,这是著为功令的"高等学校文科教材",全国通用。我在使用这部教材讲课的过程中,写了两篇文章。一篇是《谈谈文学史教科书的编写问题——读游国恩等同志主编的〈中国文学史〉中"秦汉文学"一编》。我在这篇文章里主要阐明如何从"史"的角度来写文学史,强调运用"史笔",构成"史的体系"。在文学史中评述作家作品,应该不同于一般的"作家评论"或"作品赏析"。我写的另一篇文章是《论唐代几个作家的评价问题——读游国恩等同志主编的〈中国文学史〉中"随唐五代文学"一编》。在这篇文章里,我着重指出书中对于几个作家所做的"阶级分析",不符合历史事实,不该牵强附会,应该实事求是。

这样的文章都写于 1964 年。1965 年学校的师生都下乡参加"四清"运动,中国文学史课我没有再讲下去,文学史的编写问题我也没有再写下去。此后十年之间,自然不可能再考虑文学史的问题。

到了 20 世纪 70 年代后期,学校逐步恢复了教学秩序,我也重理旧业,又讲中国文学史。这时学术界也开始讨论文学史的编写问题。1980 年,我参加《社会科学战线》杂志社召开的一次研讨会,听了一些发言我也谈了几点意见。其中一点是关于思想分析和艺术分析的问题。我认为当今的文学史中艺术分析固然缺少,思想分析也是不够的。我还认为,时贤之所谓"艺术分析",实乃"作品赏析",不是从"史"的角度落笔,且是脱离实际的。我谈的另一点意见是关于写时代背景与文学自身发展规律的问题。我在这里又一次引述了鲁迅的《魏晋风度及文章与药及酒之关系》,以为鲁迅描述社会状态是将某些风俗世态都包括在内,而文学自身的发展变化是离不开时代社会诸条件的。

在学术界讨论文学史编写问题的同时,国家教育委员会也将《中国文学史》立项列入了"七五"计划。此后我便承担了"七五"计划中的三部文学史的编写任务,即《中国古代文学史》《中国古代文学简史》《中国古代文学史长编》。

我主编这三部文学史,基本上是按照鲁迅的意见,先写长编,在长编的基础上写史。长编先行,有时也齐头并进,分册出版。三部书出齐,已是 1998 年。我对于编写这三部书的设想和主张,具见于《中国古代文学史》的《序言》,我说:"本书所致力更张者,主要在以下三个方面:一、体例的变更,二、内容的增补,三、规律的探索。"这里讲"体例的变更",基本上也是参照鲁迅 1935 年 11 月 5 日给王冶秋信中的意见,即"以时代为经"。但不以"文章的形式为纬",而以作家为纬,这是新的改变。不过,这改变,仍是按照鲁迅论作家主张顾及“全人”的观点。至于内容的增补,也有几个方面。首先是填补了空白,其次是增补了作家,再次是增补了作品。但是,限于“教科书”的篇幅,虽有增补,也有限度。关于规律的探索,这是致力更张的一个重要方面,也是文学史编写的一个难点。

我以为关于文学的变化,古人好像没有说过什么“规律性”,只是讲过一些合乎规律的现象。例如,刘勰曾说:“文变染乎世情,兴废系乎时序。”(《文心雕龙·时序》)朱熹曾说:“大率文章盛,则国家却衰。”(《朱子语类》卷39《论文上》)赵翼曾说“国家不幸诗家幸。”(《题遗山诗》)如此等等。话虽简单,却也总结了一定的历史经验。由此而进一步探索,也可以发现比较普遍的现象,从中或可看出一定的规律性。例如,朱熹讲“文章盛则国家却衰”时,曾举唐代的文章为例,他说:“如唐贞观、开元,都无文章;及韩昌黎、柳河东以文显,而唐之治已不如前矣。”这话是不错的,唐代国势转衰之时,文人多有忧患意识,写出忧国忧民的作品,不仅仅是韩、柳之文如此。

从朱熹所举唐代之例,还可以得到更多的启迪。综观历代,“文章盛”时,似亦多在“国家却衰”之日。例如晚周战国,文章之盛前所未有,章学诚说:“盖至战国而文章之变尽,至战国而著述之事专,至战国而后世之文体备。故论文于战国,而升降盛衰之故可知也。”(《文史通义·诗教上》)战国文章极盛之日,正是大周王朝土崩瓦解之时。“文章盛,则国家却衰”,这是明显的事实。

及至秦皇统一六国,国家之盛,前所未有,但“秦世不文”(《文心雕龙·诠赋》)文章之衰,亦前所未有。国家盛,而文章却衰,朱熹的话,又可以从反面证实。

从周、秦两代来看,国家衰,则政令松弛,思想解放,文章乃盛;反之,国家盛,则法严令具,文化专制,文章乃衰。周、秦两代如此,汉唐以后,宋、元、明、清各代,亦大抵如此。这可以说是一条规律。文学发展的规律,大概不止于此,这是有待于进一步探索的。

最后还应说明的是:我主编的这几套文学史,虽然出了一些主意,但全书得以完成,则全靠几位合作的同志同心协力。我个人的一得之愚,是微不足道的。

还有,这三套文学史是作为文科教材而编写的。据最新信息,四卷本的《中国古代文学史》自1998年第一次出版以来,到2002年年底,已经印刷了13次。可见应用的范围是不小的。因此,也就盼望用此教材的老师给以指正和批评。我个人认为,这样的指正和批评,当与某些广告式的评介文章有所不同。有的评介文章虽像唱歌一样好听,但读者可听,也可不听。

(原载于《北京师范大学校报》2004年2月20日第4版)

“新马太”的今昔

童庆炳

如果你坐上北京的一辆出租汽车，然后对司机师傅说：“劳驾，我要去北京师范大学。”这要是位老司机，他就会笑着对你说：你是要去“新马太”啊！假如你是一位在北京住了几十年的像我这样的老住户，特别是在北太平庄一带的老住户，就会笑答：您说对了。原来北京也有一个“新马太”，只是不是指无论冬夏都热烘烘的绿草长青的新加波、马来西亚和泰国，而是指北二环豁口内外的新街口、马甸和北太平庄三地。在这三个地点之间，北京师范大学在20世纪五六十年代肯定是“新马太”之间最大的单位，现在是不是，就难说了。

北师大现今坐落在“新马太”核心地带，成为最靠近北京城墙的一所大学，这里是有故事的，这故事是据我的老师说的。1951年到1953年，北京的高等院校有过一次合并。燕京大学一分为二，工科并入清华，文科并入北大。北大占据了燕京大学校园。辅仁大学是一所教会大学，大部分学科并入北师大，并取消了辅仁大学。这样，北师大就有两个小校园，一个是和平门外老北京师范大学校园（南校），一个就是北京东城定阜大街的辅仁大学的老校园（北校）。这两个校园都太小。当时，我们的老校长历史学家陈垣先生与有历史癖好的毛泽东主席的关系极好，这两人在一起，话就特别多。有一次他们又见面，陈校长就向毛泽东主席提出了北师大校园太小的问题，希望中央政府能给北京师范大学一个大的校园。毛泽东主席满口答应，这事好办，我就交给周总理办吧，你等着消息。

那时的北京，只有不到一百万人口。北京市民差不多都住在城墙里的四合院里面。据说，那时旧的北京饭店就是最高的楼了。城墙外大部分都是农村，除了两处坟地外，农田一片连一片。像现在的“新马太”，除新街口有几家商店比较繁华外，马甸、北太平庄都还是名副其实的甸子和庄子，还是农民的天地。太平湖是豁口外一个很大的湖，波光粼粼，远远望去，真是一处美景。农民带炕的屋子，错落有致，尽显北方风味。夏天麦子金黄一片，那景色也十分诱人。我是1955年来到北京师范大学读书的。当我看见北方的农民穿着鞋袜在地里劳作的时候，感到十分惊异，觉得北方的农民太享福了。要是在南方，那里尽是水田，农民头顶烈日，腿脚泡在田水里，或插秧，或耘田，或收割，哪里会有北方农民如此轻松呢！

毛泽东主席交给周总理办的事情很快办好。周总理把陈校长找去说，新街口外有一大片地，那里有两个坟地，一个叫索家坟，一个叫铁狮子坟，这两个坟地以及周边，就划给你们北师大作为校园了。南起护城河，北到北太平庄南，东到铁狮子坟那条大道，西至元大都城墙。您觉得怎样啊？陈校长一听，觉得这块地太大了，足可以建起一座大校园。你想啊，这块地差不多包括了"新马太"的大部分，那面积绝对比北大、清华还要大。但是，我们的校长陈垣先生毕竟是一位历史学家，不是工于计算的经济学家，总理说了之后，只知道高兴，没提出让总理办公室办一个地产证，并在地产证上，划清东南西北的界限，或更进一步，把这块地用铁丝网圈起来，以兹证明。

自此以后，"新马太"出现了北师大的身影（新校）。我们于 1954 年前就先在铁狮子坟建起了两座教学楼、三座教师宿舍楼、多座学生宿舍楼。1955 年 9 月我入学的时候，我们那个年级，即 1955 年级全校学生，进行了入学劳动。入学劳动的内容就是挖坟地，挖铁狮子坟。现在北师大的操场就是铁狮子坟的中心，我们把一座又一座坟地填平，把一个又一个坑填满。现在那平整整的操场就是我们当年修的，那假山和假山上的树是我们种的，操场四周那高高的白杨树也是我们亲手种的。我们准备挖一个叫作"绿园"的湖，挖了一半，发现没有水源，只好作罢。如果在 20 世纪五六十年代，你要是走出新街口的豁口，那么你远远就可以看到我们八层高的主楼，那是当时新街口外唯一的地标式建筑了。

"新马太"的美，在我的印象中，有四大处。

第一处就是护城河和太平湖了。豁口外的护城河水十分洁净，它蜿蜒向东又向西；一堤之隔的太平湖的湖面很大，夏天清爽宜人，游人可以在这里纳凉；冬天结冰，可以在上面滑冰。湖中心有一座弯弯的长长的窄窄的由南到北的小桥。走在桥上，有点颤颤巍巍，但桥很结实，它像一弯月亮从水面拱起，实在是美极了。夏天的时候，我们常常在吃过晚饭后，从北师大东门出发，三三两两来到护城河和太平湖之间的一个简陋的小茶馆，茶水不过一分钱，我们坐在那条凳上，悠闲地谈天说地，既可望着护城河水默默地流淌，又可掉过头来欣赏太平湖的碧波掀起的细浪的跳跃。

第二处就是元大都城墙。那城墙很大，城墙边上有很多松树，风一吹，松涛响起，令人有身处深山老林之感。记得我当助教时，常去松林里采蘑菇。蘑菇多是松蘑,很新鲜,味道真好。

第三处是马甸的公园。马甸是一个小村子,住着回民。记得我们在大学一年级时搞扫盲运动,每当夜晚来临,我们三三两两成群结队手握小小的手电棒,踩着窄窄的田埂,来到这个美丽的村庄。我们小心地敲开一家又一家的门,把知识送给他们……马甸村子里有一个树木葱茏的公园,且家家养鸽,白色的和平鸽这里一群那里一群地飞起来,吸引人们的目光。

第四处就是现在的杏坛路和北师大西路西面的白桦林,现在邮电大学所占的那块地方。这个地方原本是北师大一块清幽之处,因为那里有一座北京少见的很大的白桦林,笔直的白桦静悄悄地伸向蓝天。白桦树干的花纹斑白如人工制作的图案,十分美丽。每当秋日,踩着落在地上的白桦林的叶子,发出沙沙的声音,那感觉真的很美好。更美好的是,这座白桦林是我们难忘的谈恋爱的地方。每逢星期天傍晚,青年男女打扮得花枝招展,在这里轻轻地哼歌或窃窃私语,这是每时每刻都在生长幸福的地方……但这一切都只能当作昔日的美好时光加以回忆了。

现在,我仍然住在"新马太"的中心——北京师范大学院内,可此"新马太"已非彼"新马太"了。再也没有波光闪烁的太平湖,再也没有美丽的如诗一般的白桦林,再也没有充满白色鸽子的素朴的马甸村。这里已是北京二环和三环之间,这里有的是喧闹的市声,有的是突如其来的急救车的尖叫,有的是没有经过设计的杂乱不堪的毫无章法的建筑。唯一值得安慰的是,我们最早盖的结实的数学楼和物理楼还在,我们栽种的杨树已经成为参天古木,我们校医院北面的樱花,在春天来到的时候,会如约开放。那十余棵中国樱花和日本樱花开放的时候,蜜蜂围着鲜艳的花歌唱,作为赏花人,我们也把"新马太"的现状暂时忘却了。

(原载于《北京师范大学校报》2011 年 12 月 10 日第 3 版)

北师大,人文风华似国画

施达轩

今年,是北京师范大学建校110周年。110年前,京师大学堂师范馆的建立创始开新,成为“革旧习,兴智学”的“第一要义”。身为“众星之北斗”“群学之基石”,百余年师大,人文鼎盛,文脉流远。

有人说,北大是一首诗作,清华是一篇论文,那么,北师大就恰似一幅国画。赞襄人文,昌宏民智;110年探索耕耘,110年以文化人。巍巍北师大,这座如国画般气韵深远的百年学府,持弦歌而不辍,于薪尽处火传,积淀下爱国进步的凝重底色,播撒着人文日新的旷代风华。

一

北师大的人文精神,崇德笃行,敦尚气节,首在担当。

古往今来,道之所存,师之所存;“师”字在中国人的眼中,有着别样的庄严。中华传统中的师道,蕴藉人文,并蓄天道,讲求秉节明德,俨然是一件端方肃雅的艺术品,令人诚心敬意,正冠仰止。师道所贵,贵在人格。为人师者,除了要具备丰厚的学养,更重要的是要道德高洁,品行淳正。师者当身处四海、心系社稷,政通人和之时,养浩然正气;天下危难之际,担民族大义。

师范教育是国家之重器,民族之灵魂。国运兴衰,系于教育;教育大计,在于教师。中国的师范教育制度滥觞于教育救国的澎湃呐喊声中。110年前,面对内忧外患,仁人志士吁请变法图强,强调维新之本在人才,人才之本在教育,教育之本在教师。在“办理学堂,首重师范”的理念下,北京师范大学应运而生,开启了中国现代高等师范教育的先河。作为中国师范教育制度的开拓者和奠基人,北师大从诞生的第一刻起,就担负起开启民智、救亡图存的时代重任,就把自己的命运同国家富强、民族复兴的宏阔事业紧紧相连。

国疾民瘼的年代，师范教育首重培养国民精神，统一国民思想，这是国民教育的基础。身为“教育本源”的北京师范大学，强调“治学修身、兼济天下”，从这里走出的国之栋梁，道德与学问并重，理想与实践统一，堪为如晦时代文化知识的传薪播火者。京师大学堂师范科第二届毕业生符定一，辛亥革命后回湘弘文励教，办校兴学，成为毛泽东的导师；国语运动先驱黎锦熙，普及白话，注音汉字，便利儿童识字启蒙，推动民众文化扫盲；教育系毕业生张岱年，立足中哲，融会东西，践行文化综合创新，致力振奋民族精神……他们矗立起启民救国的典范，影响了社会进步的方向，为民族精神的绵延发展注入了人文光芒。

风雷激荡的岁月，莽莽神州，谁人挽狂澜既倒？茫茫华夏，何处觅中流砥柱？北京师范大学师生心忧天下，胸怀生民，肩担使命，携笔请缨，始终同中华民族争取独立、自由、民主、富强的进步事业同呼吸、共命运。新文化运动中，北京师范大学成为传播新思想和提倡新文化的阵地。五四运动中，学生匡互生第一个进入曹宅，火烧赵家楼，点燃了五四运动的熊熊烈火。三一八事件，刘和珍等人碧血溅京华；一二・九运动，北师大学子奔走传星火……他们用高尚的民族气节和强烈的使命情怀，诠释了那个年月最为深刻的人文意涵；他们的爱国热忱和忘我担当，熔铸为民族的精魂，挺立成时代的脊梁。

无论在如火如荼的建设时期，还是在科教兴国的伟大时代，北京师范大学时刻高擎人文精神的如椽巨笔，饱蘸强国新民的慷慨激情，书写履职尽责的动人传奇。被周恩来誉为“国宝”的霍懋征，坚守“没有爱就没有教育”的理念，杏坛设教六十载，化育桃李无数；高原伉俪张廷芳和次旺俊美，把毕生献给西藏的教育事业，扎根雪域四十年，格桑花开几度……于今，一批批免费师范生又从这里启航，奔赴祖国的四面八方。他们将担负起育人兴邦的神圣使命，在广阔天地中传递梦想，播撒希望，以青春和赤诚，演绎属于这个时代的大写的人文！

二

泽流及远，千里思源。

“盛德励耘、上善乐育”的精神，贯穿起北京师范大学110年的闪光足迹，回荡于北京师范大学奔涌绵长的人文血脉，烛照着每一个北师大人的德行襟怀，构成了北师大人文精神的核心概念。

“励耘”“乐育”，是北师大特有的文化意象。老校长陈垣的书斋谓“励耘”，有为国为民、为教为学努力耕耘之意。孟子尝言，君子有三乐，其中“得天下英才而教育之”,堪称乐莫大焉;老师大的一座小礼堂即名曰“乐育堂”。“励耘”“乐育”的精神既契合师范特色,注重砥砺自身,又强调社会担当,鼓励服务国家。这早已成为鞭策北师大人进德立业的座右铭,烙刻进北京师范大学深厚的文化底蕴之中。

110 年来,从北京师范大学这方沃土上成长起来的一代又一代人,无论是先贤英烈,还是大师学者,无论是政坛耆宿,还是文坛骁将,身上都闪耀着如美玉般的温润之光——质朴谦和、勤恳苦干,不事张扬、不务虚名,埋头躬耕、育人为乐。他们皆不求扬才露己,但求毓英培华。他们以自身高尚的品德和专精的素质,赢得了全社会的认可与尊重。“踏实”一词,业已升华为北师大人的精神特质;北师大人用朴实澹泊,濡染出了自己隽永馨香的人文名片。

古语云:“君子盛德,容貌若愚”,“上善若水,水善利万物而不争”。这恰恰是对北师大人胸无名缰利锁,执著励耘乐育的人格气象的真实写照,是对北京师范大学百余年人文历史传统的生动诠释。国际“棋后”谢军,在北师大一直从本科读到博士,她喜欢将师大比作一个容器,在这个大容器里,年轻气盛的她被打磨,被填补,进而修炼成器。北师大将一种淡泊的气质镌入了谢军的生命,助她卸下“棋后”的光环,攀上学术和事业的高峰——“这种修炼对我而言,是至关重要的,它让我知道生活不因我是冠军而改变,我必须时刻前行”。“盛德励耘,上善乐育”这一全体北师大人特有的精神气质,是薪火相传的宝贵财富,始终辉映着北京师范大学熠熠生辉的人文星空。

1997 年,启功先生挥笔写就“学为人师,行为世范”的北师大校训,对弘扬“盛德励耘,上善乐育”精神提出了现实性规范。校训从人本视角,规约和塑造了一种至真至善的完美人格,凝练出了北师大人文精神的现实内涵。

人文精神是大学的灵魂。校训正好能折射出一所大学的灵魂是否深邃高洁。启功先生对校训的阐释辞约而意丰,言简而义达:“所学要为世人之师,所行应为世人之范。”校训强调学行合一、推崇个人与社会的统一,是北京师范大学办学灵魂和大学精神的交萃熔融,彰显了北师大人坚砾高远的价值追求和自强不息的进取精神。

“学为人师,行为世范”的校训一经提出,便受到了教育界的普遍认同;校训所勾勒出的志逾鸿鹄、行若赤金的理想人文形象,更是得到了全社会的高度赞誉,被广泛引用。很少有大学的校训,能够具有如此魅力,被如此褒扬。北师大校训可谓独出冠时。人们在钦服于它投射出的强大人文气场的同时,亦可领略到其背后高蹈超拔的人文精神之美。

三

北师大的人文精神，有着独特的美感。

北京师范大学，犹如一幅留待时光品鉴的国画。110 年的流金岁月、110 年的如歌行板，正静静地躺在宣纸的怀抱。卷轴轻展，光影转徙，墨香四溢，文韵流徽。

画，撑起了北师大人文精神的意象空间。

北师大，是一壁泼墨山水，恢弘大气；是一幅工笔写生，典雅细腻；是一纸文人丹青，感时忧国；是一卷水墨幽兰，德节高企；是一册写意风物，质朴天成；是一篇新派佳作，融通中西……在每一个人的眼里，北师大的人文精神都能升腾为不同的画面，都能幻化成夺目的绮丽，流光溢彩，灵动万千。

此刻，北京师范大学早已化身为一方深谙中华文化精蕴的端正中堂，传统意境的淋漓涵蓄间，精神气节的氤氲交融中，淘炼出流传青史的无数英名，淬砺出建功文化的雄略伟业。

细细品味这方画作，北师大承古开今的众多人文学科，有如曹衣出水，刚劲有力，稠叠繁盛；青兰相继的辈辈名师大家，可似吴带当风，纵逸不群，踔厉风发；层出不穷的学术成果，宛若冰砚生花，姹紫嫣红，百芳竞放——白寿彝凡 22 卷本的《中国通史》，如傅抱石旅行组画，笔历山河，挥洒古今，章法独具；古籍所历 16 载打造的《全元文》，若刘海粟笔下黄山，搜尽奇峰，巨细靡遗，气势跌宕……用笔不论曲直枯湿、疏密虚实，闪烁在墨迹间的人文之光，端然连缀成这幅画的骨，点染出这幅画的魂。

巍巍师大，百又十年。北京师范大学更是一轴通向世界舞台的璀璨长卷，时代笔触的浓淡流转间，重彩白描的相得益彰里，壮志绘就，鸿图得展，古风新貌，余韵悠长——所有的北师大人，用人文精神的力量，为这轴生生不息的浩荡长卷，钤上了鲜红的心灵印章。

（原载于《北京师范大学校报》2012 年 9 月 15 日第 4 版）

我记忆中的老师们

史锡尧

1950 年夏我考入辅仁大学（以下简称“辅仁”）中文系，1952 年院系调整，辅仁、北师大合并，我入北师大中文系继续学习。1954 年夏毕业，留系任教至今。

今年逢北师大百年华诞，“惊回首”，从我入中文系学习已历五十余个春秋，半个世纪的雨雪风霜，我已是“昨日少年今白头”。但母校的培养、老师的哺育，终生难忘。回忆起来，老师们（其中不少著名学者）的音容笑貌，宛然在目，今记录下来，以表达我对已经仙逝者的缅怀之情，对依然健在者的敬重之意。

一、二年级在辅仁大学中文系学习。

著名作家沈从文先生教过我们一学期的文学概论。沈先生，中等身材，小方脸，脸色微黄，留分头，穿大褂儿。讲课时用略带方音的普通话，绵软中稍有抑扬。可能因为刚解放，新的文艺理论沈先生不熟悉，所以讲课时多讲《文艺报》（当时的一文艺理论刊物）上的文章，常常是念几句，然后解释几句，极其小心翼翼。现在想起来，当时未能发挥沈先生的长处，我们少学到不少知识。改革开放以后，在报上见到报道沈先生的长篇文章。知道沈先生后来到故宫博物院工作，已成为我国少有的古代服饰专家。

现代戏剧课由著名戏剧家马少波先生讲授。马先生当时任中国戏曲研究院副院长（正院长为梅兰芳）。马先生虽是来自延安的老革命，但年龄不大，30 多岁，身材修长，着极整洁的中山装，留背头，头发一向梳理得极整齐。马先生当时发表了一些京剧改革的文章，如饰旦角的演员上台不要“踩寸子”（木制小脚，演员踩在上面如同踩高跷），以天足出现；演剧过程中不要有穿白小褂的彪形大汉上台倒茶搬桌椅，椅子由书僮丫环去搬；乐师伴奏不要在台子中央，要退到角落去等等。他的这些观点也做讲课的内容。马先生的风度，使部分同学倾倒，有的同学课间跨上讲台，模仿马先生的声调，并模仿马先生的习惯动作，不时用手理理自己的头发，逗得同学们大笑。

教我们文选及写作的是郭预衡。那时郭先生刚从辅仁文史研究院毕业不久，是年龄不到30岁的年轻讲师。郭先生对鲁迅作品非常熟悉，讲课时经常引用鲁迅作品中的句子，使同学们很佩服。有一次郭先生布置了写读书报告的作业，我的作业郭先生判为“A+”，当时我很高兴。1970年时，中文系部分师生到大兴农村去搞“教育革命”。同学们办了份油印小报，我涂鸦填了首词，记得开始是“（左木右欣）飞杈舞，打麦场上，汗如雨”。郭先生唱和了一首，现在只记得开头的几个词了：“（左木右欣）舞杈横”。郭先生赞许说我填的词“有点味儿”。郭先生现在已81岁高龄，仍然精神矍铄，健步如飞，早已成为著名的古典文学研究家，在中国散文史研究方面堪称独步。

1952年院系调整后，我到北师大中文系读三、四年级。

20世纪30年代的著名诗人、著名外国文学研究家穆木天先生给我们上现代文选课。穆先生，中等身材，微胖，圆脸，推光头，戴高度近视眼镜。由于高度近视，讲课时常把讲义凑到眼前并上下移动着看，真如同拿着一块毛巾在擦脸。讲课过程中，穆先生又常常先被作品感染而发出一串“咯咯咯……”的笑声，使全教室充满了活跃的气氛。穆先生也喜欢跟年轻人开玩笑。大概是1956年，一天在学校的新华书店中，穆先生笑着对我说：“你和你爱人，一个‘之乎者也’，一个‘的了吗哪。’”（我搞现代汉语，我爱人当时在古汉语教学小组）虽然是开玩笑，但使人感到很亲切。

教我们中国文学史课的是著名文学史家李长之先生，当时他已出版了三卷本的《中国文学史稿》。李先生是山东人，但身材并不高大魁梧，而偏于矮小，戴眼镜，小尖脸。讲课语速很快，如开机关枪，但每个字音都很清晰，可见思维敏捷。据说文章也写得快，传闻一家报社的记者登门索稿，李先生请来人稍候，不多时他便交了稿，真可谓“倚马可待”。由于系里重视写作训练，我们四年级时，又开了写作课，批阅指导的是李先生。一次，自命题写论说文一篇。后来李先生把我叫到教研室，当面称赞我这篇论说文写得好。老师对学生的鼓励可以产生很大的动力，所以至今还记得。

在系里有“活字典”美誉的刘盼遂先生给我们上过一次课，讲《平準书》。两节课只讲了文章的第一句话，有一些内容我们还听不大懂。刘老，貌不惊人——一个小干巴老头儿，穿一身旧的中山装，戴眼镜，脚穿一双小青年们穿的绿帆布有带儿的胶底鞋。刘先生在古代典藉方面的渊博知识，是人们公认的。20世纪60年代，我在书店中看到刘先生的新著《论衡集注》，便翻了一下刘先生自写的序言，其中有敬请海内外“文枭学霸”加以指正的意思。“文枭学霸”用词新奇，给我留下深刻印象。

启功先生，原是辅仁大学中文系的老师，直到在北师大中文系学习时，我才有机会听到启先生的课。启先生讲的是明清小说，他讲过的《惊天动地窦娥冤》《碾玉观音》等，我至今仍记得起大致的内容。启先生对关汉卿的自赞诗很欣赏，在课堂上有腔有调地朗诵道："我是蒸不熟、煮不烂、炒不爆、砸不扁的一粒响当当的铜豌豆！"启先生不只是古典文学专家，还是著名的古文物鉴定家，蜚声中外的书法家。87 岁高龄时被国务院任命为中央文史馆馆长。现在年近九旬，仍然谈笑风生，语言生动、幽默。

文艺学课由著名文艺理论家黄药眠先生讲授。黄先生常着淡色西装，满头银发。黄先生上课没有讲稿，只拿几张卡片。讲课声音不大，如同与友人谈话，也常提问学生，进行讨论式教学。课堂气氛融洽、和谐，学生听课如沐春风。黄先生被人称为党外的马列主义文艺理论家。其实，黄先生是老党员、老革命，曾做共青团的重要干部。后因被敌人逮捕入狱而与党失掉了联系。1956 年我结婚时，黄先生送了一条黄色印花床单。这份师生情，我一直记在心里。

钟敬文先生给我们讲民间文学课。钟先生备课十分认真，几乎把要讲的每一句话都写入讲稿。讲到重要处，钟先生就念讲稿，连标点符号都念出来，唯恐学生做笔记时忽略或点错了标点符号而未能准确地记录下来。钟先生对与教学有关的事情也十分认真。民间文学课毕业考时，我病了，向钟先生申请以后补考，钟先生同意了。很快就举行了毕业典礼，我被分配留系。留系两个月后，我去找钟先生补考，钟先生亲自出了题，我在教研室答了题。我考得不好，只得了个"良"。钟先生这种认真精神，深深教育了我。钟先生喜穿大褂儿，布鞋或呢面便鞋，步履轻快，使我联想到在钟先生书房见到的他年轻时与柳亚子先生合影的大照片，钟先生那时也是穿大褂儿。从照片上看，钟先生还是一位翩翩少年呢！

1954 年夏，我在北师大中文系毕业，留校，分配到语言教研室。语言教研室当时只教现代汉语课和语言学概论课，古汉语是后来才开出来的。

语言教研室主任是著名的文字学家、训诂学家陆宗达先生。陆先生，身材高大，长方脸，大眼睛，经常着蓝中山装，除上课外，烟不离口。陆先生给我明确了今后的研究方向是现代汉语语法学（后来，我逐步扩展到修辞学以及词汇学），并亲自指导我学习了一本较简明的语法书。我做了助教后，才随班听到陆先生的课。陆先生博闻强记，对古代典籍很熟，讲课时，经常背诵出古文句或古诗句。他讲课声音洪亮，抑扬顿挫分明，很受学生欢迎。有一年教育部下来人检查教学，系里让陆先生做公开观摩教学课。听课后，教育部来人大加赞赏。1980 年，中国语言学会在武汉举行成立大会并召开学术讨论会，陆先生和我作为会议代表一同赴会。陆先生当时已 74 岁，心脏不大好。陆先生的公子陆敬（北京师院教师）托我照顾陆先生。开会期间，我和陆先生住一个房间，除开分组会（陆先生参加古汉语组，我参加现代汉语组）外，吃饭、散步都在一起。有一天，陆先生说要去拜见几十年未见的师母（黄侃夫人），要跪拜，让我不要去了。陆先生在黄焯先生（黄侃的侄子，武汉大学教授）陪同下去拜见了他的师母，心情十分激动，回旅馆时，不小心在台阶上摔了一跤。王力先生闻讯后，当晚便到我们房间来看陆先生。夜里，我听到陆先生说梦话："师母啊！"在深夜中，这充满真挚感情的呼唤，使我心灵深受震撼。陆先生对老师的深厚感情，使我深受教育。

著名语言学家俞敏，讲授语言学概论课，我也是留系后才随班听到的。俞先生当时还不到 40 岁，看上去身体健壮，讲课语言生动、形象，幽默、清晰。俞先生通英、俄两国以上外语，对古汉语音韵学、训诂学、现代汉语语法学、语音学以及梵文都很有研究，是难得的中外古今都通的语言学家。俞先生挖掘出了汉语的一些形态变化现象，他与陆先生合著的《现代汉语语法（上）》被叶圣陶先生称为语法学界的"异军突起"。俞先生用北京口语撰写论文和著作，形成了独特的语言风格，在语言学界获得不少学者赞赏。

1956 年，中文系、教研室派我跟黎锦熙先生学习现代汉语语法。黎先生是语言学界的泰斗、一代宗师。他是现代汉语语法学的奠基人，著名的词典编纂家、国语运动先驱、文字改革家，中国科学院哲学社会科学部的学部委员（相当于院士，但比现在的院士数量少，整个语言学界只有黎锦熙、王力、吕叔湘等几个人，黎先生是中文系唯一的学部委员），一级教授（中文系一级教授共 3 人，还有黄药眠、钟敬文两位先生）。记得 1955 年时，东北师大一老教授带了十来名研究生来语言教研室座谈，会上这位老教授当面称黎先生为"语法学界的鼻祖"。黎先生曾任北京师大校长、中文系系主任，后因有心脏病，1952 年后便不讲课了。黎先生让我学习他当时的新著《汉语语法教材》，我每周一次到他府上去请教学习中遇到的问题。黎先生总是坐在堂屋靠里间门口的小沙发上回答问题。黎先生中等身材，脸略圆，年近七旬，头发稍显稀疏但没有白发，讲话语速较慢，动作也缓慢，眼镜后面的眼睛仍然黑亮有神，思维也敏捷。我学习期间，黎先生向系里提出由我在系里开的现代汉语课上代他"争鸣"：讲他的句本位语法；我根据《汉语语法教材》编了讲义，在系里讲了几次。在同学们的要求下，黎先生还到课堂上跟同学们见了面。从黎先生那里，我不只学到一些语法知识，还学到一些做学问的方法。黎先生几十年如一日，广泛地随时随地地搜集语言材料并做成卡片，还对我说卡片要及时整理,不然就是一堆废纸。1978 年黎先生去世,享年 88 岁,遗体火化前,家属在他的上衣口袋中放上一支钢笔和一些白卡片。1991 年,黎先生诞辰百周年时,北师大、九三学社、"国家语委"、语言研究所在中山公园中山堂联合举行了纪念大会。北师大编辑出版了由曹述敬先生和我具体编辑的《黎锦熙先生诞辰百年纪念文集》。《语文建设》特辟了纪念专栏,"国家语委"副主任王均先生来信约我写篇纪念文章,我从语法研究、词典编纂、国语运动、汉字简化几个方面论述了黎先生的学术成就。

北师大中文系老一代的著名学者,我知道的还有鲁迅、钱玄同、杨树达、吴承仕、沈兼士等人。但予生也晚,没有见到他们。

北师大中文系在教学和科研方面有现在的声誉,是跟老一代的著名学者的耕耘分不开的。只要我们继承并发扬他们治学和教学的优良传统,在学术上勇于探新,在教学上不断革新,就一定能把北师大中文系越办越好!

(原载于《北京师范大学校报》2002 年 3 月 14 日、3 月 28 日第 4 版)

协助启功先生整理“三书”随感

赵仁珪

众所周知，启功先生是一位具有广泛而高度成就的国学大师。他在众多领域都横空出世，达到了极少数人才能达到的高度。如果把这些成就进行综合评价，即把不同时代的同一领域和同一时代的不同领域的成就进行综合评价，犹如某些竞技项目计算全能成绩那样，启先生绝对是一位名列前茅的旷世全才，是一位不是随便什么时代都能出现的，随便什么学者都能达到的奇才。我们应为而今能出现这样一位奇才而庆幸。而尤为值得庆幸的是，启先生至今头脑仍然十分清晰敏锐，可以继续发挥他的聪明才智。最近首发的六种书就是明证。这是启功著作的大丰收年。稍有遗憾的是，启先生的目力已不允许他自如地亲自操觚，有些著述需别人协助加以整理。我个人早就有志于进行“启功研究”这项工作，蒙先生不弃，参与了其中《启功韵语集》注释、《启功口述历史》《启功先生讲学录》的整理工作。

▲ 启功先生　摄影/栾敬

由于工作关系，我在 1981 年研究生毕业后的二十多年里，能经常登堂入室地受教于启先生，而在协助整理这三种书的时候，我有机会更多地聆听启先生的教诲。在整理这三种书的过程中，启先生不但为我讲解了许多具体的知识、丰富的学问，而且传授了许多治学的心得体会和宝贵经验。每一种书的整理都由先生进行十几个，甚至几十个单元的讲述。每次听他博闻强记、循循善诱的讲述，我都有如仰高山、如沐春风的感觉。其实在前几年，我协助先生做《论书绝句》注的时候，早就有这样的经历,我在那本书的跋语中曾写过几首小诗,其中一首说:"每趋函丈愧愚顽,仰望高原数仞间。幸得玄机聆夜半,依稀似可望庭轩。"这次三本书的整理使我又重温并加强了这种感受。

启先生是当今最著名的旧体诗人之一。如果和他的书法成就相比,我觉得真是难分轩轾。我很赞赏我书法界的一位朋友的评价,启先生的书法成就是可以直接元代大书法家赵孟頫的。同样我们也可以这样设想,从唐宋众多的一流诗人消逝之后,谁能直接他们的统绪呢?几乎没有。但幸好终究不断有人在尽力地继承着,并在某些方面有所发扬,特别是现代仍出现了一些卓越的人物。启先生就是其中翘楚之一。他的《启功韵语集》共收七百多首诗,名篇迭出,广被传诵。他的创作道路和创作风格代表了当今旧体诗词创作的根本出路:既要尽力继承,又要努力创新;既要保有传统诗词隽永凝练的韵味,又要创造富于时代气息的格调。而要达到这一点,既需要有深厚的功底修养,又要保有赤子般的性情,而这恰恰是启先生之所长。特别是他独创的风趣智慧的幽默风格,超越今古,自成一派。他的成就对方兴未艾的诗词创作无疑起到指导性的作用,这也正是我们要大力推荐他的诗的目的。而我每遇到今人对古人诗的理解有歧义的时候,总天真地想,如果那位诗人生前能预先解释一下就好了,这也是我极力撺掇为启先生《韵语集》做注的原因。我想,通过启先生的讲解,这些诗的基本意思应该有正确明晰的揭示了,这当有助于今后对启先生诗词的研究。当然,启先生不主张把诗解释得太坐实,研究者还有广泛的研究空间。

启先生的长寿使他将成为世纪老人。再加上特殊的出身与成长环境,他的经历便具有了特殊意义:它不但能反映出近百年来很多重大的历史事件,更能反映出在时代的大变革中,一个没落的皇族子弟独特而艰辛的成长经历和一个独具潜质的青年逐渐成材的过程。他的家族曾经见证了晚清很多重大的历史事件,他们的所见所闻,有的可以印证这些事件,有的甚至可以补充史书的缺载。启先生的成长曾受教于当时一大批一流的学者和艺术家,如傅增湘、陈垣、溥心畬、溥雪斋、贾羲民、吴镜汀、戴姜福及齐白石等诸先生,这些交往本身就具有宝贵的近代艺术史、学术史的史料价值,更使我们明白一个天才的出现,背后要有多少巨人的支撑。这些特殊的价值是在读一般的名人传记中读不到的。因此我早在十多年前就想协助先生整理一部这样的书。但这确实很为难先生:对自己没落的祖先如何评价、如何褒贬,确实很难措辞;回忆幼时孤儿寡母的辛酸,回忆成年后政治上的种种坎坷,都无异于重温痛苦,揭开心灵的伤疤。所以此书一直被搁置下来。但此书的份量大家都有目共睹,社会上方方面面都有所呼吁,启先生最终还是把为难和痛苦承担了起来，而把宝贵的资料奉献给社会。这是我们要衷心感谢他的。启先生在口述的时候，时而对辛酸的往事长吁短叹，时而对趣闻逸事开怀大笑，他是充满激情来口述这些历史的，我相信读者也必然会被他所感动，并从中受益。

启先生一生有很多名头，但他从来说自己的主业是教师。启先生从教已 70 多年，讲授过很多课程。但解放前近 20 年受资历所限，解放后 20 多年受体制所限，都未能很好地发挥他的特长。他兼长各种专业，诸如古典文学、经学、版本目录学、语言学，以及很多难以归类的各种杂学。严格地说，很难把启先生归入某单一的学科，在按过于严格分科分段的教学体制下，很难发挥他的才智与作用。所以真正能发挥他能力的时候，是在“文革”后带研究生期间。他先后招收了多届硕士生和博士生，期间讲授了很多生动新颖的、打通各种学科的令学生大开眼界、大长见识的课程。我们要感谢那些有心人把这些内容记录并整理出来，这就是现在呈献给大家的这本《启功先生讲学录》。我想，除了书中所讲的具体知识外，它还有两层更深远的意义：首先很好地向我们示范，要想成为名家大师必须先具备通才通识，在博的基础上才谈得上专，死守一隅是难成大器的。其次要向启先生学习治学的思路和方法。这本书仅限于是笔录，所以不可能有很多系统的论述与论证，但它却有很多新颖独到、启人心智的观点和思想，顺着他的思路考虑下去，必会对文学史、学术史、古籍整理学有更深入、更创新的研究。这正是此书对学术界的贡献。

这三种书的编写还有这样一个目的：现在社会上造启先生假的越来越多，不但假字画充斥市场，而且假事迹、假交游也逐渐冒头。这三种书就是想力求给大家提供更多更准确的信息，以便有利于“启功研究”的健康发展。

在协助启先生整理三书的过程中，我不但学到如何做学问，更学到如何做人。说一千道一万，启先生高度的学术成就是和他高度的思想境界和高度的人品修养分不开的。他热爱国家、热爱生活、热爱事业，具有仁者的慈爱、智者的理性、哲人的洒脱、诗人的性情。他本人就是一部学不完的大书，值得我们认真努力地研读下去。古人云：“言之不足故咏叹之”，我在整理完这三部书稿之后，写下了三首《虞美人》的小词，聊以概言一下我太多的感受。

《听启先生口述往事》：“本期心静如池水，一石涟漪碎。荡开多少旧时情，恰似扁舟一叶浪中行。任人评说功与过，我自求真我。何须转语作轻言，往事如烟还是不如烟。”

《为启功韵语集做注》：“八分六法称双绝，诗笔更清越。缘何弱管有神功，心画心声总自性情中。多蒙绛帐传诗要，怜我差堪教。不须立雪沐阳春，拾得吉光片羽作家珍。”

《整理讲学录有感》:“每翻笔录每回忆,情景犹昨历。恰如旧照逐张翻,廿五年前风采尚翩翩。纵横捭阖谈今古,如指家珍数。通才何处觅仪型,此册博观约取足为征。”

（原载于《北京师范大学校报》2004 年 8 月 27 日第 4 版）

散文型哲学家

周桂钿

▲ 张岱年先生

在二十多年的交往中，张岱年先生每次出书，都送给我一本，一共送给我十多本单行本的书，又送给我一套《张岱年全集》八卷。我出版的著作也都先送张先生一本。

我与张先生交往中，多次亲聆教诲。印象较深的回忆如下：

讲到中华民族优秀传统时，他说到“自强不息”和“厚德载物”，也讲到独立人格，引孔子的话说“三军可夺帅也，匹夫不可夺志也”（《论语·子罕篇》）。这些话，我是多次听到过，是张先生比较重视的格言。我也深受影响。我撰写了一本《不公平竞争》，其中主要观点就是不着重竞争的条件，要强调与自己争，与自己的弱点争，战胜自己的弱点，才能取得成功。与别人争，重要的是要采取正当的手段，避免采用不正当手段。提倡正当竞争、公平竞争。

谈到庄子哲学，张先生说：“庄子提出的问题多而且深刻，是汉代以后所不及的。”后来我看到鲁迅、顾颉刚、闻一多等许多名家都对庄子哲学评价甚高，都认为是先秦时代最高的代表。鲁迅说：“晚周诸子之作，莫能先也。”顾颉刚说：“《庄子》是战国时代最高的哲学代表。”闻一多认为自己崇拜庄子超过所有其他圣贤，达到疯狂的程度。但是，全国流行的中国哲学史教材中都是将庄子作为反面的角色，说他的宇宙观是唯心主义的，方法论是相对论的，认识论是不可知论，人生观是悲观厌世的，是没落奴隶主阶级的思想代表。为什么评价如此悬殊？我苦苦思索了几年，后来写了一篇《庄子新论》（刊登在北大哲学系办的《哲学门》第二期上)阐述自己的研究成果。

在一次中华孔子学会的前身中国孔子研究所的会议(北京孔庙)上,我问张先生:“学术界有人想将您也列入当代新儒家。您有什么看法?”张先生大声说:“我不是新儒家!”又指着我说:“你也不是新儒家!”我说:“我们都是用马克思主义观点方法来研究儒家思想,并不是新儒家。也像宗教研究者不是宗教信徒那样。”张先生同意我的意见,只说了一声“是”。

在一次中国哲学史学会的年会(爱智山庄)上,张岱年先生说,大家给冯友兰先生庆祝九十大寿时,冯友兰先生引了庄子的话:“举世而誉之而不加劝,举世而非之而不加沮。”表示很受启发,应该以此为座右铭。他说:“我给加个横批:早该如此。”理论坚定性是很必要的,做到也很不容易。我想,理论家可以尽量不说自己不愿意说的话,尽量不为了某种个人利益而说讨好权势者的话。

我到日本讲学时曾经提到庄子这句话,说明庄子思想的深刻,绝顶聪明的冯友兰先生到九十岁才悟出庄子这句话的深刻性。冯先生最后撰写的《中国哲学史新编》(修订本)第七册按自己的想法写,没按别人的意思进行修改,表明了冯先生不以举世的毁誉为念的理论坚定性,保持了理论家的晚节,令人钦佩!

有一次,我们在一起讨论关于中国哲学与辩证唯物主义的关系问题。张先生说:张载是唯物主义者,又有辩证法思想,他的唯物主义与辩证法有机地结合在一起,形成的体系为什么就不是辩证唯物主义?王夫之也是将唯物主义与辩证法有机地结合在一起,为什么不能说他是辩证唯物主义者呢?

在哲学界,似乎辩证唯物主义是马克思主义哲学的代名词,不许别人染指。有人提出辩证唯物主义是马克思以前就有的,早由资产阶级哲学家提出来过。哲学界讲到中国古代的哲学,只能是朴素的辩证法和朴素的唯物主义,成了一种套话。到底什么叫“朴素”?如何才不朴素?没有人去搞清楚它。真理是一个过程,哲学思想是连续发展的,过去的哲学都是朴素的,现在就不再朴素了?究竟有没有那样一个界限?如果再过二百年,现在的哲学会不会也被划入“朴素”类?过去几千年都是朴素的,先秦的朴素与汉唐的朴素,以及宋明的朴素是不是有区别?早朴素与晚朴素,大朴素与小朴素,有没有差异?毛泽东以特殊的身份,讲到中国先秦时代的墨子是中国古代辩证唯物论大家,没有得到学术界的认可。有人提出马克思主义是实践唯物主义,受到抵制与批判,完全是可以预料的。

1985 年我获得美国王安研究院汉学研究奖助金的资助,花两年比较完整的时间研究董仲舒哲学思想。1987 年写成,1989 年 1 月出版。给王安研究院写推荐信的是张先生,给此书写序的也是张先生,但在河北人民出版社出版的《张岱年全集》第八卷中没有收入这一篇序。

我们经常祝张先生“健康长寿”,他也曾经跟我谈到健康与长寿的问题。关于健康,我问到张先生有什么保养身体的经验,他说没有。我又问他,青年时参加过什么体育锻炼?他也说没有参加过体育锻炼。有什么生活习惯?他说也没有什么,只是每顿饭后半小时内不看书,也不读报。张先生有一次告诉我,太长寿了有时也不好,像冯友兰先生那样,眼睛看不见了,生活不能自理,很麻烦别人,成为社会和家属的负担。张先生认为长寿不是他的追求,他既不为了某种功利,加班加点,拼命工作而影响健康,也不会无所事事而虚度时光。他每一天都从容地做着自己应该做的事。

2004 年 2 月 4 日是立春,那一天上午,我拜访张岱年先生,问了几个问题,并照了几张照片。一是以前他说自己是马克思主义者,不是新儒家。现在有没有改变看法?他明确回答:“没有改变。”二是我认为杰出的哲学史家必定是哲学家。您对此有何看法?他回答:“我同意这种看法。”三是您的人生体悟是什么?有什么格言?他回答:“前年还能写短文,去年不能写了,还能走出门,今年身体就差了。九十以后,一年一个样。自强不息,厚德载物。这是我的生活基本原则,也就是格言。”四是养生的体验是什么?他回答:“任其自然,不勉强。”对于生死,看得很开,该死就死。五是中国哲学史方法论,您写过著作。您自己是如何研究的?他说:“冯友兰先生是研究中国哲学史,我是研究中国哲学,不是史,是论。”

张岱年先生曾跟我说哲学家有三种类型:一是散文型;二是诗歌型;三是戏剧型。散文型,平实而崇高;诗歌型,跳跃而浪漫;戏剧型,一生中有许多戏剧性的经历。他又说,孔子是散文型。老子是诗歌型。墨子是戏剧型。我问张先生是什么型的。他说自己是散文型的。张先生给自己的处女作署名“宇同”,是宇宙大同的意思。胡适首创用西方哲学模式来研究中国哲学,使中国哲学的研究脱离经学模式。张先生采用西方哲学的方法研究中国哲学,利用中国哲学的原有概念,又加以综合创新,形成有中国特色的哲学。因此,我认为张先生对于中国哲学的贡献比胡适还要大。在悼念哲人之际,写一挽联志之:

散文型哲学家,平实而崇高,类似孔子;

一统式宇宙论,综合又创新,功过适之。

哲人永别兮,智慧长存!名师远去兮,风范不朽!

注:张岱年先生 1928 年 9 月考入我校教育系,1933 年毕业,1950 年曾任我校教育系兼职教授。

(原载于《北京师范大学校报》2004 年 4 月 30 日第 4 版)

精神深处的变化

周之良

新中国60年巨变,有物质方面的,还有精神方面的。后者是最为深刻的变化。大学的发展变化更是如此。从前,学府里也有些勤奋的学人,但是除少数先进分子以外,有明确的崇高的理想信念的人并不是很多,有些人读书、教书只是为了个人谋生或者兴趣。新中国建立以来,在党的教育方针的指引下,人们的精神面貌焕然一新,视野开阔了,思想觉悟了,事业心、责任感增强了,把学业同事业联系起来,实现了人生最有意义的大转折。这样的变化,虽然很难用数字和图表来表示,可是它确实发生了,而且就发生在你我的身边,体现在学校的方方面面和遍布祖国各地的校友身上。

北师大人世世代代在为高水平、高质量而奋斗,而这一切首先落实在人的思想品质上。有了高尚的人,才可能创造高水平的业绩。同众多名牌大学相比,北京师范大学的办学条件是比较差的,我们凭借什么攀登高峰,凭的就是广大师生对祖国、对人民负责的思想意志和严谨求实的教风学风,这是最珍贵最本质的东西。北京师范大学光荣传统中的主线是与祖国同呼吸、共命运,是"学为人师、行为世范"。这与现在说的"育人为本、德育为先"的思路一致。育人,是人类最伟大的高精尖的工程,人在精神深处的变化是最具根本性的变化。

当年我学过的课程,有些已经淡忘,只有师大精神铸就的品质作风,却一直在激励着我不断进步。人生的荣辱沉浮难以完全由自己掌控,只要对人生的理解是积极的,在社会生活中定向定位是准确的,有强烈的责任意识为主导,就能为社会主义祖国做出贡献,创造辉煌的人生。人们常说感谢祖国和母校的培养。我觉得,其中最难忘的则是祖国和母校教育使我懂得了人生的意义,育我成人。

育人以德育为先。德育工作是重要的,也是难度极大的。共和国在曲折中发展,德育工作也曾受到各种干扰。但是曲折也锻炼了人,使人的思想更加理性、更加成熟。真正学到一点辩证法,不完全是靠书本,更重要的是靠充满风浪的实践体验。前年有几位毕业生就要离校了，我问他们，大学四年最大的收获是什么？有一位同学说，是对人生的思考；另一位同学说，是对人生的理解。他们还都曾提到在志愿者活动中受到了很好的锻炼。我不知道这些同学现在何处工作，但是他们的话语却一直留在耳边。积极地思考、正确地理解，才可能找到人生的目标和归宿，这对人的一生都是有益的。

人是要有一点精神的，关注人的精神性生命的成长当是大学的灵魂。北师大之所以能够与祖国同步走向辉煌，要归功于有一大批名副其实的灵魂工程师。他们教书育人，管理育人，以身示范，播种真理，培育青春，并把师大精神远播四海。这样工作，可能自己并无显赫业绩，但功在他人、功在后世。能为社会主义大业输送合格人才，也就足以告慰母校的百年历史了。新一代学人在已有的基础上继续前进，一定会把学业与事业的关系处理得更好，拒欲脱俗，站得更高，飞得更远。事业，只有事业才是永恒的！

（原载于《北京师范大学校报》2009 年 9 月 25 日第 3 版）

我的童年与青年时代

谭得伶

我是个很平常的人，现已年过八旬，也算作“八零后”啦！我一辈子只做过两种人：学生和教师。前25年是学生，后60年是教师。在这儿谈谈我的前25年。

苦难的童年和少年

我出生在知识分子家庭。父亲谭丕模，1922年考入北京高等师范学校，次年学校改为北京师范大学。父亲是改制后北师大国文系的首批学生，1928年毕业。母亲翟凤銮也于1928年在北师大与父亲同专业同班毕业。父亲学生时代一直追求进步，毕业后在北京《新晨报》工作，1930年到去世一直任高校教授。他是坚定的抗日分子，是20世纪30年代最早用辩证唯物主义和历史唯物主义观点研究中国文学史的学者之一，1937年在长沙加入中国共产党。母亲毕业在北师大图书馆工作八年后，一直任中学和大学教师。

抗日战争前我家生活比较宽裕。1937年“卢沟桥事变”时，母亲带着姐姐和妹妹已回到湖南长沙外婆家，父亲带我在北京。母亲来电急催父亲回长沙，父亲带着我舍弃了全部家产经天津、烟台、南京绕道回到长沙。从此我们的生活一落千丈。

1937年，我五岁，那年到1949年，本应是我读小学和中学的时间。小学应读六年，我只读了三年半；中学应读六年，我只读了五年。十二年中我只有八年半在学习，三年半在逃难，我们全家也是颠沛流离。这全是日本帝国主义的侵略造成的。

1937年至1942年夏，我在湖南的六个城市逃难。1937年回长沙后，父亲在民国大学教书，同年参加了中国共产党（未公开党员身份），并任湖南省工作委员会的宣传部长。1938年上半年，我在长沙读初小一年级下学期，下半年因日寇侵占武汉，长沙吃紧，逃难半年。1939 年初，民国大学迁往更偏僻的湘西县城溆浦。我在那里跳了一级，直接念初小三年级和四年级。那时生活十分贫困，写字时有一段铅笔头儿就算不错了。因为贫困动荡，1941 年上半年我又失学了。

1941 年我九岁，是记忆深刻的一年。这年夏，民国大学迁往刘少奇的故乡宁乡。这时我家生活已难以维持。母亲带着两个妹妹（后来小妹妹夭折）回到父亲的老家祁阳，投靠父亲的二嫂。母亲在县城教书养家，父亲带着我、姐姐和弟弟去宁乡。但父亲很快发现，一个人的工资养活不了四口人，于是又将姐姐和弟弟送回老家。因为我已在宁乡上小学，就留在宁乡。谁知这时日寇进犯长沙，宁乡吃紧，不得不逃难，父亲的同事好友，民国大学的教授，儿童文学作家张天翼（我的干爹）夫妇带着我逃难。所幸后来长沙回到了我军手中，于是父亲回到了宁乡。父亲的工资也养活不了我们两个人。有时我们煮粥充饥，晚上没有钱买油点灯，父亲就常带我去朋友家串门，回到家后划一根火柴铺床睡觉。除夕之夜，也这样过。幸好父亲有一位亲戚的儿子在民国大学读书，他有点钱，送了我们一点吃的。这件事我终生难忘。1942 年初，生活实在维持不下去了，父亲把我也送回老家祁阳，我在那里读了五年级下学期。这就是我全部的小学生活。

1942 年，父亲被民国大学解聘，他转到广东坪石中山大学师院任教。母亲则在湖南零陵（今永州）一所私立中学教书。该校教师的子女上学可以免费。为了减轻家庭负担，母亲希望我上中学，我也同意。那年我刚满十岁，刚读完小学五年级。要想跟上班级很是辛苦。我拼命学习，因此常常闹病。1942 年至 1944 年间，我读完初中一、二年级。

1944 年至 1945 年是最艰苦的一年。1944 年 4 月到 12 月，日寇发动了豫湘桂黔战役。这是日军侵华期间发动的规模最大的战役，大片国土沦丧，6000 万人陷于敌人的铁蹄之下，几十万人流离失所，每天死亡人数以千计。1944 年 6 月，父亲听到衡阳告急的消息，立即赶回零陵，和家人商量今后的去向。父亲认为，虽然生活千辛万苦，但绝不生活在日寇的铁蹄下，于是全家又准备逃难。这一次逃难与以往不同，首先，客观条件非常不利。抗战期间，全家从北平逃到湖南，在湖南境内奔波，尽管物价飞涨，生活水平大大下降，但毕竟离前线还比较远，父母亲还有工作，还有生活来源，孩子们好歹还能上学。而这一次却是全家孤军奋战，没有生活来源，而且上有老下有小。最要命的是敌人在后面紧追。7 月初，衡阳城内已昼夜燃烧，全家匆忙逃往广西永福。9 月中，日寇占领了广西全州，全家再往贵州逃。12 月初，日寇攻陷贵州独山，这里已接近黔桂铁路的终点，我们不可能再沿铁路线逃难，只好避开去贵阳的大道，来到都匀以东的小县城炉山。从零陵到炉山行程

1500 公里。这半年，我家和其他千千万万的中国人一样，饱尝了道路崎岖、居无定所、饥寒交迫、举目无亲的艰辛。可以说，湘桂黔逃难是万恶的日寇将中国人民再一次推向苦难的深渊，这是全中国人民经历的又一场大劫难，也是我们一家经历的最大劫难，让我刻骨铭心，终生难忘。逃难行程极度艰辛，多次遭遇敌人轰炸，途中曾在五六个地方停留过，每次出发都是在日寇逼近之时，坐敞篷车、爬火车顶，甚至徒步行走，此期间主要靠变卖衣物和摆红薯摊、采集野菜等度日。

幸运的是，1945 年 1 月，正当全家在炉山陷入生活绝境时，遇到了桂林师院疏散途经炉山的师生。院长曾作忠是父母在北师大的同学，教务长林励儒是父母在北师大时的老师。该院师生是经历了千辛万苦迁往贵州平越（今福泉）时路过炉山的。他们热情邀请父母去桂林师院任教。父母欣然前往，这样结束了历尽艰辛的湘桂黔逃难行程。父亲在桂林师院任国文系教授兼系主任，母亲任国文系副教授。

1946 年初至 1949 年长沙解放。1945 年 8 月，日本帝国主义宣布无条件投降，中国人民浴血奋战 14 年，终于取得胜利。1946 年 1 月桂林师院迁回桂林。这一年我在桂林中学和师院附中读“初中三上”和“高中一上”（其中跳班半年）。1947 年初到 1949 年初，我在南宁师院附中读“高中一下”到“高中三上”。这几年我和同学们一样，积极参加了爱国民主运动，学习了专业知识，阅读了进步书籍，思想有了不小的进步。

1946 年 6 月，蒋介石发动全面内战。桂林师院进步师生开展了争取和平民主、反对内战的爱国民主运动。父亲以满腔热情参加了这场运动，写了许多文章，参加了许多活动。国民党教育部为了平息民主浪潮，切断桂林师院与广西大学的联系，于 1947 年初强迫师院迁往南宁并改名南宁师院。师院师生在南宁掀起声势浩大的护院运动和反饥饿、反内战、反迫害的群众运动。在这场运动中，父亲始终站在斗争的前沿，与进步师生同呼吸共命运。此时曾作忠院长已被迫辞职，南宁师院教授会以父亲、汪士楷（邓小平旅法勤工俭学时的入党介绍人）等教授为中心全力支持学生爱国运动。1949 年 3 月，新任院长政客黄华表致电国民党教育部，诬告谭丕模、谢厚藩、汪士楷、王西彦（著名作家）四位教授煽动学潮，予以解聘，并将师院立即解散。四位教授感到在广西难有作为，又考虑到湖南会比广西早解放，决定离开南宁，启程返湘。令我难忘的是师院学生对四位教授的送别场面和到达长沙后的那些日子。

从南宁到长沙路途十分艰险。因为 1948 年 10 月父亲曾患严重的胃溃疡，吐血不止，病情危急，曾经六昼夜禁食禁水，许多在校和已毕业的学生拿出自己节约下来的钱购买盘尼西林为他治病,好不容易才抢救过来。经过一个多月的调养,父亲还只能翻身,不能下床行动。1949 年 4 月 6 日,细雨迷蒙,我们离开南宁,这时父亲身体还非常虚弱,是被人抬上车的。那天,师院数百名师生举着"惜别送行"的条幅前来送行。父亲后来回忆说:"我们离开师院的那天,天正在下雨。我因病由人抬上车。同学们拥挤在车四周,汽车慢慢地向前开,同学们哭着为我送行。他们跟着车跑,呼喊着'要求民主''反对迫害'等口号,还唱着革命歌曲。这情景,真令我难忘啊!"

回到长沙后,全家虽然失业失学,但毫不悲观失望,而是积极投身于迎接长沙解放的活动中。父亲和汪士楷为和平解放长沙做了许多工作。经父亲介绍,我和姐姐参加了长沙市妇女联谊会(民主妇联的外围组织)的许多活动。我们努力学习进步书籍,经常去女中和工厂向学校师生和女工宣传党的方针政策,为解放湖南做舆论准备。长沙解放前夕,敌人疯狂镇压革命志士,父亲教我们学会秘密斗争,学习如何保护自己,保护同志。当我们深夜外出时,教我们将《中国往何处去》(即毛主席的《新民主主义论》)包在衣服里面,外面裹上一层丝绸。深夜回家后,教我们将革命书刊藏在米缸里,以防特务搜查时被发现。经过这段斗争的锻炼,我们的思想有了很大的提高,为迎接解放军进入长沙做了一些工作。这年 8 月,长沙和平解放。姐姐在解放前夕的 7 月参加地下党,年仅 15 岁的妹妹在长沙解放后立即参加了人民解放军。长沙解放后不久,父亲任湖南大学中文系教授兼系主任,母亲也在湖南大学教书。

八年大学生活

中华人民共和国成立后,我读了八年大学:1949 年至 1950 年,在湖南大学外语系读书;1950 年至 1952 年,在北京俄文专修学校(今北京外国语大学的前身)学习;1952 年至 1957 年在苏联学习。1957 年,从莫斯科大学语文系毕业后被分配到北师大中文系,也就是今天的文学院工作至今。

长沙解放后,党组织派姐姐来北京,让她进入北京俄文专修学校学习。该校 1941 年在延安建校,1949 年迁北京,即今日的北京外国语大学。那时我认为,革命大学和军政大学的学生都是只学习 3 个月或半年后就立即参加工作,自己还很幼稚,不能这么早参加工作,于是报考了湖南大学外文系,并被录取。姐姐和妹妹离家后都进步很快,我非常羡慕。1950 年暑假,姐姐回长沙探亲时,我坚决要求同她一起来北京上学。

1950年8月，我和姐姐到达北京，不久我也进入俄文专修学校学习。万万想不到的是，9月，即我们离家后仅25天，母亲突然因病去世。父亲为了使在京的两个女儿能安心学习，竟然强忍悲痛，向我们隐瞒了母亲去世的消息达4个月之久。母亲的去世，对我们是严重的打击。而父亲对此事的态度使我们深受教育，铭记终身。

新中国成立后的近十年间，父亲给我们写了许多信，可惜大多未能保存下来。连母亲去世的消息也是通过书信告诉我们的，以免我们难以接受。六十多年过去了，今天，我们重读这些信，仍然感到心潮澎湃，激动不已，热泪盈眶。字里行间透出的是父亲那博大的胸怀、对子女无微不至的爱护和无私的自我牺牲精神，透出的是他的民主作风和高尚的人格魅力。

在我们子女心目中，父亲既是严父，又是慈母。所谓严父是指他对子女的要求是严格的，但总是循循善诱，从不训斥责骂。许多人都羡慕我们有这样一位作风民主、毫无"父道尊严"、能做子女知心朋友的好父亲。母亲去世后，他更是挑起了严父和慈母的两副重担。他的谆谆教诲成为我们进步的动力，他的高尚品德是我们用之不尽的财富，他的言传身教为我们树立了终身学习的榜样。

皖南事变后，父亲同组织失去了联系。1950年，党组织在审查了他的全部历史之后让他重新入党。

1953年至1958年，他任北师大中文系教授和古典文学教研室主任。这五年，他在教学改革、学科建设、团结老教师、培养年轻人等方面做了大量工作。1958年，他作为中国文化代表团团员赴阿富汗和阿拉伯联合共和国访问，途中因飞机失事牺牲。同机的16名烈士安葬于八宝山革命公墓。父亲的突然牺牲对我来说更是沉重的打击。

父亲去世已半个多世纪，母校北师大没有忘记他，仅在1994到2013年的20年间，北师大出版社出版了有关他的四本书：两本是他的学术著作，《中国文学思想史合璧》（1994）和中国现代学术经典《谭丕模卷》（2013）；一本是纪念文集，《文学史家谭丕模》（1999）；一本是评传《文学史家谭丕模评传》（2005）。评传有20章，由13人执笔。多数执笔者是他的学生和朋友，子女只写了五章，不到五分之一。这几本书展示了父亲的学术成就和为人，也反映了他的战友和学生对他的深深怀念。

2005年，当《文学史家谭丕模评传》出版时，文学院召开了出版座谈会，会上气氛十分热烈。与会者盛赞评传的出版，并追思父亲献身革命、严谨治学、辛勤育人的种种事迹。这一切说明，父亲虽然去世半个多世纪，但他仍然活在后人的心中。

新中国成立后,我个人有两次好的机遇。一个是1950年我跟姐姐至北京俄文专修学校学习,如果我继续在湖南大学学习,可能就没有机会被选派去苏联学习。另一个是母亲去世后父亲坚决反对我回长沙读书并照顾他。人们常说,母爱是关怀,父爱是放飞,对此我体会深刻。父亲不让我回到他的身旁,要我留在北京学习,就是放飞,这给我提供了许多发展的好机会。当然最重要的还是遇到国内发展的好形势。新中国成立后,百废待兴,急需培养大量人才。1952年,中苏两国签订了关于接受中国留学生去苏联高校学习的协议。当年就从各高校抽调两百多名学生到留苏预备部学习政治,然后去苏联。其中大多数是学理工农医的学生。至于派我们去学俄语,听说是因为俄文专修学校当时的校长师哲(曾任毛主席的翻译)的建议,他认为他们那一代俄语翻译人员日渐衰老,急需培养年轻一代。于是从北京、哈尔滨、上海、大连等俄文专修学校选派了28人去苏联学俄罗斯语言文学。这次选派是非常严格的,留苏学生首先要过三关,即学习成绩优秀、政治审查合格和体检合格,可说是"优中选优"。

出国前,刘少奇同志在中南海怀仁堂专门接见了我们,向我们提出了殷切的希望和嘱托。一是希望我们继承和发扬革命前辈艰苦奋斗、不怕牺牲的精神,把留苏学习当做革命任务来完成,克服重重困难,把建设新中国的本领真正学到手;二是希望我们深入观察和正确对待苏联的现实生活,虚心向苏联人民学习,增强中苏两国人民的友谊。他还说,新中国百废待兴,要用钱的地方很多,在国内培养一名高校毕业生,要花费十几个农民一年的劳动所得,派你们出国学习,更要花费好多倍的代价。你们要牢记祖国的托付和希望,刻苦学习,每门功课都要得5分,至少4分。这番临别赠言让我铭记终身。这五年,我真的没想别的,只想如何努力学习,将来好为祖国服务。

在苏联,我们读的是综合大学的本科,一共五年。最初三年,我们六人(后来留在北师大任教的有刘宁、陆桂荣和我,在武汉大学任教的有吕敞、金大辛,在南京大学任教的有陈敬詠)在伏尔加河畔的萨拉托夫大学学习。像所有的留学生一样,我们在学习上遇到很大的困难。我们不分寒暑假,不分节假日,分秒必争,每天学习达十五六个小时。当然,苏联老师和同学也热情地帮助和关心我们。五年中,我们没有回过一次家,终于完成了全部学业,而且取得了较好的成绩。

苏联高校课程内容丰富严谨。前三年,我们对俄罗斯文学语言的基础理论和基础知识打下了系统坚实的基础。后两年因刘少奇同志的关怀,我们六人转学到莫斯科大学学习。莫大更多培养了我们独立科研和学术创新的能力。莫斯科大学是全苏最高学府，世界知名大学，语文系有一批苏联国内外知名的学者，学术气氛极为浓重。在莫斯科，我们的眼界也进一步开阔，频繁地穿梭于各大图书馆、博物馆、大剧院和作家艺术家纪念馆之间。正是在俄罗斯文学的故乡，我们开始领略到俄罗斯文学的魅力。

谈起这25年，思绪万千，希望看到这篇文章的年轻人能利用当前大好形势，潜心学好本领，为祖国攀上新高峰贡献力量。

（原载于《北京师范大学校报》2018年7月15日第4版、9月30日第4版）

怀念钟敬文先生对我的教育

董晓萍

2002年，师大百年，钟老百年，双百双庆，正是一个好日子。然而，校庆日到了，钟老却走了，进入了北师大已故国学大师的史册，这让我更加怀念钟老。晚清时期，北师大始建，成为中国最高师范教育学府，但在北师大设立民俗学教育，却是近半个世纪以后的事，是由当时已享誉国内和东南亚地区的民俗学家钟老带来的。在钟老晚年时，我曾忝任他的学术助手，他送过我一本梁启超的《中国近三百年学术史》，并在扉页上题字嘱读："晓萍博士存览 静闻赠 丙子除夕"。此书至今还在我的书架上，而我们师生已成隔世之人。

钟敬文先生是对中国现代百年学术史做出了特殊贡献的人，他一生开创了民俗学和民间文艺学两门学问。民俗学家是发现民间文化的人，在世界各国的民族独立和民族文化振兴运动中，都受到国家和人民的尊敬，赢得很高的历史评价。钟老在此事上的特点有三个。一是高度的爱国热情和对人民的深厚感情。他参加过五四运动，那是整个20世纪将爱国热情和平民意识最早结合在一起的一代人。二是西学中用。他早年留学日本，学民俗学，又把五四精神沉淀在学问中。但民俗学是西方的学问，在西方发展很快，来到中国，要与中国博大精深的文化传统相结合，变成一门中国学问，需要极大的勇气、忘我的专注、深厚的国学功底和不懈的奋斗，钟老是具备这些条件的人。三是长途跋涉。他在改革开放后主编了两本高校教科书，一本是《民间文学概论》，从写出第一部讲稿《民间文学纲要》，到出版此书，先后50年；一本是《民俗学概论》，后来再用了8年。他的治学态度、严谨学风和坚毅品格都在这里了。他在晚年终于提出创立中国民俗学派的学说，是水到渠成的结果。我在国外时，他写信给我，要我学成后为祖国服务。他还对我说："辜鸿铭、陈寅恪、季羡林，都学西洋学问，以后都转过来搞中国学问，终成大器"，意味深长。近年来，许多年轻研究生喜欢读西方书，他不反对，但认为这只是过程，不是结果。他告诫大家："一言山重须铭记，民族菁华是国魂"，弟子们引为警策。他无愧弘扬民族优秀文化的宗师楷模。

钟老对中国现代学术的贡献是多方面的,在诗歌、散文方面也是卓然大家。他尤重诗学,曾在中央电视台《东方之子》节目中说,将来他的墓碑写上“诗人钟敬文”五个字就够了。他非常强调做中国知识分子应该懂得欣赏中国诗歌,认为中国人的文化渊源和人格涵养都在诗歌里有所表现。他自己的一身书香也都在诗里。在北师大,他和启功教授是至交,两老都有极高的诗学修养,谈诗论道,相得益彰。有一次,他对我说:“百花文艺出版社给我出一本散文集,我送给启老一本,事后问他印象如何,他说:‘白话《蚕尾集》。’”《蚕尾集》是清初神韵派诗人王渔洋的作品,诗作多写日常生活和人生情怀,钟老十分喜爱,据说年轻时迷恋《渔洋山人著述》。他对我说:“启老评价我的文章是王渔洋著作的白话体,这话是从他的学问中来的,没有他那种古典文学修养的知识分子,说不出这个话。”他也爱启老的书法,更称服启老对书学和人学的理解,对我说:“我请启老教我写字,他看我这么老了,不说不教,说:‘你看他,写字手都不抖!’”钟老一边说,一边笑,以为启老的过人天分、实事求是、幽默机智和渊博学识都在话中。他们是他们那一代人的精华,能通过诗学修养的中介,把学问化为人生情操,实现了两者完美的统一,值得广大后学学习。

钟老从20世纪40年代起当研究生导师,以后长期指导研究生,有60年的“导龄“。但他从不以此自居,而始终对这项工作高度敬业和不断发展新的成果。改革开放后,钟老被国务院学位办授予首批博导,以后却五年没招生,表现了对我国恢复研究生制度和建立博士生培养制度的高度重视,以及自己极端认真的态度。我有幸成为钟老的第一个博士生,是先生的错爱,我终生不忘。他晚年继续率领弟子实行教学理论与实践改革,平均每两三年上一个台阶,教研室几乎拿了校、市、省部和国家级的各种奖励,得了“大满贯”,我从中能感受到他巨大的思想劳动。先生在诸弟子中还进行互动教育,把民俗学的队伍连成一个整体团队。一次,他在文章中写到一个20世纪50年代的弟子,学问扎实、人品高洁,用了“冰山上的莲花”一句形容,我抄写时,顺手在“莲花”前面加了一个“雪”字,成为“雪莲花”,不经意交上去,被他发现,得到表扬,我深知是先生虚怀若谷,表示思想和比喻都是先生的,我充其量是附骥之尾而已,他却说这叫教学相长,以后又说到雪莲花既高洁,也有独立精神,搞学问、做事情也如此,要遵守规律,也要独立前行,不断进取。他就这样教我、考我,引领我走向更广阔的学术天地。

2002年1月,是我生命中的一个“悲冬”,钟老静静地离开了,去一个他能去而常人不能去的地方。从此我们师生天上人间,再也不能见面,他也再不能来参加北师大的百年庆典了。但我敢说，倘若他在世，即便住进医院，他也一定会说服大夫前来与会的，他始终是以发展师范教育为己任，以普天下人民的快乐为快乐的。北师大，一个首例开创民俗学高等师范大学教育的大学的校庆，不也是“与民同乐”吗？然而，他毕竟第一次，也永远地“缺席”了，这又叫人痛定又痛。在这段哀痛的日子里，我才发现，民俗能够止痛，广大人民所享用的民俗，总能把沧海桑田星汉升沉的变迁，说成一个美丽的故事，故事能把人带到一个边缘的地方，人在那个边缘地带能够惊奇地发现，盘古倒下而化日月星辰、女娲抟土而生亿万斯民，百年钟老还是“人民的学者”，于是大悲反生大喜，生死两界化一，我和先师在故事里相遇，听他说把民俗学教育进行到底。

（原载于《北京师范大学校报》2002 年 10 月 10 日第 4 版）

愧无佳绩报师恩

秦永龙

黎老指引 得遇恩师

我在中文系读书的时候，跟启功先生原来只是一般的师生关系，真正跟启先生学书法是从 1974 年开始的。当时我作为北师大中文系留校的青年教师，受学校的委派，常给家住校外的著名老教授黎锦熙先生送文件。黎先生很关心晚辈，他知道我喜欢古典文学，喜欢练书法，就有意推荐我去向启先生求学，这正是我早就有的愿望。黎先生让我帮他送书给启先生，同时为我写了一封“介绍信”，我骑着车带着书和信就去找启先生了。

▲ 照片为启先生与秦永龙 1998 年在日本的合影

启先生一看黎先生的信，乐呵呵地说：“你想学写大字啊。”我说：“对，我特别想练字，我早就知道您很有名，可是您不认识我。”先生说：“咱们不是一个系的吗，你想学写字不找我？”我说：“我今天不找您来了吗？”于是就说起练字的事来。启先生说：“练字没有别的，就是得临古帖，认真地临帖。练字一定要临墨迹，碑刻的东西经过刻、锤、拓以后都看不清楚了。”他顺手拿过一本智永《真草千字文》，说：“这个墨迹看得非常清楚，丝丝入扣，这就给你吧。”同时还送给我几本其它的碑帖。这些碑帖我现在还珍藏着。那次谈书法谈了个把小时，先生还说：

"你知道门儿了,以后要乐意就常来。"

从那以后我就真是常去了。当然也不是三天两头去,我练了一两个礼拜就拿我临的字去请他指教,每次先生都口讲指画,耐心给我批改。这样的当面授教起码有十多年。从1984年以后,我跟先生一起编过《书法概论》《书法常识》这些书,接替先生给学生上书法课,我的文字学研究也逐渐与书法结合起来,经常得到先生的点拨。先生又介绍我加入中国书协,1998年推荐我书写启体字模。接触的时间长了以后,我了解他,他也非常了解我,并且很信任我,什么都跟我说。我跟启先生的关系,是一般的师生关系所不能比拟的。我跟启先生学习书法几十年,从1974年一直到现在,先生不知为我花费了多少心血!

承蒙面授 如沐春风

启功先生教学生极为仔细,从不用训斥的口吻对学生说话。他先夸你写得好的,如果写得不好,他也不直接说不好,而会说"这一笔如果再斜一点,这笔比那笔再短一点点就好了"之类的话。记得陈垣校长百年寿辰的时候,启先生写过一篇《夫子循循善诱人》的文章,讲陈垣老校长是如何引导学生的。启先生完全继承了陈垣老校长以鼓励为主的教学方式。

说到启功先生会教育人,我有一事终生难忘。那是我分到古代汉语教研室教了几年古汉语后,我决定去广州的中山大学古文字研究室学习古文字。我当时对古文字一窍不通,心里有点发虚,临走前两天就去找先生。先生没有直接跟我讲大道理,而是给我讲了个故事。说有一个小伙子为报父仇想学本领,找到一个高明的师父,这个师父就让他晃院子里的一棵大树,直到晃倒为止。结果小伙子晃了三年,终于把大树晃倒了。小伙子说师父您该教我本事了,师父说你的本事已经学好了,这么大的树你都晃倒了,天底下谁还是你的对手?启先生说完哈哈一乐。他就是通过这个故事解决了我的思想问题。意思是说,你甭管它多难,只要下死功夫坚持下去,一定会成功的。到中山大学,我把《说文解字》与《甲骨文编》《金文编》对照着一个字一个字地认,一个礼拜听一个教授的两节课,剩下的时间就在古文字研究室的阅览室里看书。一个学期下来,不仅甲骨文入了门,还试着考释了一个前人不认识的甲骨文字,写了一篇小文。我很高兴,寒假的时候回来向启功先生汇报去了,先生听了也特别高兴,我就说:"先生您给我写两字吧。"我跟先生那么多年从来没开口向先生要过字,这是第一次。先生笑问写什么,我说:"临行前您不是给我讲了个年青人'撼树'的故事么,您就写'撼树'两字吧。"先生一笔一划地写了,同时还写了"永龙同志嘱书二字"的上款。这两个字我一直挂在书房里,时刻勉励着我。

巨星陨落　痛留遗憾

在学问上,启功先生是大海,我们这些晚辈连一滴都不够。他的知识非常渊博,记忆力好得惊人。他说话说着说着就背出许多古诗文来,有些很生僻的诗句他都能背。所以张中行老先生说:“启先生的脑袋比你们年轻人玩的电脑强多了,里边不知道储存了多少信息。”做他的学生能在某一方面了解得略微多一点就不错了。像我这样只是在书法方面跟先生学到了一点点,与先生比,真的不过是皮毛。学问这个东西,你只有钻进去之后才知道天有多大。在外边,我不敢自称是启先生的学生,因为我非常惭愧,觉得自己水平不高,怕有辱先生圣名。我现在很后悔,年轻的时候有很多的问题都没有抓紧时间向先生请教。

过去先生老说鸟乎,差一点乌乎,我说那一点去不掉。但是前年做了排尿管手术之后,他主动提出来要把他知道的东西讲出来,他的口述历史就是这个时候由赵仁珪、章景怀先生整理出来的。启先生一向反对述而不作,他觉得既要述,又要作,鼓励我们写文章,他说咱们这些人的墓碑不该是石头刻的,而应是铅字颗粒垒成的。先生著作等身,但远不是他学问的全部。黄苗子先生说,启先生是怀着宝贝去见上帝了,这是最遗憾的事情。如果在五六年前或者更早,我们很好地采取措施,启先生很多东西都可以抢救下来,哪怕留下一些很原始的材料也好,但是现在再也没有机会了! 永远没有了!

(原载于《北京师范大学校报》2005 年 7 月 14 日第 2 版,王哲先整理)

我眼中的发展之路

何香涛

我 1956 年到北师大读书，念的是物理系。当时学校的院系没有现在这么多，加起来也就十多个，还没有天文系。1958 年搞“大跃进”运动的时候才提出要在北师大建立天文系。增加院系需要得到国家的审批，那个时候北大和北师大同台竞争，最终北师大通过了审批，1960 年就成立了天文系。

▲ 天文系教授何香涛题词

在物理楼的楼顶有两个天文圆顶。靠中间较大的一个里面放的是一台先进的小型望远镜，而靠西面较小的一个，来历就不那么简单了，那是我步入天文学领域的标志，也是我刚刚学习天文的处女作。时间要倒退将近半个世纪，1958 年，当时我还是一个不足 20 岁的大学生，我被分配到天文研究室。天文在我的脑子里完全是空白，但那个年代的理论是，一张白纸才能画最美的图画。于是，我们开始着手一项工程，要建造中国的第一座太阳塔。今天看到的那个小圆顶，便是当年我亲手参与建造的太阳塔的塔顶。

太阳塔，顾名思义是研究太阳的。为了使观测仪处于更加稳定和恒温的状态，天文学家们希望把接受太阳光的望远镜放到高处，而把测试仪放在屋内，这样的整体仪器称为太阳塔。物理楼原来有一个运仪器和图书的电梯，我们设想把它改装为塔筒，将它上面的楼顶打开，装上一个太阳望远镜，将太阳光反射到塔筒内，再进入一个房间，放上光谱仪，就造成了一座国外要花 10 年左右才能建成的太阳塔。当时的太阳塔小组一共有大约 10 名学生，老师很少到组里来，全靠我们敢想敢干。第一步把楼顶砸开，与电梯通道打通，几个小时就完成了。第二步要建圆顶,比较复杂,只好请工人一起来干。工人要设计图,我们没见过太阳塔,哪里去找设计图。我在高中学过一些制图课,加上想像,就画了一份自制的设计图。我们当时的口号是“两个月内建成太阳塔,向党献礼”。埋头骨干了一年多,塔的基建部分都建成了。没想到,困难时期打乱了我们的宏伟计划,工作只好暂时搁置起来。

1978 年后,天文系开始恢复正常招生。1980 年,我作为北师大第一批成员之一到英国皇家爱丁堡天文台去进修。英国人非常保守,到英国进修,必须先补习英语,考试合格才能去学校或研究所。由于我的英文较好,提前离开去皇家爱丁堡天文台报到。在此之前都是集体行动,所有的安排都由中国驻英使馆教育处来负责,等到了一个人去报道,才发现困难不少。爱丁堡是苏格兰的首都,当地人都讲苏格兰英语,像是另外一种外语,实在是令人头痛。1982 年回国之后,我就直接从讲师被破格提拔为教授,这在当时算是一件比较轰动的事情,我也算是当时最为年轻的教授之一吧。

到了 20 世纪 90 年代后期,天文系的发展速度有所减缓,最明显的一个表现就是人才青黄不接。近些年天文系在学校的支持下大力引进年轻有为的国内外学者,境况有所改善。我有一个比较出色的博士生,当时他在日本,我看了他发表的文章觉得不错,被引用的频率很高,我就劝说他回北师大来,费了一番功夫终于把他说动了。他回到了北师大才四五年,就被聘为“长江学者”,获得“杰出青年”的称号。天文系还从法国、上海、云南等地的天文单位引进了不少新人。

天文系的发展始终需要领导的重视和政策上的支持。这几年国家重视天文学的发展,这也为我们天文系的发展提供了一个良好的外部环境。神六、神七等载人航天技术的发展,使大家对天文学越来越重视,大环境越来越好了。我相信天文系的发展也会越来越好。

(原载于《北京师范大学校报》2009 年 9 月 25 日第 2 版,李明侠整理)

我与师大校报的情结

王同勋

每当我拿到新出版的北京师范大学校报时，都会为它丰富的内容、高质量的文论及精彩的版面所吸引，内心充满喜悦，暗自称赞校报真是越办越好！

我与校报有着深厚的不同一般的感情，因为在校报工作的日子，是我一生中一段最难忘的岁月与经历。

我是1957年从政治教育系调到校报工作的，寒暑数度，直到“文革”校报被迫停刊，才又回到系里从事教学工作的。在校报工作的那段时间里，我国政治形势风云变幻，校报也随着形势的发展，几经沉浮。但它在政治斗争的风浪里，得到不断地发展与提高，也使从事校报编辑工作的同志们，经受了锻炼，增长了才干。

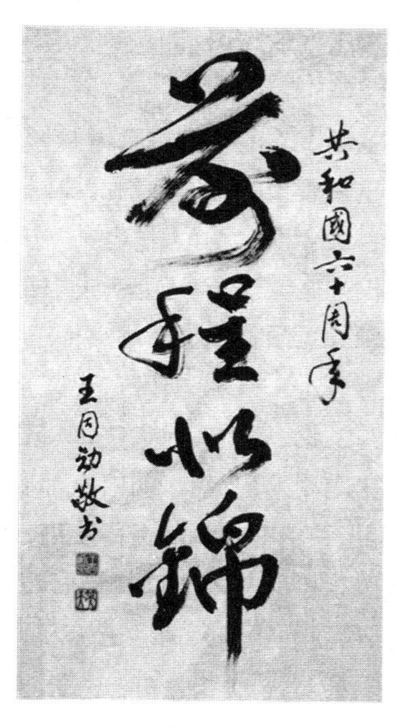

▲ 原校报主编、经济与工商管理学院教授王同勋题词

校报是北师大在中华人民共和国成立后创办出刊的，60年来，它随着时代前进的步伐而不断成长与发展。1965年以前，它的名称一直叫《师大教学》，这是因为它最初是由教务处为指导学校教学工作而主办的教学性质的刊物。1952年院系调整后，校报改由党委宣传部领导，刊名仍沿用《师大教学》，但报纸的性质已经发生了改变，成为指导和宣传学校各方面工作，尤其是思想政治工作的党委机关刊物了。20世纪60年代初，学校进行“四清”运动，《师大教学》停止出刊，1965年复刊时，根据校报的性质，正式更名为《北京师大》。1966年“文革”开始时，校报随之被迫再次停刊。“文革”结束后，校报得以复刊重建，获得新生。近30年来，在党委的领导和广大师生的支持下，校报越办越好，无论

从形式到内容,都是过去所不能比拟的。目前已成为全校师生员工所喜爱的一张高质量的报刊了。

回忆起我在校报工作的日子,思绪万千,感触良多。

首先,我认识到校报作为党的宣传工具,应紧密配合党的中心工作,发挥好校报是党的喉舌的特殊作用。从1957年开始一直到"四清"运动,校党委都是通过校报,对每个政治运动的指导思想、方针政策进行指挥和部署的。当时党委宣传部部长一直参与校报工作,和校报的编辑一起办公,共同研究宣传报导的内容,撰写并处理重要的文稿,使党委的意图及时贯彻到校报的文字宣传中,起到了指导学校工作的作用。

第二,深感党委各位书记对校报的重视,他们把校报的宣传工作,作为指导学校各项工作的一个重要纽带,常抓不懈。党委第一书记刘墉如、程今吾在任时,都很重视校报的工作。刘墉如同志曾多次告诉我,应根据工作的需要,参加学校党政各级会议,了解工作精神,才能心中有数,做好宣传。因此,作为校报的主编,我不仅列席党委会,还旁听过书记碰头会以及校领导行政会议等,根据会议的精神,把领导意图直接贯彻到宣传工作当中。对于校报的一些重要文章,尤其是社论的内容,各位书记都非常重视其指导作用,都要亲自审阅。墉如同志还曾与我一起撰写社论,作为指导文件,组织全校师生学习讨论。当时负责党务和宣传工作的王正之副书记,对每期内容都要仔细审阅,亲自把关。在校报出版日刊的那段时间里,编辑都是每晚编稿发稿,印刷厂连夜排出大样,正之同志在午夜审稿,直到修改定稿后,才迎着晨曦回房休息。这种严肃认真的工作作风和一丝不苟的精神,给我们年轻人树立了学习的榜样,使我终生难忘。

第三,我体会到办好报纸,必须要认真调动各方面的力量,走群众办报的路线,使报纸内容贴近群众,服务群众。校报的工作不仅受到党委的重视,还要让各级党组织、行政各部门及团委、学生会重视,使他们愿意利用校报组织动员群众,宣传群众,推动各单位的工作开展。走群众路线的关键,是加强宣传队伍的建设,使记者、通讯员队伍经常得到调整、充实、提高,充分发挥他们工作的积极性,及时撰写出反映基层师生情况的稿件,从而使校报内容更贴近群众,更能反映广大师生的意愿和心声。

我离开校报的工作已经四十多年了,但我对校报仍很关注,每期必读。时代在前进,校报在发展。在喜迎共和国60华诞的日子里,祝愿我们的校报继往开来,与时俱进,更上一层楼,在党委的领导下,在同志们不懈努力下,取得更加辉煌的成绩。

(原载于《北京师范大学校报》2009年9月25日第2版)

登堂入室的弟子

陈智超

和老师情同父子的启功

启功先生说过，在他一生当中，有幸遇到好几位恩师，有画家、诗人、学者、书画鉴定家，但是，终生的大恩师，只有一位，就是陈垣先生。

启功，1912 年出生。1932 年，他 20 岁的时候，第一次见我的祖父——陈垣先生，并且在之后人生的一些重要转折关头，都得到我祖父的指导。他第一次见我祖父的时候，他家里经济来源已经基本断绝了。我祖父一看到他，就安慰他，对他很和蔼，消除了他的紧张情绪；然后祖父马上就安排他到辅仁附中去教初中一年级的国文。但是一年多以后，他就被分管附属中学的辅仁大学教育学院的院长刷掉了，理由很冠冕堂皇，说中学都没有毕业怎么能教中学呢，这跟制度不合。

启功先生接着回忆："但陈先生却认定我行，他也没有洋学历，自报家门时总是称'广东新会廪膳生'，他深知文凭固然重要，但实际本领更重要。他又根据我善于绘画，有较丰富的绘画知识的特点，安排我到美术系去任教。"原来祖父安排他到辅仁附中，现在干脆让他到辅仁大学的美术系去当老师了。他说："不幸的是，分管美术系的，还是那位院长，他再次以资历不够为理由把我刷下。"

这一刷就使启功先生人生当中走了一点弯路。很快抗战爆发了，启先生在伪政府一个秘书厅下面的一个科室，做了助理员，他认为这是自己人生中的一个污点。这个时候，他的救星又来了，1938 年辅仁大学上半年又要开学了。"陈校长找到我，问：'你现在有事做没有？'我咬着后槽牙说：'没有。'"明明是有，但启先生不敢说，跟老校长怎么讲他当伪差事。我祖父就说："好，没事，9 月份发聘书，你就回辅仁跟我教大一国文吧。"这是第三次进辅仁大学，从 1938 年的 9 月，一直到 2005 年启先生去世，68 年，就再没有离开过了。

启先生说待过伪政府这件事情，这三个月给他人生留下了污点。后来他跟祖父说:“我报告老师,那年您找我,问我有没有事,我说没有,是我欺骗了您,当时我正在做敌伪部门的一个助理员。我之所以说假话,是因为太想回到您身边了。”“陈校长听了,愣了一会儿神,然后只对我说了一个字:‘脏’!就这一个字,有如当头一棒,万雷轰顶,我要把它当做一字箴言,警戒终身——再不能染上任何污点。”

启功写过一段很感人的话,他说:“回想我这一生,解放前有人不屑我这个资历不够的中学生,眼里根本不夹我地把我刷来刷去;解放后又有人鄙视我这个出身不好的封建余孽,舍你其谁地把我批来批去,但老校长却保护了我,每当我遭受风雨的时候,是他老人家为我撑起一片遮风避雨的伞盖;每当我遭受抛弃时,是他老人家为我张开宽厚的翅膀,让我得到温暖与安顿,而且他好像特别愿意庇护我这只弱小的孤燕,倾尽全力地保护我不受外来的欺凌,就像‘护犊子’那样护着我。我自幼丧父,我渴望有人能像父亲那样关怀我,我可以从他那里得到不同于母爱的另一种爱,有了它,我就能感到踏实,增强力量,充满信心,明确方向,现在老校长把老师的职责与父亲的关怀都担在了身上,这种恩情是无法回报的。我启功别说今生今世报答不了他的恩情,就是有来生,有下辈子,我也报答不完他老人家的恩情。”

老校长 1971 年去世,启功先生当时就写了一幅挽联,一遍一遍不断地向老校长的亡灵吟诵:“依函丈卅九年,信有师生同父子;刊习作二三册,痛余文字答陶甄!”我第一次跟启先生见面是 1958 年的春节,在祖父家中。那次给我印象特别深:一进门,他就行了一个大礼,就是跪拜礼,这是老北京满族的规矩。当时我吓了一跳,因为我第一次看到有北京满族行这样一个大礼。

史学传承人柴德赓

柴先生,1908 年生,1970 年去世,比启先生大 4 岁。他 1929 年高中毕业,因为仰慕我祖父,所以就考上了北平师范大学的史学系。

当时祖父在师大史学系开了两门课,一门叫《中国史学名著评论》,另一门叫《中国史学名著选读》,柴德赓先生在课堂答问和作业方面表现得很优秀,所以很快就引起了我祖父的注意,年终考试的时候,把他列为优秀学生的第一名。三年级的时候,因为他家庭比较困难,所以祖父把他介绍到辅仁附中去讲课。柴先生有 19 年时间在我祖父身边,他离开北京,仍和我祖父保持着密切的书信联系,一直到 1970 年 1 月柴先生逝世。

祖父把柴德赓作为“陈门四翰林”之一,即他的入室弟子。而且他也是我祖父在学术上特别是在史学上的主要传承人之一。

首先就讲讲《史籍举要》这本书。我祖父在20世纪20年代以后，在北大等大学新开了两门课："中国史学名著选读"和"中国史学名著评选"。柴德赓先生在北师大也讲过这个课，是把这两门课合起来讲的，名为"中国历史要籍介绍及选读"。他的《史籍举要》这本书，就是这门课里面的关于史学要籍介绍这一部分。柴先生1970年去世以后，由他的学生根据他的讲稿和油印的讲义，整理成书，就叫《史籍举要》。这本书多次获奖，多次重版，是历史优秀教材。启功先生和刘乃和先生多次强调，柴先生是多次听过我祖父的"史学名著评论"课的，而且以后柴先生又讲了这门课。讲这门课的时候，我祖父有个讲稿，从保留的讲稿可以看到，我祖父是把他的讲稿交给了柴先生，而且柴先生在讲这门课的时候又做了一些补充，所以他们两位都强调，"这本书的主要内容源于老校长的讲课和讲稿"。关于《史籍举要》这本书，或者关于"史学名著评论"这门课，柴先生和我祖父是一个继承和发展的关系。柴先生讲这个课的时候也有自己讲课的特点和长处，他讲课是很生动的，他有他的风格，得到很多学生的欢迎。所以说是继承和发展的关系，源头就是祖父的"中国史学名著评论"。

第二本书叫《史学丛考》，这本书是中华书局出版的，这本书可以说是他学术代表作的集结，体现了他学术上的主要贡献。这本书里面有三方面内容是很有影响的。第一方面就是清代的学术，里面收了他两篇文章。关于清代学术，祖父在北平师大就开过清代学术史的课程，柴先生也听过这个课，后来柴先生自己也开了这个课，从这里也可以看到学术的传承。第二方面，柴先生这本书里面收了一篇最长的文章，也是很重要的一篇文章，叫作《〈鲒埼亭集〉谢三宾考》。我祖父在抗战时期讲《鲒埼亭集》的时候痛斥谢三宾，借此抨击汉奸。所以柴先生写这个文章，很明显就是受到了我祖父的影响和启发，而且祖父和柴先生光就这篇文章的题目，就反复讨论过多次。第三方面，柴先生在1947年抗战胜利不久，就发表了《通鉴胡注表微浅论》。1962年，他在华东师大有个演讲，叫"陈垣先生的史学思想"，1963年在中央党校，讲《资治通鉴介绍》，一再对《通鉴胡注表微》这本书介绍和评价。《通鉴胡注表微》是我祖父的最后一本专著。所以从《史学丛考》里面这几篇有代表性的文章可以看到，柴先生确实是我祖父在学术，特别是史学方面重要的传承者之一。

1970年柴先生去世，我们一直瞒着祖父，怕加重他的病情，我祖父一直到去世都不知道。

秘书兼助手刘乃和

刘乃和,1918年生于北京,比我的祖父小38岁。她的外祖父名徐坊,1910年京师图书馆(今国家图书馆前身)开办时,与缪荃孙分任正、副监督,相当于后来的正、副馆长。

1939年,刘乃和21岁时考入辅仁大学史学系。1943年毕业,又考上祖父的研究生。1947年研究生毕业,留校任助教,并担任祖父的助手,一直到1971年祖父逝世,历时24年。这期间,她由助教升为副教授兼校长办公室秘书。1952年辅仁大学与北师大合并,北师大党委正式指定刘乃和为校长秘书,兼顾校长的生活。刘乃和不仅是祖父的学生、忘年知己,也是他晚年的得力助手。

刘乃和在祖父晚年的工作和生活中占有一定的位置。这首先是由她的学生兼助手的特殊身份确定的。

刘乃和作为助手,工作尽职尽责尽心,她对祖父的帮助主要体现在以下三方面。

首先是学术方面。刘乃和虽然从1939年入辅仁史学系,但她真正能从学术方面协助我祖父,是在研究生后期,特别是工作以后。刘乃和对祖父在学术上的帮助,主要表现在以下三个方面。其一,协助祖父撰写《通鉴胡注表微》成书以后发表的论文,如收集资料等,但为数不多。其二,修订旧著。新中国成立以前,祖父的专著大部分是木刻,收入《励耘书屋丛刻》。新中国成立后,先后有8种修订排印出版。修订工作包括加标点符号、修改个别文字、核对出处、看校样等。在这些方面刘乃和做了不少具体工作。其三,《旧五代史》的点校工作。

其次是行政事务方面的工作。即使是学术工作,也有许多是事务性的工作,如找工人、选纸张、联系出版社等。祖父作为辅仁大学、北师大校长,新中国成立后又先后任北京市政协副主席、全国人大常委等,要出席许多会议,发表讲话、批阅文件等方面的具体工作,是由刘乃和协助完成的,她使祖父减轻了许多负担和繁杂事务的困扰。但是,大政方针、关键问题,都是祖父最后拍板的。

第三,是生活方面的照顾。新中国成立后,辅仁大学与北师大合并,北师大党委决定刘乃和兼顾祖父的生活,并让她住进兴化寺街5号,以便就近照顾。可以说,祖父的晚年,直至“文革”爆发前,他的生活比较安定、平静,心情比较舒畅,其中有刘乃和的一份功劳。

当然,帮助是相互的,感情不是单行道,祖父对刘乃和的帮助和回报更是巨大的。首先是在学术上对她进行了耳提面命的教导,严格的训练使她得以长期亲炙这位大师。刘乃和发表的文章，几乎每篇都得到他的悉心指导、精心修改。刘乃和的第一本论文集，书名就叫《励耘承学录》，她在自序中说，集中文字"在陈先生1971年逝世以前所写，都是经他亲自指导或修改。其中《三国演义史征缘起》和《顾亭林画与顾亭林之得名》二文，都是我初学写作时，在他具体帮助下写成，在此二文中可以看出他对我学术成长的关心及所倾注的心血"。

1990年11月，祖父诞辰110周年时，刘乃和伫足祖父旧居，赋诗一首："伫足兴化寺，励耘旧书房。登堂思立雪，入室忆华章。从师三十载，往事最难忘。品德人争颂，诗书继世长。适逢百十寿，挥毫代举觞。以史鉴今日，陈学正宏扬。"在诗中，她提出了建立"陈学"即"陈垣学"的主张，该主张以后又为暨南大学饶芃子教授等所提倡，引起了越来越多学者的重视与研究。

（原载于《北京师范大学校报》2013年12月10日、12月20日第四版，内容有删减。）

“本色”先生 “淘气”启功

李 山

我很乐意来讲讲启先生,但是我跟随启先生学习的时间还短,所以让我来讲有点挂一漏万了。其实我们很多人对启先生不够了解。例如有的人说启先生“著作等身”,其实他写的东西只占他毕生所学的冰山一角。我所讲的是我了解的启先生。

“我不姓爱新觉罗”

启功先生是满族人,爱新觉罗氏,雍正第九世孙。但是启功先生并不喜欢别人称他爱新觉罗。他多次告诉别人:“我既不是遗老,也不是遗少。”他认为真正有本事的人不用标榜自己的家族,“爱新觉罗”只是一个姓氏而已,它的荣与辱都没有什么值得夸耀的。有人寄信给他,收件人写“爱新觉罗·启功”或“金启功”,先生在信上写“查无此人”后,将信悉数退回。

虽不称自己姓爱新觉罗,但启先生确实身为满族,他对满族文化和清朝历史有着更独特而深入的了解。他从满族文化的角度对《红楼梦》做出了细致入微的解读。我们看《红楼梦》,看到的是宝黛的爱情悲剧,而启先生说满族有“骨肉不能还家”的习俗,林黛玉本来就不可能嫁回贾家。

中学辍学的大学教授启先生的曾祖父去世后,家道中落,在先祖的门生故吏资助下才得以进入北京汇文中学,但中学还未毕业就不得不辍学了。先生日后在学术上的巨大成就,基本上都是通过自学得来的。但正因为没有文凭,他在找工作时处处碰壁。

启先生当时受到老校长陈垣先生的赏识。陈垣先生看到启功的作品时,称赞他“写作俱佳”,推荐他到辅仁大学美术系做助教,竟因“没有文凭”而被拒绝。所幸陈垣先生慧眼识英,坚持把他调到国文系。两人从此结下了不解之缘,启先生尊陈垣先生为师,后来还特意撰文纪念老校长。

对于这段在辅仁大学任教的经历，启先生非常怀念。他后来回忆，辅仁大学的老师在课余时会在教研休息室休息。休息时聊天，都要聊聊最近看了什么书、有什么新发现、有什么学术心得。但是现在的老师们聚在一起聊天，如此热忱地谈学问的越来越少了。

戏作打油诗，善买假书画

启功先生是一个不掩饰自己情绪的人，是一个“性情中人”。他曾为辅仁大学的各系戏作打油诗，结果还受到了陈垣老校长的“批评”：“把精力用到正地方”。先生晚年谈起此事，自嘲“淘气”。先生晚年偶患感冒，在门上贴一张纸条：“不准敲门，敲门罚一元。”有学生来拜访，见此纸条，推门即进，先生不怒反笑，边咳边说：“不罚你钱了，因为你没敲门。”先生晚年多病，弟子到医院探望，先生说：“我想出一个对联来：‘中医嘴里没有不治的病，西医眼里没有没病的人。’”启功先生“病中文学”所作甚多，他在病中一直清醒而乐观，这是一种生命力、一种笑对生死的豁达。

幽默是启功先生的天性所在，而宽容则是他为人处世的准则。作为书法大家，启功先生的字画常被人模仿。当有人请启功先生辨别真伪时，他从不点破。琉璃厂旁边有一条街，十块钱就能买到一张“启先生的字”。启先生也去买过，卖字的老太太还对人说：“这老头儿好，他不问真假。”可不就是吗，他还用问真假吗？我当年对此也颇为不解，询问先生才知道，原来启先生当年习书作画，很大一部分原因是为养家糊口。他说：“这些字画卖十块钱，还得有纸吧？还得倒腾吧？还得盖章还得写吧？我能跟他们计较吗？”这就是本色。

启功先生的本色性情，在他的诗词中体现得最为明显。《沁园春·自叙》和《自撰墓志铭》无不显出先生百年人生的沧桑智慧和幽默宽容。而《痛心篇》与《赌赢歌》，则流露出对老妻深沉的眷恋缅怀。读他的诗，让人感动不已。

提出写“回字格”

在百年来的大书家中，启先生称得上是时代的代表人物。《人民日报》有一次登了启先生等书法家的字，远远看去，别人的字是平面印上去的，只有启先生的字是“跳出来”的。什么是写字的功夫？启先生说准确就是功夫。不用夸耀自己“冬练三九，夏练三伏”，练的时间不能说明功夫。我们一直以来都认为汉字的中心在中间的一个点上，启先生提出汉字的中心不在一个点，而在四个点上，所以提倡用“回字格”。回字格的比例要符合黄金分割比例，汉字要写成长条形，都是启先生提出的。

启先生在写书法做学问上乍一看没有提出什么理论,但是他的所有研究都穷溯到源头上,他对汉字本身的透视是彻底的。孟子讲“由博返约”,要回到原初的本质上,启先生身上就体现了这种智慧。

学生的忙一定要帮

启先生教会我们怎么做老师。在我找工作时,他帮了很多忙。有人问他,对学生的事怎么这么上心,他说:“咱们也从年轻时候过来,年轻的时候谁不需要帮一把呀?”本来启先生帮我找工作让我觉得感激之心大于天,不知怎么回报。但是这一番话让我看到,启先生的所作所为都是他人格的体现,我现在做老师,就时时刻刻想着这一句话,学生有什么忙一定要帮。在我心中,他有点儿像一个菩萨,像一个圣人。

晚年时期,启先生身体状况不好,加上非常繁忙,我有半年都不忍心去打扰他。启先生心中却是一直挂念着学生的,问身边的人怎么大半年都没见我了,我才很不好意思地前去拜访老师。启先生在病中还很矍铄地畅谈诗词,评点历史风流人物。他上课从不给我们讲授知识,从不要求我们要看哪些书,但这正是他自己的一种理解,他认为学海无涯,不是上课这短短的时间就能讲完的,还要靠自己努力。

启功先生让我们这些成天在红尘中摸爬滚打的人一想到他就觉得心中清净了。原来做人还有那样的方式。我们也许在平时会经常忘了启先生,但是一想到他,立即就会明白怎样做是对的。这是启先生带给我们这些学生的。

那天翻了翻陆昕先生写的《静谧的河流》,写启先生写得很传神,比如写启先生喜欢吃花生豆,喜欢吃甜点,一边喝酒一边脸上露出幸福感。阅读这样传神的故事,我忽然就回到了2005年以前。

(原载于《北京师范大学校报》2011年11月20日第3版,吴桐、王潇潇整理)

我与北京师范大学图书馆

李修生

对于一位人文学科的教师来说,图书馆是不可分离的朋友。我自 1950 年考入辅仁大学,1952 年北京师范大学与辅仁大学合并到现在,已经在北京师范大学学习、工作、生活了半个世纪。也就是说,在已度过的晦明风雨的日子里,我有不少时间是与校图书馆相伴的。现在回想起来自然有美好的记忆,当然也有过矛盾,也还真有一些意见呢。

校图书馆不止一次成为我向人夸耀北京师范大学的理由,我向朋友说:"我们的图书馆藏书丰富,居全国第几位!""我们的图书馆由于有陈垣校长,某些方面图书收藏多。"等等。

但是,我和图书馆的关系进一步密切起来,还是我于 1954 年考取本校中国古代文学研究生开始。当时研究生可以进书库,我们的借书量也得到照顾,我记得我们同学科五人最后还书时是用板车拉回去的。因此,我们与出纳台的宁曼华先生特别熟,我们都称她"宁大姐",我现在闭上眼睛还能够回忆起她那永远带笑的面容。她待人宽厚,对常借的书非常熟悉,只要你大概记得书名,甚至只是大概记得书的内容,没有书号,她也能把你想借的书找出来。后来,又有一件事给我留下深深的印象。那是 1986 年,日本北海道大学大谷通顺先生以访问学者名义来校学习,准备用两年时间完成其博士论文。开始,他研究"中国近代文学中的幻想",他提出一些近代文学的作品,希望我在某个星期一辅导他一次。其中有一部作品是《女娲石》,我还没有读过。他提出要求时已经很晚了,辅导前的星期六,我到图书馆借书,这本书在我校是孤本,当时还因为一个什么原因(已经忘记了),星期六、星期日都不能出借。这下我可着急了。但当我说明情况后,图书馆还是很快为我办了借阅手续。还有一次,我在旧期刊借阅处,借阅一个刊物,但日期记得不准,一位女士为我跑了多次,才找出来。我真的非常感谢。当然,联系最多、时间最长的要算《全元文》编纂工作中的合作了。1990 年 12 月,国家教育委员会全国高校古籍整理研究工作委员会批准北京师范大学古籍所的《全元文》为“八五”重点资助项目，随即，又列入国家“中国古籍整理出版十年规划（1991—2000）”和“八五”规划项目。学校图书馆立即与古籍所订定合同，为《全元文》编纂工作提供服务，包括向古籍所提供工作房间，书籍阅览、书籍复制并有古籍部人员参加《全元文》编纂。一般古籍，古籍所使用时可按图书馆有关规定借阅出馆复制，库本及善本书籍；古籍所提出要求，经图书馆批准，限在馆内照拍复制。自1991年11月至1993年12月，《全元文》普查阶段，共查阅书籍6510种，131510卷，其中三分之一左右是在校图书馆查阅的。普查阶段虽然已经结束，普查工作将伴随全过程，目前仍在进行。当时任图书馆副馆长的于天池先生和古籍部负责人何宗慧女士都为此做了很多工作，何宗慧女士还参加了《全元文》的校点工作。

校图书馆与我的联系，不仅是工作联系。图书馆不少员工是文体活动的积极分子，有好几位都是京剧票友。蔡钟彝先生多次登台饰演多种角色，有一次，他饰演《西厢记》中的孙飞虎，扎靠从山头（桌子）翻跟头下来，引起观众强烈反应。他多次表演的要叉，更是保留节目。他还为员工治疗骨伤，也曾为我按摩过，当时还有人排队等候，给我留下深刻的印象。

有一段时间，我还参加了图书资料系列的职称评定工作，使我对图书馆各方面工作情况多了一些了解。1984年，应美国教育部的邀请，我参加高校人文学科教师代表团赴美访问，参观了美国的图书馆、博物馆，以及相关的基金会和大、中学校图书馆，1996年参加全国高等学校古籍整理研究工作委员会与台湾有关方面组织的海峡两岸古籍整理学术研讨会，参观了台湾“中央”图书馆、台北市图书馆，以及台湾大学、台湾东华大学等学校的图书馆。1984年，我还有幸与教育部图书馆工作委员会的负责人座谈。近几年我校图书馆已出现新面貌，但我还是根据旧印象提一点意见。我校图书馆馆藏的图书资料有相当数量还没有编目，据我所知，其中不少有重要的文献价值。另外，应该加强图书馆的研究力量，世界各大图书馆的组成都是多层面的，研究机构是其重要的组成部分。百年校庆来临之际，我祝校图书馆在本身研究力量的发展和为学校科研工作服务方面都取得更多成绩。

（原载于《北京师范大学校报》2002年4月10日第4版）

春蚕到死丝方尽

陈子艾

▲ 钟敬文先生

自 1952 年跨入位于和平门的北师大校门,得睹钟师风采,已整整半个世纪。先生去世的噩耗传来,我陷入了深深的悲痛与无尽的思念中。“中国民协”为先生准备的烫金封面的庆百岁寿诞专刊,也只好改成了灰色的悼念专刊。此情此景,怎能不勾起埋在我心底的难以忘却的往事!

40 多年前攻读民间文学研究生时,导师钟敬文先生指定的两本必读书,是我永志不忘的。一本是《马克思列宁主义经典作家的工作方法》,另一本是《列宁哲学笔记》。前者主要介绍马列导师们是如何汲取人类的先进文化成果,勇于探索、勤于创新、造福人类的;后者除了要我们学习革命导师的哲学思想外,还要学习列宁做笔记的好方法。如做摘记时,要留 1/3 的空白页,以作自己写学习心得及补充、质疑之用;在重要的数行旁划一竖道,比在这几行下划横线要醒目、干净得多……看似一般的方法,却真是受益终身。

先生当年播下的学习种子,在我、我的学生、学生的学生中,都已开花、结果。而先生自己,更是一辈子身体力行。早在20世纪二三十年代,他已开始学习马列主义,直到20世纪80年代,仍在为研究生讲授"怎样做一个马克思主义学者"。但此报告的录音不小心被消了音,后来先生出文集时,曾为此专题未能入书,而不止一次地说过"太可惜了""真遗憾"。在2000年9月出版的《钟敬文学述》中,他更是多次谈到要按马列主义的精髓——"实事求是"办事和做学问;对唯物辩证法的几条规律要坚持,决不能动摇;同时,也要防止教条化、庸俗化,还要注意学习新的理论方法等。

44年前的寒假,我在去北海舰队与在那服役的爱人举行婚礼的前夕,到钟先生家辞行。先生送我一本他编的《民间文艺新论集》,同时语重心长地对我说:一个人,要想在事业上有所成就,生活方面就得看轻,特别是女孩子,如果过于婆婆妈妈,分心多了,事业是上不去的。先生的赠书和话语,对我克服与爱人两地分居21年的困难,特别是对塑造我"事业型女性"的性格,起了十分重要的作用。

先生对自己要求严格,生活非常简朴。书,是他最看重的物质、精神财富;做学问,几乎就是他的全部生命。即使在那冬天般肃杀的日子里,也硬是"从艰难处境的夹缝中挣扎"着写出了几篇晚清的大型论文,成为中国民间文艺学史的奠基之作。

大约是在20世纪80年代末的一个夏日,我坐在钟老的书桌旁,谈起钟姓是畲族女婿的姓,说不定钟老是畲族的后代时,他很动情地说:"真想回家看看,也好做点这方面的民俗调查,可手上事这么多,哪有时间啊!"他在1992年初写的《兰窗诗论集》自序中,更是动情地回忆起20世纪第一个十年末期的他,在广东海丰家乡的老屋楼上埋头自修古典文学的情景。转眼七十多年过去了,而在"我这远离故土老人的脑海里,那个老屋的窗子和常常摇曳在风中的绿色的吊风兰,每一想起,都仍在鲜明地活动着。这影子可能要伴着我直到有生的尽头"。果如先生所言,十年后他临终前说的最后两句话就是:"还有许多的事没来得及做","真想回广东老家看看"。这就是敬爱的钟师奋斗一生的缩影。他给予我们的启示很多很多。

勤学苦研,学术常新,死而后已。这是先生留给我们的宝贵精神财富。没有青少年时代在故乡兰窗下的苦读,"像疯子那样"地搜集歌谣、伏案写作,就不会有1924—1928年短短四年间那众多具有开拓意义的成果问世,诸如由个人采编、首次专册出版的《疍歌》《客音情歌集》(包括被丢失的《恋歌集》《畲歌集》的部分稿件),《马来情歌集》,重编《粤风》,与刘乾初合译《佷僮情歌》以及编辑《歌谣论集》,个人文集《民间文艺丛话》等,也更不容易在《歌谣》《民间文艺》《民俗》《语丝》《民间周刊》《北新》《黎明》等刊物上发表的40余篇研究性文字中能时有新见,例如在与郑振铎、朱湘等学者就《诗经》、古代民歌进行讨论时表达出的正确见解。由于先生在歌谣学建设方面的重要贡献,北大名教授胡适在《白话文学史》中曾予赞扬。20世纪30年代于日本早稻田大学研修时,没有在九层楼的图书馆中一层层往上阅览的韧性苦钻,就没有后来那些明显地跃进到一个新高度的多篇论文的问世。

20世纪八九十年代,先生并未因自己已年迈而稍有懈怠,相反,更以老当益壮、只争朝夕的精神超负荷地工作。冬天,当我晨练跑步经过钟老的住所时,总能看到一片朦胧中他那书房闪亮的灯光;夏天,当我们还在早锻炼的时候,钟老早已晨练完毕,坐在书桌旁工作了。他就是这样争分夺秒地苦学勤思,在学术春天到来的日子里,奉献出具有创新精神的累累硕果,引导我们的学科经历了民间文学——民俗学——民俗文化学的发展,并在努力与国际学坛接轨时,不失时机地提出了建立“中国民俗学派”的构想。即使在2001年7月后住院卧床的日子里,先生仍在为将民俗学提升为一级学科而操劳,并在其倡议下,北师大于11月下旬召开了“中国民俗学学科建设及人才培养”的专题研讨会。每次去探望先生,谈的也总是工作。9月,当我从南方开会调查近两个月返京去探望他时,先生对苗族祖先蚩尤活动的采访过程特别关注,嘱咐我要继续跟踪下去;在后来的看望中,不是询问中国民间故事集成国卷本的审稿工作情况,就是了解学校教改现状,问我教学督导工作的体会,等等。有时怕他疲累,想尽量说些轻松好玩的事,但话题总是被先生又扯了回来。

三个多月前,季羡林、张岱年、启功、林庚、侯仁之、林林等老友为他举行了祝寿会,他在由女儿朗读的答谢辞中,表达了他最喜爱的颜色是新绿,希望这个会上能提倡一下绿色文明;并发表了他的近作“拟百岁自省一律”:“历经仄径与危滩,步履蹒跚到百年。曾抱壮心奔国难,犹余微尚恋诗篇。宏思峻想终何补,素食粗衣分自甘。学艺世功都未了,发挥知有后来贤。”钟老临终前,不仅关心着学科的发展,还在想着怎样为祖国的环境保护事业增添砖瓦。

钟师这种一心只有事业且“春蚕到死丝方尽”的奉献精神,必将激励我们后人奋勇前行。他那“发挥知有后来贤”的愿望,必将能得到完满的实现。

(原载于《北京师范大学校报》2002年1月14日第4版)

大学者讲基本功

于翠玲

启功先生在耄寿之年，为古典文献学专业研究生的一门基础课程写了导言，发表于《北京师范大学学报》2002 年第 3 期。这件事看似平常，却耐人寻味。

其实，先生早在 1983 年已经为学生开设过这门课，只是当年先生谐称其为“猪跑学”，而今正式改名为“文史典籍整理”。我当年作为硕士生有幸聆听先生讲授这门课程，对先生的博学和风趣印象深刻。先生当年讲授的知识内容广泛，布置的作业一律要求以文言完成，这使学生们真有一种被“师傅领进门”、手把手教授基本功的感觉。而随着时间的推移，我更加感到先生当年所传授的知识，如“润物细无声”，渗透在自己的教学与科研工作中。

先生多年来时常把这门基础课程的重要性挂在嘴边，而起因就是社会上“常见一些常识上的错误”，从用错成语和称谓，到不择底本的校注失误，等等，不胜枚举。我因讲了多年的《中文工具书》，对这类不知常识而产生的错误，还可以举出一些例子。我曾在几届本科生中做过课前小调查，参加的学生近百人，然而几乎没有人知道什么是类书、怎么查《康熙字典》的部首。有人将陈垣校长的《二十史朔闰表》当成了农书，有人问《四库全书总目》中“国朝”是何朝。在作业中，让学生用《诗词曲语词汇释》注释晏几道词中“梦魂惯得无拘检”中的“惯”字，有人不知“惯”字繁体怎么写；有人查到答案后，将“纵容之义”以简化字抄成“从容之义”。有人查影印本《四库全书总目》，从这一面的第一栏接着读邻面的第一栏。这些本应属于常识的问题，责任不在学生，而正说明大学需要设置讲授常识的课程。正如启先生所分析的：在中学“缺少有关这方面常识的教导”，而“到了大学本科时课程和讲法都向高处追求，常识方面的问题容易被列入‘早已讲过’的范畴，到研究班的硕士、博士时间，追求的方向和选择的研究课题，距离更高更远，因而越发地缺少这方面补充注意的机会。”所以，设置“文史典籍整理”这门课程，正是为研究生补充必需的基础知识。先生风趣地说：“北京民间有一句谚语，对知识不足、发言错误的人批评说：他没吃过猪肉，难道还没见过猪跑吗？我称这些最浅近、最常见的知识就借用这个谚语的名称叫它‘猪跑学’。”据启先生说，他的想法得到了金克木、吴组缃、吴小如等著名学者的响应。可见，前辈学者对讲授基本常识的重视程度了。

然而，正如吴小如先生所感慨的，“安得许多启功到各处多讲些‘猪跑学’？”有幸听大学者讲做学问的基本功，真是受益无穷。而如今也常有名声不小的学者被人揪住“常识上的错误”，如将“兰若柳”解释为“女道士”之名，或描写王国维家中有《四库全书》。所以说要先“见过猪跑”，才能谈到品尝“猪肉”，甚至写出解剖学大著。否则，一字之差，谬之千里。启先生此文是为博士生所设课程的导言，以先生的博学，先生随便讲什么内容都是学问，我们常说就是在先生家旁听先生与客人聊天，也能长知识。例如，一次先生为来客题字落款写“曼殊启功”，我当时不知“曼殊”作何解，后来查《辞源》，才知道是“满州”别称，这当然也属于基本常识了。然而，先生如此认真论证这门课程，这充分说明先生是何等重视向研究生亲授基本功。有这样的严师引路和把关，才能使学生在写文章时有意识去避免犯“常识上的错误”。

所谓常识，实际上是最不可缺少的，也是相当广博的。先生指出“文史典籍整理，包括自古至今的文学、历史各种书籍的阅读、校订、研究”，所涉及的知识有目录版本校勘、文字音韵、典章制度，等等。所以，先生说“假定要整理某一部古书，并非任何人拿来就能办的。不管他有什么学历，什么特长，他所想整理的那部书，恐怕决不是一个人所能立刻完全了解的。”只有积累深厚，才能融会贯通，在整理古籍时有所发现。例如，先生曾在《苏诗中两疑字》文中，根据“佛教因果之说”，以理推断苏轼《狱中寄子由诗》“与君世世为兄弟”句中“世世”应为“此世”，后来查检到宋本，“果作‘此’字”。这一字千钧，岂是一日之功夫？而导师愿把“金针度与人”，对于今天学习古籍整理专业的学生来说，无疑有更为实际的指导作用。

然而，先生以前谐称自己的课为“猪跑学”，如今也不肯称其为文献学，他“觉得提得太高、太大”，而文献学知识更为广博，“不是这一课程所能胜任的。所以只想改变范围，改称今名。”先生这种实事求是、谦逊严谨的治学态度，不仅足以警示我们后学不要夸夸其谈，也使研究生们知道文献学的分量。其实，越是有学问者越明白学问的不足。清代学者阎潜丘曾集语题柱：“一物不知，以为深耻，遭人而问，少有宁日”。朱起凤因为不知道“首鼠两端”也作“首施两端”，引起学生哗然，便历经三十多年时间，专门收集解释古书中双音词通假的例证，编成《辞通》一书。清代学者这种严谨治学的精神被称为实学、朴学，或者考据学，是特定时代背景下的产物。但是,对于今天从事文史古籍整理的学人来说,这种“实学”功夫仍然有重要意义,起码可以矫正当今学术界的浮躁之气、腐败之风。

总之,大学者讲基本功,这是一种学问,更是一种境界。启先生曾经这样解释师大校训:“所学足为人师,所行堪为世范”,而先生的课程导言正是一篇人格所至、学问所至的文章,值得我们青年教师和研究生认真阅读和品味。

(原载于《北京师范大学校报》2002 年 9 月 20 日第 4 版)

我的大学老师

何乃英

我1954年从“北师大附中”毕业时，跟当时大多数同学一样，一心想学理工科。记得我想报考的是清华大学汽车制造专业。按当时我的学习成绩来说，大概是能考上的。可是临毕业前，北师大丁浩川教务长的一个报告彻底改变了我的生活道路。由于事情已经过去很久，我如今记不得丁教务长具体讲些什么了，但他的报告给我留下的总印象是非常清楚的，那就是师范大学太重要了。于是，我被学校保送上了北师大。学什么专业呢？我毫不犹豫地选择了中文系。因为我知道，北师大中文系的师资力量雄厚，甚至于不比名声最高的北大中文系逊色。

进入北师大中文系以后，我发现我的选择没有错。当时的北师大中文系真可谓名家荟萃，黎锦熙、钟敬文、黄药眠、穆木天、刘盼遂、谭丕模、李长之、陆宗达、萧璋、叶苍岑……每一位都是学术界的顶级人物。我和同学们都怀着崇敬的心情听他们讲课，如饥似渴地向他们学知识，学本领。我的老师有几十位。限于篇幅，我在这里只能说说我接触较多、对我影响较大的几位老师。

我留校后被分在外国文学教研室，所以先从本教研室的老师说起吧。杨敏如先生是我们教研室的老教师。我觉得杨先生讲课堪称一绝。她讲话极其生动形象，手势运用得恰到好处。她曾经开玩笑地说：“我擅长形象思维，不擅长逻辑思维。”我作为她的学生，不敢说她不擅长逻辑思维，但她擅长形象思维却是无可怀疑的。杨先生对我非常好。有一次她当着别人的面说：“我觉得何乃英身上好像有更多民族的东西。”我听了十分高兴，连当时她的表情和口气至今都难以忘怀。杨先生不只是口头上夸奖我，还用实际行动帮助我。大约是在20世纪60年代初，她每星期义务给我讲一次英文课。记得我似乎上她家去过十几次。

叶苍岑先生是研究中学语文教学法的专家，对提高北京以至全国的中学语文教学做出了很大贡献。我喜欢听叶先生讲课。他讲的教学法课就是他的教学法理论的具体实践。教学法这门课本来是不怎么受学生重视的，可是由于他讲课条理特别清楚，语言极其简练，所以深受大家欢迎。我到现在仍然记得他在举例讲解“两个黄鹂鸣翠柳，一行白鹭上青天”这两句诗时的情景。他十分具体地分析了两句诗工整的对仗关系，十分形象地说明了两句诗巧妙的颜色搭配。总之，他的讲法很有启发性。我后来给学生讲课或者写文章时，还常常想起这段往事。叶先生也是一位非常勤奋的学者。他退休后依然笔耕不辍，写出了大量论文和专著。后来，叶先生就住在我的楼下，我经常看见他伏案工作的样子。还有一件事令我难忘：他将近 90 岁高龄时，依然努力学习，努力追求新事物。他跟我谈话时，常常能说出一些新名词，使我大吃一惊。叶先生还是我的棋友。我们两人都喜欢围棋。记得在山西临汾劳动时，我们两人曾经多次坐在棋盘前面度过星期日。

若问哪位老师对我帮助最大，为我出力最多，则非陈秋帆先生莫属。陈先生是我的日语老师。我曾两次跟她学日语。第一次是在 20 世纪 60 年代初，时间约有一年左右，后来由于我缺乏恒心而中断。第二次是在“文革”以后，时间约有一至二年，直到我后来到外语系继续学习以及 1981 年春天到日本去为止。关于第一次学日语的情况，因为相隔时间太久，我现在已经记不太清楚了。可是，关于第二次学日语的情况，仍然清清楚楚地留在我的脑海里。当时陈先生业已退休，并且年近古稀，身体也不大好，可是为了教好我这个笨弟子，为了把我送到日本去留学，她真是费尽了力气。在炎热的夏天，她放下自己的事，放下家里的活，汗流浃背地帮我阅读，为我录音，替我批改文章的情景，至今依然历历在目。陈先生的日语非常好。她早年留学日本时，能说一口流利的日语，曾被日本人误认为是日本人。教我日语时，她已经回国 40 多年了，可是日语还是说得很熟。为了练习日语，我在到日本去之前，曾经翻译了一本北冈正子女士写的《〈摩罗诗力说〉材源考》。后来由于出国时间紧迫，没有仔细修改，就留给陈先生了。陈先生花了很多时间和精力给我进行校订。该书出版之后，我要把一半稿酬给陈先生，她怎么也不肯收。事后，我只好给她买了一些营养品，心里才算安定一些。遗憾的是，我 1983 年回国，第二年陈先生就离开了人世。我为失去这样一位好老师感到无限悲痛。

我国著名语言学家陆宗达先生也在我的脑海里留下了深深的印迹。陆先生讲课有自己的独特风格——风趣幽默，还有自己的独特语调，有自己的独特手势。我觉得 40 多年前他站在讲台上讲课的样子至今还活生生地在我的眼前闪动。我常想起他的一件趣事：他在讲词汇学的时候，喜欢举吃的东西做例子。这个特点在他编写的《现代汉语》讲义上也有所表现。如讲到外来词，他举出的例子是“萨其马”；讲到复合词，他举出的例子是“芝麻酱面”。1971 年我们到山西临汾去劳动，陆先生也被派去了。我和陆先生住在一间大房子里，那间房子一共住了 20 多人,都是中文系的教师。陆先生仿佛从来没有劳动锻炼过,所以自然显得很狼狈。也许由于平时有抽烟、喝酒的习惯吧,他睡觉时爱打呼噜,而且声音时断时续,被人戏称为“谭(痰)派”。陆先生不会洗衣服。他带去两三件白衬衫。当第一件白衬衫穿成灰衬衫时,他就把它揉成一团塞进麻袋,再掏出另外一件白衬衫来穿上。如此反复多次,终于把所有平平挺挺的白衬衫都穿成皱皱巴巴的灰衬衫了。在割麦子时,一人负责两垄。我们大队人马早已割到终点,回头一看,陆先生还在起点转悠呢。总而言之,当时的陆先生经常成为大家(包括我在内)开玩笑的对象。可是如今回过头去想一想,那时陆先生已经年近七旬,比我现在的年龄还大,难道我们还能笑话他吗?难道我们还笑得出来吗?后来,因为需要人回北京编字典,陆先生成为最合适的人选,终于得以提前返京。在临行前的总结会上,陆先生用一个字给自己在临汾一年多的表现做了总结,那就是“混”。我相信这是陆先生的真心话,是一位年老力衰的知识分子的真心话。

虽然同样是语言学专家,可是萧璋先生的风格与陆先生迥然不同。萧先生做事认真,脾气比较急。在课堂上,他时常为了说明一个疑难问题急得皱着眉头,甚至变得结巴起来。那种神态实在引人发笑。萧先生也是我们山西临汾“大家庭”的一员。他当时也已过“花甲”之年,下乡劳动实属不易。不过,他很会料理自己的生活,不仅能洗衣服,而且还能缝缝补补。每逢星期日,他就坐在床上忙活起来,比我们这些年轻人要勤快得多。那时我们的伙食比较差,一个月只能吃一次肉。除了这顿肉以外,一月一次的炸花生米就是大家企盼的美食了。炸花生米一个人能分一小碗。有的人一顿消灭干净,还有的人分成几顿吃,萧先生则与众不同。他把花生米小心地排列起来,等晾干以后再装进一个玻璃瓶里,一顿饭只吃几个,还跟我们宣传说;“吃一个花生米,啃一大(这个字读长音、重音)口窝头,甭提多香了!”我一直记得他这句“名言”。事过20多年以后,我给萧先生去拜年时,重述了这句“名言”。他好像已经忘了,反问道:“我说过这样的话吗?”在我的印象中,萧先生一直是严于律己的,长期积极要求入党,改革开放以后,总算是如愿以偿。作为老知识分子,这种精神委实令人敬佩。

谭丕模先生虽然离开我们已经有40多个年头了,可是他那和蔼亲切、朴实憨厚的样子却依然清晰地留在我的脑海中。谭先生是著名文学史家。他操着一口湖南腔的普通话,说起话来不慌不忙,慢条斯理,有板有眼,条理清楚。给我印象最深的是,他不说“第一个问题”“第二个问题”,而是说“第一个节目”“第二个节目”,听起来好像是文艺演出时报幕员在报节目。现在回想起来,谭先生那时候应当是50多岁。但在当时我的眼里,他似乎还要老一些。其中的原因之一是,谭先生的记忆力仿佛不怎么好。记得当时在课堂上常闹笑话。他在黑板上写字时，经常写了一半就忘了另一半应该怎么写了，于是只好回过头来问学生，常常引得学生哄堂大笑。谭先生在讲文学史时，不是就事论事，不是就文学论文学，而是能够把文学与社会、历史、文化、思想等联系起来。虽然由于事情已经过去了很多年，我记不得哪个问题具体是怎么讲的了，但我相信自己这个总的印象是不会错的。另外还有一点也想提到：1958 年秋天我留校工作以后，有一次到谭先生家去找谭得伶同志办什么事情，看见谭先生正在家里打点行李，地上放着一个大箱子，装着不少衣物。现在回想起来，那似乎就是谭先生正在准备出国访问吧。果真如此，那就是我最后一次见到谭先生了。因为不幸的空难就是在那以后不久发生的。不过，因为时间相隔太长了，我思来想去怎么也不敢确定事实就是如此。

郭预衡先生是大家公认的造诣很深的学者。郭先生也是山西临汾"大家庭"的一员，而且我们两人是上下床，我在上面，他在下面。他这个人没有架子，我这个人爱开玩笑。于是，我们两人越来越熟，玩笑开得越来越多，虽然他比我年长十五六岁。他所写的《中国散文史》等专著具有很高的学术价值，这已经成为人所共知的事实。"文革"期间，我有一段时间"客串"讲关于鲁迅的函授课，经常向他请教有关鲁迅的问题。我发现，他对鲁迅的理解要比我深刻得多。因为他不仅熟悉鲁迅，而且深切了解作为鲁迅文学之根底的中国传统文化。蔡清富同志曾经两次跟我说过这样一句话："郭先生是大学问家。"我深有同感。郭先生虽然看来干巴瘦，但我相信他是会长寿的，因为他父母都活到 90 岁以上。我当然更相信郭先生还能写出更多更有价值的学术著作。所以，我在去年中文系新年联欢会上开玩笑说：不用祝他（指郭先生）健康长寿，你不祝他，他也会长寿的。

提起启功先生，谁都知道他不仅是著名学者，还是大名鼎鼎的书法家和文物鉴定家。记得我第一次求启功先生写字，是 1982 年在东京中国驻日本大使馆里。后来，我有一段时间经常到启功先生家里去拜访，向他请教，向他求字。启功先生虽然忙得不可开交，可是对我仍然有求必应。我的好几本书都是请他题的字。我送给日本和伊朗友人的字，也是他给写的。我特别喜欢启功先生的字。我认为他的字的特点可以用"秀美"二字来概括。我还特别喜欢当面看启功先生写字，每次看他写字都是一种艺术享受，都会产生喜出望外的感觉。尽管我早已知道他的字好看，可是当面看着一笔一笔地写出来时，还是感到惊喜。人家都说他一字值千金，但我没有给过他一分钱，也没有送过他一次礼。这并不是我不懂人情世故，而是因为他曾经婉言谢绝过我一次，此后我就再不敢提出这方面的问题了。启功先生多次跟我说过，凡是文化教育方面的人向他求字，凡是不以赢利为目的的人向他求字,他一律分文不取。启功先生心胸豁达,不计前嫌,语言幽默,谈笑风生。他关心的事情似乎很多,听他谈话可以增长很多见识。他对像我这样的晚辈也是十分客气,总是称呼我为“何乃英同志”;而他有事给我打电话时,第一句话就是“我是启功”,我听了心里着实感到惶恐不安。我和启功先生还有另外一层关系:我爱人的外祖父是著名书法家沈尹默先生。启功先生极其尊重他的这位前辈,多次捐款捐字为沈尹默先生出版书籍。这种尊重前辈的态度,也是我应该效法的。

最后我要谈到新近辞世的我国民俗学之父——钟敬文先生。我在学生时代虽然没有机会聆听钟先生讲课,但由于钟先生的夫人——陈秋帆先生是我的日语老师,我自然不免经常到钟先生家里去求教。陈先生去世后,我每年都要去给钟先生拜年,每次都要握握他的手,并且声明是要从他身上吸收一点“仙气”。每次拜年都是客人满座,每次拜年都听主人侃侃而谈。我们这些后辈都喜欢听他谈话。他思维敏捷,记忆力惊人,仿佛在座每个人的情况他都了如指掌。虽然他一步步朝百岁走去,可是他很少谈自己的身体。他谈的是国家的文化教育事业,谈的是学校和中文系的工作,谈的是我们每人应该做些什么。钟先生一直希望我翻译一些民俗学方面的日文著作,我也愿意做这件事。可是由于出版方面的原因,我迄今只译了一本,即白川静先生写的《中国古代民俗》。听说我要译这本书,钟先生很高兴。他本来答应写一篇序,后来由于太忙,只好委托他的弟子许钰先生写了。去年11月,我到医院里去看钟先生,当时他的身体已经很弱,可还是像平时那样跟我说个没完。他一个字也没有提到自己的病,还是不断问我在干什么,并且嘱咐我要坚持日本文学和东方文学的研究,退休以后也不要懈怠。钟先生的确是我的严师。我在日本时曾经写过几篇小文章,想请他帮忙推荐发表。他一直没有理睬,我有些失望。我回国后,他告诉我,不要忙着发表那些东西,要把主要精力放在学术研究上。说得我哑口无言。我经常向亲友和学生宣传这位长寿的老师,没有人对他的表现不感到吃惊的。我以为,钟先生之所以长寿,除了体质好的因素以外,一是由于他心胸宽广,不计较小事情;二是由于他一心扑在工作上,脑子越用越灵。我们都盼望钟先生能够活过百岁,能够和大家一起庆祝师大百岁。然而,钟先生突然去世了。他的体力和心力已经耗尽。他太累了,他远行了。

我从1951年考入“北师大附中”,到现在为止,已经在北师大(包括“师大附中”)学习和工作了50年。我的一生与北师大结下了不解之缘。我爱北师大,我爱北师大的老师。我要以我的老师为榜样,继续学习,继续工作,决不虚度退休以后的宝贵年华。

(原载于《北京师范大学校报》2002年4月10日第4版、4月28日第4版)

人生三部曲

郭志刚

一

上午10时刚过，骄阳便喷出火来，给德外一带新修建的马路和建筑物群镀上一层炽热的金亮色。路人纷纷拣着街边荫凉地方鱼贯而行，队列相当整齐。大自然没有为行人立规矩，行人却自觉接受它的规范，比指挥棒、法规什么的都灵，这很值得社会学家思考。

我要等车，不得不暂时出列，到阳光下站着。不一会儿，一辆擦洗得很干净的红色出租车，驮着旋转的片片阳光驰来，在我面前停下。我一上去，司机便开空调，原来他自己是忍着的。我看了看他，猜不出他的年纪，只瞅见那发达的脸肌上已爬满又深又粗的皱纹，而浓密的头发还是黑的。他话不多，进入鼓楼西大街后，才活泼起来。他先夸奖这里的树好，果然，马路两旁那些高大、苍郁的古树，在空中将枝丫伸展开来，搭成一条长长的绿色拱形通道，现在，连车里都荡漾着绿色的光波。他又热情地介绍着近处的胡同，指着胡同口停着的许多三轮，说那是专门拉客人逛胡同的，客人中常常有外宾。还说北京原来有3000多个胡同，现在只剩下1000来个了。“还得留一点儿。”他开始发议论，“这是历史，也是文化。留一点儿，后代有个念想。再说，外国人也爱看，古都特色嘛。”他小时就住在那一带，那个漂亮餐厅，原来是家面馆，在面馆吃饭，可以先赊账，以后再结。那时风俗淳厚，从来也没事。“现在不行了，”他叹息着，“大楼盖高了，人情变薄了。”他的声音忽然变得很轻，这一来，反倒更像是呐喊。是古都的灵魂在呐喊吗？我立刻想起最近电视里老爱说的一句话，叫“开采未来”。开采未来很好，但是，人们想没想到，在这千年古都下面，也有一个灵魂正等着“开采”。那是祖先的灵魂，毫无疑问，祖先最关爱我们，合理的设想是，他们在地下也没有闭上眼睛，一定在用心注视着我们，希望我们把“开采未来”的事业进行得更好。

该下车了。司机不知道我要去的文采阁的具体位置（我只告诉他文采阁在北海公园对过），但他知道就在近处，于是，不等计价器再跳字，就把车停下。我付费后，他一面将零钱和发票递给我，一面和我告别，继续向前驶去。我站在那里，眼望着他消失在人海。

二

我很快找到了文采阁，我们在这里凑份子给陆老师过生日。人不多，一共定了两桌饭，来的半数以上是老人。陆老师 80 岁了，至今已著、译、编书 30 余种，前些年还带着研究生。30 余种书，我不知道是多少本，反正按 80 个春秋排列开来，也是挤得够满的，何况，他还参加过新四军，做过许多重要的事。他多年前就在一次聚会上说过，他已经“下岗”（指离退休）。那时，下岗这个词刚出来，他的诙谐立刻搏来一阵笑声，我也就随着这笑声，对他的旷达和恬淡留下了印象。

我刚认识他时，他也就是 60 来岁吧，头发虽已花白，瘦实的身架显得蛮硬朗。有一段时间他担任院领导，某次开会，到了些像我这样的外单位人，散会后，我们本来可以自己回去，他却让司机送我们，自己步行回家。我和他见面不多，他给我的印象是，他睿智的眼睛里似乎有很多话，但不大说，连在会上发言也很短。别看话少，他能一两句话把你逗笑。有一次过年，开茶话会，主席请他讲话，他站起来，并不去设在会场中央的发言席，只在原地说：“现在过年常说‘万事胜意’。哪里有那么多万事胜意？一万件事，就是有一件事不如意，也不能说万事胜意。”他的话就此结束，全场又是一阵会心的笑声。说白了，这是“专抓痒处”的机智，抓着了，你不会觉得是扫兴，倒觉得很舒服。陆老师是研究哲学和文艺美学的，他有这个本事。

怎么时间过得这么快，他转眼就 80 岁了呢？现在，他坐在寿星位子上，慈祥地打量着年老和年轻的朋友们，不时说着什么。旁边端坐着的陆师母，我是第一次见，她除了接受别人敬酒时微笑着致谢外，终席未发一语，恬谈、怡然之态，很像是陆老师的影子。见此光景，一种沧桑之感在我心头寂然掠过，我又一次体验到了人生的庄严。陆师母也 80 岁了，也是满头白发，也那么瘦削。还好，静静地坐在那里的她，也和陆老师一样神清气爽。这很令人欣慰。

为了给陆老师祝寿，我头一天把想好的祝词，幼稚而恭敬地抄在一张荣宝斋印制的宣笺上，装在一个彩色信封内，入席前交给了陆老师。内云：“值陆老八十华诞,首录东坡浣溪沙为贺;拙作次韵,再博一笑。苏词:山下兰芽短浸溪,松间沙路净无泥,萧萧暮雨子规啼。谁道人生无再少?君看流水尚能西,休将白发唱黄鸡。次韵:端似崖泉过涧溪,高山流水净无泥,清音都向艺门啼。白发不嫌搔更少,华章颠倒任东西,还将长寿舞晨鸡。”此处艺门之“艺”,兼指学艺和文艺,陆老于二者造诣之高,更在读书之外。此中深味,可与人生俱进,我辈后生,能不奋踬自励?

三

午后1时,曲终人散。出了文采阁,我感到很充实,一时兴起,便不坐车,向北一拐,进了胡同。多年未走很长的路了,我决定试试腿脚,走回北师大,这样,还可以按老司机的提示,贴近一下胡同里的人生和文化。我选择背阴地方走,阳光跳动着,不时从檐间和树叶缝里漏出来,被滤去了许多炎威,不再那么暴热。

学文的有个习惯,喜欢在散步的时候想些东西。我也如此,今天算是“顺天应时”,幸会此地人生,觉得脑子里的东西蛮多,需要消化。我在胡同里徜徉着(有时嫌看不清楚,便往回走几步,像走错路似的,其实是想再看看),在遐想中试着将老司机、陆老师,以及和他们相关的我们民族的历史文化精神进行各式各样的连接。我的连接是成功的,那是一条割不断的线,理不尽的情,织不完的网……总之,无论如何,连接都无法中断,中断了,老司机的车开得不会如此“到位”,陆老师的学术怕也早成了无本之木、无源之水,给它一个新名词,就是“泡沫学术”。我知道,无论是陆老师或老司机,人生信仰都很纯正,今生今世,不会离开这条线,而是用它继续编织自己的七彩人生。七彩,那是阳光的七种颜色呀,世界怎么能够少了它们呢。

走出胡同,一阵爽风吹来,同时眼前一片澄明,原来那就是掩映在一抹丛绿中的后海。后海和北海遥遥相对,像是当年上苍在巡视这古城时不小心摔落了眼镜,现在只剩下两个不规整的镜片。在这里,我渺小的人生一幕得到重现。那是1966年5月吧,一次我和妻子沿后海散步,遇到一位垂钓者正钓出一条大鲫鱼。妻子问他卖不卖,他抬头望了望正怀着身孕的妻子,一语未发,将鱼送给了她,外加两条小的。妻子高兴地道谢之后,扭动着身子持鱼疾走,说是先放回家里养着(那时我们住在岳母家,离后海只有一箭之遥)。无奈她那时体弱,身子又笨,尽管上身前倾,下身还是滞后,竟像要失去平衡,我至今想起来还有些心酸。唉,易逝的人生,转眼间我们都老了。这些“凡人小事”,因为落上了厚厚的岁月之尘,在我心里倒添了分量,就像一枚小小的旧邮票,因为年代久远反而增值一样。

走出后海西岸,再过小半截胡同,就是原来岳母的家,和妻子恋爱时,我几乎天天往那里跑。那时我住校内集体宿舍,从学校到她家,走路只要 25 分钟,我从来不坐车。现在那里虽然没有她家的人了,我还是情不自禁地看看那院门,再看看表,决定按原路再走一回,看看是多少时间。

结果是 35 分钟。对这个成绩,我感到满意,当年毕竟是在谈恋爱呀。话说回来,恋爱的“速度”毕竟是令人羡慕的,因为那是感情的冲刺。事业也需要感情的冲刺。

(原载于《北京师范大学校报》2002 年 6 月 20 日第 4 版)

素心灿若炬

郭志刚

预衡先生也姓郭,他是老师,我是学生。

托起一个“名牌系”不容易,如果说在很多年里,北师大中文系也是“名牌系”,那么,郭先生就是托起这个“名牌系”的重要人物之一。要明白这一点不难,看历史就行。“名牌”不能靠吹,必须靠“物”,是历史唯物论。那么,郭先生贡献了什么“物”?不用扯远,单说他的《中国散文史》,就是近年来在该领域内受到学界称赞的开山之作。这部三卷本大著,上自先秦,下讫晚清,总计157万言,填补了我国学术史的一项空白。关于该书,内行多有评述,无须我在门外饶舌。我要说的是,他完成这部书,主要是在退休之后,不仅是厚积薄发,也是养志、养气的结果,就是“风霜勤磨砺,寒花晚更香”吧。自有了这部书,众多学人在涉足我国古代散文研究的时候,就不会忘记它。就是说,我们的“名牌系”,又破了一项记录,在学术界“奥运会”的金牌榜上,又多了一个“某校、某系”的人名。今后即使有人要超越它,也得记住这个“界碑”或“横竿”,从旁边绕过去不行,从底下钻过去更不行。学术事业是一项严肃的事业,郭先生的贡献就是拿出了这样一个界碑和标竿,即使你说这个界碑和标竿还“嫩”,你在超越的时候也得看它,研究它,记住它在竿上的刻度,否则,闭目一跳,脚还不知落在哪里,谈何“超越”?学术研究难，到他这一步就更难，难在他实现了某种超越。那么，他是怎样超越的呢？

不止一位有影响的大学者、大作家，说过一样的话：学问之道是寂寞之道，不能人前人后跑得那么热闹；学问是“素心人”做的事，不能贪图花红柳绿，竞逐“显学”。这些年，郭先生门前不算热闹，虽然问学、求字者不绝于门，但志多在“学”，未失“寂寞”之道。否则很难想像，怎么他退休后反而写了那么多书，这当中，也包括他主编的总字数大大超过散文史的中国古代文学史长编。这些年我们常看到，有的书还未出，就先动员起一个乐队，吹吹打打，大做广告，而郭先生和他的“团队”，几乎是悄无声息地完成了工作，等书上架，我们读到的时候，原来那些书写得那么朴厚、充实，以无言的美宣示着“实谷不华”“至言不饰”。当然，在市场经济时代，不做广告是要吃亏的，但它给学界留下的风范，足可抵消广告的损失，至于个人一时之损益，他不在乎。要之，他是一个“素心人”，这使他将任何不相干的热闹摒诸门外，使那片心灵净土光长庄稼，不长杂草。这是合乎辩证法的：因为心“素”，他才把身外之物看得很轻，又把分内之事看得很重，依傍先贤，重视责任，“铁肩担道义，妙手著文章”；因为心“素”，他才心“热”，在神驰经史的同时，不忘“身在江湖，心悬魏阙”的古训，认准目标，一以贯之。新中国成立前他刚留辅仁大学当助教时，写过一首《鹧鸪天》：“一度临窗一度愁，春来新恨满层楼。碧楼云外无穷路，何处天涯是渡头。书咄咄，几春秋，也曾谈笑骂王侯。浮生心事谁堪说，说到无聊也便休。”此词外敛内张，似收而放，忧国之思，粲然可见。正因为这颗素心有光有热，故见事如炬之明，接人如春之温，爱心化处，家国一体，物我两通。人要到这步，才能做得真学问——我心目中的先生，正是这样。

我国一向有尊师重道的传统，至于引师自重者，更不乏人。说到这里，我也话到嘴边：郭先生不但是我的老师，还是“全天候”的老师呢，至今我有了学问甚或生活上的问题，常不择时登门求教，只要打个电话，他总是热诚地欢迎。对于学问，他非常认真，那种认真的态度，甚至也投射在他平时的行为方式上。说件小事，当年“大练民兵”，他也出现在队列里，一板一眼地跟我们年轻人一起操练，当领队喊“正步——走”时，别人都是迈左腿、抬右臂，然后交互为之，他因为过于认真，竟把出腿和抬臂弄到身体同一侧，板直身子，“踩”着正步，成了一个别人不易模仿的高难动作。他走得那么认真，领队不能批评，连纠正他都格外耐心。先生做事如此，治学可窥一二。我到他那里求教，有时所问过于琐细，他若无从回答，就径直说不知道，或当场查书。他的书又那样多，在已经饱和的书房里，叠床架屋，“危乎高哉”。好在许多书他已了然于心，找起来不算太难，一般都是倚马可待。有时在我告辞之后，他又想起什么，还会打个电话告诉我，或者提个醒，免得我误入陷阱。

我知道,这时从话机那头传来的不光是知识,还有比知识更宝贵的东西。接着这样的电话,我与其说激动,还不如说背上着了一记重鞭,无论如何也要“奋蹄”了。

“学也无涯”,求学如放舟大海,既难穷,也难测,先生以严谨、求实之风驭之,在无限的空间里获得了主动,这一点特别值得重视。他在《中国散文史》后记里说过这样的话:

> 一、《颜氏家训·勉学》说:“观天下书未遍,不得妄下雌黄。”此言甚好,但我未能做到。天下之书,实未遍读;习见之书,也未尽读。虽未敢“妄下雌黄”,也不免信口雌黄。
>
> 二、近人王国维说,他“于《书》所不能解者殆十之五”……这是硕学大师就“六艺中最难读”者而言。至于浅学后辈如我者,于书之“难读”而“不能解”者甚多。书未读懂而发议论,深恐自欺欺人。
>
> 三、顾炎武撰《日知录》,自谓“采铜于山”,而非买“钱”于市(《与友人书十》)。著书立说,本应如此。心向往之,但很难企及。入山不深,买“旧钱”以“充铸”,亦时有之。

前面说过,现在是市场经济时代,著书立说也有了五光十色的广告。他的后记不像广告,要说是,做法也大异其趣。与有些广告比较,何者童叟无欺、货真价实,人若心中无数,不妨问问爬在书页里的书蠹,它们会有数的。他退休后写了这么多的书,这也可以说是“始虽垂翅回溪,终能奋翼黾池”吧。如今他已年逾八旬,于学术事业,尚未见其稍坠鸿鹄之志。在知识界,一个人该如何过好晚年生活,照献硕果,他做出了榜样。

我上大学时,先生就已经是名师了,那时他才三十多岁,体瘦而直,儒雅中带点儿严肃,看上去不显年轻;近50年过去了,如今他身架依然,体轻神爽,看上去却也不显老。中国传统就是,学生总有些怕老师,我更不例外。但和他处久了,感觉却不是那么回事。别看他有时正襟危坐,话也不多,但开起玩笑来,不让小伙子。多年前我跟他到外面开会,上楼时不知道他“猫”在后边,冷不防给了我一个老鹰抓小鸡的惊喜。他这个动作,解除了我对他的任何“防线”:原来我的老师竟视我如友,我还拘谨什么呢。他的心态似乎永远年轻,这可能正是他成功的一个秘密。前年夏天,有一次走在街上,我看前边一个戴巴拿马草帽的人很像他。我怕认错人,先跟着走。后来这人朝一个称体重的女摊主走去,把草帽一摘,上了磅称。这下我看清了,不是他是谁?我快步上去,且不招呼他,只问摊主:“多重?”“113斤。”“多少钱?”“两毛。”“便宜。”我说着付了钱,得意自己在读秒的时间里便完成了这些动作。等他明白过来,才笑着说:“我有钱。”“知道你有钱。你付钱就没意思了,我付才有意思。”连女摊主都给逗乐了。

这样看来,先生和我之间,虽有师生之别,却无篱笆之隔。而没有了篱笆,就更有利于知识的传递和信息的交流,这是很符合教育学原则的。人说“经师易求,人师难得”,我可算是很幸运了。

这两年,我给校报写了4篇稿子,依次是:人生三部曲、爱的方程式、斯世有贤人,素心灿若炬。这很像五言诗:三部曲者,可视为生命由少而壮、由壮而老的过程;这个过程应该由“爱”来连接和完成,因为爱是生命和事业的支点;至于贤人和素心,都可以不言而喻了。现在,我就把这诗献给先生,算是请他吃庄稼饭,虽然东西上不得席面,心是诚的;他呢,好比击鼓传花,鼓声一停,他恰好赶到了“点儿”上,不要怕也不行了。

(原载于《北京师范大学校报》2003年10月20日第4版)

千金一字信吾师

杨 速

2002年1月10日,钟敬文老先生与世长辞,至今已有一年了。钟老的一生,不仅在学术上给社会留下了大量民间文艺学和民俗学的重要论著,而且在人品上还给后人留下一笔宝贵的精神财富。

钟老是珍惜时间的典范。

钟先生到晚年,虽年事已高,但他对时间仍然非常珍惜,充分利用有限时间,完成大量工作任务。我们仅从1992年8月期间,他在北京工人疗养院(在西山八大处附近)住夏的一段生活,就能得到较深的了解。他对时间抓得很紧,每天都有周密的安排。据他自述:

> 每天大约五时左右就起床。梳洗后,离开住房到空阔的院里去。在那些水边或亭上,做做深呼吸和手足运动,然后在院里绕圈子,或在池边观看成队游来游去的金鱼,或站在花砌边赏玩那些绿树红花,或者呆坐在亭子里、树荫下沉思。到了7时左右,就回房里吃早点。这里早上供应的油条,在我的感觉上远胜于城里的油饼。还有豆浆也是我所常喝的。
>
> 早餐后,休息一下,就坐下来看看书或者拿笔写作。11时左右吃中饭,跟陪住的年轻人一道,共吃一荤一素的菜。我个人,在主食上只需一个小馒头或大半个花卷便够了。午休起来后,仍是看书或写点什么。到5时吃晚饭,饭菜略如中饭。晚饭后,或稍作散步,或即打开电视机看节目(因为视力不好,晚上就不再看书了)。我看的,除了北京台和中央台的新闻之外,就是国

内的故事片（有时也兼看些国外的）。我看这些故事片，主要是想间接地通过它去多了解一点现实情形，从而做一些关于社会问题的思考……（参看《西下庄通信》一文）

从上面这段自述可以清楚看到钟老对每天作息时间的安排是科学的、颇有规律的，有劳有逸，既有看书写作，又有休息看电视，既喜欢观赏绿树红花，又喜欢寂静沉思。他生活节俭，饭菜简单，每餐一荤一素。这次到工人疗养院住夏，名义上是避暑休养，他却带来许多“活计”——“待还的文债或想看的书”。他说：“从现在的情形看，这些目的基本上是达到的。”他想看的书有：斯瓦兹的《五四运动与五四遗产》、卢梭的《一个孤独的散步者的遐想》、唐圭璋的《梦桐词》《遗山诗选》等。

他完成的学艺工作有：为出版社重印的需要，他校对了青年时期出版的两部散文集子《荔枝小品》《西湖漫拾》，并为它作了《重印题记》和两首诗；还为董晓萍所译的《到民间去》（此专著为美籍华裔学者洪长泰博士撰）的中文稿做了校订；还为北师大同学在解放前所作反国民党暴政诗歌的集子《怒向刀丛觅小诗》写了题词；还为纪念唐弢的集子作了两首悼念绝句；还为北京大学《歌谣》周刊诞辰七十周年纪念而写了《歌谣周刊·我跟她的关系》一文并赋了一首小词《临江仙》。

一位年近九十高龄的老先生，在一个多月的度假期间，完成这么多的学习、工作任务，确实是令人难以想像的，其时间利用率之高，实在令人惊叹。

钟老是虚心好学的楷模。

钟先生曾在一篇文章中写道：“我是岭南人。……竹子正是我熟悉的植物。……四十多年来的北京市民生活，却使我对这种具有虚心、直节的植物，产生了特殊眷爱之情。”他为什么对竹子产生一种特殊眷爱之情？是因为竹子具有虚心、守正不阿的特性。钟老身上那种谦虚好学、正直顽强的精神，不正是竹之特性的体现吗？在这里，我想着重谈谈钟先生在诗学和书法方面是如何虚心向启功先生求教的。

钟先生是著名的散文家和诗人，启功先生是著名的书法家和诗人。他们两人是亲密的诗友。钟先生在十二三岁时，就“已经学写作旧体诗（律绝之类）”。其旧体诗词的功底是很深的，而且他勤于写作，尤其是改革开放之后，从 1978 年到 1990 年间，他的足迹几乎走遍祖国的四面八方，或出席地方有关学会的建立，或参加有关的学术会议，在参加各种活动之余，自然要观赏当地的自然景观，凭吊当地的历史古迹，常引发创作诗词的激情，每到一地都有吟咏，并将这些诗作汇编成册，诸如《兰州吟卷》《成都杂咏》《黔南行诗词稿》《齐鲁行诗稿》等。

钟先生对启功先生的诗作是很推崇的，他称赞其诗是“诗思清深诗语隽”（《献诗二首》其一）。在写诗过程中，钟老常跟启老在一起切磋研讨，钟老所写《献诗二首》其二云：“长忆敲诗小乘巷，千金一字信吾师。世间酒肉多征逐，俗态纷纷岂足嗤。”其诗意是说：他回忆起常到小乘巷（启先生原住西直门内小乘巷）跟启功先生一起推敲诗句的写作，有时启功先生帮他更改一字，而这一字改得特别好，有千金价值。启功先生确实是我的一字之师。然而人世间那些交往过从、只讲求吃喝的酒肉朋友，他们的庸俗情态，难道不是足以令人嗤笑吗？

跟世俗的酒肉朋友相比，这两位老先生的诗友之情显得多么真诚而高尚啊！启功先生在他所写的《钟敬文先生惠祝贱辰，次韵奉答》一诗中，也曾赞美他们俩人志同道合的诗友感情：“同心可喜人吟笺。”该句诗意是说，可喜的是我们两人情投意合，都喜欢写诗。

钟老除了向启老求教诗学外，他还因喜爱启老的书法想请启老教他写字。钟老的书法本是学养有素的，只因手颤抖，故写字不大方便。但在这种情况下，他不顾自己年迈体弱，还想进一步学习书法，达到精益求精的境地。这种虚心好学的精神实在感人。

钟老是爱护身体的榜样。

钟先生非常爱护自己的身体，重视身体的锻炼。他锻炼的项目主要是散步。每天清晨，他手里拿着一根手杖，在校园的道上信步走着。除了散步，他有时在空气新鲜、寂静的环境中，做做深呼吸和手足活动。散步这种活动，非常适合老年人，既方便，又不剧烈，达到全身运动的目的。然而，这一活动贵在坚持，而钟老几十年如一日地坚持下来。记得 1971 年钟老在山西临汾分校劳动时，他那时已年近古稀，还跟年轻教师一样下地干活。周日休息时，分校教师常到临汾城里去购物，不少年轻教师常搭乘分校的拖拉机进城，而钟老从来不搭拖拉机，他跟叶苍岑先生常一起步行进城，买完东西，再步行回校。这一来回，有二三十里远。对一位老先生来说，这的确不容易。他曾说：生命在于运动，一个人如果不活动，身体就容易僵化、老化。他的话，我一直铭记在心里。钟老对于锻炼身体的重视，从临汾开始，就给我留下了深刻而美好的印象。

爱护身体，锻炼身体，自然是为了达到长寿。但长寿，在钟老看来，是意谓着为国家、为人民多做贡献。记得他曾说过：一个人做学问，不能靠拼命，而要靠长寿，尤其是搞社会科学的人，长寿就能多做贡献。历史上像王勃、李贺这些著名诗人，虽高才博学，但英年早逝，对社会的贡献毕竟有限。

这不就是这位百岁老人一生宝贵经验的总结吗？我想，生活规律、饮食有限、清心寡欲、坚持锻炼，这些可能就是钟老长寿的秘诀所在。

钟老的高尚人品，永垂史册，沾溉后人，其泽必远。

（原载于《北京师范大学校报》2003年1月10日第4版）

同学邱季端

崔大学

在北师大的校友中,邱季端的名字早已被大家熟悉。

邱季端,北师大的杰出校友,一位成功的香港实业家,一位诚信智慧、魅力十足的儒商,一位胸怀博大、充满爱心的慈善家。多年来,他用自己辛苦创业的血汗钱,不断地报效桑梓,回馈社会,感恩母校。母校给了这位优秀学子很高的荣誉,福建省人民政府为他树碑立传,厦门市授予他"荣誉市民"的称号,福建省委书记卢展工夸奖他是"一个真正干实事的人"。

邱季端和我是1962年同时考入北师大中文系的。我们在一个班、一个学习小组,还住过一个宿舍,朝夕相处整整六年。大学时代的邱季端是个典型的闽南小帅哥,他为人豪爽,情感细腻,性格坚韧,诙谐幽默,很喜欢和同学开玩笑。三十多年后,他的性格依然没有变化。

学生时代的邱季端特别爱好体育运动,当年他是我们班篮球队当仁不让的主力中锋,每天课外活动时间,他总是第一个抱着篮球,直奔球场。我们班的篮球实力,在年级乃到全系,都是最强的。球场上,他是满场飞,比赛时他对每一个球的胜负都特较真。他喜欢带球三步上篮,虽然动作不十分标准,总能进球。不知当年观战的女生中,有没有他的"粉丝",为他的英姿所倾倒。直到今天,只要电视里有球类比赛,他都要坚持看完,还要滔滔不绝地发表评论,热情丝毫不减当年。也许很多人不知道,他和中国女排主教练陈忠和是非常好的朋友,现在的福建女排就是由他的喜盈门家俱公司品牌"喜梦宝"冠名的。尽管福建女排的成绩并不理想,但出于对家乡和体育的热爱,他一直坚持每年给福建女排赞助100万元。

年轻的邱季端,当然也有对爱情的渴望与追求,他的初恋情人是他的高中同学,考入了清华大学。邱季端深爱着这个南国女孩,苦苦追求,锲而不舍。我的记忆中,他们曾幸福地相恋相爱,后来不知为什么,有爱无缘,这让他颇为痛苦了一段时间,写下了不少诗歌。多年后,我和他开玩笑,他坦然地说,性格使然,两个人都太倔强。“现在我们仍然是很好的朋友哇”，他大笑道。

六年的大学生活，邱季端和同学们相处得十分融洽。有一件小趣事，那时，他是我们班上唯一有手表的男生，不少人出门都喜欢向他借用，他的手表成了班上的共有资源，为了出门显摆，我大概是借用最多的一个。那时手表很金贵，每次他都是毫不犹豫地从手腕上摘下，甩过来。后来，我向他提起此事，他说，不记得了。

那年月，我们的大学生活是离不开劳动的。无论是在校园里，还是下乡，邱季端干起来活来从来不惜力气。这使我理解了他后来到香港创业成功的原因，那就是特别能吃苦耐劳。1964 年，我们到河北衡水搞“四清”，因为表现积极，他居然当上了一个生产队工作组的组长。回校后，我们一起加入了团组织，在 20 世纪 60 年代，那是让人多么激动的事啊！三十多年后，我们谈及此事，他哈哈大笑。那时，这可是我们发自内心的执着追求啊。他不止一次深情地回忆，当年我们班的团支部组织委员，一个娴淑善良、温柔敦厚的女同学（后因积劳成疾，英年早逝），在师大“绿园”代表组织找他谈话的情景。

1968 年，我们终于盼到了毕业。邱季端被分到武钢的一个矿山，当了一名采矿工。离开生活了六年的北师大，同学之间来不及道一声再见，便各奔东西，从此天各一方，杳无音讯。大约是在 20 世纪 80 年代，我非常偶然地从中央电视台的新闻节目中看到他去他捐助的一所希望小学视察，虽然只有短短的几秒钟，却让我万分惊喜。同学们开始互相打听邱季端的下落，邱季端当然也没有忘记他的同学们。

我们班的沈渝丽同学（沈钧儒的侄孙女），母亲解放前去了台湾，从此失去联系。邱季端到了香港，四方打听，竭尽全力，终于在台湾找到了沈的母亲，使这对分离了 40 多年的母女，终于在香港团聚。沈渝丽同学不止一次动情地说：“我这辈子最最感激的人就是邱季端，没有他，我这一辈子再也见不到我的母亲了”。邱季端却很少提及这件事。

1997 年暑假，在大学毕业三十年后，邱季端慷慨解囊，邀请我们全班同学在烟台团聚。三十年了，整整三十年未曾见，当年风华正茂的年轻人，一个个都已霜染两鬓。那情那景，不是我在这篇文章中，三言两语所能尽述的。邱季端在刚刚参加完香港回归的盛典后，匆匆赶来。他深情地向同学们讲述了他艰难的人生经历，以及百折不挠的创业历程。在香港，他从一个打工仔做起，吃尽千辛万苦，凭着自己的聪明才智，凭着诚实守信的人品，一步步创立了自己的事业。这次重逢，让我们对这位老同学的人格魅力，又有了更深的了解。他用极其宝贵的时间，和我们欢聚在一起，遍游胶东半岛，欣赏美丽风光，把酒畅饮，谈笑风生。分手时，大家依依不舍,列队鼓掌为他送行,他向大家深深鞠躬表示感谢,同学们无不为之动容。

这些年来,邱季端为母校捐资已逾3000万元。在校庆95周年时,他捐赠300万元,“一方面是回报母校的培育之恩,一方面还想为家乡培养人才做点事”。在英东楼会议厅里,我亲耳听到他用低沉而浑厚的闽南普通话,殷殷寄语他的福建小老乡们,他说:“我现在还不是国际级的大亨,将来我一定会为教育做出更多贡献。”邱季端没有忘记自己的诺言,校庆100周年的时候,他捐出了500万元。2006年底,他又一次向母校捐赠2000万,兴建北师大体育馆,为此,学校将体育馆命名为“邱季端体育馆”。

邱季端尊敬老师,这一点上他堪称我们的楷模。曾经担任过我们辅导员的杨庆惠教授,晚年身患癌症,邱季端多次于百忙中登门看望,并拿出数万元给老师治病。他对曾经为我们授过课的启功先生更是敬仰有加。启功先生去世后,他立刻捐赠100万元,是“启功先生教育基金会”收到的第一笔捐款。对那些曾亲自为我们传道、授业、解惑的已故的陆宗达、俞敏等先生,他也是念念不忘,铭记一生。

一次,我陪他去看望黄会林教授,他坚持要请黄先生和绍武先生吃饭。原来,黄先生不久前去厦门,他因外出未能亲自接待,深感歉疚,执意要补请。黄先生闻之大笑说:“你的秘书安排得非常好啊,我们非常满意。”

邱季端一直惦记着中文系的师资建设和科研力量,他常常回忆起我们读书时,那些泰斗级的教授们,每每说起他们的名字时,如数家珍,充满自豪。2004年,他向北师大文学院捐赠100万元作为文学院的科研基金。

1997年重逢以后,我和邱季端几乎每年都会见面。2002年,他应中央统战部的邀请到安徽考察,特意携夫人从黄山驱车数百里,到我的家乡芜湖来看我。2005年5月,我和夫人去厦门游玩,受到了他极热情的招待。去年4月,我又突然接到他的电话,他说:“春暖花开,要不要去江南走一走哇?”我当然是愉快地接受邀请。他兴致勃勃地约请了几位同学,我们从苏州到绍兴,到奉化,到宁波,一路欢笑一路歌,陶醉于同窗之谊,忘情于山水之间。

我曾两次到过他的故乡——福建泉州石狮。一路上随处可以看到他捐资修建的道路、桥梁,及各种教育、体育、文化设施,让人瞠目结舌,感佩不已。熟悉邱季端的人都知道,他是个大孝子,从不违背母亲的意愿,为了母亲的愿望,他不惜放弃自己的幸福。一次,我们到他的母亲和祖母的墓前拜谒,他动情地说:“这是我一生中最重要的两个女人。”我知道,是他的祖母和母亲两个女人,呵护着他这根独苗,含辛茹苦把他培养成人。在他终成大业,还没来得及报答老人的养育之恩时,他心中最伟大、最崇高的两个女人都离他而去了。我想,这可能会是他心中永远的痛。在离他故居不远的大海边,他修建了一座庙宇,我不知道,这其中是否也寄托了深藏在他内心的祈愿。启功先生为他题写的匾额高悬在大殿之上,四字禅语:“得大自在”。我想,“得大自在”者,不正是那个生活中真实的、我们的同学邱季端吗?

(原载于《北京师范大学校报》2008 年 3 月 20 日第 4 版、4 月 12 日第 4 版)

板凳甘坐十年冷　文章不写一句空

郭小凌

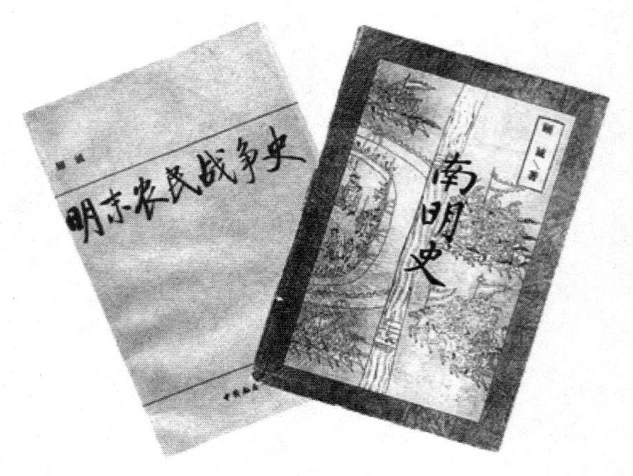

在以多产为特色的当代学术界，顾诚是位寡作的学者。20年前，他出版了自己的第一部专著《明末农民战争史》。那是一部彰显作者治史功力的大作：史料近乎竭泽而渔，考证可谓周密详审，价值陈述谨严客观，至今在同类课题上尚无出其右者，从而奠定了作者在明史研究领域举足轻重的地位。顾诚在该书前言中曾有一个庄严的承诺，即打算写一部南明的历史，作为《明末农民战争史》的姊妹篇。然而，十七八年过去，读者仍然是“只听楼梯响，不见人下来”，国内期刊上也不常见顾诚的墨迹。莫非作者的承诺也如现在五花八门的承诺一样要失信于人？

读《南明史》后记得悉，该书初稿早在12年前便已完成，尽管出版社编辑的催稿信多达几十封，顾诚却迟迟未敢出手，原因在于他认为许多头绪未能充分理清，不少关键问题缺乏可靠的文献。但据知情人讲，当时顾诚掌握的史料规模，远远超过国内外已出版的南明史著作。自“文革”末期始，顾诚便穿行在北京、南京等地的图书馆和档案馆之间，十多年如一日，在浩如烟海的故纸堆中辑微钩沉，发掘出大量闻所未闻、见所未见的史料，积累的笔记盈数尺之高。若按常例，如此丰富的史料基础，出一部笑傲史坛的大作绰绰有余。况且众所周知，任何历史事件和人物的史料永远是不完备的，写史向来是看菜吃饭，量体裁衣，有多少史料做多少文章，难以澄清的问题不妨搁置起来，待时机成熟再拣起不迟。有取巧者甚至没有多少史料或者只用少量二、三手史料、一两本外文书便可写出大部史作。

然而，顾诚就是顾诚。他抱着穷根究底、求真求实的决心，最大限度地搜求有关疑案的蛛丝马迹。仅为核实西南明军和永历朝廷的内容，他在查尽北京收藏的云南地方志后，又赶赴云南考察。在昆明一个多月，他从早到晚将自己放逐在云南博物馆和省图书馆内，遍阅馆藏的地方志和相关典籍。以如此韧性，他“反反覆覆地查找材料，增删修改，许多章节是改乱了重抄，誊清了又改，一拖就是 5 年”。该找的地方都找了，改查的书都查了，直至有一天他感到“凭借个人绵薄之力想查个水落石出，可谓不自量”后，才决心结束这番艰苦的学术之旅。

翻开《南明史》，每一页都凝聚着作者非凡的劳动。作者在书前“凡例”中指出，全书不仅要做到“言必有据”“无一字无出处”，而且“力求在史实上考订准确。有些问题难以下结论，只好暂时存疑，同时在正文或注解中指出疑点所在”。一部近 80 万字的大作，欲达到“无一字无出处”和“考订准确”的高度，谈何容易。但笔者在阅过《南明史》后，确信顾诚说的完全是真话，极为丰富的脚注（有些注释甚而占大半页）对此是有力的说明。

粗略统计，《南明史》直接引用的地方志达 237 部，从东北、西北到东南、西南，县志、府志、州志、省志应有尽有。按收集史料的常规推测，未引用但查阅过的地方志数至少应超过此数的四五倍有余。如作者在昆明曾细读并摘录地方志一百多部，但书中引用的却只是其中 23 部，可证其劳动量投入之大。

判断一部史著的空疏与扎实，看注释便十知七八。注释的名堂多多。无注释者多半空，洞如明镜照物，徒有史著之名。少注释者则多半言之少物，坐冷板凳的功夫尚不到家。当然注释多也未必功夫大，因为投机的作者可将他人引注大量窃为己有。然而假的就是假的，投机者总会在麒麟皮下露出马脚。还有的史作注释虽多，却是史料的堆砌，作者或未能参透个中的含义，牵强附会；或未能辨别其中的真伪，以讹传讹；或者多为二、三手史料及现代人著述的杂凑，可靠性大打折扣。而顾诚的注释不仅量惊人，质也相当过硬。其引用的史料多取自明清之际，许多系当事人和目击者的证词。尤为可贵之处是众多脚注并非仅是书名和页码的清单，还附有对引文出处、不同记载可靠与否的翔实考据。

为了对读者负责，顾诚在书中有一个诚恳的交待，即提醒说书中引用的史料大多出自他个人的抄录,尽管其本人“在摘录时经过核对,力求准确,也不敢说绝对没有笔误”。所以,他郑重地提醒读者:“如果有人未见原书而从本书中转引史料,请注明引自本书。这不仅是著作权问题,更重要的是对读者负责和学术上良心的体现”。这不啻是对学术投机者的当头棒喝。顾诚这样要求别人,也如此要求自己。我们在其书内看到,但凡引用现代人成果之处,均一一予以注明,其中包括尚未发表过的、年轻的地方学者的论文打印稿,如曹锦炎、王小红的《南明官印集释》,显示出作者高尚的史德。

许多人叹息,在当代学界,像顾诚这样“板凳甘坐十年冷、文章不写一句空”、苦苦做学问的人,已经不多见了。笔者却以为不然。把学问视为生命第一追求的人在历史上何尝多过?自脑体劳动有了分工,形成了知识分子群以来,这个群落便始终在灵与肉、理性与感性、物质与精神追求孰先孰后的问题上摇摆不定。过分追逐物质和最大限度地追逐精神目标的人始终是少数人,多数人通常是两者兼半的对立统一者。这样我们才有了思想境界的高下之分,有了世俗的众多知识分子,以及少数的超凡脱俗或俗不可耐者;有了多数的平庸之作、少数的杰作和滥污之作。就文明的发展而言,当然更需要那些倘佯在精神家园中的脱俗者,因为他们是人类精神文明精髓的主要缔造者。翻翻世界思想文化史,留下深刻印痕的大多属于这类人。他们共同的特点就是把追求真理(真实)置于其他追求之上,其中的最彻底者则视真理与生命同价。就人类文明的发展而言,这样的人当然越多越好。然而,这样的人不是想多就能多起来的,因为追求真理必须不折不扣地实事求是,而实事求是的前提是独立思考,一切从事实出发,不唯俗,不唯书,不唯上,这就往往同大多数人构成的世俗或官方观念发生矛盾甚至冲突,于是真理的追求者便不得不努力顶住“曲学阿世”“曲学附势”的压力,牺牲个人的许多利益。我们扪心自问,有多少人敢理直气壮地说我顶住了沉重的压力呢?所以像顾诚这样做学问的人在历史上总是少数,但他们是知识分子的脊梁。至于他的《南明史》是否能归入历史杰作的范畴,那还要经过史学实践的长期检验。但从国内外明史研究的现状出发,说这部著作将南明史的研究推到了一个新高度,并在相当长的一个时期(也许一个世纪)很难被他人超越并不为过。

(原载于《北京师范大学校报》2003 年 4 月 15 日第 4 版)

我国科学和教育事业的无私奉献者

冯世平

我的老师黄祖洽先生于2014年9月7日在北京仙逝，虽然在他生病期间我经常探视并有一定的心理准备，但是当这变为现实时，我仍然感觉极其突然，悲痛之情无法用语言表达。

从1984年秋季博士研究生入学考试黄先生对我进行面试开始，到1985年3月起黄先生正式指导我攻读博士学位，再到2014年9月7日黄先生仙逝，30多年来，黄先生始终指导、督促、关心、帮助我的学习和工作。能够在黄先生指导下学习和工作是我最大的福气！黄先生永远是我的老师！

2004年10月是黄先生80寿辰，中国物理学会主办的学术期刊《物理》曾出版专辑（见《物理》第33卷第9期，第657页至第676页）隆重庆贺。我曾经为这一专辑撰写过一篇《我国科学和教育事业的无私奉献者》庆贺黄先生80华诞。为深切怀念黄先生和他为我校物理学科发展所做出的重大贡献，现将这十年前的旧作略做补充和修改，发表在黄祖洽先生纪念专刊上，以表无限的思念！

黄先生是我国著名的物理学家，他早年进入西南联大物理系学习，后又于1950年毕业于清华大学研究院。自研究生毕业后至1980年，黄先生先后任职于中国科学院近代物理研究所（后相继改名为中国科学院物理研究所、原子能研究所和中国原子能科学研究院）、中国原子能科学研究院和中国工程物理研究院第九研究所等单位，他是中国核反应堆理论和设计的奠基人和开拓者，也是我国氢弹研制的探路先锋和我国核武器物理问题研究的主要负责人之一，为我国的国防科技事业做出了历史性的贡献。

黄先生始终认为教育工作是关系国家兴旺发达的战略大事，经当时北京师范大学校领导的诚恳邀请并与当时的核工业部协商，1980年，黄先生从中国工程物理研究院第九研究所副所长调入北京师范大学低能核物理研究所（现为核科学与技术学院）任教授兼所长。这一年，他56岁。黄先生到北京师范大学工作也是他学术生涯的一个重要转折点，自此以后他虽仍然十分关心我国国防科技领域的研究和进展，但更多的时间和精力已经转移到物理学的基础研究和为我国的现代化事业培养高级专门人才的教育工作上来了。由于黄先生的到来，他的学术地位和威望使他自然地成为北京师范大学物理学研究队伍的带头人和核心，推动了北京师范大学物理学研究的发展。也正是由于黄先生的到来，北京师范大学的理论物理学科于 1981 年被批准为全国首批理论物理学博士点。

黄先生在北京师范大学低能核物理研究所担任所长期间（1980—1984 年），他结合当时国家发展的需要和物理学发展的趋势，组织专家学者对低能核物理研究所的科研方向进行了充分论证，并在此基础上对一些研究方向做了重要的调整和加强，使低能核物理研究所的学科布局更加合理。在大家的共同努力下，研究所取得了一系列创新的研究成果，也为低能核物理研究所的进一步发展奠定了良好的基础。1994 年在低能核物理研究所建立了射线束技术与材料改性教育部重点实验室，同年低能核物理研究所被科技部选为我国首批基础性研究改革试点所。在黄先生的指导以及大家近 20 年的共同努力建设下，北京师范大学物理学科获物理学一级学科博士学位授予权，而理论物理学科则于 2002 年被评选为国家重点学科。黄先生来到北京师范大学工作后，基础研究成果也颇为丰硕，先后出版了《核反应堆的动力学基础》《输运理论》和《表面浸润和浸润相变》等学术著作以及系列的学术论文。同时他还兼任了多个学术职务，先后被聘为国务院学位委员会第一、二届物理学科评议组成员，担任《中国物理快报》的第一任主编，并从 1983 年开始担任《物理学报》及其海外版主编，直到 1999 年。

黄先生来到北京师范大学工作的同时，也带来了严谨治学、一丝不苟的优良作风。尽管他在学术上有很高的地位，但他始终倡导学术民主，营造出了一个宽松的学术环境。即使在基础研究的大环境不是很好的情况下，他仍然尽最大努力在北京师范大学物理学研究队伍中创造出一个相对好的学术环境。他十分重视学科队伍的建设和中青年教师的培养，提倡教学相长，互相促进，以及对科学真理的执著与追求的科学精神。他认为从事物理学基础研究的工作者要有开阔的视野和活跃的学术思想，这样才有可能瞄准物理学的前沿问题，并持之以恒做出原始创新性的研究工作。他始终认为物理学从本质上讲是实验学科，实验物理工作者要有高的理论素养，而理论科学工作者要理论联系实际并很好地解读实验结果，两方面的物理科学工作者都是以理解物理问题的物理本质并进而解决问题为最终目标，因而他特别强调理论物理工作者也要解决实际问题。他以渊博的学识、丰富的经验、敏锐的科学眼光、民主而又严谨的治学态度和满腔的热情先后培养出15名博士、4名硕士和一大批年轻的教学科研人员，他们现在都事业有成，在各自的工作岗位上做出了成绩。黄先生在指导研究生方面有其独特的方式。他在指导研究生做研究工作时，不但以平等的态度和学生们一起讨论，互相启发，互相促进，而且严格把关，保证质量。他特别强调要发挥研究生的主观能动性。例如，他指导博士研究生丁鄂江对稀薄气体的非平衡输运和弛豫过程进行了研究。这是一项研究难度相当大的问题，最终他们解决了玻耳兹曼方程求解时久期项难以消去的这一历史难题。黄先生为人正直、淡泊名利的处世态度和治学严谨、虚心求实、细致可靠、不盲从、有创新的科学作风，通过他的言传身教，对我们这些学生们产生了很深的影响，在我们自己的教学和科研工作中也时时处处学着这样做。黄先生历来十分重视大学本科生的教学工作，特别是在他89岁高龄并已经生病住院后仍然从医院的病房返回学校坚持为本科生讲授完最后的几次课程，我们都被他的这一精神所深深感动。由于黄先生讲课幽默、水平高，对学生诲人不倦，被本科生评为"最受本科生欢迎的十佳教师"。黄先生也十分重视科普工作和基础教育。为了向公众，特别是青少年普及原子能的知识和原子能技术在材料科学中的应用，他用很多时间和精力专门撰写了《科学家谈物理：探索原子核的奥秘》和《射线束和材料改性》等科普读物。可以这么说，黄先生根据国家的需要，随时调整自己的学术研究方向，为我国的科学事业、国防科技事业和教育事业做出了杰出贡献。黄祖洽先生永远活在我们心中！

（原载于《北京师范大学校报》2014年9月30日第02版）

读书路上的灯塔

李正荣

我的博士论文导师刘宁教授在北京师范大学从教已经整整50年了。

刘宁教授读书有一个习惯，喜欢在所读之书的书页边上做一个淡淡的标记：一个小小的“勾号”。标记出的文句或段落，可能是导师刘宁教授发现问题的地方，可能是他有所心得的地方，也可能是他有所感动的地方，或者是他准备批评的地方。导师刘宁教授有很多藏书，绝大部分是俄文原版书，在这些书的书页边上，几乎每一页都留下那种轻轻的淡淡的一个个小“勾号”。

在中国，“师”字，具有很特别尊敬的意义。师者如父，对于我，不是一个简单的类比，是有特别具体的事实的。1993年，我的父亲做手术，刘老师和陆师母做好了炖牛肉，送到医院病房。当时，作为学生的我说不出来更多的感激之辞，但是如父的情感深深埋在心里。我时时刻刻珍惜着刘老师陆师母的恩情，珍藏着当年“苏文所”老师们似乎已经成为古代遗风的恩德。我还是愿意把当年的北京师范大学苏联文学研究所简称为“苏文所”。因为，刘老师、陆师母还有所有“苏文所”的老师们总让我感到亲人的温暖、父辈的恩情。

因为导师刘宁教授博大宽容，我这个非俄语专业的学生，才会通过入学考试，成为博士研究生。导师刘宁为什么会如此宽容？因为他的学养和见识使他有足够的把握指导我克服天然缺陷，在理论上多下功夫，最后完成论文。果然，上学不久，导师刘宁教授带我两次拜访中国美学权威王朝闻先生，当时，王朝闻先生刚刚完成《〈复活〉的复活》。刘宁教授在王朝闻的读书法和研究法中，看到了创造性的特点，看到了美学理论的基础对于文学研究的重要意义，这些正是刘宁教授本人的读书法和研究法。作为学生，我受到很大启发，在我完成博士论文的那几年，我一直在苦苦寻找着这样的读书和研究之后的收获。初稿完成后，我请王朝闻先生斧正，王朝闻亲笔写了回信，赞同导师刘宁指导下我所形成的用中国的美学观念研究列夫·托尔斯泰的研究思路。

在阅读中建立深厚的理论基础，这是导师刘宁教授指导我读书的原则。

其实,导师刘宁教授完全可以独立指导我撰写论文。我的论文,从提纲到初稿到完成,每一步都是向导师求教的结果。回想我的论文写作过程,依然心怀惶恐。当初,我很想找到一个能够有所创建的突破口,但是久久不能寻得。为此,我本人曾有几度濒临疯狂。导师刘宁教授指导我读批评史,读巴赫金,读小说史,读西方和俄国诗学,鼓励我坚持寻找创造性突破口。终于,大量阅读中外理论著作之后,我再回头阅读托尔斯泰的原作,忽有心得。当时,那只是一个小小的苗头,然而导师刘宁教授却给予了极大的肯定。然后,他依然督促我继续努力,深入阅读。1994 年 5 月,我接受导师的指导,放弃当年答辩,继续在大量阅读中,在仔细阅读中寻找突破口。一年之后,那个多少有一点点创建的苗头终于比较有"形体",有"构架"了。我开始准备答辩,导师刘宁教授却依然进行着严格的指导。因为我的论文全然在导师刘宁教授更大的阅读范围之内,所以,论文的每一处问题,都被导师一一改过了。

在阅读中获得创造性突破,并且精心保护这种创造性,发展这种创造性,这是导师刘宁教授指导我读书的又一原则。

最近两年,我到日本工作,携带的图书不可能太多。选来选去,我带上了导师刘宁教授翻译的大作——维谢洛夫斯基的《历史诗学》。阅读这一理论译著,我如同又一次接受了导师对我的读书的指导。导师的翻译,极其准确,又极其通畅。我感到准确,是因为在我身边没有参考资料的情况下,导师的译文总能把我过去阅读中的旧知识准确地召唤回来,那些是关于古希腊、古罗马、中世纪的英国、中世纪的意大利等时代的文学知识。而当下有些译者,对这些知识极为欠缺,所以很多译文涉及到这些知识的时候,不仅不会唤起我的旧知识与新知识的联系,反而让我进入一个怪石林立的世界,不知道译文说到了哪里。

导师刘宁教授在《历史诗学》的译文序言中,对维谢洛夫斯基的观点做了深入讨论,不仅有赞同,还有分析与批评。导师刘宁教授敢于对这位理论权威做出自己的分析和批评,这恰恰是导师刘宁教授指导我的那些读书原则——理论型读书、创造性读书的结果。理论型读书、创造性读书、读懂这些书、读破这些书,这就是导师教导给我的读书原则,让我终身受益。

20 世纪六七十年代,俄语对译中文的"导师"常常用"учитель",而不用"профессор",在这里强调"我的导师"这个称呼,很想使用这两种含义。要强调"профессор",因为当年刘老师是教授,并收我为学生,我今天才有可能在北京当教授,才有可能在日本当教授;更要强调"учитель",因为导师刘宁指导我形成的读书法,让我的人生取得更大的收获。

(原载于《北京师范大学校报》2008 年 4 月 30 日第 4 版)

怀念漆安慎老师

杨利慧

今年的3月20日是钟敬文先生诞辰102周年的纪念日,虽然先生已经去世3年,我们几位先生的及门弟子照例去先生家里拜望、贺寿。交谈中,钟先生的家人告诉我:漆安慎老师不久前去世了。尽管我早知道漆老师身患重病,对这样的坏消息也有一些心理准备,但还是禁不住感到震惊和难过。

我认识漆老师是在1998年。当时漆老师、唐伟老师和我一同被推选为海淀区第12届人大代表,因为这个缘故,我们经常在一起开会并参加区里组织的各种考察活动。见面聊天的时候多了,我和漆老师就渐渐熟悉起来。我早知道漆老师是有影响的物理学家,20世纪80年代初期就在比利时布鲁塞尔自由大学获得了博士学位,他编写的教材在力学领域很有影响,而且连续两届被推举为区人大代表,但是我在和漆老师相识的5年多时间里,从未听他吹嘘过他的任何成就和经历,他也从不颐指气使,张扬自负。在我的印象里,漆老师永远是那么诚恳、实在,说话不紧不慢,但条理清晰、切中要害;做事认真沉稳,从不虚张声势,做面子文章。

我刚当选为人大代表时,对有关的政策法规、海淀区各政府职能部门的分工以及如何履行一个人大代表的职责等,都不甚清楚,心里常常打鼓。记得我们北太平庄地区的代表们第一次开分组会议(我们属于第七团),当漆老师得知我也是北师大的代表,而且是钟敬文先生的学生(漆老师的父亲和钟先生是老朋友),就很热心地向我介绍负责我们团代表事务的联络员,还简要地告诉我一个区人大代表的能力范围有多大,使我对代表事务的了解顿时明朗了许多,也使我一下就感受到了漆老师的诚恳和实在。在以后的几年间,我一直得到漆老师的帮助和指点,受益很多。2000年初,在召开区代表大会期间,区人大邀请了北京市副市长来听取区代表们的意见。我当时是第七团的副团长,受团长委托,要代表第七团向市长反映北太平庄地区和上庄乡地区存在的各种问题和大家提出的建设性意见。

我虽然当了多年教师，但是阅历浅薄，缺乏在近千人的场合里向市长直陈意见的经验，心里多少有些紧张，不知道如何在非常有限的时间里把众多的意见合理而清晰地陈述出来。记得那一天的中午，我和漆老师以及其他几位代表一直在商议下午的发言，他们给了我许多很好的建议，帮助我理清思路，并且用适当的“政治语言”（而不是学究气的语言）把意见陈述出来。结果证明，他们的建议非常有效，那天下午的发言取得了相当不错的效果。

许多人对人大代表的工作有看法，说人大代表除了迎合政府决策，没有别的作用。有人开玩笑说，人大代表的工作只有三项内容：一是举手，二是鼓掌，三是听会和看电影。就我任区代表的五年时间里经历的情形而言，情况并非如此：虽然也有个别代表是从来开会不发言，只在表决时举手的，但大多数时候，代表们对有关政府机构的工作咨询很踊跃，质疑很积极，甚至会经常面对面提出激烈的批评。记得有一次讨论政府的年度工作报告，报告里提到北京市的五环路建设和六环路的规划等，当时一向温和的漆老师坦率地对这一“同心圆式”的建设思路提出了尖锐的批评，尽管他说起话来还是那样不紧不慢。他举了美国、比利时等许多国家的案例，说明按照“同心圆式”的模式来建设城市是不可取的，特别是在北京。他还用了一些自然科学中的道理来分析这一模式不可取的原因。虽然他的批评最终没能被有关机构所吸纳，但是他强烈的公民责任感、深刻而令人信服的批评和分析还是使在场的代表甚至包括一些官员们深受教益，开始从另一个角度思考北京市的发展模式问题。

漆老师曾经很诚恳地对我谈到一个区代表的能力：作为一个区代表，能办到的事情实际上是非常有限的，特别是很难解决什么大事，但是能帮助老师们解决一些生活方面的小事情。我当时觉得他的话似乎太过平淡，但是后来的经历证明了他的话其实是很实际的。北师大虽然地处海淀辖区，但实际上属于中央部委管辖，老师们直接面临的许多现实问题，往往超出了海淀区政府能够解决的范畴。既然大的事情无法解决，我们就想办法改善北师大老师们身边的小环境。在1998—2003年任职期间，漆老师、唐老师和我，通过在代表大会期间向海淀区政府职能部门提意见、会后写批评建议信，以及联合北京市人大代表向北京市政府反映意见等多种形式，协助市政府和区政府解决或者部分解决了北师大学联社的周边环境治理、北师大和邮电大学之间道路的拉直、土城早市的治理，以及静淑苑和育新花园高教小区的环境综合整治、绿化、保洁、流动人口管理、公共汽车设站、路灯安置等问题。

2003年早春时节，当我们最后一次召开全体代表大会时，我听说了漆老师患重病的消息,心情很沉重。我们都以为得了这么严重的疾病,漆老师应该不会来参加会议了,谁想漆老师每次开大会时都会自己打出租车来,而且来了就一直坚持到底,从不迟到早退。每次开完大会,漆老师都会慢慢走到会堂门口,然后在大家的目送下,乘出租车离去。每当看到他在出租车内向大家缓缓招手告别,我的心里就一阵难过。

自那以后见漆老师的机会就少了,有时在校医院遇见他,问起他的病情,他也就平静地谈起,还是那么镇静从容、诚恳实在,一点不张皇,也无自怜自艾。

得知漆老师去世的消息后,我曾经想在网上搜寻一些相关的信息,不想竟十分寥落:除了可以看到他编写的力学教材在全国范围内被广泛采用的信息之外,竟然没有一篇关于他逝世的新闻或者悼念他的文字。这种生后的沉寂和寥落正和他生前的为人处事风格相一致:淡泊,沉静,不事张扬。这情形更使我觉得自己有责任写一篇悼念文字,哪怕很简短,很粗糙。毕竟,像漆老师这样认真、诚恳、实在、不虚张声势的人是非常值得敬重的,尤其是现在。

(原载于《北京师范大学校报》2005年9月13日第4版)

耳濡目染得教益

詹君仲

陶大镛老师离开我们了。缅怀恩师,他的亲切教诲,他一生勤奋、忘我工作的精神,他为人方正、治学严谨的品格,永远铭记我的心中。

1953 年,我考入北京师范大学政教系。这时政教系正处初创阶段,系里从中国人民大学、清华大学请了多位很有名望的老师给我们授课。1954 年,学术界享有盛誉的陶大镛教授,应系主任张刚的邀请,从出版总署来到北师大政教系,担任政治经济学教研室主任,给我们讲授政治经济学。每周六个课时,将近三个学期的时间里,我聚精会神地聆听了老师清晰透彻的讲课,在接受马克思主义经济学的启蒙中,激发了我很高的学习热情和求知欲望,对老师的敬仰之情也油然而生。在课外,老师要求我们认真阅读《资本论》原著,还抽出时间指导学生的课外科研小组,提出具体的要求。我们到图书馆查资料,阅读书刊,期末前每人写出一篇作业。陶老师选出蔡德麟和我的两篇作业,向全系师生汇报,还亲自做了点评。可以说,是老师引导我走上经济学教学研究的道路。

1956 年,我大学毕业。我们是政教系第一届毕业生,有 20 位同学留校任教。在分配到各个教研室以前,要求每人填报两个意向。我仰慕陶大镛老师,只报了一个教研室。随后我如愿分配到政治经济学教研室任助教,后又兼做教研室秘书工作。当时全国知识界处在“向科学进军”的热潮中。陶老师由于教学科研成绩突出,1956 年被评为北京市劳动模范。

随着改革开放,为适应培养建设人才的形势需求,学校决定在原政教系的基础上,分别建立经济系、哲学系和“马列研究所”。1979 年,老师受命筹建了全国高等师范院校的第一个经济系,并任系主任,随后更身兼多个重要社会职务。虽然年过花甲,其仍以极大的热情,超常地工作,教书育人,撰文著述,笔耕不辍;参加各种会议,坦诚陈词,参政议政,建言献策,毕生不遗余力,为我国社会经济建设、经济科学和文化教育事业的发展,奉献了全部精力和才华,做出了重要的贡献。

老师工作虽忙,但我在老师身边,随时得到他的指导点拨。他对学生既亲切又严格。他语重心长地说:“搞教学一定要搞科研,两者不能偏废。”他强调科学研究必须掌握第一手材料,要持之以恒。他总是不断地提出新的科研任务,给我们压力。他要我从政治经济学教学向外国经济思想史延伸,把史和论结合起来,开阔视野,拓展研究领域。在多年教学实践的基础上,我写了一本外国经济思想史的教材,老师为我审阅书稿,提出了宝贵的修改意见。

1983 年以前,我参加了老师主编的《社会发展史》等书的写作。从 1984—2000 年,老师先后承担了《中国大百科全书·经济学》卷政治经济学一个分支的主编与《外国经济思想史新编》主编;主持“八五”(1991—1995 年)和“九五”(1996—2000 年)两项国家社科基金重点课题,完成了两部著作:《现代资本主义论》《世界经济新格局研究》(以上三部著作均获市部级奖项)。老师主编的著作,从写作主旨到框架结构、篇章设置,都和大家一起反复研讨,集思广益。除了自己撰稿之外,对全部书稿审定清样的校阅,都极其认真。改稿时,有的地方反复推敲,字斟句酌,看清样时,细致到书中脚注的些许错漏都检了出来,漏排一个英文字母也圈了出来。在这期间,我协助老师做一些具体的组织工作,参与部分编写、编辑工作,亲身感受老师严谨的治学精神、一丝不苟的工作态度,耳濡目染,深得教益。

我有幸追随老师五十余载,老师耳提面命,谆谆教诲,鼓励和鞭策着我。老师一生勤奋,敬业端方,心系祖国,倾力奉献,他的精神和品格感染了我。对我一生影响最大、我最崇敬的是陶老师。恩师故去,我心悲痛,谆谆教诲,铭记心中。

(原载于《北京师范大学校报》2010 年 4 月 23 日陶大镛纪念专刊第 2 版)

师恩难忘　恩师难寻

赵春明

2010年4月18日，下午刚上完课，打开手机得知我敬爱的导师陶先生病危抢救的消息，当我心急如焚赶到医院的时候，先生已经离世。在那个悲痛的时刻，千言万语，万语千言，都很难概括我的心情。

我是1990年师从先生在职攻读博士学位的。但是在这之前，我就有幸先期得到了先生的指导。记得第一次见先生时，先生就语重心长地把学界前辈王亚南先生曾经教导先生的话转赠给了我，这段话就是："搞学术，决不能三心二意，一定要持之以恒。不要急于求成，不要赶时髦。大器晚成，要一辈子这样努力下去，肯定会学有所成。"先生的这段话时时响在我的耳边，成为我坚守教学和研究岗位的一个重要力量源泉。在这期间，外界的种种诱惑或干扰并非没有对我产生影响，尤其是在求学治学异常艰辛的时候，自己内心偶尔也会产生一些动摇，但是每每想到先生的教导，这种念头便马上会被自责和惭愧所取代，从而又迫使自己静下心来，专心于教学和研究工作。所以，如果说自己这些年在教学和研究方面取得了一点成绩的话，那么这也是与先生的教导密不可分的。

考上先生的博士研究生以后，我接受先生的指导就更多了。在整个求学期间，我都得到了先生对我无微不至的关怀和深深教诲。在我的博士论文写作过程中，先生对我的悉心指导至今仍历历在目。可以说，从论文题目的推敲到大纲的拟定，从初稿的形成到全文的修改，处处都渗透着先生的沥沥心血，时时都闪烁着先生的真知灼见。我还清楚地记得，就为论文题目的叫法问题，我和先生就推敲、讨论了多日，前后反复了三次。我尤其不能忘怀的是，先生是在极其繁忙而又身体欠佳的情况下来通阅我的论文全稿的。看到原稿上的圈圈点点，尤其是其中的抄写错误也被先生一一划出并认真地改过，使我在深感羞愧的同时也充满了对先生的敬佩之情。论文出版后，引起了较大的社会反响，我想这首先应该归功于先生的悉心指导。

先生治学素以严谨著称，这使我受益良多。记得有一次，我给先生送去一部分博士论文的初稿，其中有几处注解出现了“转引自某某文献”的字样，先生见了，问我：“你为什么不直接引用第一手材料呢？”我说这些材料国内恐怕很难见到原文。先生又问：“那你查过没有？”我只好如实相告说没有查过，先生马上露出不悦的神色，严厉地说：“你没有查，怎么就能断定没有呢？不行，这部分我先不看，查好了以后再交给我！”后来经过数日的奔波和多处努力，我终于查到了这些材料的原文，先生这才高兴起来，并谆谆教导我做学问一定要踏实，切忌浮躁和想当然。从此以后，每当遇到这样的问题，哪怕是一个小小的数据，我都要尽最大努力来找到原始的出处，以使自己的推论和分析臻于严谨和准确。

先生对我们学生除了严格要求、关怀备至以外，也非常注意对我们的爱护和提携，为我们积极地创造走上学术之路的条件。

1991 年，我在学习之余翻译了比利时著名经济学家欧内斯特·曼德尔的名著《资本主义发展的长波——一个马克思主义的解释》。先生知道后，马上给北京出版社的有关领导写了推荐信，对我的翻译工作做了肯定，并希望北京出版社能出版此书。当得知北京出版社由于多种原因没有安排此书的出版时，先生又写信向北师大出版社力荐。在先生的努力下，北师大出版社出版了此书，并得到了原作者曼德尔教授的首肯和帮助。此事使我非常感动，这充分体现了先生作为一位学界先辈对我等后学的关心和提携，我至今还珍藏着先生的这封推荐信。

总之，无论是在求学期间，还是在日常的教学和研究工作中，我都从先生那里得到了许多非常宝贵的教诲，这些教诲既有马克思主义信念方面的，也有专业学术研究方面的，还有为人处事方面的，它们将使我终生受益。

师恩难忘，恩师难寻，我对先生的感激之情是无法用言语表达清楚的。如今先生离我们远去了，我想以后自己只有更加努力，在工作岗位上取得更多、更大和更好的成绩，才是对先生殷殷培育之恩的最好报答，也才能告慰于先生的在天之灵。

（原载于《北京师范大学校报》2010 年 4 月 23 日陶大镛纪念专刊第 2 版）

“三师人”的流年碎影

赵春明

▲ 20 世纪 80 年代北师大主楼广场

自 1981 年参加高考后，我便先后在北师大读了本科、硕士和博士，也成为了人们常说的“三师人”。时光飞逝，掐指算来，至今已在北师大学习、工作和生活了 32 年。与中国一道经历了改革转型大潮，30 多年来北师大也发生了翻天覆地的变化，套用一句现在流行的网络语言就是“不明觉厉”“让小伙伴们都惊呆了”，但其中的许多景象犹如胶片，永远地印在了脑海深处的记忆里。

葡萄园

在学校“教二楼”“教四楼”和“出版集团”之间，原先有一片很大的葡萄园，四方形状、层层环绕的木头架上铺满了枝枝蔓蔓的葡萄藤，我曾经常在葡萄架下看书。翻出当年的日记本,1983 年 7 月 14 日的日记里是这样写的:"下午在葡萄园的读书亭看《资本论》,因清风习习,不禁吟诗曰:绿色铺满架,东阳至西斜;长短读书亭,皇宫倾其下。"如今,随着学校的不断扩建和发展,葡萄园早已不复存在,现在学生看书的场所已从室外转移到了宽敞明亮的图书馆和自习室,虽然学习环境大大改善了,但坐在窗明几净的图书馆里看书,充分享受现代文明带给我们的舒适和愉悦时,不知思绪会不会也受到周围坚固墙壁约束呢?就我自己来说,似乎更愿意坐在露天的葡萄园里,浸淫那种"四海无人对夕阳",任由思绪飞扬的意境和感受。

四合院

1991 至 1995 年期间,我在北师大四合院东楼居住了五年。当时的四合院又称筒子楼,顾名思义就是没有独立的厨房和卫生间,只有居住的空间。由于厨房是公用的,每家都放一个煤气罐在公用厨房里,有时空间有限就干脆放在了楼道里,所以每到饭点时,整个楼道里热闹非凡,大家在忙碌着做饭的同时,也常常会进行一些校内校外、家长里短的信息交流。四合院的时光对我来说还有一种特殊的意义,因为我的博士论文就是在那里完成的。当时我已经留校任教,白天有上课任务,同时还担任了院团总支书记和班主任等工作,因此写作经常是在深夜进行的。记得有一天夜里,大约是凌晨 1 点多钟,突然门被敲响,并伴随一声愤怒的责问:"你是怎么回事啊?天天晚上不睡觉,弄得我们楼下都没法睡觉!"这才知道,原来住所不太隔音,我晚上来回的走动声影响了楼下邻居休息。在道歉之后,我便换上了软底鞋,并把椅子固定在一个地方,不做任何移动,以免发出声响影响邻居。虽然四合院的居住条件简陋,但邻里间的交流和交往却给我留下了难忘和温馨的记忆。现在在学校里碰见当年的邻居,大家都会倍感亲切,热情地互打招呼并交谈好一阵子。

大操场

在现如今的篮球场地上,原来是一个开放性的大操场。大操场的功能除了让大家锻炼以外,还有两个重要的作用,一是储存大白菜,二是放电影。之前每到冬天,操场上就堆满了大白菜,我们吃的菜也主要与大白菜有关,如清炒白菜、醋熘白菜、炝白菜、白菜肉丸子、白菜馅饺子、白菜馅包子,等等。当时还是定量发放粮票制度,我们有时便把省下来的饭菜票拿到北太平庄的农贸市场里去换一些瓜子、鸡蛋等食物吃。电影则是每个月会播放一场,放得最多的就是前苏联影片《乡村女教师》,这是每年新生开学时必放的影片,我因此看了好几遍,所以影片中非常拗口的女主人公名字我也记得特别清楚,叫“瓦尔瓦拉·瓦西里耶夫娜”。有时看电影的同学很多,正面没有位置了,我就站在屏幕的反面看,没想到这样看电影的效果也别有一番意趣。当时的电影还是用老式播放机放映,中间需要换胶片,如果是在冬天放映的话,在中间换胶片的空隙,会听见一片跺脚声,因为大家都趁这个机会跺跺被冻得疼痛到几近麻木的双脚。虽然在大操场上看电影时,夏天太热,冬天又太冷,但认识的和不认识的男女同学挤在一起观看,却让人从心底里涌现出“青春真美好”的感觉。

诗人徐志摩曾说:感情是我的指南,冲动是我的风。如今我已过不惑之年,冲动已渐行渐远,但通过如上无数个难忘景象而日积月累起来的感情却把我深深地融进了北师大之中,从而值得我一生去回望,一生去追寻。

(原载于《北京师范大学校报》2013 年 10 月 30 日第 4 版)

高山仰止　景行行止

——与2016级研究生共同缅怀张静如先生

王树荫

2016年8月29日，张静如先生因病去世。8月30日，《光明日报》记者采访我，我想到了你们，亲爱的2016级新同学。每年开学典礼，先生总会来看望大家、讲述通俗易懂的深奥道理。今年不能来了，“开学了，先生走了”，这是31日《光明日报》报道的标题。“听君一席话，胜读十年书。”

开学了，先生走了，你们不能像往届同学那么幸运，目睹先生的音容笑貌，聆听先生的谆谆教诲。借此开学典礼的机会，我给你们讲几个先生的小故事、小片段，共同缅怀先生、学习先生、悼念先生！

先生曾经是一名资料员。1953年2月至1954年2月，先生在学院的前身马列主义教研室、政治教育系中国革命史资料室做资料工作。资料室有《新青年》《少年中国》《新潮》《国民》《东方杂志》《国闻周报》等宝贵资料。先生在资料室内安了一张床，常常睡在那里，以便看更多的书。先生在回忆录《暮年忆往》中说，就是在那个时期打下了非常坚实的史料基础。1957年3月，24岁的先生出版了第一部个人专著《李大钊同志革命思想的发展》。我们要学习先生刻苦勤奋、潜心学术的精神，处理好广博与精深的关系，读书宜宽，研究宜专，明确研究方向，早定研究领域，娴熟本学科、本领域的经典著作、文献资料和学术史，创建与确立属于自己的领地。板凳须坐十年冷，文章不写一句空，这是先生和前辈们的治学经验，里面也有个因果关系。我们要像先生那样，耐得住清贫与寂寞，对学术要有敬畏之心，做学问不能赶时髦和急功近利，切忌染上浮躁之风，做一个真正的、纯粹的读书人、研究者。

先生是学术创新的典范。先生是党史大家，开创了许多研究领域，提出了许多新观点，引领着学术研究的发展方向。例如，怎样定性和评价中国共产党领导中国人民进行革命、建设和改革的历史，党中央和学术界在不同时期、从不同视角有多个结论和观点。1941 年,毛泽东说:“中国共产党的二十年,就是马克思列宁主义的普遍真理和中国革命的具体实践日益结合的二十年。”先生坚持中国共产党的历史就是马克思主义中国化的历史的科学结论,在改革开放后,又先后提出“中国共产党的历史,就是领导中国人民解放和发展生产力的历史”“中国共产党的历史,就是让中国老百姓过上好日子的历史”等。先生的创新观点,拓宽和深化了中共党史研究领域,得到学术界高度认同。我们学习先生的治学经验,就是要追求卓越、不断创新,充分利用北京名师学者云集、著名高校林立、档案资料丰富、报刊机构众多、学术氛围浓厚等有利条件,三年之中努力做到在一个方面、一个角度有所感悟、有点体会。博士生一定要青出于蓝而胜于蓝,在一个专门领域超过导师。

先生一生勤勉尽责、笔耕不辍。先生一生勤勉、著作等身。直到晚年,仍然坚持在核心期刊《党史研究与教学》开设专栏,从 2007 年第 2 期的“党史钩沉”,2010 年第 2 期改为“党史漫笔”,到 2012 年第 1 期改为“静如谈史”,十年中的每篇文章都是出自先生之手,到他逝世前一直在连载,下一期还将有先生的文章发表。去年探望先生的时候,我曾向先生提议,由我或者其他学生帮忙加工初稿,再由先生审定后刊登,先生说,不用了,我还有存货。我们要学习先生时不我待的勤勉,学习先生坚守学问的追求。读书做学问,是我们的本分。

书山有路勤为径,学海无涯苦作舟。考上研究生,攻读硕士学位、博士学位,没有任何值得骄傲的资本和理由,决不能成为放松精神、惰性发作的开始。要以先生活到老、学到老为榜样激励自己,以毛泽东在七届二中全会上讲的“万里长征第一步”勉励自己,以毛泽东和黄炎培在延安的“历史周期律”对话警诫自己,积极进取,不懈努力,做出成绩,告慰先生。

张静如先生的道德文章,高山仰止,景行行止。我们要学习先生学为人师、引领学术的大家风范,学习先生追求卓越、与时俱进的创新精神,学习先生行为世范、奖掖后学的高尚品格。作为晚辈的我们,一起共勉,虽不能至,心向往之。

(原载于《北京师范大学校报》2016 年 9 月 7 日第 2 版)

忆王世强先生

李仲来

▲ 1999 年 5 月 8 日,数学系为 5 位教授执教 50 周年举行庆祝活动
图中从左至右为王世强、孙永生、严士健、王梓坤、刘绍学

北京师范大学第一批博士生导师共 19 人(不含两位兼职博士生导师),王世强先生位列其中。数学科学学院第一批博士生导师一共有 5 位。国务院学位办首次批准(1981 年)数学系的博士生导师数量,表明北师大数学系确有几位有较高水平的教授,从而提高了数学系在学校中的地位,且此举对数学系在全国数学界的地位奠定了重要基础,开创了 30 多年来的良好局面。

而今,王世强先生——学院"四大金刚"中学术能力最强、最聪明的人之一走了!

记得 2003 年 9 月 23 日,我与王梓坤院士访谈时,他曾这样评价王世强先生:"王世强先生一直在老老实实地做学问……实际上,我们念书花的工夫远远不如王世强深,他独身全心全意搞学问,对数学有兴趣。"

我清楚地记得,第一次近距离看到王先生,是在 1976 年 10 月 22 日上午去天安门游行返校的途中,在积水潭木桥的南面。有人告诉我,走在前面穿着几乎拖地的呢料裤子,裤脚上满是尘土,边走边说边笑的人就是王世强。直到 1987 年 1 月,我请王世强先生看过我写的一篇论文《一种新的杨辉三角》,他给改了一个字母。除此之外,只是认识,具体打交道很少。

2002 年至 2014 年,我可能是北师大与王先生接触最多的几个人之一。除了电话联系之外,我还经常去他家。

与王世强先生共事,源于 2002 年我写《北京师范大学数学系史》。在编写过程中,王先生提供了一些参考书籍和资料。他记忆力超强,在核对史料的过程中,给了我很大帮助,还对系史初稿提出了具体的修改意见。

2003 年 1 月,我向数学系建议出版王世强、孙永生、严士健、王梓坤、刘绍学文集。整理王世强文集的工作动手最早。2003 年 3 月 22 日,我和他谈出版文集的事,当时他还不会使用计算机。他没有自己的论文目录,我提供了目录,请其过目,看是否有遗漏,同时查找王先生家中有没有收藏的论文并复印。

在 2003 年年底,北师大出版社领导将 5 位先生的文集列入《北京师范大学数学家文库》出版计划。2004 年 1 月 8 日,王世强文集稿件和照片交北京师范大学出版社。在对照片进行精选时,他坚持要与我合影一张附在文集内。

原计划在 2008 年傅种孙先生 110 年诞辰时出版《傅种孙数学教育文选》,我征求王世强先生的意见,他建议越早出版越好。因此,我决定将原计划提前。王先生为该书写了序,并为 5 篇论文加注。2005 年,人民教育出版社出版了该书。学院于 2005 年 12 月 17—18 日在北京师范大学召开了“中国数学教育发展的历史、现状与未来研讨会”,同时举行了《傅种孙、钟善基、丁尔陞、曹才翰数学教育文选》首发式。

在整理傅种孙教授诞辰 110 周年纪念文集时,我还请王先生翻译了傅种孙教授的英文论文《论 Frobenius 定理》。该纪念文集于 2007 年在《数学通报》以增刊形式正式出版。

在整理《汤璪真文集:几何与数理逻辑》时,我请王世强先生为其写序,这使文集增辉不少,他还翻译了文集的中文和英文目录,并为 9 篇论文加注。文集出版后,2008 年 1 月 12 日,学院召开了纪念汤璪真校长诞辰 110 周年暨《汤璪真文集》首发式。王先生在首发式上做了发言,后来他将这个发言收录在 2009 年自编自印的《数论研究的新方法与王沈史杜杂文》中。

2003 年 3 月 24 日,我为王先生做了一个访谈。这是我做的第一个访谈,毫无经验可谈。录音一小时,整理成文需要八小时,此外还要再修改。访谈由王先生先后修改两次。访谈录经改编于2011年10月至11月期间发表在《北京师范大学校报》上。这一内容后于2012年又被收录进刘川生主编的《讲述——北京师范大学大师名家口述史》一书中,由光明日报出版社出版。未改编的全文,我增加小标题后,收入我主编的《北京师范大学数学学科创建百年纪念文集》,2015年由北京师范大学出版社出版。

与王先生的访谈,结尾有一段话值得一提:"教育情况,科研情况……从中青年里头开始形成一个核心,咱们就死心塌地地在北师大干一辈子,把北师大数学系搞起来。不要说,我看哪儿工资高就去哪儿。……应该有一批'铁杆'人物。"

学院分党委书记唐仲伟、院长助理谢天和我在2018年1月16日去医院看望王世强先生,他只是对我点点头,已经不能说话。他于2014年7月住进万寿康医院后,我前去探望过三次,每次他都笑称我是"周恩来"。

王先生1998年7月28日立下遗嘱。将近20年后他走了,走得安详。遗嘱说,丧事从简,不举行告别仪式。

(原载于《北京师范大学校报》2018年3月15日第2版)

一张春天里的宿舍合影

张　明

▲ 一张珍贵的宿舍集体照

▲ 中文系 78 级 3 班毕业照

我一直记得1979年4月下旬的一天。

那是个星期天,团支部和班委会组织我们全班同学到颐和园春游,我们宿舍的8个人来到了久闻大名的石舫。我们从船尾登船,穿过中部的船舱,径直站在了宽大的船头甲板。放眼望去,颐和园春光明媚,昆明湖澄澈秀美。这时,只有16岁的既是全宿舍也是全班最小的小邱,不失时机地按下了手中相机的快门,抢拍了我们宿舍的第一张集体照。这是一张略呈仰角的人物近景黑白照片。

照片的背景,是石舫古色古香的高大船舱,主体是我们基本处于一排的7个人的上半身。照片的生动之处,是我们每个人清晰真切的面容:笑者三人,思者一人,兼而有之三人。左数第一人是老陈,当时已经31岁了。他圆圆的脸上既有发自内心的笑意,又有微微皱起的眉头,似乎是在沉思。

是在牵挂农村家中年迈多病的父亲、辛苦操劳的爱妻、仅有3岁的女儿和刚刚出生的儿子?还是在品味自己坎坷的入学之路?老陈"文革"前是老高三的学生,上大学前在湘潭老家任中学教师。1977年恢复高考,他去县上报名,由于某些原因,他遭遇了一场"料峭春寒"。第二年,他终于毫无障碍地以优异成绩考入了京城。他的这段传奇,在纪念改革开放三十周年时,被中央电视台《见证》栏目采访和播映。

左数第二位是来自梧州的老崔。看他的模样就知道是来自两广。上学前他在一家生产"六六六"的农药厂工作。可能是由于农药剧毒的熏呛,使他的个子较矮,照相时为了使自己不被遮挡,他的一只脚聪明地站在了侧后一点的船舷上,于是他就比我们每个人都高出了一个头。你看,他笑得多么开心。

二老张位于左三,凝思中透着微笑,显得沉稳淡定,胸前的北师大校徽引人注目。他的左手正轻拢在老陈右肩的肩头。他上学前是天津某厂矿的一所子弟学校的老师。

左四就是我了。我是老高二的学生,1969年下乡至新疆芳草湖农场。照片上我微微扬起的下颌与远眺的目光,似乎在期待着什么。

我的右侧是老党,朴实的脸上绽放着憨厚的笑容。他来自扶风县的农村,上学前是务农还是当民办教师我知道得不很清楚,但可以想见也是经历了不少艰辛与磨难。

左六、左七就是年轻帅气的小刘、小李了。小刘沉思,小李微笑,恰成一个"二元并立"。他们一个是京城外交官的公子,一个是佳木斯工人的后代。我原以为应届生的经历比较简单,考大学是自然而然的事,其实不然。就以画面上未能出现的小邱来说,他来自昆明的一所中学,据说高考报名时也曾因家庭问题而费周折,但毕竟时代不同了,他也终于成为了我们中的一员。

是的,77、78 级大学生的最大特点亦即亮点,应该是他们坎坷磨难、丰富多彩的入学经历和人生命运,以及上学前遍及工农商学兵等各种行业的身份。我们宿舍的情况,不过是当时高校成千上万个“细胞”中的一个细胞的结构而已。我们兄弟班级的一个学友这样写道:“我们班 40 个人,除台湾,哪个省都不缺,工农兵学商,哪个行当都不少。”年龄悬殊,阅历各异。这种奇特的班级结构,在中国当代教育史上是空前的,相信也是绝后的。对于这颇为特殊的两届大学生在入学前与毕业后个人景况所发生的悬殊变化,人们总爱用“知识改变命运”予以总结和评价,而我的最大感受却是时代决定命运。试想,如果没有改革开放的时代巨变与发展,怎么会有高考制度的恢复和入学者人生命运的转折?

春游回来的当晚,作为中文系学生的练笔,我写了一首名为《开船吧,石舫》的诗歌,通过对石舫开航的呼唤,表达了期待饱受磨难的国家、百姓在新时期乘东风破万里浪的真情实感。几天后,当这首诗在班级墙报《晨曦》上登载出来时,我发现同期刊登出来的其他同学的稿件中,有多篇作品的作者和我一样,对时代的春天进行了咏唱。宿舍的老崔以诗歌《我要大声地呼喊》相和,二老张也写下了《扬帆》一诗。

三十多年过去了,我一直珍藏着这张宿舍合影。如今,我们宿舍老字辈的已基本退休,但仍在为单位、为家庭、为儿女发挥着余热。中字辈和小字辈的,正在各自岗位上肩扛重任、担当栋梁。当你看到这张老照片时,你仍会强烈地感受到那个时代扑面而来的浓浓春意。在当今时代面临着又一个新节点之际,“开船吧,石舫”的呼唤与期待,仿佛正从我们笑与思的表情里升腾而起。

(原载于《北京师范大学校报》2018 年 9 月 30 日第 3 版)

忆黄祖洽先生二三事

贺凯芬

告别厅。深深地鞠躬之后,我注视着黄先生安详的面容,身体被党旗覆盖,那宽阔丰满的天庭,显得尤为突出。这是怎样一颗睿智的头颅!深厚的理论功底,渊博的学识,令我高山仰止。从宇宙大爆炸原初物质的产生到各种夸克态,从输运理论到流变学,从固态物质到软物质,从太阳中微子丢失之谜到细胞生命中的钙离子流动……在讲座中,在闲谈时,黄先生为我们娓娓道来。他不是泛泛而谈,而是追根溯源,列出复杂的公式,理出清晰的脉络。他的头脑就像一个知识的宝库,思绪在其中流连,更不用说他曾在反应堆和原子弹氢弹理论方面为国家做过重大贡献。我们这些后辈难望其项背,也因此在学习和工作中从不敢懈怠,更不敢为些许浅见而沾沾自喜。而如今,不久前还曾握过的他那温暖的手已经凉去,那思想深邃的大脑也已永远地停止工作了。

早在 20 世纪 70 年代,我在核工业部从事受控热核聚变研究时,黄祖洽先生的名字,就已如雷贯耳。不仅是学识,而且他的严厉,在学界都是闻名的。1979 年我调到师大,不期于几个月之后,就成了刚调来的黄先生的直接下属。第一次去面见先生,心中难免忐忑。后来才知道,先生在生活中是一个十分和蔼可亲的人,他的严厉,全在于对学问的严谨,对粗制滥造的深恶痛绝。黄先生的思想非常敏锐,在听学术报告时,反应极为迅速,哪里有误,即刻就被他抓住,毫不留情。一次我汇报工作时,就被先生当场指出:“量纲不对!”这让我为自己的不慎深感愧疚,至今不忘。有很长一个时期,所里的许多文章都有黄先生修改的笔迹,错别字是逃不过他的火眼金睛的,记得有一次,他指着一篇文稿对我说:“你看,光标题中就有两个错别字!”他对浮躁作风的厌恶,溢于言表。

与黄先生熟识后不久,我大胆发问:为什么要调到大学来?我觉得这里对你并不太合适。这个问题我已经憋了不少时候了,因为内心总认为,像他这样在国防事业上成就卓著的大科学家,到学校工作似乎是大材小用了。黄先生当时没有正面回答,但不久我却找到了答案。那是在北戴河的一次学术会议上,学界泰斗如王淦昌、于敏都到会并发表讲话。其他前辈谈的内容多侧重于学科发展问题,而黄先生讲的主题却是培养学术接班人。我突然明白了,先生痛感十年动乱造成学界几乎断代,已决心用自己的后半生贡献给教育事业,他要致力于培养年轻一代的学科带头人。

先生对研究生的培养,以我的愚见,有两个特点。一是高屋建瓴,例如,在先生的倡导下,我们理论研究室每一周或两周都有学术报告和讨论,主讲人可以是校内外的教师或研究人员,也可以是学生。所涉及领域宽广,未必局限于老师们自己的研究课题,特别是,当诺贝尔物理学奖公布时,先生总要求大家分头研读有关文献,并在室内为师生做介绍。先生以其渊博的学识,培养具有开阔视野的人才,希冀从中产生出大学问家。第二,按照黄先生的观点,带研究生的过程,是导师和学生共同探索自然界未知领域的过程,在这个意义上,他们是战友,导师只是以自己的学识和研究工作的丰富经验,鼓励和帮助学生独立地提出和解决问题。黄先生的研究生,选题的范围非常宽,他们在与导师共同探索未知领域的过程中,科研能力获得了极大的提高。写到这里,不禁想到,近些年常有新闻见诸报端,说某些导师把研究生当做项目的廉价劳动力,甚至以此为自己谋利。这样的事情,对于黄先生这样真正的学者来说,是完全不可想象的。

黄祖洽先生把自己的后半生全部献给了培养青年一代学人的事业。几年前,有记者问到:先生 80 多岁了,为什么还上讲台,他言简意赅:我是老师,当然要讲课。离开原子能事业后,在 30 多年的耕耘中,他对科学的热爱、对研究的热诚以及严谨的科学精神等都已像种子一样,洒在这片热土上,他满腔热情地工作,期待着种子生根开花结实。也许,只有那些曾被他寄予厚望的英才的远去,才是他晚年心中难以排解的痛。

那还是先生到我们学校后不久的事,我和一位同事写了一篇论文,在投出之前,交他审阅,他即刻将文稿作者中他的名字删去,并说他不会像有些当领导的那样,不管是否对工作有实质贡献,都要把自己的名字挂上;又一次,我奉命起草对一个科研工作的评语,虽然拿不准,但人情难却,还是写上了"国内领先"这样的字样,在送交黄先生审阅时,这句话被他划掉,并严肃批评我说,要实事求是,不要学浮夸之风。这两件事给我印象极深,此后多少年,除共同指导研究生的论文外,我再不擅自为黄先生在文章中署名,并下定决心,绝不在科学真理面前做人情交易。还记得,1982 年,我到联邦德国客座访问之前,黄先生谆谆嘱咐我,不仅要学习他们已有的成果,更重要的是要了解他们目前正在思考什么问题,想要解决什么问题。这些教导让我受益匪浅,让我明白,只有迎头赶上,才能弥补失去的岁月。

先生是一个生性好动的人。20 世纪 80 年代时,每逢周末他总是与恩师彭桓武先生相约骑自行车到戒台寺一游,借以锻炼体魄并讨论科学问题;黄先生爱爬山也善于爬山。除了这不多的爱好,在我跟随黄先生二十多年间所看到的是,工作就是他的一切,物理就是他的一切。那些年他家的桌子上,除许多研究生论文外,永远堆着一摞《物理学报》新一期待发表的稿件。作为主编,他要终审,还要为有争议的稿件做定夺。一次春节去他家看望,却恰逢他与彭先生正通过电话热烈地讨论某个物理问题。据说,就是在这次病重期间,黄先生还在思考着中子理论一个可能的重要应用。

我的书架上立着一本黄祖洽先生翻译的《量子场论》,那是认识他以前很久买的。后来在先生与我们闲谈中我才知道,20 世纪 50 年代初他在清华时曾遭遇严重车祸,昏迷了整整一个月。当时不少人预言说,即使苏醒过来,他也永远搞不了高深莫测的理论物理研究了。然而,人们想不到的是,就在因车祸休养的那一年里,他就以顽强的毅力翻译出了这本《量子场论》,此后,黄先生不仅恢复了脑力,而且在科学事业上取得了显赫的成就!

几年前海波告诉我,她为黄先生去医院看他的脑部 CT 片时,医生指着片子上因当年车祸留下的斑斑血管堵点说:“这个人不能自理了吧?”“不能自理? 啊,不!他讲课,他研究,他带学生,对许多人望而生畏的那些高深理论,他的反应常常比年轻人还快!”黄先生以他的经历向我们证明了,生命可以创造怎样的奇迹!

这个医学都无法解释的了不起的大脑,高速运转了 90 年,现在,它可能需要歇歇了。

(原载于《北京师范大学校报》2014 年 9 月 30 日第 2 版)

多容善蓄　优游涵泳

张　升

北师大图书馆所藏古籍是相当丰富的，据我粗略了解，大概线装古籍有三万余种，近四十万册，其中善本三千多种，这在国内图书馆中亦足以豪矣。尤其是方志收藏较多，有二千八百余种，在高校图书馆中只是稍逊于北大图书馆，较之国家图书馆、上海图书馆、南京图书馆亦不容多让。北师大古籍的来源主要为老北师大及老辅仁，另外，也有一部分是个人捐赠的，还有一部分是解放后购置的。解放后，古籍还算较便宜，陈垣先生任师大校长之时，对图书建设相当重视，购买了不少古籍。“文革”之后购入的就很少，且大都为影印的线装本子，如杜臻《粤闽巡视纪略》诸类，已很难买进什么善本了。我想，倒不是图书馆不想买，而是现在市面上流通的善本太少了，并且索价都太高。

说起北师大的善本，从体式来说有抄本、稿本、套印本、活字本、递修本、批点本等，从时代来说有宋本、元本、明本，其中以明刻本居多，林林总总，亦颇为可观。当然，就珍本、孤本而言，北师大图书馆与国图、上图、南图、北大图这些强有力者相比，并没有太多可炫耀之处，但我觉得与北师大本身的实力相比，已颇可自满了。量虽不多，但重要的版本也有不少；质虽未必优，但颇具特色。就古籍的数量而言，一般的研究取资是完全可以满足了，也就是说一般研究中要查阅的大多资料书在此都能找到，所以作为北师大人来说应该是较为满意的。

平心而论，北师大能够蓄积这么多古籍，是相当不容易的。北师大一直都不是什么财大气粗的学校，解放前是这样，邓云乡先生《文化古城旧事》所描述的文化古城时期的北师大图书馆就很寒酸：“门口有几根立柱，也是罗马式建筑，正方形，两层，下面书库，楼上阅览室。大小不超过二百平方米，对一个上千人的大学来说，这样的图书馆显得很小了。……藏书一般，只供学生参考而已。”“藏书自然也是较少的，虽然离琉璃厂很近，而琉璃厂书铺的大学图书馆售书对象，则是北大、清华、燕京等校图书馆，师范大学是不大提起的。”解放后也还是这样，在购求古籍方面并没什么大手笔。另外,个人捐赠者中亦缺乏大藏书家。因此,北师大这些古籍,基本上是百年间日积月累所致。百年间国家几经劫难,北师大亦浮沉与之。沧桑之后,古籍依然能比较好地保存下来,图书之管理者有大功焉。

北师大图书馆古籍阅览室大概要算全馆最清静的地方,地方不大,在二楼东边,有三排长桌,可以容下几十位读者。平常去的人不多,去那里看古籍的则更少(有的同学贪图其清静,到那里看别的书),常去看古籍的仅寥寥耳。近些年,我因为想编写《王铎年谱》的缘故,常到那里查阅明清文集、杂史。最近又助张皓先生翻译萧公权的《中国乡村》,查对其中的引文,所以翻阅了大量的方志。查对引文是颇费工夫的事情,有时为一条引文,就得翻检一函或几函方志。每天大概要查阅十几种方志,一二十函古籍,工作人员的工作量是相当大的。但古籍部的诸先生均能耐心接待,毫无怨言。以前看书,看到作者常常在序言或跋文中提到感谢图书馆提供的帮助云云,颇不以为然。现在看来,这种感激是十分必要的,也是十分真诚的。

我有时到古籍阅览室去看书,并没有什么明确的查阅目的,纯粹是一种消遣。读书是非常自我的行为,在公共图书馆中,也许只有古籍阅览室这种相对安静的地方才能给人带来一种消遣的感受。室中空无几人,清静舒适,窗外梧桐婆娑,起舞弄影,手握一卷,深坐其中,更兼残存的墨香,字大行宽,脆黄的纸,书虫的蛀孔,以及书中夹着的烟叶(以防虫蛀),前贤留下的一纸札记、一张书签或名片等,确实能营造出特殊的阅读氛围。古人所谓的“岂待开卷看,抚弄亦欣然”“万卷古今消永日,一窗昏晓送流年”,亦能仿佛有以致之。

其实我看书并不太留意其版本情况,有时翻一下北师大的古籍目录,才发觉不经意间已看过不少北师大的善本。如我搞卫所志问题,在查阅北师大藏清抄本《(康熙)碾伯所志》时,觉得此书过于简略,可用的材料很少,颇感遗憾,后来才知道,此书实为海内之孤本,连西北的地方志研究者也不远千里来此抄录。又如清抄本《山阳志遗》、明崇祯本《鸿宝应本》等,也都匆匆阅过,了无究心,后来才知为北师大之珍藏。

不经意间就饱览善本,大概也只有在北师大图书馆能做到。这并不是说北师大图书馆管理不严,而是说其实在善待读者。作为北师大人,要想知道到别的图书馆看善本如何费劲,出去走走就知道了,这不用我多说。我是出去转过的,所以回到北师大图书馆古籍部看书就特别容易满足,既满足于师大的藏书数量与质量,更满足于其借阅之方便。

在古籍阅览室中看书,有时也注意看看人,印象较深的如历史系的顾诚先生、中文系的郭预衡先生。顾先生专治明清史,以考证见长,其《明末农民战争史》《南明史》见称于世。他每次上古籍阅览室,均是一开门便到,关门才离开,浸淫其中,乐此不疲。其坐功非朝夕所能至者。郭先生治散文史,遍阅历代诸家文,以史治文,文史兼擅,又精通书法。他也常到此看书,但呆的时间不长,也许只是为了核对一下以前看过的材料,借上好几函书,翻完了就走。静静地来,静静地去,罔顾左右。我发现,很多冷僻的明清别集他都是看过的,也难怪他的散文史以材料丰富著称。这与那些只会读名家与选本的治散文史者自不可同日而语。更难得二位先生均忧道不忧贫,读书不谋稻粮,优游涵泳,自得其乐。斯二人者,亦古所称读书种子、为学典型吧。

"多容善蓄",北师大图书馆足以当之;"优游涵泳",北师大学人亦足以当之。我忝为北师大人,颇费时日于图书馆,然久而无成,徒增悲叹:于北师大有愧焉,于北师大图书馆尤有愧焉。如入宝山,常常空手而归,生性驽钝,那也是无可奈何之事。然值北师大百年华诞,无以为贺,敢赞一辞,聊表拳拳之意。

(原载于《北京师范大学校报》2002 年 5 月 14 日第 4 版)

顾诚先生的读书之道

彭　勇

▲ 顾诚先生

但凡能把明清史专家顾诚与著名诗人顾城区分开的人,听到顾诚这个名字,无不肃然起敬。而其中的敬意,既有出自对他在史学研究中瞩目的成就和谨严的治学态度,也不乏对他一生不变的刻苦精神和刚正不阿的性格。当今的学术界,能像顾诚先生长夜孤灯下,刻苦攻读,不流俗,不阿奉,一坐就是几十年直到人生的尽头,恐怕没有几人。作为顾先生的弟子,吾或耳濡目染,或在整理先生遗作时,或与师母交谈中,略知其治学之路径,及读书之法门,兹连缀成文,名之曰"读书之道",祈地下人间各得其所。

顾先生熬夜看书的习惯为学界熟知,每天凌晨在安眠药的辅助下入睡,午后起床接着研究工作。这种习惯的养成与他的学习和工作经历颇为有关。

顾先生 1934 年生于南昌市的一个知识分子家庭。16 岁参加工作,23 岁考入了北师大历史系。

大学期间，先生读书印象最深的有两件事：一是1959年夏天给故宫博物院明清档案部整理档案，稍后不分昼夜地整理抄录、撰写；二是1960年，他被调到由北大、北师大、中国人民大学等老师组成的高中《世界历史》教材编写组。为了完成任务，真可谓夜以继日，熬夜看书写作的习惯算是养成了。

毕业后留校的顾先生被分派到由白寿彝先生任组长的中国史学史研究小组做明代史学史研究，由此走向了明清史研究的道路。虽然“文革”期间被阴差阳错地指派到外国问题研究所工作，但他始终没有改变对明史的热爱。一到假期，他就到南京的哥哥家里，利用私人关系，躲在南京图书馆里抄史料。今天我们仍然不难想见，在那个喧嚣的年代里，长夜孤灯下，先生伏案苦读的瘦削身影。

有了多年的积累，顾先生1977年10月回到历史系后，即于次年5月发表了著名的《李岩质疑》等一系列引起学界巨大反响的文章，也奠定了他在明清史学界的地位。20世纪70年代后期很长一段时间里，除上课和必须参加的活动外，先生就骑着自行车到北京图书馆善本部、古籍部和科学院图书馆看书，白天抄，晚上核对史料、撰写论文，睡觉的时间了了无几。学校的明清史，尤其是明代的典籍，借书签上没有留下先生名字的很少。

由于常年熬夜看书，抽烟、饮浓茶的习惯也伴随而来，以致于到晚年，先生的生物钟完全颠倒，习惯已经难以改变。是日复一日、年复一年的熬夜看书耗尽了先生的身体。先生住院后，在三人共处的病房里无法休息，加上身体虚弱，第四天晚上便不省人事，高度昏迷，此后虽然苏醒，但再无明显地好转。可以说，先生就像一盏灯，油枯灯熄。真正击倒他、夺去他生命的恰恰是他几十年长夜孤灯下读书的习惯。

明清史的研究要做到竭泽而渔大抵是难以实现的，但学界仍然毫不吝惜用这一词语来表达对顾先生搜集明清史料用功甚勤的敬意。打开他的论著，我们不能不叹服先生读书确实以此为目标。如研究《明末农民战争史》时，他把农民起义军沿途十数个省的数百个府州县的由明至清末的千余部地方志全部查阅一遍。撰写《南明史》时，他在昆明住了一个多月，查阅永历朝相关材料，把明清时期云南方志几近搜罗殆尽。许多鲜为人知的材料，正是在先生这种“竭泽而渔”式的资料检索中被发现。柳同春的《天念录》是一部生动、真实描写清军围困南昌城的文献，就系先生首次利用。又如他使用了极其罕见的朱元璋《御制纪非录》等书，把明初建国功臣朱文正事迹梳理得清清楚楚。

如今，我们可以看到他征引的文献及相关考辨是如何客观地反映历史的真实,但已经无法知道为获取这些史料而付出的艰辛。在《南明史·凡例》中,他说“凡属本书作者认为是后人托名伪造的文献一概摒弃不用,如明末遗民刘彬的《晋王李定国传》之类”,看似简单的一句“一概摒弃不用”,不知包含了先生多少个不眠之夜的考辨,这些考辨又建立在阅读多少原始文献排比论证的基础上?看一看先生摘录的一摞摞的文献资料可能会略知一、二。

先生家藏图书相当丰富,正史、工具书、笔记小说、文学戏剧、文集、资料汇编和现当代人的研究专著等有七千余册。据先生讲,他一生的收入几乎都用来买书了。当得知我花800多元买了一套《明经世文编》,他说,对这套书印象很深,中华书局1962年出第一版时,定价75元,当时还买不起,第二版就涨到了195元了,一出版就买回来了。现在工资收入吃饭买书没有问题了,最担心的是房间太小,书没有地方放——书桌下、床上和床头边、沙发旁,都堆满了书——显得比较乱,也不让师母整理,“一动就找不到了”。

先生抄史料,多用大十六开方格稿纸。到图书馆看书,先看几十页,需要抄录的地方用小纸条夹起来(小纸条是用硬壳烟盒装的),感觉可以抄半天了,就暂停阅读。晚上回到家后,把抄录的材料拿出来,细细读一遍,凡是读不通的,用红笔标注,第二天抄录时再加核对,避免笔误。每条史料用红笔标题,标明要点。每张稿纸通常只抄一条史料,所以半页或小半页的比较多,也有一条史料连续数页者。然后大致分类,用旧挂历做封面,用书夹子夹起来,随时增补、调整。稿纸是先生在印刷厂定制的,边距较宽,以便添补新内容。直到先生去世,还有厚厚的几摞,师母把这些稿纸送给了我们这些在学的弟子们,大家都感到沉甸甸的。

正是由于先生搜集史料几近竭泽而渔,同行中占有的相关材料最为丰富,所以虽然他的观点带有独创性或颠覆性,许多人难以接受,但能动摇他的观点者了了无几。许多学者说:“你可以不同意顾先生的观点,但你既无法回避他的研究,也几乎不可能推翻它。”

先生故去后,我协助师母清理他在学校所借的图书,在注销先生的借阅书单时,他看书之多令人感动。先生的借阅纪录(虽然书早已归还,为下次借阅方便,要求管理员保留下来的)上,其中不仅有专业文献,还有外文资料、期刊、港澳台杂志,其中一种《传记文学》的杂志借阅最为显著,有数百期之多。先生一直订阅的报刊有《文摘报》《参考消息》《文摘周报》等。在整理先生的信件时,发现有一些寄自天津邮票公司的信封,师母说,先生爱好集邮,订有《集邮》杂志,有几年直接从邮票公司订票,但因收入微薄,集邮纯粹为了欣赏、增长知识。

在随先生学习两年期间,吾深感先生的博学多识。如与先生谈及历史时期

“黄河澄清”的现象，先生竟能从水利史、天文学和环境变迁等方面加以解释，让人心服口服；又如，我写了一篇“明代润笔”的小文，先生随口说出中国古代各朝的数条史料，让我自叹学识浅薄。一次我提到硕士时研读经济史，谈及所谓“平均利润与世界资本市场的形成”问题，先生讲起古典政治经济学和世界经济发展的大势，头头是道。谈学习英语，先生随手从身边拿出一本原版书，他能翻译得相当流利。研究南明史时，1661 年郑成功劝降荷兰殖民当局书信的内容，先生在国内一直没有找到，后厦门大学转给他一份由荷兰学者胡月涵（Johannes Huber）提供的英文文本，是他自己把它翻译成古文言后加以引用的（《南明史》第 1045—1046 页，中国青年出版社，1997 年）。由此可知，他是一位具有高度思想觉悟与洞察力的学者，一位具有高度社会责任感、兴趣广泛、学识相当广博的学者。

不久前，师母把整理好的家藏图书的清单交给我打印，除数百册系海内外学者赠送的图书外，其它均为自购书。其中竟然还有一套四函近二十册民国初年出版的线装医书学，然我从未与先生论及中医学和相关典籍，不能不说是极大的遗憾。转念想：我从先生那里获得的知识又能是先生拥有知识的多少呢？所幸者，略知先生读学、治学之道之万一，亦足矣！

（原载于《北京师范大学校报》2004 年 6 月 10 日第 4 版）

无悔的师大人生

林奇青

2012年是恢复高考后第一届大学毕业生告别母校30周年的日子。在这个春季,全国各地都在上演着77级的同学聚会。如久别的亲人重逢,似远方的游子回家。我们师大化学系77级也在北京欣然聚会,回顾人生,凝聚友谊。

1977年底,恢复高考。1978年3月3日,我们走进了北京定阜大街1号北京师范大学化学系教学楼,这是原辅仁大学教学楼,古色古香。我们的"番号"是"北师大化学系77级",班主任老师是苗中正。在上大学前,我们班大多数人是插队知青和中学教师,也有售货员、炊事员、锅炉工、采矿工、纺织女工,等等。由于恢复高考的时间紧迫,各高校主要在当地招生。北京师范大学主要在北京招生,同时为西藏、宁夏、云南代培少量学生。我们班北京考生52人,西藏10人,宁夏5人,云南4人。我们同学中,最大的31岁,最小的17岁。苗老师26岁,是我们的同龄人。老师关爱学生,学生尊重老师,情真意浓。虽然"文革"刚刚结束,但是"左"的东西在我们班没有丝毫痕迹。为实现"四个现代化",刻苦学习、报效祖国,是我们71个同学的共同理想。

30年前,我们怀揣对未来的无限憧憬,带着几分自信、几分忐忑,伴着《年轻的朋友来相会》的欢快旋律,搂一搂肩,挥一挥手,抹一抹泪,泪中带笑,便匆匆告别。从此,71个同学,就如同71颗蒲公英种子,散落到东西南北,四面八方。

如今,我们班有22位同学旅居美国、加拿大、澳大利亚和日本,15位同学分布在宁夏、云南、广东、重庆、天津、上海、山东和辽宁,34位同学在北京。30年岁月沧桑,时光掠去了我们的青春,磨砺了我们的秉性,赐予了我们智慧,拓展了我们的生活,也沉积了浓浓的思念。四年的同窗情谊,就像一股神奇力量,让这些散落在四面八方的学子,再次相聚北京。

谁说人生如梦,谁说往事如烟。忘不了青春的岁月,忘不了梦幻的季节。看看,同学们再相见时,一双双无言的手紧紧地握在一起,一句句问候的话语诉说着别离后彼此人生旅程上的坎坎坷坷,一双双关切的眼睛透过鬓角的银丝彼此寻觅着昔日的风华……在国内工作的同学,一些人在中学当教师,一些人在大学当教师,一些人搞环保或制药。他们在工作中得到快乐和满足,一位同学说:“走出大学,走进中学,身份从大学生转换成教师,感受温暖变成传递温暖。一晃30年过去了,经历的酸甜苦辣咸各种滋味都有。每当曾经的学生回来看老师的时候,看到自己的学生获得各种各样成绩的时候,看到他们的幸福小家的时候,留下来的回味就只剩甜了。当你用心去面对学生时,他们感受到的是真诚和温暖,同时也温暖了自己。传递温暖,是一种乐趣,也是教师这个职业的魅力之一。”

另外一位同学提到在他退休时,他的学生们哭了,还买来大大的蛋糕,为他祝福。他当了一辈子教师,感觉当教师真好,无怨无悔。1977级化学班有十位同学在中学当老师,其中有三位被评为北京市特级化学教师,一位被评为全国先进教育工作者。

国内外的同学们的共识是:读师范读对了,学化学终身受益,感恩母校,感谢恩师。

“77级”——“文革”后第一届大学生,天之骄子。回顾往事,“77”级没有经历过高考的挫折,这是因为他们在十年荒芜的年代仍崇尚知识,或天资聪慧,作为3%的幸运者顺利进入大学。我们“77”级,平淡无奇,一切皆自然。30年走过,我们填补了十年“文革”造成的人才断层。我们平静地工作、生活,在国内已经有一半同学退休了。同学们将“77级性格”概括为:“认认真真做事,心灵安宁;踏踏实实做人,与世无争;平平静静生活,延年益寿。”

毕业30年,化学系“77级”71名同学都健在,是上天对我们的眷顾。同时,也得益于我们做人、做事的生活态度和正确的人生观和价值观。

我们相约,10年后再相聚。

(原载于《北京师范大学校报》2012年4月10日第4版)

难忘恩师

王凤雨

我非常庆幸能在北京师范大学学习和工作,更庆幸能加入北师大概率论研究集体,因为该集体不仅成果丰硕、桃李芬芳,而且具有优良的学术传统和良好的团队精神。我正是在这样的学术氛围中,在恩师严士健教授和陈木法教授的辛勤培养下成长起来的。

刚上大学时,就得知安徽师范大学毕业的许多师兄们已被北师大培养成优秀人才,更了解到严士健先生不仅是一位著名的概率论专家,而且对学生的要求极为严格。1986 年 10 月,我作为安徽师大的一名三年级学生,有幸参加了"第三届全国概率统计学术会议"的会务工作,并见到了仰慕已久的严先生。当他微笑着与我握手时,我觉得他更像是一位慈祥的长者。在那次会议上,他当选为全国概率统计学会的理事长,而我也暗下决心要成为他的学生。我的愿望很快得以实现:1987 年 9 月,经安徽师大的丁万鼎教授推荐,我成为北师大概率论专业的硕士研究生。

那年与我一起入学的三位师兄都毕业于北师大,我是唯一来自地方院校的新生。我意识到自己在基础上可能与他们存在很大的差距,也做好了下苦功夫迎头赶上的准备。但是,没想到以前听到的关于严先生严格要求学生的传闻,很快在我身上应验了:当他得知我没有学过《测度论》时,狠狠地批评了我。我当时感到很无辜,辩称安师大并没有为我们开设这门课。而严先生却更加严厉地批评了我,他强调作为一名好学生,应该主动地学习新东西,特别是未来学习中所必需的知识,而不能仅仅被动地等待老师的传授。他的教诲对我震动很大,不仅改变了我的学习态度和学习方式,也一直鞭策着我在求知的道路上不断前进。

进入硕士二年级后,由陈木法教授指导我撰写毕业论文。陈老师是国内最出色的中青年概率论专家之一,我一方面庆幸自己能得到陈老师的指导,同时也感到巨大的压力。陈老师一直关注概率论及相关学科的国际前沿问题,对学生的研究方向的选择既大胆又慎重。这一次,他为我选择了概率与微分几何的交叉领域。当时我并未意识到这一选题对我未来研究的影响,只是感到我在做师兄们所未做过的东西。若干年后,当我在这一领域有所建树时,陈老师坦言他曾经有过的担忧:这一领域是北师大老师们所未涉足过的,因此,对我来说有相当大的风险。我感激陈老师为我所做的选择,因为成功和风险是一对孪生兄弟,他在为我选择了风险的同时,也为我选择了日后的成功。

1989 年冬,我又一次面临着人生的抉择,是陈老师的一句话让我坚定了继续攻博的决心。他说:一个人无论做什么,都必须有真功夫、真本领。在之后的三年中,我与陈老师一起完成了数篇论文,奠定了以后十年的工作基础。我的博士论文也获得了中国数学会的"钟家庆数学奖",该奖项每两年评选一次,每次至多有两篇博士论文获奖。

1992 年底,我提前半年通过博士论文答辩,并留校任教。当时,北师大的工作条件很差,青年教师流失现象很严重。我也曾有过去中科院或北大做博士后的打算。为打消我的顾虑,一天晚上陈老师约我在校园里散步并进行长谈。他的这一举动使我深受感动。陈老师爱惜时间是出了名的,花一个晚上散步对他来说是一种"奢侈"。我们谈了些什么已经不重要,他的这一举动本身已足以使我义无反顾地留下来工作。

从我成为他们学生的那天起,严先生、陈老师便以他们仁厚的长者胸怀,呵护着我成长。我所取得的每一点进步,无不凝聚着他们的心血。许多次,我在国外访问,他们主动为我申报基金和奖项。例如,我所获得的霍英东基金、杰出青年基金、长江学者特聘教授、教育部首届青年教师奖,等等,在申报阶段我都在国外访问。没有两位老师的支持与帮助,我只能与它们擦肩而过。两位老师的学术风范时时激励着我努力工作,勤勉耕耘。作为他们的学生,我想对他们最好的报答就是做出更好的成果、培养更好的学生,把他们的精神发扬光大。

(原载于《北京师范大学校报》2002 年 11 月 10 日第 4 版)

黄济老师的“诚”

金生鈜

2001年,黄济恩师八十寿辰的时候,我写了下面几个字:“参天地寻真理以诚造就道德文章,撷英华惠后生由宽培育人格学问。”我的国学基础实在粗浅,只能用这句不对仗的话来表达对于黄济先生的人生之气象的理解,我觉得,“诚”是先生人生之精髓。

记得1986年读研究生期间,到北京访学,拜谒黄老师,那时的我懵头懵脑,完全是一个乡下后生,憨直傻勇,闯进黄老师家中去请教论文中的有关问题,先生耐心解答之后,把我领到楼上的王策三老师那里。我们一起谈完之后,两位恩师又送我下楼。我至今还记得老师穿一件白色的棉布衬衣,明而无华,那转身时刻身上自然显露的温厚、澄明、豁然、从容,给予我无穷的回味。

1990年考博士之前,给黄老师写了一封幼稚的信,讲自己对于教育哲学的热爱,说要拜在老师的门下学习。老师的回信,对我这个基础教育先天不足(1968—1977“文革”期间接受的中小学教育),又没有本科学习经历的乡下学生来说,是多么大的鼓励啊!临考前一天,到了北京,住在北师大的地下招待所,给黄老师打电话说我来考试了,没有想到,就几分钟,黄老师到招待所来看我。考完后,黄师把我们参加考试的8位学生请到家里吃饭,饭间,他说,他最多能招收两个博士生,所以很歉疚。先生之诚,可见一斑。

跟随黄老师读书之后,耳濡目染渐渐增多,对于黄老师的人格气象开始有了了解。记得在一次高校教师高级进修班的课程里,先生讲“诚”,说“诚”是天地之本然,人生致诚是人之本性的实现,“诚者天之道也,思诚者人之道也”。在中国哲学中,“诚”是统摄性的,具有本体论的高度。我那时感兴趣的是西方哲学解释学,对于中国哲学因一窍不通而不感兴趣,记住了这个“诚”。由于我对解释学的本体论感兴趣,天真地认为“诚”也许是以人生的真实无妄的态度建立与世界的本然关系,觉得这可能是生活本体论的一个关键词,这样对“诚”的知识形成了一知半解地若有所悟。同时,“诚”也引发了我对黄老师的学问人格的理解,更确切地说,这个“诚”的知识突然使我觉得黄老师治学做人的生命之操守就是一个字“诚”。“夫诚者,君子之所守也。”

伴随着对黄老师的了解,觉得黄老师的道德人格表现了一个“诚”字。这个“诚”凝结了先生的宽厚、仁慈、质朴、豁达、真挚。“致诚则众德自备。”黄老师的自然纯朴源于对于“诚”的追求,他的仁、义、爱等德行,皆源于“诚”,以“诚”为基础。先生的道德人格不是刻意修炼的,而是自然而然的,像水一样的自然流畅,像阳光中的小草一般从容绽放。我理解,这样的道德人格一定是在“诚”的引导之中的,因为道德不是表现或渲染,它一定是静静地生长,一定是默默地“润物细无声”,不是高远不可接近,而一定是像土地的厚重一样实在,像小草的质朴一样平凡。在“文革”期间,先生被派到锅炉房烧锅炉,一烧就是 7 年,他烧的暖气,每年都最好最热。在那个特殊时代接受改造的环境里,黄老师也是出自本然地把事情做到最好。有一次教育系同事的孩子掉到下水道里,先生就从窨井下去,在污水中寻找了几个小时。先生从来不多说什么,而只是实实在在地行动。“大音希声,大象无形”,道与德一定是以最朴实的行动来实践的,“道已素声合”,黄老师就是这样的自然,这样的平常。就如他每天的晨练,不是太极气功那般的修炼,也不是跑跳打球那样的勇猛,只是迈开大步,实实在在、平平常常地走路。从黄老师身上,我悟出一个道理,那就是,高明见于平常,本真见于朴素,真诚显于自然。

黄老师的教,乃是“诚”字。“诚”乃教之本,“诚”才能感动人,“诚”才能立人。黄老师从来都是把立人作为教与学的根本。我们在一起的时候,黄老师从来不会叫我们做什么,他只是与我们一起去做。1992 年的时候,我们去中国人民大学旁边的“三师附小”参加师范教育的座谈会,黄老师那时虽然已经七十多岁,都是与我们一起骑车前往。我们在一起讨论问题的时候,遇到难以判定的迷惑,他一定是查阅多种资料,做出明确的印证,再与我们一起讨论。有一次在先生家里吃馄饨,我说起我的论文中间接引用的一段古文献,先生马上放下碗,查找原文,并且指出了我引用的错误。黄老师的这一切,是出于他明朗真实的本性。我对西方哲学的偏执与粗浅的认识,常常引发我们之间观点的争论,面红耳赤不足于形容我在争论激烈时候的表情,我们真挚的情感就是在这种争论中建立起来的,这是老师以“诚”立教的必然。我对自己博士论文的选题是那么固执,黄老师不赞成我的选题,但他依然宽容地支持我做自己的研究。他了解我愚顽而执拗的本性,让我在学术中尽情地发挥这种执拗和愚顽,他的“诚”既明己又明人。现在,我开始指导博士生了,才能慢慢理解黄老师的立人之道了——“唯天下至诚为能化”。

“诚”才能明，才能立，才能教，才能化育，才能“嘿然而喻”。黄老师的“诚”是一种泰然自若的至静至灵的内心状态，默观人间，洞悉世事，沉思至理，不为纷杂的现象、外物所扰，静的内心绽放和喷涌着真挚，极高明而道中庸，在平常与细微的行动中体现出对人的关怀与热爱，将高明的道理自然地表现在平凡的生活中，行止语默，无不合于至善。

自然而素朴，平凡而高远，在谦虚中寻求智识，在乐道中践行美德，表现出一种纯真、笃定、泰然的人格气象。这就是黄老师的心性。这样的生命境界是丰盈的、通达积极的，像天地万物一般，出自本性而自然，没有造作，没有渲染，清亮澄明，就如崇山峻岭中的山涧小溪，虽然遭遇万千曲折与坎坷，依然在自若、快乐、从容中流淌，在平常和自然中显露出无限的磅礴之气。“诚”的境界，是义的境界，也是仁的境界，着力勉强而从之，则不自然，黄老师的诚是一种自然的合道，是一种真实的本性，是他以真诚的气度和健全的心灵体悟天地万物人事的必然。

我虽不在黄老师的身边工作，但能处处领受黄老师的诚。黄老师生肖属鸡，我是属牛，黄老师老说他是老黄牛。我也是牛，我自以为，我追随着黄老师的道。同门建福兄说，同道者为友。黄老师于我亦师亦友，这是我一生的幸运。2006 年底我眩晕跌倒，摔伤脑部，颅内出血，住在医院迷迷糊糊，黄老师不知从哪里听到我的伤情，几次打电话嘱我好好治疗，说经济上有他呢。我那时头痛难忍，而内心却一轮明月。

这次去北京，建福、中英陪我去看黄老师，离开的时候，黄老师还是一如既往，自然地送我们下楼，上车，离开。看着老师在寒风中瘦弱的身躯，我突然想起，2007 年我去老师家，离开的时候已是深夜了，他牵着我的手，无言地把我送到新风南里小区的门口。

大音希声，大象无形，大德无痕。黄老师的“诚”，尽在无言中。

（原载于《北京师范大学校报》2010 年 7 月 10 日专刊第 4 版）

师大杂忆拾零

石　坚

今年,我的母校北京师范大学成立整整一百周年了。由于工作原因,我毕业后很少回校,在隆重举行百年华诞庆典的日子,也不能回母校与恩师、学友分享这喜庆的气氛、重叙师徒同窗情、共述师大教研业绩,实属遗憾。在此,写下这些零星片段,以表记念。

21 年前,跨入北师大校门时的我,仅仅是一个痴读几年书,最远只到过县城,涉世不深、见识不广、所知不多的乡下少年。入校后,我仿佛进入了一个精神财富的宝库,可学、要学的东西太多了。知识的强烈吸引,使我没有把精力完全放在功课上,只要有时间就钻进图书馆,捧起在家时只听其名未见其身的"大部头"啃起来,有时看得忘情了,还是下班的管理员催我走。当得知我们中文系的黄药眠、钟敬文、启功、许嘉璐等教授是闻名全国的学科权威、教坛泰斗时,我倍感自豪与骄傲,更加如饥似渴地从他们的学术著作和书法作品中吸取知识营养,领受艺术美感,从他们研学不辍、诲人不倦的高尚品格中品味人生的价值和意义。

我们比别的年级多了一份幸运,赶上中文系改制五年的时候,在母校的怀抱里多饱尝一年乳汁的滋润,在离开她的日子里也多了 365 天甜美的回忆。乐群餐厅,你还在么?晚自习后,我们常去那里,用节余的菜票换上几根油炸薄脆(我给它取的名字),细细品尝它的香味,解除一夜苦读之乏;囊中充实一点时,再酌一瓶啤酒,在麦芽香中品尝大学校园特有的滋味。星期天,我们总是在乐群餐厅"招待"来自外校的老乡,让他们也对北师大留下一点特殊记忆。主楼(现在也许改建翻新了吧)前的小花园,是我们晨读、信步、会友和开展集体活动的场所,小石凳、葡萄架、主题微雕,都散发着一股芬芳、温馨的气息,让人不忍离去。运动场东头到物理楼之间的地下室,虽然空气不清、光线较暗,也许早已退出历史舞台,但我们在那里打下了比较坚实的外语基础,现在在工作中还因之受益。当然,印象最深的是西南楼 317——度过一千六七百个日日夜夜的宿舍——我们留下无尽回忆的地方：开小组会、谈书论道、下围棋、练书法、煮电炉、吃方便面、做恶作剧，高兴时的欢跳，无聊时的狂叫，分手时的缠绵，与其他班级的小矛盾，听说上年级师兄发表小说后的钦羡（毕业后才知道他是苏童）……

记得大约是在1984年初，由于专业的熏陶，我们爱上了电影，同学们自发成立了影迷协会，并得到了黄会林教授的支持和指导。她不仅是文艺学与现代文学的知名学者，也是一个剧作家，在影视界有一定的影响。黄老师除了在课堂上给我们讲现代剧作、电影美学，还想办法为我们提供到电影资料馆观摩的机会，联系北影厂让我们当群众演员，使我们得以从理性与感性两方面对电影与戏剧有了比较全面的认识。1986年初，“北国剧社”成立，我虽不是剧社的主角，但也参加了不少活动，有幸时常聆听黄老师的直接教导，至今难忘。在她的积极组织和带动下，北京大学生电影节如今办得有声有色，在影视界有积极的影响，对青年学生们也有很深的吸引力。我已近中年，但逢节必看，默默参与。十几年来，媒体一有黄老师的消息，我总是乐不可支，逢人夸耀。

记得童庆炳老师给我们上“文学概论”的时候，那么投入，那么动情，力戒空泛。他常常联系自己的家庭，说起自己的母亲，把本来不相干的生活细节巧妙揉合进来，充实授课内容，调节课堂气氛，使枯燥乏味、充满玄妙的理论课听起来有滋有味，久有余韵。听说，人近古稀的童老师至今仍不知疲倦地进行课堂教学和学术研究，无限地发掘着自己的工作潜力，无私地贡献着自己的知识矿藏，这种执着的敬业精神深深地感染了我，我在遥远的南方向他祝福！

每当想念母校和同学的时候，我常遥望夜空，寻找那颗让所有北师大学子都为之自豪的“北师大星”，但在浩瀚的星空里，我无法确定它的准确位置。继而转念一想，北师大的骄傲何止这一颗星呢？在祖国的大江南北，在现代化建设的各行各业，何处没有北师大学子洒下的汗水，哪里没有北师大学子创下的业绩？星光灿烂的银河，不正象征着百年北师大的丰硕成果吗？

（原载于《北京师范大学校报》2002年10月10日第4版）

恩师刘伯里先生二三事

崔孟超

在我们党成立97周年纪念日的第二天，2018年7月2日凌晨3时20分，我的恩师刘伯里先生静静地走了。这位为祖国的强大和发展、为人民的安宁与福祉，奉献了毕生心血的优秀老党员，这位勤勉治学、桃李遍天下，堪为“师则世范”的耄耋老人，获得了最后的安息与宁静。

刘先生是著名的放射化学和放射性药物化学专家，是我国放射性药物领域的主要开拓者。明知筚路蓝缕之艰，但先生始终把国家与人民的需求和利益放在首位。无论是最初投身于核燃料后处理工程低放裂变废液处理、核爆炸裂变产物污染苦咸水的去污等军工任务，还是此后致力于核能的和平利用，积极探索放射性药物的研究，都是本着为国为民的初心。身为中国工程院院士，刘先生对国家和科学领域的重要贡献自是无需再赘言。值此送别先生之际，身为跟随先生十几年、饱受师恩的后学弟子，我谨以受教师门的一些回忆，作为对先生永远的纪念与告别。

一

关于如何做好科研，先生教诲颇多。其中尤其强调的有五点：一、治学严谨；二、善于创新；三、不断学习；四、把握机遇；五、锻炼身体素质。

治学严谨

严谨，是所有科研工作者必须遵从的一条铁律，也是刘先生对学生们最基本的要求。在先生看来，做人要有是非观，做科研也要有是非观，对就是对，错就是错，绝容不得一丝一毫地弄虚作假。要想把科研做好，首先就必须端正科研态度，随时自省自查，以严谨认真的态度对待科研的每一个细节。

刚转博时，先生给我们开了一门课，期末要写一篇综述。当时的我以为写综述不过是一项简单的资料搜集整理工作，很容易就能完成。谁知先生一眼就看出了我的漫不经心，专门找我谈话，指出作业中对文献考察的不足，最后说道：写综述看似是一件很简单的事，实际上却是最难的事；要想写好一篇综述，必须对涉及的问题有全面深入的了解，搜集整理文献只是最基础的第一步，关键在于从中发现目前研究存在的问题和不足，找到有价值的课题，为以后的研究找到方向。从此我意识到，科研中没有"随意"二字，哪怕最简单的工作也可能蕴含着最复杂最有价值的问题，只有在每个细节上做到严谨，才能扎扎实实走好科研的每一步。

工作后，我曾应期刊之邀写过长达三十余页的综述文章，查阅了两百余篇相关论文，即使正值春节也不曾休息一天。家里人不明白为了一篇综述为什么花这么多时间与精力，只有我自己知道，刘先生的话早已在我心里扎了根，随时警醒着我。

古人认为，言传身教是对子女最好的教导。刘先生之于学生也是如此。每当我反复检查实验的每一个步骤，仔细修改论文的每一行时，眼前总能浮现出先生的身影，想起先生当初一字一句为我改论文的情形。所谓薪火相传，也正体现在这些微小的细节里吧。

善于创新

创新是一名科研工作者毕生的追求，也是科研工作最有价值、最具挑战的部分。刘先生常对我们说，创新分积累创新和原始创新，两者相辅相成。既不能急功近利，一上来就恨不得立马"突破"——没有扎实的根基，很容易目光狭隘，误入歧途；也不能躺在前人旧说之上，靠拾人牙慧过活——没有真正属于自己的创见，是科研工作者最大的失职和不负责任。

刚由硕士转为博士，我一度不知道该从何着手确定自己的课题。文献浩如烟海，如果没有方向，就只能像没头苍蝇一样乱撞。带着困惑我前去请教先生。先生说，当不知道自己应该做什么的时候，就从兴趣入手，边看文献边寻找兴趣点，由点深挖，最终相关的点就会连成面，形成自己的科研阵地。先生又谈起自己的治学感悟，认为在科研中一定要有所为有所不为，抓住重点，不能一味追求面面俱到；科研是做不完的，遍地开花式的东西如同鸡肋，食之无味，弃之可惜。先生的话使我豁然开朗，至今仍受益匪浅。

不断学习

在刘先生看来,学习是一辈子的事,尤其对科研工作者来说。

我投身于刘先生门下时,他老人家已年过七旬,但勤勉好学却常常令我这样的年轻人都感到惭愧。只要身体情况允许,实验室每周的组会先生都会参加,十分关心大家的实验进展以及学界的最新动态。有了先生的以身作则,大家热情高涨,勤奋自砺,使得实验室始终保有良好的学风和氛围,在科研探索中不断进步。

后来先生由于身体原因不再亲自到实验室参加组会,但每周都会听取我们的工作汇报。每次先生总会与我谈起最新的专业文献、科研动态,讨论实验的进展和难点。有一次汇报结束后,先生拿出一篇关于放射性核素衰变理论的论文草稿给我看。里面有大量的数学公式和运算。见我看得比较吃力,先生当场拿出稿纸,一边演算一边讲解,思维清晰敏捷,一点儿都不像个 80 岁的老人。

先生曾赴海外交流,英语水平自是不差。但隔了二三十年之久,先生年至耄耋,仍能用流利的英语和到访的外国专家交流,还不时受国际期刊邀请评审英语论文。可想而知,先生从没中断过英语的学习,这种持之以恒的好学精神实在令人感佩。

把握机遇

刘先生时常鼓励我们凡事多尝试。做实验如此,做人做事也如此。一次平凡无奇的尝试很可能会诞生有价值的科学发现,把握住一次意外的机遇很可能会使自己得到更大的发展。但前提条件是自身足够努力,不能根基未稳就心浮气躁地试图走捷径。

博士毕业对发表论文有硬性要求,最初大家往往会有些自信不足,即使工作不错,也不太敢投较好的期刊。先生却每次都鼓励我们投更好的期刊,而不是自认为把握较大的。用先生的话来说,论文被拒不可怕,每次被拒都是一次学习进步的好机会;用更高的标准来要求自己,才能知道差距在哪。先生还鼓励我们申请奖学金、争取重要会议的口头报告等,并说,以前大家都讲酒香不怕巷子深,但现在是竞争的社会,做科研不只要能够埋头苦干,坐得冷板凳,更要懂得发挥主观能动性,争取更好的科研条件和环境,这样才能使个人能力得到充分发挥,取得更多成绩。

在人才培养上,先生也强调机遇的重要性,提出大时代、小环境、自身努力三者相结合。先生说,你们正处在最好的时代,科研条件也不同往日,无论是国家还是科研院所都对人才非常重视，只要你们足够努力，就可以在科学领域大展身手。如今我也承担了实验室的一些管理工作，越发感到先生的良苦用心。

锻炼身体素质

先生常会念叨起一件“趣事”：还不到 40 岁时，他去坐车，旁人见他满头白发（因工作缘故长期接触超标的辐射剂量，先生的头发早早就变白了），竟误以为是老年人而急忙让行。每至此时，先生从不论及自己工作之辛苦之危险，反而打趣说这也算一种工作福利吧。紧接着先生往往会以一种孩童般的“得意”，讲起自己从年轻时就坚持跑步，身体素质其实好得很，等等。

没错，直至六十余岁时先生还每天跑步锻炼。许多人认为这是一项枯燥乏味的运动，先生却特意用这种方式来强健体魄，锻炼意志，以更好的精神和体力投入到科研中去。还记得先生曾特意嘱咐我：“小崔啊，别天天只知道钻在屋子里做实验，抽空多运动运动。身体是革命的本钱，没有个好身体，怎么能专心做好科研呢！”然而实在惭愧，至今我仍未能像先生一样坚持锻炼。

对于大多数人来说，坚持每天抽出一点儿时间运动或许并不是什么困难的事。但对于每天从早到晚都泡在实验室里，做起实验来常常连日常三餐都无法保证的科研工作者，坚持每天锻炼甚至比做实验更难。科研本身就需要劳心劳力，在科研之余还要再坚持锻炼，可以说必须有无比强大的意志力才能做到。这或许就是先生能取得如此成就的一个因素吧。

二

对我而言，刘先生不仅是学业和科研上的恩师，更是生活中睿智慈爱的长者和育德修身的楷模。

仁者之风

虽然身为院士，有着诸多光环，先生却没有一丝一毫的架子。即使在科研上要求再怎么严格，实际生活中，先生就如同家中的一位慈爱长辈，对学生充满关爱。

先生的家，在校内一所普普通通的老房子里，陈设十分简朴。每次去家里向先生汇报工作，先生都会提前准备好各种水果零食，一边听汇报，一边屡屡嘱咐我多吃点儿。如果到了饭点儿，先生就会留我一起吃饭，并特意加两道好菜——往往是肉多的"硬菜"。先生喜欢吃肉,却因身体原因而不得不遵医嘱少吃。于是每到吃饭的时候,先生总是含笑看着我狼吞虎咽,不时夹菜。我不好意思起来,劝先生也多吃些。先生哈哈一笑:"我现在啊,被医生管着,得听他们的。"一边说一边又为我添上菜:"年轻人要多吃些,补充补充营养。我虽然不能吃,看你吃得香也高兴啊!"

甚至有两年春节我都是在先生家度过的。实验室放了寒假,然而做实验用的动物需要人照看,我家又离得远,于是便不打算回家过年。先生知道了,几次叮咛,要我一定去他家吃年夜饭。新年的钟声响起,虽然远离家乡,我却依然感受到了家的温暖。后来我结婚有了自己的小家,先生由衷地为我高兴,还特地包了红包祝贺。妻子怀孕,我们一起去看望先生,说起过年时要带孩子来向先生拜年,先生连连称好。谁知下半年先生因病住院,我只好带着孩子照片去看望先生。更没想到的是,先生这次住院最终竟成永别。我心中也留下了永远的遗憾。

士人典范

从刘先生身上,我不仅感受到君子的仁者之风,更深刻体会到知识分子的使命感和责任感。

古人云,士不可以不弘毅,任重而道远。先生常教导我们,作为知识分子,要勇于以天下自任,立一等志,行一等事。先生是这么说的,更是这么做的。先生的一生,正是为国为民的一生,是为了实现科学理想而负重前行的一生。在先生影响下,我渐渐了解到一名真正的知识分子应该是什么样子的,对人生价值、生命意义这些形而上的问题有了更加具体深入的切身感悟,对科研工作也有了更为全面透彻的认识。

在我赴日本京都大学药学院留学的一年多时间里,先生每周都会通过电话或邮件关心我的科研和生活情况。留学生活枯燥乏味,每天都是早早到实验室,深夜甚至凌晨一两点才回住处。身体上的疲累还在其次,身临其境地感受到我们与世界一流的实验室还存在不小差距,更使我一天都不敢松懈,深感任重而道远。临毕业之际,京都大学药学院给出优厚条件,希望我能留下来继续做研究。考虑到国内的就业压力和组建家庭的经济压力,我的确曾有过些许犹豫。先生察觉到了我的担忧,但并没有给我什么压力,只是语重心长地说:"科学是没有国界的,但科学家是有祖国的。国家培养我们,正是希望我们能把国家建设得越来越好,让人民生活得越来越幸福。你可以选择个人的幸福,也可以选择更多人的幸福。"先生的话如同一道闪电,使我看清了自己的内心,可以毫不犹豫地做出最忠实的选择。

此后的日子里,每到做选择的时候,先生的话都会在我耳边响起。先生如同一盏明灯,为我照亮前进的方向。高山仰止,景行行止。虽然难以望先生之项背,但只要能做学界的一名小卒,全力为祖国为人民奉献自己的一点微薄之力,便也算不枉此生了。

先生之学,云蒸霞蔚;先生之风,山高水长。

刘先生虽已远去,但其音容笑貌、谆谆教诲将永存我心。先生留下的实验室,已成为我国放射性药物研究领域的一方重镇,也将为更多有科研理想的学子插上腾飞的翅膀。

先生,您放心吧。

先生,一路走好。

(原载于《北京师范大学校报》2018 年 7 月 30 日第 2 版)

这个老头儿不太冷

李　鹏

▲ 刘伯里院士和他的部分学生合影

我的导师叫刘伯里，中国工程院院士。当着师兄师姐的面儿，我叫他老师；和朋友喝酒聊天的时候，我常常叫他“我们老头儿”。很早就想写一篇关于我导师的文章，总害怕自己驾御不住，生怕写得不好。毕竟他的头衔和荣誉实在太多了，多得我都数不清楚。可是我总有这样的冲动，把这些美好的回忆变成文字，珍藏起来，珍藏在我的记忆中。

第一次见老头儿的时候是在他的家里。老头儿坐在沙发上，身体圆乎乎的，穿得很普通，蓝色的裤子，浅黄的毛衣。额头角很高，眉宇宽阔。圆圆的大脑袋上挂着一副大脸眼镜。眼睛倍儿亮，闪烁着智慧。他看文章的时候低着头，目光通过眼镜片，说话的时候抬起来，然后眼镜自然溜到鼻尖上，一边微笑一边和我说话。我那时就有一种冲动，想摸摸这个大大的脑袋。他滔滔不绝给我讲了很多关于这个学科的故事，生怕不能给我一个完整的全景。

自从我是老头的学生之后，去他家便成了常事。2006 年 5 月，老头儿生病，我们几个弟子约好去他家里看他,这次见面也成了一次美好的回忆。

老头和我们聊了很久。其中一个重要的话题就是他和师母的罗曼史。他特别开心,拿他们的结婚照给我们看。

“我们结婚的时候25岁,那时候我们刚从华东师范大学毕业。一毕业我们就结婚了。原来我是想去鞍钢的,后来组织要我来北京,我们就来北师大了。”

这哪里是50年前的结婚照啊!

眼前这张照片比我见过的任何一张结婚照都更加让人感动、向往。师母穿着洁白的婚纱,长长的,铺了一地。老头呢,那个帅啊,很是让我自卑。三七偏分的发型,英俊大气的面庞,挺拔的身躯,穿着一身非常合身的浅色西服,洁白的衬衣衣领高高地翘起,扎着一个十分得体的领结。我拿着照片看了好多遍,感动得不行。一种高贵、从容的气质从照片里散发出来。

“老师,您和师母怎么认识的?”

我实在按捺不住心中的好奇,问他。

同学都冲我偷笑。

“嘿嘿……我们就是同学……和你们是一样的! 嘿嘿……”

这个可爱的老头儿憨态可掬,还有点不太好意思呢!

不过,和老头儿讨论问题是件很困难的事情。每次要和他讨论问题我都要额外做很多的作业,要不然就犯晕。

老头儿很聪明,几乎所有问题中的关键词都是用英语说。要是不熟悉,根本反应不过来,我常常很郁闷。有时候他说得太快了,我的大脑不得不开足了马力,一边是回忆各种各样的公式,一边还要在记忆深处查找各种各样的定律,还要不停地翻译老头儿“噌噌噌”冒出来的单词。

二年级的时候,我曾跑到老头儿家谈开题的事情。他打开我的报告,给每一部分都做了细致的评价,还从整体上对它做了评价,认为这个项目很好,让我积极着手准备。

“我要和你说个问题,很严重。”他正了正身子。

什么事儿啊? 我心里直犯嘀咕!

“你看,这里,这里,还有这……”

我顺着他指的方向看过去——原来是论文中的错别字:洞察被我写成“洞查”,不断被我写成“不段”,这样的错误一共有五处,在报告里都被老头儿一一圈出,并用铅笔做了修改。

“这样的错误是不可以有的。只要是出自我的手,我绝对不会有什么疏漏,除非超出我的知识范围，是我不能解决的问题。这样的小错误显然是不可饶恕的。……”

难受死了，面颊有点儿烧。我不好意思，只有不停地点头。“该死，怎么不检查仔细呢！”我自言自语道。

我一点都不恨老头儿，反而更尊敬他的认真劲儿。

后来，我们开组会，老头让我把我的课题拿出来讲讲。我很细致地给我的师兄师姐讲了我论文的设计思路。老头在我讲完之后，和组里的人讨论了一番，最后给了个总结：“我是完全同意这个项目的，我们有一个基金，完全可以支持这个课题！”

听完这话，我心里美得冒泡儿。

我叫他老头儿，不是不尊重他，是他太像我的爷爷了。圆圆的大脑袋，宽阔的眉宇，始终微笑的嘴角，还有苍白的头发，完全一副亲切和蔼的老头儿的模样。我爱他就像爱自己的爷爷。

大前年，我去北戴河爬山。山上的一个和尚给我算卦，说我命中有贵人相助。我一直在想，这个老头儿肯定就是那个贵人，呵呵。

又是一年秋去冬来。世事难料，2006 年十二月，陪伴他 50 年的师母离世，我知道，对老头儿来说，这是个坎儿。我别无长物，只是希望他能在春节前看到这篇小文儿，我在心里默默祝福他在新的一年里健康、快乐！

（原载于《北京师范大学校报》2007 年 1 月 10 日第 4 版）

感谢北师大

黄国凡

钢琴柔和地叮咚,我用一只小勺轻轻搅动面前一杯蓝山咖啡。

这是厦门一处幽静的咖啡馆。北京的老同学薇薇、厦门工作的姚子和我,聚在一块儿回味着大学时代的许多趣事。

告别的时候略有点儿感伤,因为这样的机会以后不会很多,但我们仨还是很高兴地坐在一起,让服务生帮着拍了张合影。

从前的迷惘、激情、梦想,一如北京四月天的柳絮儿,纷纷扬扬地洒在今晚的畅谈中。

13 年前,我是一名北师大新生。我们班里的同学来自全国十多个省市、自治区。女同学有 35 个,男的只有 21 个。同窗四年,许多好玩的事儿想来依然让人莞尔。北京的厉同学,身材肥壮,不论冬夏,晚上熄灯后喜欢冲个冷水澡,然后在暗夜里用冰凉的手摸进别人熟睡的被窝,静候那人从梦里惊醒高呼“有鬼”,我们便叫他厉鬼。贺同学高高瘦瘦,来自浙江,为人旷达疏狂男子气十足,皮肤却极细嫩,唇红齿白明眸善睐,女生都叫他小宝——他有许多口头禅,最酷的要算是噘了嘴儿说颇具苏杭女子神韵的“勿—要—伊”。喜欢抽“Camel”牌儿香烟的王同学,是来自扬州的大男子主义者,起初和我同屋,不爱做卫生,也懒得打水,被大伙儿撵到另一间去住,后来痛改前非当了班长,为大家做了很多事情,我们便叫他“Camel”——如今他已是个稍显发福、疼爱女儿的好父亲了。

大二的时候我在学校广播台做事,负责星期六的节目。大致是几首歌曲,加一些文化新闻。我们四处搜罗最新的流行音乐,每周推出一位当时走红的港台歌星,让赵传、张雨生、伍思凯的声音回荡在黄昏的校园里。我们设计了一个“校园歌手”栏目,先后邀请了不少校园歌者为大家演唱。当时我还参加了太阳风诗社等社团,师兄仝勇在学校社团协会工作,见我精力充沛的样儿,便撺掇我加入《北方》编辑部。可惜只办了创刊号,大家毕业的毕业、考研的考研,各自走散了。现在的学弟学妹们都在做些什么呢？无论世事如何变迁，校园文化的内涵总是青春、纯净与时尚吧？

三年级的时候，新的图书馆建成了，课余时便多了个好去处。师大图书馆有温暖明亮的灯，有柔软舒适的座儿，有宽大木制的书桌，都是我很喜欢的。那儿对于本科生，并没有特别的限制，港台书刊阅览室可以去，古籍善本书库、外文书库也可以去。常看香港的《电影双周刊》、善本《三希堂法贴》和外文原版的小说。图书馆的南边是广场，冬天的正午，校园的诗人骚客总爱在那里铺块报纸晒太阳，两边的藤萝架下，亦三五成群坐了享受阳光的人们。

不能不提到北师大的伙食。四年大学生涯，我的体重从一百斤递增为一百五十斤，体形由南方的豆芽菜儿成长为北方汉子，北师大的食堂功不可没。那里不但备有南方人惯常的饭菜，而且每餐都是面食的盛宴，什么馒头、烧饼、油条、肉卷、水饺、麻花、蛋糕、驴打滚儿应有尽有，晚上十点以后还提供夜宵——最喜欢的是用鸡汤下的炸酱面。实习餐厅的小炒蛮有滋味儿，又便宜，几个人常常凑份子去撮，最爱吃的是京酱肉丝和摊黄菜(其实就是煎鸡蛋)。乐群餐厅也提供点菜服务，还经营着一个酒吧性质的小餐馆，上完体育课我们便在那儿滋溜滋溜地吸酸奶。有一年春节想逛北京的庙会，没有回家，享受了一顿极丰盛的除夕年夜饭。食堂里长餐桌十几溜儿摆开，大碗的肉菜衬着我们馋得放光的脸庞，校长亲自给所有春节在校的同学们敬酒，然后大伙儿觥筹交错，烤鸭羊肉齐啖，土豆共白菜一块儿下肚。

班主任是贾卫民老师。我经常赖在他的宿舍。我们曾在雪夜里温一碗酒，促膝长谈，待曙色熹微，我才踩着积雪离开他屋里柔和的灯光和满架的精装典籍。我们都喜欢书法，曾一前一后骑了自行车去琉璃厂赏玩字帖，品评古人的笔法和诗情。前些年老师去美国研修，寄来两张照片，我找了本蔡襄的帖儿复印了寄去，让他在异国嚼了麦当劳汉堡之后，用这些玩意儿和着中国茶漱口清嗓子。一次我到北京开会，十一月份就下起了大雪，凌晨时分晚点到站，一下火车，就看见老师穿着风衣伫立等候的身影。两人握手拥抱，我发现老师头发、眉毛和肩膀上全是柔密的雪花儿。

闲暇时候听了中文系的一些课。王一川老师那时教授着《西方文论》，课间他见我面生，和我聊了几句。后来学校举办京师杯论文节的时候，我写了篇稿子，惴惴地捧了到王老师家里，老师停下正写论文的大笔，将满桌的书推到一边儿，放两杯茶，和我足足谈了两个多小时。

还记得许多好老师，李景斋老师当时是系党总支书记，为人亲切随和，几乎认得所有系里的学生，老远见着就冲我们点头微笑。王酉梅老师给大家放了好多他自己拍的幻灯片儿，班里同学义务献血后还到他家蹭饭吃。倪晓健老师说话带点儿山东口音，讲课铿锵有趣。李广健老师爱抽烟，课间常和我们男生一起嘬两口。符绍宏老师上的《科技文献检索》我给考砸了，补考前她和颜悦色地告诉我信息科学须注重实践的道理。

厦门海滨环岛路上有一处雕塑，十几片红色船桨螺旋状支成一摞儿。离开师大这些年，尘世的流转没有带走我的桨橹，母校的“师范”精神引领我在生活的清流里悠游、前行，永不止歇。

感谢北师大，您满足了我年少时身心的渴求，您赐给我健壮的体魄，您让我渐渐成为闲散的智者，在南方海边散步、遐想，求索平实而真挚的人生。

（原载于《北京师范大学校报》2002年3月28日第4版）

温暖的传递

朱效民

刚入北京师范大学时，甚觉其小，印象中好像站在南墙边儿就能望见北墙。然而，小归小，但整个校园也透着精致和温馨。随着时光的渐渐流淌，我发现这份温馨不仅是应景而生，更是因人而造。

先说说老师吧。北师大的老师身上多有沉稳、谦和之气，即使一些面相比较严肃的老师，那也是望之俨然，即之也温的。尤如校园里处处点缀的启功先生的手书真迹：灵秀中透着大气，柔和里不乏刚劲。课堂上、讨论中，再尖锐和冲突的观点也能不温不火地从老师们的口中娓娓道来，绝少有讽刺挖苦、声色俱厉之态。在一片传道解惑的和风细雨中，我们同样领略到了丰富深刻的大师思想、令人信服的学者观点，老师们儒雅温和的讲授同样让人深深感受到学问的力量和尊严。我有时想，学术讨论、学术争议固然不应该都是“请客吃饭”、一团和气，但那种一上来就火药味儿十足的唇枪舌剑、冷嘲热讽就会是交流说服之道吗？

北师大的老师是极容易相处和亲近的，新生来校后先到老师家认门儿几乎就是一个传统，先是师兄师姐带我们去，然后是我们带师弟师妹去。逢年过节我们更是会挨个儿到每位教研室老师的家中拜访，这时候往往也是老师们最高兴的时候，大家围坐一团，喝茶聊天、其乐融融。平日里，遇着师兄师姐论文开题或者答辩，同样是教研室全体师生的欢乐时光，因为那一定会在精神和物质上双丰收的，学术盛会加上随后的大快朵颐，师生之间的情谊也在不知不觉中加深一层。所以，如果在校园里、大街上碰到老师，大家都自然而然地有一种亲近感，常会主动和老师打招呼。这份亲切和温暖会一直延续下去，即便大家以后相继离开了北师大，即便已经时隔多年、天各一方。

在老师的言传身教下，北师大的同学也多敦厚、温润之感。大家相互之间时常也有种种争论，或为学术观点，或为谋生饭碗，甚至也会有脸红脖子粗的时候，但绝少导致相互鄙夷、不屑一顾。“学为人师，行为世范”，这为师为范的校训相信会经常给每一位从北京师范大学走出来的学子一份学业上的督促、一份做人上的提醒。同学之间的情谊大家都非常地珍惜和爱护,这也是毕业多年同班同门的学友们仍能够时常相聚的重要原因吧。记得寒暑假,同一楼层没有回家的“沦落人”很容易就凑在一块儿搭起伙来,大家东拼西凑,并自诩为各自家乡的“特色菜”居然每每给人以惊喜的感觉。认真算起来,至今我那屈指可数的几样厨艺还是当初从天南海北的哥儿们那里“克隆”来的呢。同是天涯海角人,“相逢何必曾相识”,北师大的学友们彼此之间时常会有这种温暖的感觉。

时光荏苒,日月如梭,转眼间离开精致而又温馨的师大校园已经十多年了。由于工作后和老师们成了学术同行,一年中我总有两三次会回到母校听听专业讲座之类的机会。依然是那温暖轻松的师生氛围,依然是那温暖儒雅的讨论交流,也依然是那温暖惬意的席间畅谈,这份温暖依然在北师大传递着。

如今,我也带研究生了,还是一个硕士班的班主任。我常想,学术讨论是可以温暖的,学者之间、师生之间也应该是温暖的,我要把这份温暖继续传递下去。

(原载于《北京师范大学校报》2009 年 12 月 30 日第 4 版)

怀念邹晓丽老师

陶　然

大学同班群组忽然传来杨聚臣发出的讣告:北京师范大学文学院教授、著名语言文字学家邹晓丽先生,因病医治无效,于2017年8月31日17时30分在北京逝世,享年80岁。

看到之后,不免一惊。聚臣大学毕业后留校,与邹老师的关系由师生变成同事,而我自那年离开,虽然回过母校多次,但跟当年任何老师都没有什么联系。印象中是20世纪80年代中后期,我住在北师大宾馆,有一次逛校园,碰到骑着自行车的马新国,他低我们一年级,留校。到底说了些什么,早忘了,无非是打个招呼吧。后来为庆祝校庆一百周年,母校出版社计划推出一批书,郑君礼副校长建议出一本关于我的研究集,由当时的北师大出版社总编辑马新国具体负责。此书当然不会由我编,同学好友曹惠民教授挺身而出,由他主编。于是,厚厚的一本《阅读陶然:陶然创作研究论集》便在2000年9月问世了。

我在留校的杨聚臣陪同下,去齐戴维老师家里坐过,以前听过他唱歌,非常好听。再有一次,也是由杨聚臣陪同,去看望同样住在校内的写作课老师刘锡庆教授,记得当时他送了一本他的著作,并且笑言:"当年我还看不出你会成为作家,你们班我那时看好的是张咏梅和钱晓云。"这我也清楚,她们的作文常贴堂示范。钱晓云是著名作家、藏书家,当年的全国文联副秘书长阿英的小女儿。当初开学时,她由小车送来,那时没什么私人小汽车,不免引起小小震动。后来,一帮同学还曾去她家,参观阿英的藏书。她的男朋友,是当时《文艺报》的编辑,有时会来宿舍串门,在我们这帮文科大学生眼里,自然是文坛小权威,会围着他问长问短。但他从没到过我们宿舍,我也没有见过他,只是听闻而已。后来好多年了,我回北京,见过两次钱晓云,一次是在鼓楼的竹园宾馆,一群北京同学在那里聚会;另一次是我应上海作家周佩红之约,去团结湖看钱晓云。

我跟老师们一向都不太亲近,不是不尊敬,而是无力打成一片,但邹晓丽老师大概是例外。大学一年级时，我因为住校医院一个月，缺课。我教古代汉语课的邹老师怕赶不上进度，便叫我每晚到她家补课，至今难忘。我当然怀念老师，但受个性所限，即使到了北京，也不会主动去联系。一方面觉得不宜打扰，另一方面也常常就是三五天，以北京城之大，交通又拥挤，一天只能办一件事情，结果许多东西便只好放弃了。但其实我是怀念的，还有邹老师的先生张恩和教授，他也在北师大，当时是我们的现代文学课老师，教课时他常常举出各种说法，最后拿出他的见解。课后，同学陈启智曾对我说过，赞赏他的教课方式。我还记得他教鲁迅的作品《伤逝》时，应该是冬天吧，他围着围巾，当时在我眼里，活像鲁迅小说主人公涓生。他们游走校园，是当时我们眼中的一对才子佳人。后来，张恩和教授被调去中国社会科学院文学所，那已是我离开学校很久的事了。

如今，邹晓丽老师远去了，更早的，刘锡庆、齐戴维老师也不在了。也许，尘归尘，土归土，人人的归宿都一样。但即使如此，邹老师和其他老师大去，总叫我们这些活着的人悲伤，这也是，人之常情吧。

（原载于《北京师范大学校报》2017 年 9 月 15 日第 4 版）

我的师大求学情缘

唐志强

北师大,这所中国师范教育的最高学府,在我的懵懂少年时代,绝没有想到会和它结下求学之缘,并先后时隔20年迈入北师大校园读书。20年的跨度,我从一个刚及弱冠的年轻人成为一个四十不惑的中年人,在为个人的生活和事业打拼的同时也在不断耳闻目睹着母校在改革开放时代的砥砺前行和辉煌发展。

1992年,我考入北师大教育系读本科,时逢北师大90周年校庆,在海淀剧院举行了盛大的校庆庆典。我有幸躬逢其盛并第一次听到了木铎金声,感受到北师大悠久的历史气息。教育系当时被称为北师大"第一系",开运动会都是走在第一个,信箱号都是以1字打头,身为其中的一员颇有庆幸之感。

读本科的时候,那时的校园人还没那么多,夏日午后的清静至今让人难忘;如果在校园的西操场晨跑,有时还能碰到钟敬文先生拄着拐杖、气定神闲地散步,每次跑过他身边,想到他和鲁迅谋过面,打过交道,感觉很不一般。

四年唯一的一次,启功先生被请出来在如今的敬文学堂(当年还叫"五百座")开讲座,在我的本科记忆中,其受关注的热切程度可谓空前,可惜自己得到消息晚,去时里面已是拥挤不堪,组织者只好临时关掉前后两边的门,我们这些后来者就只能在门外侧耳恭听。

当时的莫言,还只是众多知名作家中的一位,他也在"五百座"开讲座,语言非常平实,身上散发着一种勤苦努力的气息。在北师大校园,我还曾当面错过了一位文学大师。现在四合院南面的女生公寓处,当年是一个稍显破旧的阶梯教室,晚饭后的六点半左右,正是晚上有课或各系办讲座的时候。我路过当时的阶梯教室,走过去在门口观望了一下,看到一个穿着白衬衣、灰白头发后梳的黑瘦老者,脸上的皱纹明显,正在淡然地坐着,手里似乎还拿着烟卷。看看门口的海报——汪曾祺?不认识。可能当时还有别的事,就转身而去。现在想想,由于自己的孤陋,错过了聆听一位文学大师讲述文学与过往的机会,颇为遗憾。

现在声誉日隆的大学生电影节,1993 年时刚刚在北师大创办,我们有幸成为第一届的第一批观众。再后来,已故的谢晋导演曾经携着他的影片在“五百座”放映,我和几个同学有幸在门口听其谈话;姜文在 1994 年的夏天因《阳光灿烂的日子》而声名大噪,也被请来到“五百座”谈拍片感受。回想当时,那是一个精神富足而没有太多喧嚣浮躁的时代。

20 世纪 90 年代的北师大校园,还有那座充满古旧氛围的老图书馆(现在的新图书馆所在地),还有那座蕴含传统建筑印记的主楼;西北楼与西南楼宿舍间的石制乒乓球台时常人生喧嚷,夜半的草地上有人或低吟或高唱着当时流行的校园民谣。尤其是夏日,听着蝉鸣,如果不想午休,携一本小书在校园长椅上静读,那份恬然自足的心绪,那种“慢一拍”的节奏,似乎是现在很难找到的了。

2012 年,因为各种机缘,我重回北师大读博,又正逢北师大 110 周年校庆,当时我的孩子刚出生不久,不经意间成为校庆宝宝的一员。新世纪里的北师大,大楼越盖越高,设施越来越完备,校园也较往时显得喧嚣但更有朝气。看着青春洋溢、梦想无边的学弟学妹们在校园里或埋头读书、或健走运动、或牵手恋爱、或组织社团,不禁感慨大学永远的生命力。

北师大,在岁月流转中增加着她厚重的历史,但一代代年轻学子推动着她永不停息的进取脚步!在我读博的几年时光里,还能有幸在校园里看到王梓坤老校长、蹬着三轮车在校园骑行的黄济老先生。现在的教育学部毕业典礼上,时常能见到精神矍铄的顾明远先生和更多年轻有为的教授学者,让我感受到北师大学术传统和精神血脉的前承与后续。

由于是在职攻读,本应三年的读博经历被我抻成了四年——又一个本科的年华。从 1996 年到 2016 年,又是时隔 20 年后走出北师大的校园,当年我们那一代人喜欢的 NBA 球星科比也在今年退役了,在感伤岁月的同时,也应该欣慰于我们在各自生活中的付出与收获。

20 年的时光,似乎很漫长,但又像弹指一挥间,深深烙下了我和我的同辈同学的人生记忆。20 年后,重回北师大的校园,一切都在变,一切又仿如从前:老师和学生迎着朝阳走向课堂的、匆促而有力的步伐没有变,白发老先生缓慢而稳行的身姿还时常在校园中闪现,学术讲座依旧名家荟萃,社团活动依然创意十足。还有一点,那就是北师大的老师们给予学生的尊重、宽容与关爱没有变。当我走在这菁菁校园,回忆微微泛起波澜,让我不禁感叹,与师大这一世的情缘,是此生中最美的画面。

(原载于《北京师范大学校报》2016 年 9 月 12 日第 4 版)

记得那时阳光灿烂

能向群

“那时候天总是很蓝,日子总过得太慢。毕业总是遥遥无期,转眼就各奔东西。”一想起在师大度过的研究生时代,笼上我心头的就是一片明亮的暖色,四面阳光灿烂。

说来有趣,我们这一级考进中文系出版专业的五个人,竟然全是女生,于是便有了“五朵金花”的雅称。五朵金花除了老大张青青结婚有了自己的小窝,其余四个便住进了同一宿舍。

青青是我们的老大,也是我们暗暗羡慕的对象,不仅自己长得雍容华贵,而且还有个英俊多情又多金的老公,在我们看来,这大概算是幸福的女人了。于是我们就经常听她讲幸福女人的故事,有时还要到她家里去蹭饭,让我们也感受一下幸福生活的滋味;阿东是那种对什么都很容易痴迷的人,比如看小说,比如玩游戏,比如吃冰淇淋,她是不尽兴绝不罢休,就像一个贪玩的孩子。但她又是绝顶聪明的,玩和学两不耽误。每次租上十本小说回来,一夜磕完,也的确需要点本事;燕子身材窈窕,手儿小小,平时总是文文静静,南方女孩特有的细致和精致她都具备,但湖北人的辣性子她也一样不少,所以千万别惹火了她,呵呵;陈小四是我们中年龄最小的,可她的官却是最大的,属于系里的领导层,于是我们也借此裙带关系得了些小“好处”,比如我们改成人考试的试卷可以多改一些,也就可以多赚点生活费;至于我,被大家冠名为“老实人”“能铁人”,可见有点憨憨的。

两个北方女孩、两个南方女孩;两个胖胖的女孩、两个瘦瘦的女孩;两个笨嘴拙舌的女孩、两个伶牙俐齿的女孩,专业背景不同,个性脾气不同,却因为挤在一个小屋里发展出了共同的“爱好”:看言情小说、打升级、看电影。我们白天忙着学习,晚上一回宿舍就笑声不断,记得有天晚上我最后一个回到宿舍,屋内一片漆黑寂静。突然,我听到不知哪里传来很低的类似呼噜的声音,似有似无,我见其他人都没什么反应,以为自己听错了,可那低低的呼噜声继续传来,我实在忍不住就问她们:“有没有听见什么声音?”有人答曰:“没。”可我还是听见了那个诡秘的声音,我开始害怕起来:我是不是得了幻听?还是我被什么鬼魅附身?正在我心惊肉跳之际,突然有人“扑哧”一声乐了,原来那是一个会打呼噜的玩具小熊。我一下恍然:她们早就密谋好整蛊我的,我果然入套。

哎哎,不知道为什么,现在想起在北师大的往事来,学习和打工之艰苦都忘得一干二净,记忆里闪光的竟然都是这些轻松快乐的事情。

说起好笑的事,研究生时代两次集体出访清华的“外交事件”不能不提,因为这对我们其中一朵金花的一生产生了深远的影响。研究生第一年的圣诞节,我们应陈小四的一个清华大哥之邀,第一次出访清华。我们会见的是一群即将毕业的研究生,他们对我们的到来接待热情,款待有礼。平安夜晚上尽兴归来,还把床铺让出来给我们睡,这帮精英们则聚在电视机前津津有味地看《香帅楚留香》。虽然这次“联谊活动”事后波澜不惊,但对清华男士还是有了非常好的印象,也就为第二次访问埋下了伏笔。

在那个白色圣诞之后的夏天,我们又全体去了次清华,这次会见的是和我们同年级的男生。舞会上,我正端坐在那里,他们宿舍最高的一位东北男生跑到我面前把手冲我伸出来,说:“请!”那姿势显示是要请我跳舞,我心里一边嘀咕:“他不是不会跳舞吗?”一边站了起来,没想到他老人家在我站起来之后一屁股坐在了我刚离开的座位上——人家的意思是请我站起来,而不是请我跳舞,回去对其他几朵金花说起,顿时哄堂大笑,我则哭笑不得。可就是这位爱开玩笑的先生,后来以“讨教增肥技巧”为第一封“情书”,偷走了我们陈阿东的芳心,如今二人已结连理,成百年之好,真是可喜可贺。

如今五朵金花,青青去了美国,并有了一个漂亮儿子;燕子、阿东和我都已嫁人,正为出国、房子、孩子之类的事情闹心;还有我们的陈小四,一直舍不得把自己嫁掉。辛苦奔波的生活中,我们却会时常打电话、聚会,相互之间的沟通和理解甚至比上学时更好。相信我们无论天涯海角,都心心相通,都忘不了那段在师大的阳光灿烂的日子。

(原载于《北京师范大学校报》2004年3月30日第4版,作者中文系99届校友)

红楼深深

张循君

北京的房价颇高，三环内更是寸土寸金。地处北太平庄南侧的北师大校园环境宜人，宛如花园，而这园中之园便是红楼区了，清幽静谧，典雅别致，京华烟云，纤尘不染。

红楼区四季明朗，风景各异。共有七座小楼，自成一格，园中草木葳蕤，小径逶迤，安静得让人忘记时间，忘记烦忧，平添一份恬静悠然。倘若有心，你会发现在晴好的日子，经常会有一些老人出来散步。他们或是独自逛逛，自得其乐；或者与老伴相扶相携，白发红颜，低语轻声。爱情、亲情都在阳光下流淌闪光。

时值初冬，寒意阵阵，一棵棵苍松翠柏昂然挺立，直指苍穹，静谧的楼苑没有一丝外界的喧嚣与纷扰。楼苑内一片安宁祥和、寂静肃穆，真使人不由自主产生望而却步之感。

斯是雅园，惟人德馨，谈笑风生，往来鸿儒，幸甚致哉！

如果看见一位长者，随和、可亲、微微驼背，却又不失健壮与精神，那有可能就是启功老先生了，接触过他的人，都会被他那种健谈、干脆、利落、耿直与敦厚的性格感染。三年前，我在国家图书馆第一次听他的讲座，感念至今。那一回，老先生面容清癯，满头银发，但气色很好，精神矍铄，思维清晰敏捷，谈吐幽默风趣。先生是红六楼的“坚净斋”的斋主，向来就少有清静的时候。这两年来，虽然先生因体弱多病闭门谢客，而登门拜访者仍然不绝于道，逼仄的坚净斋里常常是高朋满座。尽管如此，先生却在 92 岁高龄推出一系列专著：《启功口述历史》《启功讲学录》《启功韵语集（注释本）》《启功题画诗墨迹选》，以及由他题跋的《董其昌临天马赋》，着实令世人惊羡不已，不禁让人想起清朝顾炎武的诗句：“苍龙日暮还行雨，老树春深更著花。”

不能不提的有钟敬文先生，前年先生驾鹤西去，启功先生为他题词：人民的学者钟敬文先生千古！斯人已去，微笑长存。犹忆起，文化界纷纷传说的“北师大一景”,以前每天凌晨,北师大校园总见到行将百岁的钟先生,步履轻盈地挥着手杖在散步,从不要人跟随搀掖。学校为了照顾他,曾经只分配老先生带四位研究生,可他力争到八位。他从红楼步行到教室,有时电梯停用,还坚持要走上六层楼,把同事和弟子们都急坏了,这种敬业精神,真是叫人“高山仰止”!

钟老先生在《诗论》中说:“文学不是一种职业,而是一种宗教。”从他对人生和事业的选择中,我们看到了殉道。他认为,在两种文化的接触交汇过程中,要有主体和客体,如果创造的新文化,失去了民族的主体性,即使真能现代化,也没有多大意义,如果要使祖国的新文化成为有体系的东西,那么就必须重视自己千万代祖宗创造和遗留下来的文化遗产。“美雨欧风急转轮,更弦易辙为图存。一言山重须铭记,民族菁华是国魂。”这正是钟先生的心声。在将近 80 年的学术研究和学科建设中,他穷毕生精力换来了中国民间文艺学和民俗学的成长和发展。特别是近 20 年,全面复兴的中国民俗学进入了前所未有的兴盛时期,更是与先生的贡献密不可分。

追忆似水流年,我仿佛又看见了钱钟书先生“文革”期间从干面胡同逃到红楼的烟尘阵阵,看见了一个世纪以来红楼的风雨烟云,看见红楼继续演绎的新鲜的故事……

星移斗转,红楼依旧,故事不息,精神永在!

(原载于《北京师范大学校报》2005 年 3 月 20 日第 3 版)

新一杂忆

何　莹

终于,新一拆了。

旧馆拆了,我不心痛:打折书展固然滋润,毕竟楼已到了该退休的年纪;学三学四并着学生之家旧乐群一溜儿的食堂拆了,我不心疼:虽然对我来说,大晚上要看见那个黑暗中浮出的卖饼的小窗口,就意味着一个香味十足的鸡蛋灌饼,但是,旧的不去新的不来,在新的环境中还会有新的美食,也一样让人期待;邮局拆了,新华书店拆了,绝对还要起来的,还有更大更好的美妙前景。然而,看到夜色中已变成一堵残墙的新一教室,被越来越不着边际的幻想激动着的我的心,忽然真的疼起来了。

先是,假期将尽时,拉上帘子堆进被褥成了工人们的寝室,想是临时,一开学便会清理恢复;然后,又眼睁睁地看着墙上一直碧绿的爬山虎在这秋初之时,一夜之间,忽然尽数枯萎了,心中忽生不祥的预感。这一阵子,到底看多了拆迁;然后,便是周遭小店的消失不见,海晴的周末打折书展也沉寂,只剩一张笨重的桌子孤零零地在两株杨树中落尘,终于意识到这次不再是“最后三天”的伎俩,而是货真价实的拆迁了;最后,埋着头可着劲儿很是发奋地啃书几天后,在下晚自习回寝的路上,终于看见一面孤单的墙,四围颓圮的垣。柔和的风里,墙冷得仿佛瑟缩。夜空穿过破损却坚守着完整的窗,做一个深蓝的、近乎悲哀的眼神,凝视我。

有关它的回忆,忽然月光般悄无声息地铺展开来。想起初来北师大的时候,我们都羞涩得不行,到上课了还找不到教室,又不肯问。地图也看不明白的,拿在手上站在路口颠来倒去地看,非要把图的方向转得与自己的面向一致了,才知道哪条路对了。如此的路痴,在最初寻找新一的时候,明明就在宿舍楼外面——出院门抬脚,还没放下,就到了——也找不到;好大一个教室,圆了眼滴溜溜左转右转,又绕着走了几个来回,忽然看见门边一个小小的铭牌,才恍然大悟:原来这就是新一啊!

也不能怪我们,它与宿舍楼太像,一样湖蓝的墙,深红的瓦,攀了半墙的爬山虎,被高大笔直的杨树护着,小小的花坛簪着,甚至还粘着个居家味儿格外浓厚的小院,不露声色地融进周遭的一片建筑。新一是美丽而安闲的。它美得与整片的宿舍区模糊起来,与植物们混合起来,与天空连成一体,带有一种自然而温暖的意味。夕阳照上去的时候,它的边缘折着微光,就如一匹栖息的小兽,安静地拢着皮毛,发出不为自己所知晓的华贵光泽。

新一再过去,其实是新二。之所以不提后者,只因为它们的门一个朝向了我们,一个朝向了教学区。不消说,脚程自是不同了。坐在里边儿,看着外边儿,那风景也是不一样的,甚至贴近窗的行人走的感觉都不一样。这些细小到几乎没有的差别竟然掩盖了两个教室其实是如此相似的基本,取消了我对新二的热爱。

新一与学校别的楼是不同的,平房是一例。它只有一层,顶倒不是平的,倾斜着,让雨水下来的样子,在晴朗的日子里就显得益发可爱了。我实在贪馋新一的屋顶。有时候看见檐头立只喜鹊,有时候又是乌鸦,总孤零零的一只,长时间庄严地一动不动,被斜阳剪出浓厚的黑影,我都会心生嫉妒,觉得那该是我。

落叶是一例。秋日黄叶翩纷,那是绕窗的杨树,门前路旁还有银杏。记得我刚来的那年,门口的银杏是空前绝后的盛灿,那种灿烂能让黄金自惭形秽,阳光也成了只为之增色,而难以埒美的镀烙。临到冬天,几夜风吹,那些金色近乎奇迹般完整地坠落到地上,清洁工这几日也当真不忍心清扫;男生们,女生们,带着相机,一个宿舍一个宿舍地出动,在蓝天下落叶中,纷纷地张开双臂,甚至躺在路上,做明媚的笑。那笑,那银杏叶,在每年的各种毕业相册光盘 DV 中,一次次地浮现。

窗户又是一例。新一的窗户,是高而大的,木头的窗棂,分出一格一格。窗帘自然格外地长与大,垂下来,却整天地收束起来,静默在一旁,点缀似的。里面讲课的教授,似乎也不爱用多媒体,捏了粉笔咚咚地在黑板上写字,偶尔发出"叽——"的一声,处变不惊地换支粉笔接着写,其实心里大约和下面惊呼的学生们一样波澜起伏。窗帘不关的时候,大大的教室里也盈满了自然光,自是不用开灯的。夏天,透过窗户望见的先是温柔的绿影,是爬山虎和旁的什么藤蔓的一层,往外有草坪花树浮起来的蒙胧的绿,再往外还有杨树,层层地拢住,丰富得不能拆开细数。最热的天气里,就只有风扇吹着,只望望那窗,也觉得凉爽,心里面也异常地安宁。冬天就露了天,树干纤瘦得清晰,杂乱的电线上常常停了麻雀,一只两只的,是蓝天里的小小黑影,一振翅就"扑拉"消失。倘若下着雪,窗就变成了女孩儿哭泣的眼睛,雾蒙蒙的;若没风,仍然敞着的门就变成了更大的窗,不那么蒙了,雪也看起来不那么纷扬密集,持续地凝视,却可以发现景色在细微地颤动。平日唠叨不断的我们的教授，监考时好几次把手伸向暖气试探，低声说热度实在是不够，会冻着孩子们的。

新一的坐椅，是阶梯的，一色的旧木。上面难免地刻着些名字以及“我爱某某”一类的表白，偶尔有“某某到此一游”，后面有人跟进斥之“损坏公物”，再有人跟以“你也一样”，如此无休无止，最后以一句“无聊”结束。这情景也是常年没换桌椅的老教室司空见惯的，留着岁月的陈迹。听讲本就有这样的心理趋势，上次坐的位置，下次还想坐，要被别人先来坐了，就觉得别扭，总觉是原就属于自己的什么，遭遇了无理的侵犯。而一旦在桌面上有了来往乃至笔墨战争，为了每周一次的留言一次又一次地去坐同一个位置听讲，若再被占去，那气恼也定要加倍吧？这样的心情只想也要叫人莞尔。还有更有趣的是，在桌面或者抽屉里展诗词一首，签名般有意无意地留下联系方式，常常是露个才情想觅段缘分的，也不知何年何月，或许真的有了回应。这也是想来不能不微笑的。这些曾经的学生们和现在的学生们，捧着书低着头蹙着眉握着笔，也有趴着睡觉的，也有阳光的光斑慢慢从脸上飘过，照亮一小滩口水。那是极困了。在大部分的日子里，他们抬头仰望。

讲桌在上。新一不是一般的阶梯教室那样讲桌和第一排差不多是齐平，那样坐后排的学生，差不多就能俯视个大概。新一的讲桌是高出来的，要上台阶，和到后排去一样。坐后排只能看见教授的半身，到中部就只能看见脑袋，到了第一排，就彼此看不见——一般学生那堂课要是想做点小动作，补个觉看看闲书或者赶别的课的作业什么的，最好就是提早去占第一排。当然，还要当心教授讲激动了“噌”地站起大步走来走去。黑板是两块，为了写完可以上拉，高高升起，可以让下面所有人看个明白。新一的黑板是永不闲置的。音响不怎么高档，但足以让教授的声音在每个人脑里振聋发聩，教室的面积又不至于让回响大到令人头疼，更没有夸张的回声。没有铃声，上课时间一般就以教授的表为准，授课的时间却也从不亏空，有的抬手看看就开始讲，直叫人猝不及防。很多教授是喜欢新一的，在他们读本科的时候，也曾常在这里上课，在时光的帮助下，他们从学生变成了老师，那种深沉的怀念自是悠远。

还有电影，不能忘记的是新一的电影。每个星期六晚上，有叫作“师大放映”的协会，在新一上映电影，一场或者是接连两场。拉上两层的窗帘，整个教室顿时变作了极好的影院。放的是协会成员自己收藏的片子，每一个都自己爱到看了十遍二十遍，视若珍宝地拿来推荐放映，在大屏幕大音响里再回味一把，有假公济私的嫌疑，但该被所有人感激。灯一黑，所有人的心便被抓住，差不多每次都怀着期待等着画面和名字出现的，每次都不叫人失望。那些片子，看时一起欢笑惊呼唏嘘,看完后散场很长时间后还在不同的地点不同的口里被传说,是刻进心里久久不能释怀的那种,周边 DVD 店也总要被翻腾一遍,留下许多失望。每个周六晚的新一,暖气上坐了人,窗台上也坐了人,更多是和陌生人贴得紧紧地,站完全程的。也只有周六晚的新一敢叫作“师大放映”,因为它确确实实的是不凡。

回忆桩桩,仿佛所有的故事都与新一有关,其实也不是的。师大如此之大,新一只是小得不能再小的一角,并且陈旧。说师大的新教学楼,随便数几个,艺术楼嫌贵气,化学楼太阴冷,教九让人昏昏欲睡,教七则不能言说地只感觉着呆。说自习室,教四一个个教室除了小还是小,仿佛写着旁人止步的;教二的空调则足得过火,大热天穿吊带冒着汗进去,要先披大衣再学习;教九夏天太蒸,冬天暖是暖,又是供人睡的;教七则一堂课一堂课“叮咚叮咚”地响着音乐电子铃,教室不大不小,桌椅光洁可鉴,摆放都对着线似的,走廊也像比别处要直要长,色调是规矩得不能再规矩的:蓝灰、青灰、深灰和白色——总而言之,和好多中学教学楼一模一样,适合所有热爱规律的孩子们进驻。说讲堂,生物楼边的小讲堂,私下被称作“幼儿园班”的,小个子的同学可能只会抱怨坐椅和桌子高度搭配不尽合理,却是所有高个大个以及“重量级”人物们的噩梦——关于如何艰难地把自己安置进去然后痛苦地俯身做笔记,坚持完一堂又一堂课程的回忆,大概永生难忘;“教九 502”大概是所有教室中空调最好、坐席最舒服另加入睡最快的地方,冬暖夏凉,氧气却永远有点少的,全校第一的中央空调总感觉有点名不副实;驰名的“四百座”敬文讲堂,常有动人的讲座演出、会议电影,声光电设备本也够水准,却像也传染了教七的呆气,里面什么都慢悠悠地带上了一板一眼的味道,仿佛有什么被禁锢,不能尽情地飞舞散开。

新一……为什么叫作新一,全称是什么,我仿佛听说过,但已经忘了。它的铭牌写的是新一,地图上写的是新一,口耳相传中它也始终叫作新一,现在它毁灭了,以后再提起,也只会唤它作新一。它叫作新一,但它已经旧了,所以要拆除。我却始终不明白,如何的新才配得上再叫这个名字。

如今,我们的新一变作了一撮灰,一捧土,一段即将随着记得它的人们的离校而失去的记忆。它的名字呢?它的故事呢?它曾给学生们带来的那些无可取代的安慰与宁静呢?历史的车轮以“新”的名义隆隆地碾过去了,我看见它在照片上以黑白的颜色闪出最后一点微微的光芒来。

或许哀伤不是最好的,我想我们的大学,能够有幸回忆如此,已经足够了。

(原载于《北京师范大学校报》2007 年 4 月 10 日第 4 版、4 月 20 日第 4 版)

图书馆漫步

李晓梅

平常喜欢到图书馆翻书。谓之曰“翻书”而非“看书”或“读书”实乃形象之举。我常常会在闲适的下午或傍晚，花那么一两个小时，缓步走在一排排高大书架之间那狭小的通道里，从上至下从左至右地扫过架上所有的书名，看见感兴趣的便驻足一会儿，抽出来随意翻翻。我不急于找寻某一两本书，而是慢慢走过，随性随心，像在林阴小道散步一般悠然自得。

在图书馆闲步翻书很有一番别趣。在群书的影子里移动脚步，听见自己的脚步声在一片寂静中回响，间或听见书页沙沙之声，便知有别的同学了：隔着厚厚的书摞和架子不见人影。我曾试图透过书本间的缝隙看清对面的人，却仍是无穷无尽满眼书海。还记得小时候，在家乡那座唯一的图书馆里和小伙伴玩捉迷藏，母亲总是焦急地在身后喊“慢点跑”，生怕有大部头的书掉下来砸到我们。现在早已不是玩捉迷藏的年纪了，可在图书馆的书架中，依旧只看得见独自的身影，周围弥漫着微尘的味道。

许多年代久远的书被牛皮纸精心包裹，页脚卷曲页面发黄。一日，我小心翼翼地翻阅一本书，到最后一页时看到一张从前的借阅证，密密麻麻地写着人名和借出归还的日期。我陡然起了好奇，仔细研究起来。一行行钢笔或圆珠笔写的名字，有的模糊不清，有的还清晰可辨：“某某，1985 年 3 月 17 日借”“某某某，1992 年 11 月 2 日还”……我看着这些陌生的名字，想象他们那时也在图书馆里穿梭，“偶逢一册”便“把卷沉吟”的年轻面庞。算起来，他们是我的学长了。他们怕是不曾想到，自己的青春岁月在这里留下痕迹，还有后人“瞻仰”。后来与友人谈及此事，她说在一本书上见到了我们专业某教授的名字，日期是 1987 年，照那位教授的年龄看来，应该是他大学本科时候。朋友说她连忙在教授的名字下端端正正写下了自己的名字，沾染点灵气，以便日后可学富五车，与之齐名。我听后一面大笑，一面心里暗自叹息，为何自己碰不到这般好事，竟没有见过半本有大学问家年轻时亲笔签名的书,想是灵气一类的东西,与我无缘罢。

记得曾有一位作家说过,消遣世虑大概以读书为适宜。我想漫步翻书也是一种享受。在北师大的校园里,走进图书馆便不会觉得寂寞。且不说这里有一位位大师与你聊天,单是目光掠过书名,抽书翻书时手指触碰书页的感觉,也会让你的心宁静下来。苦读深虑是我不擅长的,看到别人埋头念书的努力,我也只好一边自责不已,一边快走几步躲进那深深的书林之中,去享受自己的乐趣了。

(原载于《北京师范大学校报》2007 年 5 月 30 日第 4 版)

师大情思

傅　翀

狮城的天气就是这样多变，上午还晴朗的天空，在午后就渐渐地阴晦了许多。雨点不知不觉地已经飘落在地上，顷刻间又变得瓢泼起来。远近的景物也都显得温柔而模糊。我没有带伞，一个人坐在廊檐下的椅子上，伴着阵阵的水汽等待着雨停。我瞟见那边的中文图书馆，便径直地走了进去，想找本杂志打发这一小段时光。猛然间我发现架子顶层的一个格子，外面写着《北京师范大学学报(社会科学版)》，我便抽出一本翻看起来。封面上的年份还是 2001 年。望着这四个简单的数字，我心中有一种莫名的兴奋和自豪，回想起过去的许多事情。

我原本是 2001 年北京师范大学中文系汉语言文学专业的一名大一新生，在进行了大约两个月的学习后，来到新加坡国立大学念书。两个月的学校生活虽然简单而短暂，但在我的印象中却留下深深的印记。现在每每想起当时生活学习的一些情景，还觉得是那样熟稔，历历在目。身在异乡，对祖国、对母校的思念是不可遏止的，尤其是当看到或听到有关北师大的信息时，一种怀念、渴望的复杂感觉不由自主地在心底油然而生。

在我的印象中，我很小的时候，每天清晨，父亲就把我送到北师大托儿所。当时做些什么，已经全然不记得了，只对某些场景有个很模糊的印象。我在幼儿园的那段时光是丰富多彩、无忧无虑的。老师教会了我许多基本的生活常识，这对我后来的生活有不少帮助。以后每次经过幼儿园，望见后来新建起的那座白色的三层楼，听着孩子们阵阵嬉戏声，我仿佛又看见了那时的我，看见了那时几位和蔼可亲的老师的身影。

1989 年秋天，我踏进了实验小学的大门。在我的影集中，至今还珍藏着入学第一天，我背着书包在写着“欢迎新同学”的黑板前拍下的像片，表情是羞涩的。我六年的小学生活，是在数十位老师的陪伴下走过的。把嘴张开规规矩矩地发出第一声“a”的声音，在方格本上小心翼翼地写下第一个阿拉伯数字，儿童节兴奋无比地在天安门广场画粉笔画，中秋节在校主席台上绘声绘色地讲故事，这一点一滴的小事情，无不包含着老师们的辛勤与希望。那时的教室或许没有现在这样明亮，那时的教学设备或许没有现在这样先进，但那时的我的的确确在老师的指导和呵护下度过了人生中难忘的一段时光。小学已经毕业了七八个年头了，心里一直惦念的，还是那些老师的样子和他们孜孜不倦的教诲。高考之后的一天，我又一次回到了这里，有些曾经教过我的老师，已经退休或调走，心中不免一阵酸楚和遗憾。当然，也有的老师依然在他们的讲台上奉献着那一份光热。我与老师欢快地聊了一个下午，看着她们欣慰的表情和那略带自豪的神情，我的心中也久久起伏不定，默默地重复着那句简单而古老的，又最能表达情谊的话：谢谢你，老师。

小学毕业后，我又考入了与北师大校园一街之隔的“北师大二附中”。在那里，我戴上了团徽，在那里，我曾和同学们一起度过 14 岁生日，念着父母给我们写的信，眼前的蛋糕和蜡烛变得一片模糊。初三毕业时，经过努力和奋争，我未负老师的愿望，成为了第四届文科实验班的一名成员，这也意味着我将继续在“二附中”度过我高中三年的时光。高中的三年，是快乐、活跃的三年，是我走向成熟的三年，是我最挚爱的三年。我们在老师的带领下，登上过延安宝塔山，畅游过杭州西湖，感受过陕北的窑洞生活，了解过上海的蓬勃发展；在黄土高原的吴旗镇，走进过旷阔而贫瘠的西北麦田；在艳阳下的石头城，看到过古老而美丽的秦淮两岸。在素质教育的号召下，我们丰富着自身的知识，同时也用逐渐成熟的思想重新审视着社会和人生。随着年龄的增长，老师已经不再把我们视为小孩子，更加平等地进行着对话和讨论。老师为我们创造发挥才能、展现自我的空间,不再要求或命令我们什么,而成为了我们很好的朋友和顾问;课本和教参不再是权威,课堂上我们也可以畅所欲言,发表己见,这都无形中创造了一种类似大学氛围的环境。

2001 年夏末秋初的一个下午,我拿着几小件行李,走进了 20 世纪 50 年代兴建的西北楼。推开 423 寝室的门,一种既熟悉又陌生的情景映在我面前。看到床架上我的名字,我想大学生活就这样开始了。尽管我家离学校不远,但我还是选择了与同学们住在一起,愉快地度过了大学生活的一个个夜晚。每每下了课之后,很远便望见南门边那扇大大的影壁,我曾在这里经过许多次,知道那上面写的是什么,却从未仔细端详过。直到有一天,我才发现启功先生"学为人师,行为世范"八个大字潇洒飘逸中显得刚劲有力,心想这是对"师范"最好的定义也是对我这个师范生最基本的要求。不知为什么,另一扇影壁的样子在我的脑海中便清晰起来,那是"实验小学"门口写着"好好学习,天天向上"的大红影壁。以前只知道那是毛主席为孩子们提出的目标。现在才发现,我的目标已经不再是那样简单了,我不仅需要拿一个学生的标准来要求自己,还需要用"师范"的标准来衡量自己。我想,现在我或许正走一条许多教过我的老师曾经也走过的道路。

我现在身处新加坡,虽然不再学习师范专业,但大学毕业后会在这里的某所学校做一名华文老师。或许这个职业在人们的意识中并不是很出色和高档,但我可以说这个职业是高尚的,而且永远是这样。老师,不仅有渊博的知识,更重要的还有宽广的胸怀。他可能教过无数的学生,但没有一个是为了自己;当看到自己的学生有所作为,欣慰的神情会闪过他的笑脸,这种精神也是一届届师大学子所秉承的。

记得在上小学时,有一次拿着 90 年校庆的纸袋子在校园中走着,听见两个大学生模样的人小声笑着说我是"小校友"。十年后的今天,当北师大进入期颐之年的时候,我已经可以说是一名名副其实的校友了。看到母校日新月异的变化,心中有着说不出的激动和自豪。现在,既然我不能回去投入母校的怀抱,就让我在遥远的南洋,面朝北方,向母校,也同时向那些教我知识、培养我长大的老师送上我发自内心的祝福吧。

(原载于《北京师范大学校报》2002 年 5 月 28 日第 4 版)

每一个人的奥林匹克

冷莉梅

古老而神圣的奥林匹克运动会本是一场对古希腊诸神的祭祀,而今她曳着洁白的裙裾缓缓走下神坛,在世界行走。奥运圣火成全了每一个人对“更快,更高,更强”的期待,撩去原本神圣的面纱,显露出的是“享受奥运”的热情和欢宴,奥运会已经是每一个人的盛会。

奥林匹克,她不只属于镭光灯聚焦下光华满身的冠军们,不只属于在运动场上奔跑跳跃舒展身姿的运动员们,也不只属于能到现场声嘶力竭加油助威的观众们,她属于每一个人,属于每一个聆听她的旋律,观赏她的风采,为她倾注汗水的人。即使他们平凡如斯,渺小如斯,他们依旧在圣火光芒的照耀下,坚守着属于自己的奥运。

他们为奥运守夜

是所有人都能聆听到你的声音吗?奥林匹克。你的光芒他们无法看到,却依旧为你执着守候。

当所有人都在电视屏幕前等待奥运会开幕式到来的时候,当全球40亿观众都将目光投向古老东方的北京,当全中国人民在齐声同唱着高昂壮阔的国歌,一起为奥运喝彩的时候,有那么些人,他们期待奥运的心情飞到了很远很远,等待他们的却依旧只是身旁单调的刷卡机器,还有苍茫的夜色。

其实,奥运离他们如此之近,美国男篮“梦八队”在他们眼皮子底下进出,为世人所惊叹的“鸟巢”离他们不过半个小时的车程。

2008年8月8日晚,北师大南门在夜色的衬托下十分安静,行人稀稀落落地进出,秩序井然。Z老师的任务就是在今晚的南门值班,从下午三点到晚上十一点,守着那道铁门,看着每一个人卡上的照片。

刷卡,鉴定,通过。这是今晚工作的全部旋律,而每次漫长的值班,也都是在这三个音符的跳动中度过的。而今晚,今晚是不同的！除了那三个单调跳动的音符,所有人的心里都有抑制不住的思潮涌动:筹办七年,期待十七年,等待了百年的奥运会拉开帷幕,她就在咫尺,却伸手不及。那宽大清晰的屏幕上映出的不是那场华丽古朴到极致的开幕式,而是一张张单调枯燥的卡片信息。

晚上人少,进来的时间却参差,趁着空隙想看看直播的开幕式的宏大场景,终究只看见残段。Z 老师待到十一点下班回到家,迫不及待看一遍完整的重播,看完便又是该迎接晨曦的时辰了。稍微整顿又来到北师大南门,值早晨七点到下午三点的班次,再是刷卡,鉴定,通过,依旧在单调的旋律中度过大半天的时间。

我问他觉得这样的值班工作辛苦吗,已逾五十的 Z 老师并没有一句怨言,他只是说:"没有什么,能够为奥运开幕式站岗值班,我很激动。"据 Z 老师介绍,美国代表团入住北师大,学校的安保工作十分重要,因此一点也疏忽不得。谈及如此大的工作量,Z 老师觉得没有什么,因为自己所做的工作是十分重要的:"奥运会期间,我们职责是'平安奥运',我们每一个点都是整个北京安全工作的组成部分。"他神态坦然。

像 Z 老师一样未能看成奥运开幕式及之后的赛事的人还有很多,那些整天整天在烈日下站得笔直的安保志愿者们,那些为我们把守楼道的楼管们,还有整个假期都在工作没有一个休假日的老师们,他们错失了奥运最激动人心的那一刻,却为我们能够在那一刻尽情欢呼付出了努力和心血。

他们,是奥运的守护者,在最深的黑夜为奥运守护最亮丽的星辰。

跨越年龄的绮梦

热爱你的都是强壮的青年人么？不,奥林匹克,你的光芒照亮了人类生命的每一个角落,无论是初生时牙牙学语的稚嫩,还是暮年时看尽世间百态的苍茫与淡定。

生命在人世间蜿蜒流转回环百折,待到最后一尾痕迹的时候已然载了满身的回忆,沉沉地看透整个生命历程,兴趣爱好变了又变,人生理想改了又改,生命的痕迹绕了又绕,我们却在那开始和尽头不经意发现了你的名字:奥林匹克。

三岁半的熊可欣似乎并不知道"奥运会"这三个字是什么意思,却能很激动地眨巴着大眼睛叫嚷:"我喜欢跳水和体操!"可欣家住在奥运场馆附近,在拉拉队为比赛摇旗呐喊的时候,小可欣也会很有兴致地用稚嫩的声音跟着喊:"奥运加油！北京加油！中国加油!"

小可欣全然不懂比赛的规则和复杂的计分评分原则,看比赛却依旧津津有味,奥运会开始以后,可欣和她的小伙伴们常常举行跑步比赛,学着运动员们的样子,在起跑点半蹲半跪,煞是认真。当跑了第一的时候,可欣会很开心地叫:“老师,我跑了第一,给我挂个牌子!”整场奥运会下来,小可欣对那嵌着明黄色五星的红旗产生了莫大的好感,每次上街看到五星红旗都会很开心地指着:“那是我们的旗!”

“那是我们的旗。”这句话在可欣稚嫩的童声里,显得那样轻松明快,然而在67岁老人全桂彝苍老而低沉的叙述声中,能听得到岁月在那旗帜上缓缓流过的声音,方才使人明白那五星红旗飘扬在奥运场馆上方是多么的来之不易。

言谈中方才知道老人是东北大学毕业学生,和当年“奥运第一人”刘长春居然是校友。老人读大学的时候还是1960年,那时候体育运动很少,都是泥土的场地,条件很差,然而那时候大家对体育的激情依然火热。

改革开放后,体育活动又蓬勃兴起,各种各样的体育活动都重新出现,老人所在的企业也常常举行运动会,甚至还增修了游泳馆。说起新中国以后参加的奥运会,老人显得无比地激动,一直关注体育赛事的他详细地记录下了每一届奥运会的奖牌数,谈到历届奥运会的事情更是如数家珍。

老人感慨,从来没有哪个国家金牌总数能达到51枚这么多!言语中,自豪里渗着沧桑感。老人说,解放前,没有人能想到我们祖国能举办奥运会,况且是这么恢宏壮阔的一届。

在这场“无与伦比”的奥运会前,没有人会再说得出“东亚病夫”这个遥远而令人辛酸的词汇。老人回忆说,以前参加比赛的时候,即使我们的举重运动员已经成功举起杠铃,裁判也久久不亮指示灯,因为不相信中国人能得冠军。而如今,没有哪个国家的冠军数量能超越这个古老的国度。“西方人能做的事情我们也能做!”老人谈话中满是自豪。

奥林匹克,我们沉重的历史在你岸边映成清晰的倒影,色调由凄冷的灰色转为明亮的火红。拒绝参加奥运会的清廷,铩羽而归的民国,再到如今摘金夺银、璀璨不可方物的新中国,历史在奥运身上刻满了深深浅浅的纹,里面曾经有我们痛彻心扉的伤,如今却满满地载着快乐。

奥林匹克,你是纯真无邪的孩子们童年最美丽的童话,是满怀热血的青年最壮丽的梦想,更是看透了历史的老人们嘴角那一抹欣慰的笑容,为什么爱上你,奥林匹克?许是你如孩子般的单纯,如史诗般的壮阔,是你能让每一个人都深深心醉的明媚。

用琐细构筑“无与伦比”

古老而神圣的奥林匹克，是谁为你擦净洁白的裙裾，又是谁在你繁复的蕾丝边上镶嵌世界上最美丽的华彩？

当我们将一个最华丽恢宏的梦分割成13亿份的时候，那梦已经变得细小琐碎，如同空中飞舞飘扬的纤尘，那琐碎而细小的尘，是需要我们用最细致最温柔的心来呵护的，即使繁琐，却依旧美丽。

我们美丽的志愿者们所做的就是这样的工作，去呵护那片再细小不过的梦的碎片，日日如此，夜夜如此，单调枯燥。

H是2004级文学院的学生，也是媒体村接待服务中心的奥运志愿者，接待服务工作并没有如外界想象的那样光鲜和充满惊喜，不是每天对名人们迎来送往，更多的是对一种单调琐碎工作的重复，就像是你每天翻开不一样的书页，却都在阅读同样的内容，不是曲折跌宕的小说，不是充满激情的诗歌，而是一本流水账，琐细地记着每天擦桌子擦地板的家务活。

H做得最多的工作之一是擦地板。接待服务中心的地板不能像家里那样胡乱一抹就完事，而是需要跪下来，一寸一寸，细细致致地擦干净。很多在家不怎么做家务活的志愿者来到这里，他们很卖力地学，很卖力地工作。明晃晃的地板像镜面一样反射着人影，又有谁知道，它们是用志愿者的热情与汗水擦亮的。

H印象颇深的另一个工作是数早餐票。明黄色的一大摞早餐票，数30份为一叠分发给入住的客人。这一整天都在从一到30中度过，时间被灌了铅，浇铸成一个又一个三十的明黄色字样，从一挣扎到三十，然后再轮回，再从一开始，以至于大家工作下来对30、对明黄色都充满了麻木的感觉。

有时候接待服务中心的物资在晚上到达，H和同学们需要快速赶到，帮忙搬运。物资是陆续到达的，需要一直等待，他们用卸下的纸箱壳铺在地上，又当被子又当床，和衣而卧，一有物资到达立即起来搬运。最深的夜色里，有那么一群以地为床以天为帐的人们，即使他们自己满是汗水和灰尘，他们依旧为奥林匹克献上最洁净的衣衫，镶上最美丽的扣子。

13亿人终于将所有细碎的努力拼接成了最恢宏华丽的奥林匹克，罗格给北京奥运会的最终评语中用了最华美的词汇“无与伦比”，让这个世界上古老而圣洁的梦在中国做得绮丽而唯美。

每个人都能够为奥运做些努力，即使毫不起眼，即使琐屑如尘，然而那是梦的一部分。

奥运狂欢曲

是谁的心被你俘虏？奥林匹克。是谁每天为你呐喊助威，辛辛苦苦人潮涌动只为看你一眼容颜？

从希腊走向世界，奥林匹斯山上的诸神逐渐淡成“更快、更高、更强”的旋律，这旋律回荡在世界的上空，让不同种族、不同宗教的人们都不由自主爱上这一场明朗欢快的盛宴，这时，我们能在每一个人的脸上看到欢笑，看到喜悦，看到激动与震撼。

这些天，素来稳重朴实的百年北师大暗暗涌动着狂欢的激流，走在路上能听见不绝于耳的赛事讨论，或激动，或惋惜，或期待，对待奥运的激情已经渗透进了血液，我们能够在各种场合感受到这充满激情的血液流动的声音。

北师大的学子们毫无保留地把自己的激情献给了奥运，无论他们是否是奥运志愿者，无论他们是否有自己家乡的人参加比赛，只是单纯地爱着这个盛会。因为着了盛装、那样华丽的她出现在北京，是中国为这次的奥林匹克披上华服，打造动人心魄的“无与伦比”。

这几天，如果你去食堂用餐，你会发现无论你多么眼尖，依然根本找不到座位，连落脚的地方都甚是拥挤。食堂的大电视这几天播放的全部都是奥运比赛，屏幕上各种赛事激烈进行，屏幕下是一双双紧盯着大屏幕的眼睛和一双双停在半空中的筷子。这段日子，大家吃饭的时间变得莫名地长，饭菜也凉得特别地快，十多天以来，食堂的爆满和大家吃饭时的心不在焉形成奥运会期间北师大别样的风景。

暑假期间，超市员工的效率突然变得与往常不同，你会发现她们在给你结账的时候眼睛不时瞟着侧面的屏幕，偶尔还会发出一声欢呼。你结账的时间几乎是过去的两倍，然而你并没有生气，因为你的视线也被紧紧粘在侧面的屏幕上，那里，或许我们的运动员正在上场，做他们人生中最完美的表演，被紧紧吸引的你根本记不起抱怨结账时被耽搁的几秒。

等待了百年的奥运被浓缩在了这十六天，紧紧凑凑的十六天，精雕细琢的十六天，仿佛雕梁画栋层层叠叠，仿佛繁花似锦迷人眼球。这十六天是诗人的盛会，是艺术家的盛会，是运动员的盛会，也是每一个人的盛会。

“每一个人的奥林匹克”，这个说法总是会让我想起半个世纪前那一个在赛道上孤独奔跑的影子，在那奔跑在跑道最后面的人影身后，是一个战火连绵、军阀割据的国度，那一年，外族入侵，国土如同脆弱的桑叶般被疯狂啃噬；那一年，唯有的一个参赛运动员孤独踏上远渡太平洋的海船，身后背了一个千疮百孔的国度，跑得步履蹒跚。

那是一个人的奥林匹克，那是苦难深重的中国。

如今我们可以平静而自豪地打造出“每一个人的奥林匹克”，我们身后的国度不再柔弱不堪，而是气态雍容。举国办奥运，让每一个人参与奥运，我们身后不再背负着沉重的苦难向前爬行，而是有一个强大的祖国为我们加速。1932 年的刘长春被国家的伤口拖到赛道的最末端，76 年后，他的同胞冲到了金牌榜的最前列。一个人的奥林匹克太沉重，而 13 亿人主办的奥林匹克更多的是轻松、笑容和欣喜。

每一个人的奥林匹克，那是历史的一道笑容。

（原载于《北京师范大学校报》2008 年 9 月 5 日第 4 版）

我的校园

诗　安

校园里有三种风景:高大粗壮的落叶树、古朴的红色建筑,以及盘旋过头顶的乌鸦。师大,说起来总是有古老的感觉,所以这里的一切景物就在这样的氛围中多了些年代的厚重,文化的韧力。

每日总要在闹钟或寝室的窸窣声中醒来,强忍着惺忪的睡眼去水房洗漱,然后穿过好几条长长的校园马路去教学楼,从踏进这片圣土的第一天起就注定了这样忙碌的生活要成为一种定性。清晨时分,总会有一层薄雾,天地是迷蒙的,或是也刚从睡梦中被打扰,大口一张,于是人间起了刺骨的风。除了某些阳光特别灿烂的日子我抬起头来瞻仰天空,总能在头顶找到灰蒙蒙的色彩。那些高大的披着沧桑老皮的树木,无论在风沙还是暖阳里一直沉默不语,以长者的姿态俯仰天地。但我的确在他们身上看到了刀霜的记忆。我不曾轻易抚摸他们,因为手一伸出便被寒冷的气流刺得生疼,不知道他们是一直在忍受还是早已习惯。一旦手指碰触到树皮便会簌簌地飘落一些灰尘。他们恍若是穿越几千年日日夜夜不曾死去的一群忍者,从生的那一刻起矗立于某个位置,脚扎跟的地方亦是生命能够永恒之处,在月色清澈如水的晚上,在阳光灼烈如火的正午,在暴风雨顷刻而至的黄昏,他们逐渐成为了一棵坚实的树,平静地思索,从不找寻,从不依靠,沉默、谦卑亦高傲。树的目光直指苍穹,人群经过只不过是他脚下的一粒沙,你望不见他眼中浩瀚的海,不带任何留恋地成为他千百年历史中的无名过客。

穿越了人流量最大、树木最多的立身路便到达了教九楼,“教九”与“教二”的教室总是被挤得满满的。冬天,每次经过教九楼就会折进去。从寒冷的天地进入一处温暖的救赎之地,在这弥漫书香与安静的地方会有一种力量抚平心头的燥闷,让人得以低头细细思索某道题,咀嚼一句话,品味一本书。

关于自习,免不了要联想到学校的铃声,准确地说,是悠扬古朴的钟声。十点时分与下午六点整,钟声准时敲响,高远的钟乐跟随其后,带着来自山间小庙的气韵,将时间的钟鸣从头顶缓缓灌入体内。每次走在两旁满是龙柏的路上时,听到钟声敲响,总有走在南岳山中的错觉。仿佛仍是两三年前,我们带了学生证趁着一月一次的清闲假期,三五成群向山顶进发,为了离太阳更近一点看日出,或者是没有任何目的仅仅是一起去爬山,达到山的顶峰。

我喜欢一个人在校园里闲逛,常常无意走进许多偏僻之处,惊喜地发现某些看似不起眼的地方私藏了不少美。

校园北边的红楼区,大概是没有多少人会去的罢,在凛冽的冬日发现在那里盛开的几朵花,这算不算一个大的惊喜呢?我叫不出名字的花,一朵朵开在阳光下,素面朝天的高洁的脸,我想起了庄周梦蝶的故事。那一定是在繁花盛开的地方,当他把脸伸向一朵花,闭上眼睛用鼻子与心灵去感受从花的盛放中传来的和平的欣喜、温暖以及阳光的力量,他想像自己是一只蝶,如此沉迷地爱上了一朵花。面对一朵花,忘记了泥土,天地间只有被淡淡的甜蜜与安宁充溢的空气。我努力呼吸那样的气息如一只贪婪的鼠,渴望把那份淡然的心境一吮而尽,在日日夜夜的焦灼中给予我力量,让我得以穿越黑暗寻见星光,一伸出手,让月亮微笑的脸淡淡地浮在掬水的掌心。

忘情之间一抬眼,发现自己与花丛同处在被红房子包围的空地中央。房子高矮一致,前前后后都可从白的屋顶上露出几棵树的头,是国槐或梧桐,落光了叶更衬托出房子中央花朵绽凌的美艳。房子的红仍是那种深沉古朴的红,即便说艳也是稳重的艳,其中又透出隐隐的活力与愉悦来。我喜欢这些红房子,四四方方规整地排列,房子里面的过道有些错综,护住的是满室的温馨。整个学校的格局就是这些红房子给定位的,整齐地坐落方形地的某一块,然后被笔直的路与树围护。

现在春天已经来临,那个寒冷的冬在春雷爆发第一声呼唤时离开,乌鸦也不再成群地从主楼前经过,取代第三种风景的是各色年轻美丽的校园女孩,或素面朝天,或淡妆浓抹,或欢颜如水。阳光的脸,轻快的笑,年轻的步子,三三两两走过复苏的校园、复苏的大道,头也不回地往前走,穿越冬走向温暖的春,走向下一个热烈的夏。

(原载于《北京师范大学校报》2010 年 4 月 20 日第 4 版)

东操场二三事

钱 玮

春日里的东操场，十四五岁的中学生们正在紧张地进行体育中考的模拟。站在篮球场边，大声为他们喊着加油——突然之间，九年前的钟声就这样毫无征兆地响起，《东方红》的乐曲一下子浸透了午后的春阳，扑面而来的，全是旧时光。

北师大，我险些忘记了，曾经在这里奔跑的是我，这里的一切，都在我人生的字里行间。我不是过客，是归人。

此刻，运球得了满分的学生正在击掌相庆，在他们的语文老师心里，这一方篮球场却永远洒满月光。大一那年中秋夜，彼此不相熟的哲学系1996级政教班45名新生围坐在篮球场，进行一场例行的自我介绍。曾经的我曾经小心地字斟句酌，为了在你的生命里，留下我最初的印记。那时慢慢熟悉的你，如今又慢慢地远离。

操场最上层的看台上，跑八百累了的孩子们正小声地交谈。有一段时间，我曾天天坐在那里。记忆中，哲学系的球似乎还好，不过那时，班里短跑特长的老贾也被换上场。矫健的身影不是观赛的重点，我们都知道，他跑得比足球快得多。是院系联赛吧，记不得了，反正那时就是准备着，等暴脾气的你从场上愤愤地走下来，然后叫住你，一起到"学二"门口买西瓜，喝啤酒。就在刚才，站在邱季端体育馆边，给班主任买奶茶的时候，我迷了路。拿出手机，我想打给十五年前的自己，告诉我，酒醒了我去哪里找你？

操场中央，原来也并没有草坪。大四那年11月某天，大风，降温，有狮子座流星雨。我们宿舍跟班里的男生约好12点在东操场碰面，然而八个人在11点之前早已进入梦乡。半夜里男生执著地敲窗户，于是我们起床，从窗户最上面的小窗翻出去赴约。操场上肆虐着北风，老大和几个男生从操场北面的树林里捡了树枝，在操场中央点了篝火。围着被子，围着火堆，火焰映红了每个人的脸庞。夜里一两点，每一个流星划过的瞬间，站在你身旁的我都想许愿，可在惊叹之后，想说出的那个愿望,却总是来不及。

跑道拐了个弯儿,伸向远方。“非典”封校,大家整日里不上课,在宿舍念着菜谱解馋,到乐群打鸡蛋炒饭。那三个月的每一晚,我都在这个操场上,慢跑数圈。那时已经签了约,崭新的日子将像潮水一样涌来,在它将你我冲散之前,我们静静地相伴,静静地告别。和你聊过的话已然忘了,飒飒的晚风里,夏夜的凉意和钟声一起仿佛永远也不会再记起。

钟声归于沉寂,测试也将近尾声。学生们两两三三地散去,嬉笑间,他们回头对我摆手道再见。我仿佛看见了曾经的自己,与合唱团的同学唱着当年的老校歌离去:皇皇兮故都,巍巍兮学府,一堂相聚志相同,朝研昔讨乐融融……师大,焕然一新的师大,也许你已经将我和往事忘记,此刻,就让我慢慢讲给你听,趁现在,没有人,也没有风……

(原载于《北京师范大学校报》2012 年 4 月 30 日第 4 版)

记忆档案馆

王　瑶

当我踏过西门,一路向北,越过篱笆上吐芳的月季,拐进一个幽暗的布满尘土的楼梯,心就被记忆和宁静填满。

这是一个容易被遗忘和忽视的地方——期刊阅览室。当我第一次走进这里,推开一扇嘎吱作响的铁门,映入眼帘的是一个陌生而隐秘的世界。真的好空旷,当东边的自习室和图书馆人满为患的时候,这儿稀稀落落只有十来人,两米来高的棕色书架曲折而置,将不大的空间隔断成迷宫,枣红色的大长桌,看上去似乎洒满无人问津的寂寞灰尘,落座前你总忍不住拂一下,然后惊讶于手指不可思议地干净。

我一般在空闲的时候来这里,看一些很闲的东西,比如杂志,如果你愿意,可以找到你喜欢的那份杂志从创刊到现在的所有过刊。还有老报纸,当我翻阅厚厚的一摞《宁夏日报》,仿佛看到时光漫不经心地被收藏。过去的日子是那么栩栩如生,一想到在我们匆忙赶路遗忘之时,还有一个地方把发生过的一切小心安放,便觉得莫名的妥帖。

这里的冬天是最惬意的,暖气十足,热气烘得满屋子都是书墨香。你可以想象,身处在一个角落,不是书架的角落,更像是历史的角落,抽出某一年的一本册子,迷失般的安适吗?在我最消极的日子,经常来这儿消磨掉一天的光景。如果说图书馆是明亮入世的,那么这里就是古朴隐遁的。这里的时光是碎片,是无用的,你翻看一本旅行杂志做梦是没用的,你看当代的诗歌是没用的,你看时尚八卦更没用的,而那些有用的呢?那些传世的高深学问,那些真知灼见,所有人类历史大浪淘沙后沉淀下来的,都不在这儿。

这里只是短暂的一个时期而不是时代的记录。或者说,这里只是当下。

一个光怪陆离喧腾浅薄而有待筛选的当下。

对我而言,这里筛掉了一个迷茫矫饰的自己,筛掉了爱情,那个疲惫时当枕头枕着的温热手掌,以及书架后面突然袭击的脸庞,像这个时代的任何一本期刊,过眼后,就被归入记忆的档案。

我从来都不往后看,不是不恋旧,是因为人生短得不敢重复,但所有发生的我都想记录下来,如果大脑里有一个房子,我愿意把四年的北师大时光一页页一张张地归档,然后锁在记忆的温房。

(原载于《北京师范大学校报》2012 年 6 月 20 日第 4 版)

我们只是离开

赵 力

一直记得某日在图书馆的书架间随意徜徉时无意发现的一本清华大学某一级毕业大戏的剧本《穿白色连衣裙的女孩》,喜欢里面童话般的叙述和嬉闹的语言。里面的第六幕《清华夜话》曾经在网上红极一时。我此文的题目就是取自该剧本。"我们只是离开这里,而不是消失。"

只是如今,也到了我们离开的时候。

来自图书馆的记忆,有这样深刻的,也有那些早已淡忘的。一楼大厅的古文字,中文库本的某个角落,那些或多或少都被占过的书桌,统统见证了我的大学四年。我的离开而非消失,他们是最好的证据。

北师大里的红楼,也在一片幽静之中,林荫覆盖的辅仁路,便赋予了这份幽静以喇叭的形状,默默地诉说着一段历史。如果说我对大学的不舍源于何处,更多的就是这些闲适、疯狂、宁静的心情了。以后我们将会有我们的工作,我们的妻子,我们的丈夫,我们的孩子。大学里的这些心情很多都是不会再有的了。

想着当年那个金色的秋天,伴着黄叶沙沙的奏鸣声,我是怎样惊喜地在铁狮子坟走进了我一生的至爱——北师大。论及北师大,我有的是千言万语,说不尽的情意。我是在这里,总是忙碌的晨曦路,从一个懵懂无知的小孩成长为一位悠闲的行路人,一位坚定的沉思者;在这里,洒满阳光的东西操场,慢慢习得了一副悲伤却又坚定的眼神,除却茫然、忧郁和期待,眼眸中闪烁的光亮中也渐渐多了一份超脱的气息;在这里,"教九"前闲适的小花园,学会了幽微的人生,独自一人也是品尝了好些诗意的浪漫,花前月下柳边,狂笑飞奔高歌,一次次旅行途中的宁静悠长;在这里,时代先声的石碑前,听到了"什么是你的贡献?"的召唤,萌动了学术追求的不灭理想;在这里,木铎金声投影下,知晓了王小波那"殉道者的道路",明白了等待的意义;也是在这里,如今不复存在的"情人坡",爱上了那位在月光下写诗的十六岁少年,也听到了上苍关于我悲怆人生的预言。这就是大学,我的大学。

无数次地在空旷的京师广场哼唱着我永远最爱的歌曲:“那些日子,柠檬花开,花开花谢那是一片空白,那些日子,你向我走来,走过来却好像已经离开。我要用所有的耐心热情,我要用一生中所有光阴,想着你,伴着你,等着你,我的爱情。”我也是无数次地迷醉在图书馆的书香中,无数次地在自习室里和我的日记本静静地对话。周国平说他的大学就干了两件事,读闲书和写日记。听到此话,我不禁笑了。其实走到今天,当年纯真相信一切美好的少女已经有了悲哀与无奈的味道。

因为愈想着离开的迫近,越是为这些地方和它们封存的记忆感到强烈的不舍。

北师大,你是这样用你古朴的沧桑、悠久的历史、宽阔的京师广场、幽静的红楼、悠长的晨曦路,还有你不俗的学子、宁静的图书馆,把我塑造成了今日的模样,如此叛逆,如此悲伤,如此愤怒,又是如此平静,还有如此的悠闲,如此幽微。这是好是坏,尚不可知。但感谢你,赋予了我如此饱满的灵魂。若干年后,我一定会再回来。以成功者的姿态,回到京师广场的空地上仰望星空,放飞孔明灯;回到北京,游玩吃喝中重温当年的幽微人生。那时候,请亲爱的母校,亲爱的挚友,我一生的至爱仍能接受我的狂笑、飞奔与高歌,还有我时时不觉落下的几行辛酸的泪水。

三生梦缘,北京之城,师大之情。我只是离开,而不是消失。

(原载于《北京师范大学校报》2012 年 6 月 20 日第 4 版)

再见东操场！再见西操场！

孔子逸

站在大学的尾巴，闭目回忆，脑海里闪现的总是整片的绿茵场，那是倾注了太多汗水的西操场，那是赋予了太多希冀的东操场。有人问我，足球对我来说是什么，我说，足球是信仰，是梦想，是团队，是荣誉，是生命中的一部分。这个校园里就是有我们这样的一群人，西操场和东操场是我们的战场，我们在那里洒下汗水和热泪，亦留下大学生涯最热血的回忆。

说到操场，就不可不提师大足球联赛“太阳杯”，其实不过是最简单不过的赛事，再业余不过的水平，但它是个传统，在每年夏天点燃操场，沸腾校园。

尤记得大一第一次代表地遥足球队参加“太阳杯”的我，是何等血气方刚，踌躇满志。那一年，前进的道路一波三折，有伤痛，有泪水。

只有决赛的球队才有资格踏上东操场的草坪。于是东操场成了北师大足球人最热切的向往和激励。梦想着东操场，拼搏在西操场。司职门将的我在两片草地打拼四年，亦有了个“圣孔”的头衔。

而于我，最珍贵的不是赞美，却是留在西操场东操场的那些点滴细节：每一次扑救时和草皮的亲密接触；每一次指尖擦过皮球造成的变线；每一次选择出击时高度集中的精神和眼神；每一回全队围圈叠掌高喊“冠军”时耳畔的共鸣……行文至此，四年的记忆，满满的，沉甸甸的。

四年之中，有过荡气回肠的胜利，有过无可奈何的失败，有过欢笑，有过泪水，有过队友间的并肩作战和荣辱与共，有过对手间的拼死拼活和惺惺相惜。我没能做到在东操场捧起太阳杯，也没能以一座冠军奖杯来告别大学足球。但球场上哪里有那么多完美？一冠两亚和最佳球员的荣誉，还有来自场边的那些掌声，那些球场上结识的兄弟，这样的四年，我又有什么可遗憾的呢？

现在是和你们说再见的时刻了。我永远记得你们的绿，正如我相信你们也永远记得赛场上的那些精彩瞬间，那些喜怒哀乐，那些寒冷的清晨、漆黑的傍晚里玩儿命训练的身影，那些默默承受的伤痛与汗水。在西操场的日子里，东操场是我们的梦想，在东操场的时光中，冠军是我们的梦想。现在告别的我们，将奔赴各自的梦想征途。但绿茵场上的那份为梦想而热血沸腾和一往无前的热情，无论何时都将是我们珍藏在心底的力量之源。梦想可以很简单，但是梦想总能给人以力量，它让我们永远年轻，永远充满激情，永远无所畏惧，永远热泪盈眶。

再见，我的球队！再见，东操场！再见，西操场！

（原载于《北京师范大学校报》2012 年 6 月 20 日第 4 版）

告别我的“天堂”

李晓君

之所以用这样一个煽情的的名字来纪念图书馆，是由于博尔赫斯的那一句话——我想象，天堂就是图书馆的模样。

和图书馆的情缘来自我们的“莱布勒葎”学派。2009 年 6 月，学期末，很多门理论性很强的专业课的考试和论文都等着我们去准备，于是一群临时抱佛脚的孩子便每天在图书馆五楼文科阅览室见面，从刚开始默默地交换一个苦大仇深的眼神到后来双手紧握热泪盈眶地对视，再到后来咬牙切齿破釜沉舟交换各种资料各种重点，小声但不乏激情地讨论……于是大家都不约而同生出了一种归属感的需要，“莱布勒葎”学派应运而生。闲得无聊且已被高度理论化的脑袋很快就写出这样一段描述我们组织性质的话：“莱布勒葎是一个集学术性、实践性于一身的高效率学派，本派思想融合从古至今、从东至西的各种或矛盾或统一或断层或连续的哲学、政治学，以及北师大哲社院本科生所有相关专业课程所涉及的思想，博古通今，融会贯通，无往不利。”对于组织的宗旨，更是奉为经典：“我们将会用保守主义的温和姿态，遵循社群主义的团结原则，发挥民族主义的凝聚精神，思考自由主义的激进问题，达到功利主义的至上目的。”

那是一段多么单纯的日子啊，早上不需要很早起来，因为图书馆八点才开。在文阅前排队等老师开门，第一个冲进去占据坐落在研究室之间的那四张小桌子，放下书放下笔，“啪”地一声打开台灯，柔和的光洒下来，心满意足地钻进书架里找自己前一天晚上没看完又担心被老师收走，于是就偷偷藏在某个不相关分类的书。但是这种志在必得的成功占座获得的满足远远比不上当你睡饱了吃饱了悠闲散步到图书馆却意外发现自己钟爱的位置上空无一物的窃喜，有一种白白捡了一个大便宜的感觉。看书看得口渴肚子饿的时候出去站在架子边上喝口水，吃点零食，每次都能碰上自己的同学，小抱怨几句，便又都各自回去看书。阅览室还没限制使用插电板的时候，要从位置上走出去找一本书，往往都要小心翼翼跨过地上复杂交错的各种电源线和插板，每每看到都觉得很像盘丝洞里的蜘蛛丝错综复杂的布局。考试期来临，背书背到抓狂时就捧着一本书坐到地板上，把头靠在一排一排的书上企图能开通自己大脑和书之间的“蓝牙”以便数据传输，或者干脆就抱着那深绿色的小凳子睡觉，事后抓狂地咆哮“梦里不知要考试，一晌贪欢”……现在回想起来，那真是如天堂一般的日子。

所以当我坐在新图书馆宽敞明亮的阅览室面窗而坐，看着旧图书馆低矮破旧的样子，却依然怀念那时阴暗的桌子，充满书香和木头味道的满满的书架，有点拥挤却让人很有安全感的一排一排整齐放着，忍不住想在里面迷失自己。

这种可以称之为“倒退”的想法很快被我自己合理化，回不去的旧图书馆就像我们回不去的大学时代，总是会有更新更好的新图书馆来替代，而我们也一定会有更丰富更美的经历。而那曾经承载着我们那么多记忆的旧图书馆就此封存，从此后人无法再体会到与我们类似的快乐，发生在北师大的公共场所的公共记忆从此变得具有专属性，对于我这样自私的人而言，能独自拥有这样的排他的无法言说的后无来者的记忆，这无疑是最好的结局。

（原载于《北京师范大学校报》2012 年 6 月 20 日第 4 版）

中北楼下

石　头

夜已深,窗外又传来喊楼的声音,零星地埋在淅沥沥的雨点之中。我探头出去,望处尽是漆黑,却看得到中北一角的点点柔光。或许是在焦虑地准备明天的考试吧,或许是在睁眼等待枕边手机的那一下震动吧,或许是收拾了一天的行李之后早早带着一身疲惫睡去了吧,每一个窗户里面都是一整个世界,盛着那么多让人悸动却又无法细数的美好回忆。

我记得那是开学的第一天,我们班在中北楼前集合,因为占全班四分之三的女同胞们住在那里。我们在那片并不宽敞的空地上局促地打望,一边故作深沉地跟旁边并不熟识的男生搭讪,一边发动两个眼角的余光探照灯一样地扫过对面扎成一堆的女生们的每一张面庞。我们计算着微笑时嘴角上扬的角度,又紧张地准备着下一个潇洒的耸肩,一边无法平复内心莫名奇妙的兴奋,一边又无力地安慰着所有参与这场“战斗”的一直在微微颤抖的肌肉。然后突然人就到齐了,我们从中北楼前出发,迈出了走向大学的第一步。

我记得那是一个忙碌疲惫的晚上,在社团里工作了一天之后,我拖着疲倦把自己的工作成果送去给同事,她住在中北楼。我小心翼翼地抱着一摞文件孤单单地在暧昧的空气中等待。假装不经意地扫过暗处的一对对情侣,抬头却发现路灯为形单影只的我打上了一束追光,于是不禁为这场表演哑然失笑。然后我看着院子漆黑的最深处,好像看见了一个熟悉的姑娘向我走来。

我记得那是一个落满秋雨的夜晚,吃完夜宵竟发现中北的院门已经挂上了铁锁。走去看升旗吧,我莫名其妙地建议。好啊,她荒唐透顶地回答。于是两个人,一把伞,从中北楼走向了天安门。我不知道这其中是否有些戏谑的味道,半路上两个人的手就牵到了一起,直到现在都没松开。那天雨中的日出有些扫兴,但这已经并不重要,第一次看见清晨的中北楼,看见那个身影在转角处消失,然后幸福地走开。

我记得那是一个被啤酒浸透的夜晚，要毕业的我们搭着胳膊为中北楼的女生们唱了一晚上的歌。凌晨酒归，突然发现少了个兄弟。我知道他在哪儿，于是走到了中北楼前。他一个人坐在地上，朝着那扇窗子低头痛哭，没有一点声音。四年来，我曾经陪着他无数次地绕远路，只因为走到这条路的时候他能够看一眼那扇从来没有打开永远挂着窗帘的窗户。我无法安慰，因为有些事情真的很难释怀。

如今，我们就要走了。我希望有个名字能够一直在我的回忆当中，成为我大学生活的一个烙印，结果每次浮现出的都是中北楼。刚刚走进大学时候的青涩懵懂，走过那份甜蜜安静的时候所有人不忍打扰的突然沉默，路灯下被爱情包围着的稍显尴尬的自尊，让我们黑着眼圈幸福对视的紧闭的铁门，还有你贮藏了四年汇聚成海再也无法波澜不惊的泪水……中北楼，竟然见证了我那么多。

多年之后，若我再回师大，我会再回到西操场，看看似曾相识的汗水洒落，却不抹擦；我会再回到图书馆，触摸架子上整齐的书脊，却不拿下；我会再回到木铎旁，看夕阳斜晖将它镀成金色，却不说话。可我不敢说，我会不会再回到中北楼下，因为我怕它被刷成了别的颜色，我怕它不再是红砖皂瓦，我怕那楼前依旧是处处芳华，却不见旧时容颜，空叹时间手辣。再见了中北楼，再见了北师大！

（原载于《北京师范大学校报》2012 年 6 月 20 日第 4 版）

那广场

小　朵

京师广场,似乎是一个师大人不常提起的地方。沉稳低调,一如常年不开的南门。我们常常记挂着另外一个目的地路过那里,京师广场就在那里,木铎就在那里,注视着我们的来来去去。

对它的忽视其实很正常。那里有草坪,却被隔成了大大小小的一块一块,中规中矩;有松树但是尚未成林,稀稀疏疏地站立着。唯一吸引眼球的木铎却被立在广场边上,沉默不语。但是我依旧记得,这是北师大迎接初来乍到的我的地方。而四年以后,我们在这里告别。

当我们穿着学士服站在京师广场毕业季新添的台阶上拍完全班最后的毕业集体照,“咔嚓”的快门声就这样轻轻地扣上了通往这四年青葱岁月的门,而四年前初来乍到的所见所感还清晰如昨。瘦小的师姐干练地帮我拎过了包,热情地带着我在校园晃悠走完了整个注册流程,嘴里不停地念叨着师大种种。这是尚待我熟悉的家,曾宪梓楼似乎坐落在一片森林里,从广场到宿舍好像弯弯绕绕地要走很久很久,北师大的土地因为陌生而在我的眼中被无限放大。

铁狮子坟的大学岁月没有给我想象中的风花雪月,曾经认为很大很大的校园也在我日复一日的脚步丈量中变得狭小逼仄。路上人挤人,食堂人挤人,宿舍人挤人,自习室人挤人。我说不出我有多喜欢我的大学校园,但是当一年之后,当我兴奋地赶到京师广场迎接我的师弟师妹,向他们介绍我知道的北师大种种,我知道,这里是我的北师大,我们的北师大。

我喜欢坐在南门前小喷泉的台子上,背对着南门望向主楼、后主楼和更高的天空。我喜欢在夜晚结束自习从大草坪一周温馨的灯光边踱回宿舍。我喜欢春天里大草坪上摆出的花坛,每年都会摆出不一样的图案。我喜欢冬天里广场上堆出的雪人,还有在雪地里打雪仗的欢声笑语。打电话和远方的朋友闲聊,常常会下意识地在广场上走啊走。心情不好时拉人诉苦,也在广场上走啊走。去年一个朋友生日,突发奇想决定去木铎下喝酒。拖着几听啤酒和一堆下酒的零食,几个人放肆地坐在木铎下喝酒唱歌,说人生和理想。

京师广场就这样陪我走过了青春的甜美、疼痛和张扬,用一种见证和陪伴的姿态给了我最广的空间和最多的包容,一如北师大自身。毕业季的京师广场多了很多盆栽的荷花,路过时总能感受到荷叶的清凉,像是最后的洗礼,也算是在离校前夕弥补了我关于大学校园里没有湖的遗憾。我愿意同它们一起记录我最后的北师大时光。铁狮子坟的天空高远,主楼依旧庄严,巍巍木铎在一旁为我敲响金声一百年。

(原载于《北京师范大学校报》2012 年 6 月 20 日第 4 版)

琉璃色剪影中的北师大

郁静娴

缤纷的琉璃,代表着一种淬火的隐忍和涅槃的喜悦,轻跳快意的色彩背后,是一种厚重的沧桑与历练。百十年风雨,巍巍师大,吾方入校两载,行舟中途,忽尔回首,两年时光在身后投影下一片琉璃色的印象。

夏季的校园总是那么多愁善感。黏濡的雨丝湿透了干涸一整个冬春的京城,连日湿漉漉的空气竟让人错以为身处南方那绵绵的梅子黄时雨里。东门的那堵墙上垂下一片浓绿的爬山虎瀑布;五楼的宿舍窗外,早已是乌鹊南飞,徒留一树夏日繁华,日渐丰腴的枝叶间,点缀着一簇簇淡粉色的花朵。在这片莽莽苍苍的雨雾、绿烟和花海之中,别离的笙箫悄然吹响。往日宁静的校园里攒动着学士帽和帽檐下一张张或坚定或踌躇的面庞,五味杂陈的气氛浸染着六月的校园。这自然是每年都要演绎的一幕,然而毕业生们有再多的不舍和惆怅,终会溶解消散在北师大洋溢着博爱与严明的校训里,他们终要作别母校,让坚硬的铁锚在阳光下闪耀着金属的冷冽,坚毅而决绝地转过头去,独自扬帆,年复一年,桃李不言。

默然细数,我的一半京师生涯已经从指缝间悄然溜走。不觉有一丝怅然。北师大从来都于含蓄内敛中带着股五四遗风的张扬桀骜,她的学子,必也是特立而坚定的。料想待到毕业时,能够学有所得,洒脱地挥一挥手,便是最大的圆满了。

午后烈焰般的阳光兀自在窗外跳跃,明晃晃地刺得人睁不开眼。曦园里一片静寂,池水微漾,雀鸟安然,夏蝉鸣噪。老师在黑板上刷刷地板书,粉笔屑纷纷扬扬地从指缝间飘落,热天里难以克制的慵懒和倦怠浅浅地蔓延着。教九花园里藤蔓密布,一片荫然,嬉闹的小孩子和休憩的老人闲坐其间,学生们在长椅旁踱着步子低声诵读着外语。信息楼里电脑荧光闪闪,键盘声此起彼伏——或是一篇将完的论文,或是一段亟待改良的程序。物理楼大厅里的打印店永远是人满为患,打印机每时每刻地都在喷吐着印满铅字的纸张,白底黑纹,像是一只只灰鸽子从天际的云彩间迅疾地飞出。图书馆自是个最清凉的所在,我最钟爱的位置,背靠着书架，满满的书墨香熏染着身心，再多的浮躁也会随之沉淀下来。

天气酷热得像是将要爆炸，倏忽间天空中劈过一道闪电，情人坡上的两只喜鹊蓦地一惊，划开了天际的燥热。这是一个普通的下午，众多北师大学子在夏季舒张的每一条筋脉里，紧锣密鼓地汲取知识的养分，在烈日和暴雨里荡涤着不安的灵魂。

当玫瑰色的晚霞映满了半边的天空，篮球场上喧嚣飘飞的尘埃缓缓沉寂下来，萦绕在耳畔的北师大广播的音乐也渐渐杳然，京师广场华灯初上。光学实验室里只有点点微光，物理系的学生们屏息敛声地等待着全息照片的拍摄。路上行色匆匆的一行人，正赶去参加某个小讨论会。教室和讲堂里，或是一场唇枪舌剑的辩论赛，或是一场字字珠玑的名家讲座；科技楼的某一间屋子里，团团围着三五个学生，和教授一起讨论着白日课上的困惑……或许在若干年后，这些记忆统统化整为零，徒留只言片语，甚至不过是京师广场上的一缕斑驳的灯光。然而它们却构成了我在人生中最重要的四年时光，伴随我度过许多难以避免的惶惑与迷惘，让我在这片绿叶苍苍的氛围和熙熙攘攘的人群里，学会如何坚持最宝贵的理想和信念。

在这里生活学习的两年里，曾经陌生而新奇的环境逐渐像家一样熟稔于心，北师大的每一隅都化为稀松平常。可是，溯着回忆的长流，那些似乎极为朴素寡淡的场景，却都笼罩上一层琉璃色的光辉。因为它们对我来说，甚至对每一个在这里生活过的师生来说，不再是纯粹的景与物，而是一个个别有深意的符号，掺入了我们的喜怒哀乐，见证了人与物的相互磨合与和谐。

（原载于《北京师范大学校报》2012 年 9 月 25 日第 4 版）

北师大的风

范　芸

窸窸窣窣，它便轻悄地从你脚边的草丛中溜走了；哗哗啦啦，它又从你头顶的树尖飞走了；更多的时候，你看不到它，也听不到它，但是你的头发被它弄得乱乱的，鼻尖被它吹得凉凉的。它抚摸过北师大的每一寸土地，亲吻过北师大每个学子的脸庞，它曾和北师大的喜鹊与乌鸦一同飞翔。它是北师大的风，带有北师大独特的气质——朴实而自由的风格。

不光是北师大的风中带有北师大特有的味道，北师大的风景和气息中也绝不能少北师大的风。它可真是北师大的常客，不论早晚、不论春夏、不论方位，像一位忠实的守护者——随着北师大历史一起静静地流淌。有时它像一位沉稳的老者，净化着北师大质朴清新的空气，有时它又像一个调皮的孩子，活跃着北师大轻快自由的氛围。我甚至觉得其实它才是北师大的主人，送走了一批又一批的北师大学子，看着他们成长为一个个可以独立于社会，能为社会做出点有益之事的人。它骄傲地看着北师大的一切，曾经的辉煌、未来的前景，因为这一切都由它引领。它已存在于北师大逾百年，并且还在不知疲倦地、呼呼地向前飞奔。

北师大的风让北师大与我们更亲近了。现在回想起来，也许在踏入北师大第一天，最先出来迎接我的就是北师大的风。北师大的九月，是告别繁茂夏日的月份，却也是收获最多的月份。北师大九月的风似乎也是最有代表性的。北师大的九月还丝毫没有入秋的感觉。风是干干的、暖暖的，有点像冬天农家里的炉火。这个时候北师大的风是不知疲倦的，它总是好奇地跟在一个个春光满面、风风火火的新生后面，从不打扰他们，那些新生却似乎能感到它的存在，总觉得它在敦促着自己，所以丝毫不敢懈怠。这就是北师大的风的性格——在无形中给我们一种温暖的、经久不息的力量。它的这种性格在九月的北师大被刻画得淋漓尽致。

当然，北师大的风并不永远如此。在秋日的天空变得越来越高、越来越蓝的日子里，北师大的风也逐渐变得冰凉而坚硬。从某一天突然有一片想要回归大地怀抱的叶子落下开始，所有的叶子似乎都纷纷赶往一个盛大典礼，赶着趟儿地跑到大地上来，全都吻一吻大地母亲的脸。而这场盛大的仪式正是由北师大的风导演的。它似乎想要给北师大一场精彩的演出。其实北师大此时的风是很沉静的，没有丝毫的声响。像是一位站在高处的伟人，默默地注视着一切。在历经了现实的磨难与时间的考验后，它要告诉每一个北师大学子，现实就是这样——努不努力由你自己。

等到了真正的冬天，北师大的风反而没有那么凛冽了。幽绿的松树纹丝不动，只有布满锈红色斑点的宽大的枫叶在枝头晃悠。风的味道变得越来越淡了，可能是过低的温度把它冻住了？这个时候，如果不是细致的人是绝对发现不了它的踪迹。它只在你解下围巾的倏忽间如丝般划过你的颈；它只在未冻住的水边敛起一圈涟漪；它只在透明的玻璃上涂上一层纯白的颜色。这时的它与北师大的气质更加地吻合了：沉稳、淳朴、默默地积淀。它与北师大同样在等待着春的绽放。

北师大的春风应该是最惹人爱的了，它吹醒了北师大，一切都在微微地颤抖着，轻轻地绽放着。你不知道它什么时候敲开了情人坡上小松鼠一家的门，也不知道它是什么时候唤来了春归的燕子，甚至会突然间发现远处一抹抹嫩油油的绿色，走近一看，又不见了。它从不像其他的风那样招摇地吹开所有的花，叫醒所有的鸟，让百花竞艳，让百鸟齐鸣。它是那样温柔，像一位年轻的母亲叫醒她刚出生不久的孩子。这恰如北师大给予我们无言的爱与奉献。这时它的味道都凝结在了刚开启的野花的花蕊中了，甜丝丝的，像母亲的乳汁。等到第一场春雨被它拨弄得斜斜落下的时候，北师大所有的生灵就都一股脑地涌入它的怀抱中了。

要论北师大的风的颜色，那必定要说说夏日。有时它是粉红的，和花儿们一起嬉戏；有时它是葱绿的，拔着刚冒芽儿的小草的尖；有时它又是金黄色的，和夏日刺眼的阳光赛跑。已经快要被晒蔫的人们是多么渴望它来蹭蹭自己的脊背啊。伸出舌头舔一下，它如薄荷凉爽清新的滋味，让你忍不住想要多吸几口。每当你想起它，精神就抖擞起来。不管是去球场上大汗淋漓地来一场尽兴的球赛，还是跑到树荫下面翻几页书，只要让风拍拍我们的脸，我们的心也跟着它活泛起来，不再死气沉沉。在这样的时节里，我们可以牵着我们北师大的风，自由地、无拘无束地去做些有意义的事。相信它吧，只要你跟着它走，那么总有一天你会发现它的引领总能把每一个奋进的北师大学子带入属于他自己的辉煌殿堂。

写到这里，我又忍不住要走出房间，去和我们北师大的风亲昵一番了。

哦，我亲爱的北师大，我亲爱的北师大的风。

（原载于《北京师范大学校报》2013 年 10 月 30 日第 4 版）

写给六年北师大时光

李淑娟

六年,看似很长,真正走过来却是如此短暂。12 月 17 日下午,我顺利通过博士毕业论文答辩,然而激动却立刻变成了依依不舍,因为学生的身份马上要离开我了。非常感恩学校和老师给我机会敲下这些文字,让我得以停下在岁月中匆匆赶路的脚步,认真回想过去六年的那些瞬间,挑战、突破、成长、沉淀,然后鼓足力量走向人生下一段旅程。

六年前,在北京师范大学的校舍里拥有了一处安放自己的小角落,开始了硕士的学习生活。在北师大学习的六年是我成长最快、收获最丰富的一段时光。艺术与传媒学院浓郁的艺术底蕴、生机勃勃的“从游”教学,给了我一个充满想象力的成长空间。校园生活虽然有平和、宁静、从容的时光,但更多的是为专业学习和纪录片创作而紧张、劳碌、奔波。记忆中最安心的时刻是完成一天的工作后,骑车回寝室,在行人寥寥的操场西边路上抬头看见或圆或缺的月亮。这片校园是心灵的归属,踏上她的领地我就感到宁静安详,就像一泓清冽的甘泉润泽干涸的喉咙,一缕午后的阳光拂过微凉的肌肤。

我的导师张同道教授为学生创造了在纪录片行业第一线锻炼的平台,让我从一个对剪辑软件都不熟练的新手成长为一个能够独立带领团队完成摄制任务的导演。2008 年农历正月初一,我跟随摄制组在地坛拍庙会,在浓浓的年味中第一次见证用摄影机捕捉那一张张脸上幸福的瞬间,体会到走出演播棚的“纪实”的力量。随后,我参与到儿童系列纪录片项目《成长的秘密》中,担任其中三部作品的编导。那时候,我无法预料这将是一个持续到我博士毕业还在进行的项目。这个项目让我改变了对孩子的刻板印象,蹲下来观察他们的真实世界,用影像去探索他们的喜怒哀乐。六年中,孩子们从幼儿园走进小学,今年又升入初中。在他们那一个个鲜活的成长故事中,折射出的是中国当下儿童教育的方方面面。

纪录片人是用自己的生命记录他人的生命。我喜欢把我主修的纪录片专业看成是一门时间的艺术,在时间中发现世界的真相,沉淀人世冷暖,收获生命中的一丝丝感动。时间给我的回报是丰厚的,这里的回报绝不仅仅是几座沉甸甸的奖杯,而是我作品中的小主人公和他们的爸爸妈妈给我的真诚友谊。非常幸运的是我能够以一个大朋友的身份走进孩子们的心中,常常在阶段性拍摄停止期间收到他们的问候邮件或者微信发来的电子贺卡。对于我的小朋友们来说,拍摄活动成了他们成长中的重大事件,在摄制组缺席的时间里,他们真的会想念我们。我和小朋友们的关系中,最宝贵的是信任和尊重。信任让他们在摄影机前敞开自己的内心,说出真实想法,有时候这个真实想法也许是让我们关机,退出他们的视线。而尊重为我们设定了不可碰触的道德底线,决不能以伤害孩子和家长的感情而去追求艺术上的所谓"戏剧性"。尊重是我们赢得孩子信任的最关键因素。

2012 年 5 月,经过一整年披星戴月的拍摄和后期制作,我完成了四部纪录片作品,每一部都是关于一个孩子的小学生活。四个个性截然不同的孩子,四部风格各异的片子,让我在社会现实类纪录片创作上又有了更深的体悟。当他们还是幼儿园里天真烂漫的小孩子时,摄影机可以变成教室里的一把椅子,或者院子里的一棵大树,不知不觉融入他们的生活,静静地观察捕捉他们毫无矫饰的表情和举动。但是,当小朋友们渐渐成长为有了强烈自我意识和独立思考能力的小人儿时,摄影机就失去了隐身的法术,它时刻被孩子们注意到,并刺激孩子们做出不自然的反应,纪录似乎失去了天然的真实。

于是,在这四部纪录片作品中,我放弃了原来的第三人称画外解说,而是采用小朋友们的第一人称解说。在剪辑基本完成后,让他们看着片子说出自己内心的想法和感受,然后我们一起写解说词,经过孩子和家长审阅定稿后,进艺术楼的录音棚录制声音。这次创作让我真切地试验了纪录片中客观呈现和主观表达的融合。我敬仰纪录片不动声色地耐心等待、观察、捕捉的巨大魔力,也钦佩它对于人类内心深刻的表达。

完成这四部作品后,我获得国家公派留学机会去美国哈佛大学访学一年,在世界纪录电影的重要源头之一波士顿地区触摸当下美国纪录片的脉搏。学习归来,也迎来了我的毕业季。

启功先生曾为莘莘学子题字:入学初识门庭,毕业非同学成。涉世或始今日,立身却在生平。在即将毕业的日子里,我的心里充满了感恩,感恩导师的信任和鼓励,给我打开了一个广阔的格局,让我有勇气在毕业之后在纪录片领域继续探索。感恩师大,青葱的校园、阳光灿烂的年轻生命,共同构筑成自由、朝气的生活。六年的北师大记忆,将在时光的冲洗中,作为一种无可替代的心灵财富,时常被想起。

(原载于《北京师范大学校报》2013 年 12 月 30 日第 3 版)

北师大,不曾遗忘的梦

滕智超

北京的六月比想象中来得更快,毕业答辩的脚步还未远去,属于毕业季独有的伤感在一夜之间席卷而来,让人措手不及。如果说每个年龄段都有自己特有的状态与执著,那么我选择不哭与持续奔跑,因为一旦停下,迎接我的将是再也回不去的青春时光。即便这样,我仍会时不时地回头张望,那方承载了我梦想的校园,那无数个被放大了的脸庞,那记忆中星光满天的草甸,那每每想起精彩异常的课堂,时间只会让浅的东西变浅,深的东西更深。我与草原有个约定:克什克腾旗生态实践之旅筹划了半个月的草原生态调研在五个小伙伴的积极配合下,于 2015 年 7 月 11 号的早晨正式启动,这预示着我们将要踏上一片广袤的土地,感受游牧民族生活的环境,走进草原文化,探寻一个令人无限神往的远方的家。在列车上颠簸了 9 个小时,眼前掠过莽莽苍苍的绿意,片草不生的荒漠,水流枯萎的小溪,无边无际的草原,美丽的赤峰在向我们招手。当晚入住民宿后,大家开始筹划之后的行程,群策群力地分享自己之前的调研经验,小半年的集体活动使我们彼此相互信任,并且默契十足。

调研的第一天,迎着 40 度的高温环境,我们走访了玉龙沙湖、大青山冰臼,我们看到了各具特色的第四纪地貌,有起伏的高山、低洼的腹地、蜿蜒的山路、开阔的平原、茂密的丛林、形态各异的石林,大自然的奥秘就在这里,你永远不知道下一刻出现在你眼前的是什么,造物主用它独特的艺术手法将世间万物改造成特有的姿态,让人无限膜拜。

第二天,美丽多情的黄岗梁让我们忍不住放慢步伐,漫步于山中的绿意,沉醉在赤峰最美好的季节里,感受清风拂过花丛后留下的片片涟漪,不知是谁开始奔跑,于是一行人像孩子般朝着最高的山头进发。晚上躺在草地上,在海拔 1400 米的阿斯哈图石林看星辰,天空低垂得好似触手可及,忍不住想抓住一颗星星,向它喃喃诉说心中的思念,一切都是那般和谐与神圣,远离尘世的浮华,将心交予天地,在星光与月光为伴的草原上放声高歌。

我们包袱满满,不畏艰难困苦;我们学习新知,不惧跋山涉水。尽管朋友们带病调研，也依然阻挡不了对实践事业的热爱，我们看到了在政府和牧区人民的共同努力下，克什克腾旗大草原的生态环境朝着可持续的方向发展，保持畜牧业的稳固成长，人与自然的和谐相处，我相信克什克腾旗的天会更蓝，草会更密，土地会更肥沃。牧羊少年的奇幻之旅：珀斯领导力培训如今，再次翻开有关西澳的照片，心底不禁百转千回，快乐的时光犹如手中的细沙，越是紧握，流失得越快。在澳洲的学习是忙碌而又充实的，大家围坐在一起，小组讨论，头脑风暴。你总是会从别人的话中听到新奇的词语，也会讶异于一个平时木讷的人为什么在辩论时可以侃侃而谈，甚至于一个自己无法完成的任务，在队友的鼓励下，你可以提前将其完工。棉花糖挑战赛、纸船载重赛，教会了我们小组合作的重要性。思维导图训练、独立性思考模式、设立目标步骤，教会了我们作为领导者如何带领自己的团队走向成功。模拟面试则让我们更近距离地接触国外的面试环境，为今后的外企面试夯实了基础。商业模拟展示群策群力，大家发挥所长，在自己熟悉的领域各展拳脚，并结合当地的情况，成功地做出企划。

珀斯是一个可以让人放平心态、心灵得到栖息的地方，这里孤单寂寞得可怕，可恰恰是这种纯粹，导致了人与自然的高度融合。黑天鹅是这个城市特有的标志，有水的地方常常会看到两三只黑天鹅悠游而过，它们自由地舒展着身躯，时而水中悠闲嬉戏，时而岸上优雅漫步，任何一种姿态都会让人联想到翩翩起舞的演艺家；袋鼠喜欢群居生活，野生袋鼠保护地会专门用围栏划定出来，防止袋鼠出现在市区或是住宅区，造成交通和居民生活的不便；澳大利亚最为人所道的还有如白云般的羊群，这里的羊毛可以制出全世界争相追捧的羊毛制品，羊身上提取的羊油可以制成肥皂和身体乳，羊肉用不同的烹饪方法可以制成美味的食物。

14 天的学习转瞬即逝，脑海中依稀记得上课时老师流畅的口语交流、趣味的小组游戏、大家熬夜做报告时的专注认真、每天清晨淅沥小雨、清新的空气、湛蓝的海水、美丽的沙滩、触手可及的天空、乐观善谈的人们，一切的一切都好似昨天发生的那般清晰。珀斯这种未被雕琢的美让人沉沦其中，她不繁华，她不动感，她不多彩，她甚至于有些小慵懒，可就是这样一个地方，让我忍不住放慢脚步，倾听每一阵风吹过的声音，品尝每一场雨后泥土的清香，感受阳光轻抚我的脸颊，漫过我的身体！

一个人的时候，总喜欢回忆过去的人和事，那些斑驳陆离的瞬间，总是让人无限唏嘘，那些即将走入人海中的朋友，但愿你记忆中的我，一如初见时的明媚，一如离别时的美好。

（原载于《北京师范大学校报》2016 年 7 月 2 日第 4 版）

北师大的九个门

曹周天

▲ 学校东门

北师大究竟有几个门？这就要看你怎么定义这个“门”了。

若是从严格意义来说，师大总共有大大小小九个门通往校外。可要是说常年打开的门，那应当是八个，因为正对主楼的南大门平时都是关闭着的，我见它打开只有一次，是我 2012 年 9 月初到师大报到的那天早晨。要是说既写有“北京师范大学”几个大字，又常年开放的门总共有四个，分别是小南门、大西门、小东门和大东门。其中的“大”“小”是师大人自己约定俗成的叫法，它来源于“门”的实际大小。

大东门和大西门分别位于学校偏北的东西两侧，虽不在同一条东西走向的水平线上，但它们都十分宽敞，可供两辆汽车同时双向进出校园。大西门正对着北京邮电大学的东门，那里是快递收发的集散地。每到中午或是傍晚时分，那里都聚集着十多个快递摊点，下课后的北师大学子们便会来到这里领取各自在网店订购的物品，这样的场景俨然成为大西门前一道亮丽的风景线。出大西门可乘坐 579 路或 510 路公交车。大东门是我觉得最气派的一个门，出门稍往北步行半分钟就是铁狮子坟公交站台。大东门外的那条马路叫作新街口外大街，有意思的是，过天桥到马路的东侧就属于西城区，而马路西侧的北师大校园则是在海淀区。所以我们常打趣地把过这座天桥称为十足的“跨界”之行。

小南门是位于北师大南大门西侧的一个门，从这个门进学校，约50米处的左侧立着启功先生手书的“学为人师，行为世范”的校训碑。进门右手边的大楼就是我们教育学部所在的英东教育楼。北师大内还有一个小东门，沿京师广场前的路一直走到最东头即可到达。出了这个小东门往左拐就是北师大出版社的读者服务部，这里的图书种类繁多，用北师大的学生卡购书还可以享受八五折优惠。天桥东侧有“北师大二附中”、庆丰包子铺和同春园饭店。这门口有一个公交站叫“北京师范大学站”。

这前面已经说了写有校名的五个门了，剩下的四个都可谓是有门而无“名”，但它却是我进出师大的几条重要通道。首先要说的就是小西门。小西门是位于新乐群学生食堂西侧的小门。若是去小西门乘坐579路公交车或是到北邮小吃街“觅食”，这个门则是必经之路。之前这个门虽然小，但还可以供一辆自行车进出，可是现在，小西门安装了仅供行人通过的专用通道，骑自行车无法从此处通过。其次是位于京师大厦南侧的小门，出京师广场的东门往南，沿着京师大厦外侧走过一个直角弯道就到达这个小门。乘坐22路到积水潭地铁站都会走这个小门出校门。与之前所说的那个小东门相比，这个小门的最大优点就是能让我更多地在校园里行走，避开了校外嘈杂的人流、车流和污浊的空气。再有就是师大的北门。我在读研三之前，出北门往西走几步路有个“墨香书店”，专卖旧书，我常去那里“淘宝”，每次都必经北门。可后来那里搞城市改造，把那一条街的店面门市都封了，所以我去北门的机会也就减少了。但若是要去北太平桥西站乘车，仍然是从北门出师大最为方便。

最后要说的这个门是我最近刚发现的，为了和上面所说的“小东门”“大东门”相区别，我称它为“新东门”。从“北师大实验小学”北侧的马路一直延伸到新街口外大街就会来到“新东门”。这个门是我一次从牡丹园骑车返回学校时偶然发现的。从目前的情况来看，我觉得它的好处就是方便我从北边回校去教工食堂吃饭，因为从“新东门”进入学校，绕过“北师大实验小学”，就可以直接到达教工食堂了。

写北师大的这九个门，一来是盘点，二来是回忆，更重要的收获是在写作过程中，让我回想起过去的一幕幕，正是这些构成了我在北师大生活的点点滴滴，北师大的门是这些回忆最永恒的见证者。我将一如既往地与北师大的这九个门友好且深情地朝夕相伴。

（原载于《北京师范大学校报》2016年9月12日第3版）

我与木铎之间的故事

陈 盼

到北师大求学一年多,每每路过主楼,都会习惯性地看一眼木铎。看着那黑色的像铃铛一样的建筑,脑海中不由自主地构想出古人拿着木铎宣扬教化的场景。《论语·八佾》中的那一句"天下之无道也久矣,天将以夫子为木铎"也如金声般在我耳边久久地回荡。

但事实上,我与木铎之间的故事,不是看起来那么简单。

自从我志愿从教,成为了一名免费师范生之后,耳边除了鼓励的声音之外,还有另一些声音,让我感到困惑,似乎他们有意无意地暗示:老师是一个清贫、辛苦且平凡的工作,似乎我这个名牌大学生应该去做更具挑战性、更光鲜的职业……是这样吗?有一段时间,我似乎也陷入了迷茫,甚至怀疑自己的"梦想"在照进现实之后真的变得"骨感"了。我一直在思考,却一直没有找到答案。后来,我才明白,有些事情如果不去行动,永远也不会知道答案。

值得庆幸的是,2016 年暑假,我参加了河南安阳县蒋村镇一中的支教。

那是我第一次站上了真正意义的讲台,台下坐的是一个个眼神纯真的孩子,而不是参加比赛时的评委和观众。他们每个人都认真看着我,微笑着,我有些不知所措。就好像舞台上的聚光灯打在了自己身上,但自己既不会唱歌,也不会跳舞。尽管如此,我第一次无比强烈地感觉到:这个舞台属于我。

我开了两门课:必修课《历史》、选修课《辩论》。那时正值 7 月中旬,"南海问题"举国关注。那一节课,我恰好给学生讲"美国史"。课堂上,突然有个同学举手说:"老师,你可不可以不讲美国啊。"一时间,全班同学纷纷响应。我站在讲台,听到同学们"同仇敌忾"的声音,看着他们愤怒和激动的眼神,突然热泪盈眶。虽然我知道,孩子们的情绪还带着"盲目",需要引导;但是,我从他们的情绪中感受到希望和勇气。

课后,我回想起小学时,自己把红领巾视作自己的心爱之物,立志要像周总理一样“为中华之崛起而读书”;回想起初中时,我看到祖国尊严被践踏,也会像这些孩子一样愤愤不平……如今,我回想起这些情景,我感到的是温暖和力量,而并没有嘲笑自己的幼稚。

可是,我也发现,随着年龄的增长和阅历的丰富,我的心反而越来越小,从前总是有点“胸怀天下”,可是现在,心中所想的,不过是关于自己的点点滴滴。人长大了,心却小了。

我还记得那天,我问孩子们:“你们想去美国吗?”孩子们说:“想!”我又追问:“想去干嘛?”他们的想法多种多样,虽然很幼稚,有的甚至很可笑,很荒谬,但他们的纯粹带着巨大的力量,令我疼爱,让我迫切想要为他们做些什么,帮助他们更好地成长,甚至真的能帮助他们实现“幼稚的心愿”。

我陡然意识到,当老师,就是与善良和美好为伍,享受着一片难得的精神晴空。

辩论课上,我带着他们一起看国际华语辩论赛,一起分析每一位辩手的辩论逻辑和技巧;我们常常在打比赛的时候,因为对方辩友的一句话,而捧腹大笑。有时候我笑得前仰后合,学生还会说:“老师,你要注意你的淑女形象呀!”我会意识到,自己的一言一行学生都会观察。我在他们每个人的心中都有一个更为“高大的形象”,老师,就是天地间一个大写的人。

支教结束,我们要走了,走的前一晚,学生们主动骑着电动车载着我们走在乡间的公路上。我们一行人走走停停,那天的星空很暗,风也透着丝丝凉意。可是我们每个人都享受着爱和被爱的喜悦,并不在乎天空是否有星星,也不管路边的蛐蛐是在欢笑还是在哭泣。

就要分开了,一个小女孩拉着我的手,从有些破旧的书包里掏出了一个个大大的青苹果,边递给我边跟我说:“老师,苹果已经洗了,怕你嫌弃,所以我洗了三遍。”我很感动,推辞了一下,结果小女孩瞬间就哭了,眼泪“嗒嗒”往下掉。我收下了苹果,轻轻地拥抱她,她很瘦,在我的怀里有些颤抖。后来我才知道,这些孩子家庭条件都不太好,零花钱也不多,她是偷偷拿的家里的苹果,凌晨 6 点瞒着妈妈来到学校专程送给我的。

我一个人从河南回家乡湖北,一路上都是学生发来的消息,问我到火车站没有,让我要小心一点,不要和陌生人说话……我因为手机没电,回家充电开机后才发现,我们的校辩论队里,正方三辩给我发了 55 个窗口抖动,反方四辩问了我 75 遍“老师到家了吗”。这一次,我泪如雨下。

我发自内心地觉得,熬夜备课也好,早起开门也罢,或是讲台上挥汗如雨以及认真批改的每一份作业都那么值得。其他的工作，或许可以收获更优厚的待遇，那仅仅是从某种现实的角度来衡量，而作为老师，我收获的纯粹的爱，是其他任何东西都无可比拟的，我甚至认为将其比作“精神财富”都太庸俗了些！

经过这一次，我真正站上了三尺讲台，也体会过了一个教师的酸甜苦辣。我不会再为那些“暗示”而动摇了，我庆幸我迷茫过，行动过，更加明朗了自己的心意。

我又想起了“天将以夫子为木铎”。这一次，木铎声响彻我的心间……

（原载于《北京师范大学校报》2016 年 10 月 20 日第 4 版）

木铎青春源于无限可能

吴　玥

七年前的夏日，我在山东潍坊的学堂，与北京师范大学距离535.6公里。七年后的夏日，我身处北师大校园，与这个生活了七年的园子零距离，而这段缘分仅仅还能持续不到60个日夜。七年的北师大时光，见证了我的青春年华，还有一个小小身体中迸发出的无限可能。

七年前，一个文科实验班的学生在高三突然选择艺术类考试的消息在班里炸开了锅。在父母和老师眼中，我是一个永远不会做出格事情的乖乖女，但是在即将举行成人礼的那个冬日，我选择了自己内心一直渴求的专业方向，来北师大进行影视学专业考试。

在心灵最敬畏信仰又最崇拜理想的岁月里，我在北师大冲刺专业梦想。冲破传统观念束缚、如愿进入北师大学习的我，对这个专业充满了无限的热爱与期待，并与北京大学生电影节相遇。大一时，在第十九届北京大学生电影节开幕式上，我说出了“我们要以大学生独特的审美视角来思考和表达我们对电影的热爱”的誓言。从在宣传部撰写了近百篇稿件，到为外联部征集到五十多部国产影片、三十多位艺人，我从心底里感受到了影视带来的青春活力。从第一次采访、第一次拍出纪录片《灵魂歌者》并获2013年四川电视节“金熊猫”奖国际大学生影视作品评选纪录片类提名，到合作剧本入围北京大学生电影节青年剧本创意大赛，再到参与新华网奥运报道、在《中国电影报》《中国青年报》实习等，我一直试图让自己从准新闻人的视角看待社会。作为传媒人，我希望能够给特定社会群体带来社会关注，承担自己的责任。

记忆犹新的是，在第23届大学生电影节中，我用了半年多的时间敲定各个艺人的档期，沟通经纪团队的诉求，与他们斗智斗勇，常常凌晨三点接到经纪人的电话，也少不了被各路人马骂得狗血喷头。顶着没有资金、没有人力、没有社会背景的压力，我每天坚持给所有艺人发送几百字甚至几千字的短信，讲述着我们对电影人创作的理解,表达大学生对电影的热爱。在那段时间,我们被老师和同学看做是“疯子”,怕接不到任何一个电话连上厕所、洗澡都要时时刻刻带着手机,每天工作的时间从国内到国外时区全天候在线,更是常常被骂哭抑或感动哭,瞬间会变成一个“泪人”。终于,许晴老师亲自打电话告诉我:“你是我遇到的最难拒绝的人之一。”侯勇老师坚持说:“除了部队的命令,我一定排除万难到场见你。”众多大影人的努力也得到了成龙老师的肯定,他在闭幕式上说道:“十几个二十几岁的大学生,坚持到现在真的不容易,你们也是我学习的榜样。”

是的,北师大在我最应思考的年纪里,见证了我追寻梦想的足迹。当然,也忘不掉自己与某个艰深的观点产生的共鸣,忘不掉论文答辩前的通宵达旦。我们长成了既理性思辨又关怀人文,执着不息又内敛含蓄的北师大人。这七年所有的思考和启迪是我们安身立命的根本,更是我们生发青春记忆的源泉动力。

在青春最无所畏惧又最彷徨不安的岁月里,我在北师大找寻实践方向。青春的时光如果只泡在图书馆里并不完整。已故著名新闻工作者范敬宜先生说过:“不要总是把目光放在天安门广场那几平方公里的土地上,而要把目光放在九百六十万平方公里的土地上。”我希望把握大学生活的宝贵机会,走遍祖国各地,接触最真实的民情,洞察最实在的需要。7 年,4 个国家和地区,10 个省、自治区,国内北至黑龙江;南至台湾;西至新疆;东至浙江;15 次实践,累计 200 余天,5 万余公里,这些数字真实记录着一路走来的点点滴滴。7 年,从一个不谙世事的“小书呆子”,到成长为一个可以独当一面的学生干部,北师青年团校、中国高校传媒联盟、北师青年报社、女子国旗护卫队等 7 个学生组织和社团的淬炼让我明白,一个合格的新时代学生应当有“铁肩担道义,妙手著文章”的豪迈,也应当有“仰望星空,脚踏实地”的责任与担当。

七年的时光里,我亲历了母校 110 周年、115 周年校庆,在教师节握到习大大的手,见证了莫言先生将诺贝尔奖收入囊中;我们在园博会、APEC 会议上志愿服务,为汶川地震祈福,寻找李希慧教授,为同学募捐,这些都让我学会在大悲里敬畏、在大爱里珍重,学会忧患、担当,还有爱。

在生命最坦诚依赖又最安心动容的岁月里,我在北师大感悟声影传情。从小被艺术教育熏陶的我,大一初到便希望能够找到可以学习的舞台,但是艺术团面试的失败让我一度陷入深深的自我否定之中。师姐和老师得知这个消息之后耐心鼓励,并为我提供了更多练习的机会和平台。在自己不断走上舞台、不断加强心理建设的同时,我也找回了自己该有的那份自信与无畏。后来,从北京师范大学 110 周年校庆作为领诵为母校庆生,到“五月的鲜花”全国大学生文艺汇演,抑或主持北京大学生艺术展演活动，等等，七年的时间里，我参与的校内外活动已经超过了一百场，也完成了自我的挑战与突破。

在师大包容质朴的环境里，无助困惑时有恩师用爱温暖我，有舍友无条件宽容我的任性，有挚友在课题里浴火重生、在损与被损中默契不断。我不止一次丢过学生卡，跟“教九大叔”道过谢，跟“红薯大妈”聊过天儿。

“师大人”这三个字既可拆开又可合并——在“北师大”这个“大家庭”里无论什么时候都有“人”在等你。这个家，我们爱她依赖她，这里的一砖一瓦将铭记着我们最熠熠生辉的青春年华。愿每一个在这个园子成长成人的学子，经历过高山大海，仍怀对世界的好奇、对木铎年华的礼赞。

（原载于《北京师范大学校报》2018 年 12 月 4 日第 4 版）

如苔盛开　青春自来

巩佳星

“白日不到处,青春恰自来。苔花如米小,也学牡丹开。”如果说青春是一场恋爱,那么我的青春是与书卷文集、翰墨铅华相恋的;如果说青春是一场邂逅,那么我的青春是与谆谆良师、谦谦益友结缘的;如果说青春是一场旅行,那么我的青春是在木铎声中、杏坛路上度过的。我用青青讲述着光阴的故事,讲述着北师大的故事。

客子光阴诗卷里

三年时光,如涓涓细流,缓缓而过。轻抚光阴的幔纹,采撷记忆的碎片,我触摸到书卷文集的墨香,品味到翰墨铅华的曼妙,这是北师大赐予我青春的别样礼物。客子光阴诗卷里。何以称客子?离家在外的人被称为客子。我的故乡在长安,北京是我的第二故乡,而北师大是我第二故乡的故乡。在北师大的日子里,我与诗卷“相遇、相恋、相知”,编织着光阴的梦与轻与柔。钟灵毓秀的北师大图书馆是我常去的地方,打开书的扉页,任指尖铅华漫溢,品味一篇妙文,手捧一杯香茗,心怀一缕阳光,在优美纯洁的文字中荡涤自己的心灵,岂不美哉!每一本书都是有生命的,都在发出它们的声音,都在诉说它们的故事。阅读一本本书卷,穿越时光的隧道,与古今大师们对话,感受历史的厚度,进行哲学的思考;品评一卷卷文集,穿越空间的屏障,与中外贤人们交流,感受文化的差异,开阔自我的视野。我在北师大图书馆追求着我的文学梦,在书卷文集的智慧雨露和知识菁华的滋润下,我的知识水平得到很大提高,我的专业素养得到很大加强,是北师大图书馆丰富的资源让我离自己的梦想越来越近。昨天我只是一棵幼苗,三年来,在图书馆知识阳光的照耀下,在图书馆智慧雨露的滋润下,我已成为一棵郁郁葱葱的大树,将来走上工作岗位后,愿意为母校送去浓荫的清凉。客子光阴诗卷里,气自华兮源于你——我的北师大图书馆。

一往情深深几许

汤显祖《牡丹亭》云:情不知所起,一往而深。此情盖男女间的爱情,而我所言之情更多为良师益友之情。北师大历史悠久,古今大师云集。北师大赋予我丰富的知识,让我在智慧的海洋中遨游;北师大赠予我儒雅的师长,让我在梦想的天空中飞翔;北师大赐予我娴雅的朋友,让我在友谊的田地里奔跑。让时光定格在研一时刻,随着校园空间的转换,将目光聚集在"师者"的课堂里,追忆那读书的青葱岁月。教二楼,忘不了"会唱歌、会弹吉他"的赵老师讲述"意识形态崇高客体"的时光。教七楼,忘不了喜欢烟酒文化的方老师讲述"欧洲沙龙小史"的日子;忘不了幽默风雅、语速很快的季老师点评我们读书报告的时光;忘不了可爱智慧的吕老师讲述"情动"理论的日子;忘不了真诚友好的陈老师讲述当代文论的时光。教八楼,忘不了可爱儒雅的"李爷爷"与我们探讨"文化诗学"的岁月;忘不了严谨求实的姚老师讲述《文心雕龙》的岁月。教九楼,忘不了喜欢微笑、幽默可爱的钱老师讲述"图形与背景"的日子。

人生有师亦有友,有良师,亦有益友。我的班级同学和党支部同志是我人生中的益友,他们陪伴我度过了三年时光。我的班级是其乐融融的大家庭,小伙伴们互相帮助、彼此关爱;我的支部是和谐奋进的大集体,小同伴们积极向上、团结努力。忘不了"理论学习""新刊旧影"那段岁月,同学们各抒己见,进行学术"争鸣",在思维碰撞中产生思想的火花,展现青春的学术风采;忘不了"品读经典""追抚伟人"那段日子,党员们积极讨论,进行思想"争锋",在激烈讨论中产生智慧的思想,展现奋进的党员风采。我的班集体和党组织给予我温暖和力量,让我在三年的时光里快乐地成长。有良师谆谆教诲,有益友谦谦相待,我的青春焕发斑斓色彩。一往情深深几许,感激此处献于你——我的良师益友。

不负韶华不负卿

师大的美是有生命的,师大的美是有韵味的,师大的美是令人迷醉的。漫步在那充满希望和生命的京师广场,我们感到心旷神怡、神清气爽;驻足在那散发芬芳和清香的牡丹园,我们感到这充满诗情、盛满花意;遨游在那弥漫书香和墨香的图书馆里,我们意气风发、挥斥方遒。这是如诗如画、如痴如醉的师大风景。行走在京师木铎前,擦肩而过的是那在书卷上用笔尖构思灿烂未来的莘莘学子;彳亍在教九小花园,映入眼帘的是那在小亭里用书卷成就辉煌未来的壮志青年;徘徊在银杏树下,迎面而来的是那在阳光中用墨香点染成功未来的奋斗一代。他们今天播种汗水,明天收获希望。这是学为人师、行为世范的师大精神!

自然与人文的完美结合是北师大一道亮丽的风景线。今天,我带着憧憬而来;明天,我满载希望而归。因为我的青春曾在这绿茵如画的北师大绽放,我的梦想曾在这人文关怀的北师大腾飞。这是我梦想的摇篮,这是我青春的回忆!而我即将告别二十年的校园生活,开始未来的工作生活。我未来工作的地方在西部,虽然在西部地区,但我依旧无怨无悔。三年的支部干部经历、研工处的延安井冈山等实践经历让我对党的事业有了更深的认识,而我也愿意加入到西部地区党政事业中去,为西部地区的人民服务,发挥自己的光和热。我相信,无论在任何地方、在何种岗位,只要永葆学习的初心,不忘服务的使命,努力奋斗,定会有所作为。“苔花如米小,也学牡丹开”应成为我们永远的姿态。

青春正当时,蓝图当绘就。韶华易逝,但梦想不可逝;青春易逝,但奋斗不可止。在这里,北师大赐予我智慧之知,也赠予我做人之理。木铎声中,我听到了“学为人师、行为世范”的呼唤,激励着我在人生道路上砥砺前行;杏坛路上,我听到了“弘文励教,熔古铸今”的召唤,促使着我担当青春的使命。

(原载于《北京师范大学校报》2018 年 12 月 4 日第 4 版)

第三章 03

校史风华

我校对国语运动的贡献

王晓明

▲ 图为西北师院赴台湾推行国语的部分同学

当你翻开字典，如果没有注音字母，你能准确地读出它的音律吗？这些简单的字母，使得我们与前人的沟通变得那么直接、那么简洁。你可知道，它们的诞生，和我们学校——北京师范大学有着紧密的联系。

中国的一个个方块字，它姓什名谁，没有老师告诉你，没有注音帮助你，你怎样去认识它？这个问题从清末到民初，一直困扰着国学家们，私塾里的先生口音各异，教出来的学生自然是南辕北辙。地大物博的中华民族，人类文明的古老国度，靠口传笔授，怎能生延发展？1913 年，北京高师胡以鲁教授率先开设“国语学”课程，1915 年他又协办“注音字母传习所”，并特别在高师附小设“国语讲习所”，专教注音字母和国语。

根据 1913 年教育部读音统一会全国代表和专家多数表决的字音注音，由吴稚晖编写的《国音字典》,收录有一万三千多字,经钱玄同、吴稚晖、黎锦熙、王璞、马裕藻等审定,教育部于1918年正式颁布,这是我国确立国语字音标准之始。

1918年,“北京高师”陈宝泉校长在校内丽泽楼主持召开了全国第一次国语教科书编辑会议,与会者公推“高师”国文系教授钱玄同担任编辑主任。黎锦熙称这次会议是“第一次破天荒”的编辑会议,是中国创编“国语教科书”的开始。后经全国高等师范校长会议决定各校分别附设国语训练科,以训练国语师资。接着钱玄同先生加入了由国文系教师黎锦熙发起组织的“中华民国国语会”,向教育部提出试行注音音符的教育。教育部很快批准实行,经费则由热心于此的国语会会员自动捐助。教科书由国学大师钱玄同、马裕藻、陈大齐、沈尹默合编,插图则由徐悲鸿绘制。不仅内容为白话文,每一个字都加了注音,重要的是,这更是小学语文教学的革新。教科书编辑完成后,没有按原计划在高师附小使用,而是在孔德学校一年级试用。1920年教育部明令将小学的“国文科”改为“国语科”,公布了《国语字典》,又通令采用新式标点符号。这一改变,不仅仅是改变名称的问题,它意味着国语教学改革的开始,意味着流传数千年的教学手段的改变。

1919年担任国语统一筹备会常驻干事的高师教授钱玄同、周作人、马裕藻与胡适等提出“国语统一进行方法”。1922年钱玄同与黎锦熙等人在国语统一筹备会第四次年会上提出“减省现行汉字的笔画”议案,大会经过讨论通过并成立了“汉字省体委员会”,由钱玄同担任首席委员。

国语教学的改革,对持保守见解的人来说,是不能忍受的。他们利用人们对地方语言与国语关系的偏颇理解,反对国语的推行。说国语教学就是统一语言,消灭方言。黎锦熙对国语统一进行了精辟的解释:“国语的统一并不是要消灭方言。灭绝方言是二千年前李斯丞相所干的勾当。所谓‘统一的国语’乃是全国人民用来表情达意的一种公共语言。人人能说,为的是大家都是中国人,总不应该见面时不会说中国话吧。”

抗战时期,各地学校虽设有国语科,但实际上并不谙国语而以方言教读国语,更不熟悉辅助识字统一读音的注音符号。教育部指定国立西北师院(北师大西迁后改名)等校增设国语专修科,以造就高级国语师资,为广泛推行国语运动而培养人才。学校深知责任重大,选派著名文字学家黎锦熙先生亲任国语专修科主任,具体主持专修科工作,并为专修科讲授“国语运动史”“方音与方言”课程。国语专修科的学生们毕业后,分赴各地,为国语的推行和普及做出了重要的贡献。特别是前往台湾推行国语运动的师生们,他们的贡献更是有目共睹,传为美谈。

由于历史的原因,在抗战胜利前,台湾以日语为官方语言,民间则以闽南话、客家话等方言为主。1946 届国语专修科学生毕业时，黎锦熙动员学生前往台湾，推行国语运动。他说："日本在那里统治了五十年，那里的台胞说的是日语，但现在抗日胜利了，台湾光复了。你们是国语专修科的毕业生，去那里推行国语，学以致用，责无旁贷。"同学们热烈响应了黎先生的号召，从 1946 年起，陆续前往台湾推行国语运动的百余名校友中，不仅有国语专修科的，还有国文系、教育系等专业的；不仅有毕业生，还有在校生，甚至一些老师也加入了运动的行列。

然而百余人面对数百万人口，要想迅速完成国语的推行工作，谈何容易。校友们到达台湾后，利用自身所学，首先从师范教育入手，加入到各地的师范学校，运用注音字母进行国语教学，培养当地的师资力量。接着，他们又克服种种困难，创办国语注音报刊，为推行国语，启迪大众的民族意识，发挥了重要作用。经过师生们一年多的努力，在为国语的普及推行奠定了坚实的基础后，一些未完成学业的学生返回学校，更多的校友则留在了台湾。

经过数十年的努力，我们的台湾校友们为"书同文、语同音"的实现，做出了杰出的贡献。今天，当台湾同胞运用准确、流利的汉语与我们畅谈时，使我们更深刻地体会到中华民族在一种语言、一种文字中的融合、统一，血脉相连。

新中国成立后，人民共和国的开创者们对语言文字工作予以了更高的重视。毛泽东主席亲点我校中文系教授、著名语言文字学家黎锦熙先生主持汉语拼音与文字改革工作。改革开放后，我校中文系教授许嘉璐又出任国家语言文字工作委员会主任，继承前辈们未尽的事业，为语言文字规范化的应用与推广做了大量的工作，获得了显著成果。

语言的发展与民族的振兴息息相关，它从一个侧面反映了民族的兴衰，今天，当我们中华民族的语言在世界上被广泛使用时，那油然而生的民族自豪感，不正是对国语运动最好的肯定吗？老一辈语言文字工作者为振兴中华民族语言文化所做出的不懈努力，后学者对语言文化的继承和发展，都将随着我校的光荣传统和优良学风一起，绵延流长。

（原载于《北京师范大学校报》2003 年 2 月 28 日第 4 版）

不该遗忘的"师大"乡村教育

王淑芳

▲ 北京高师乡村讲演团学生合影

早在 1917 年暑假,"北京高师"部分学生到西山普照寺消夏,他们有感于京郊乡村社会落后,亟待开启,遂自发办起教育讲演会,在西山一带各村宣传放足、剪辫子、办学校、讲卫生、科学种田等内容。此后,每年暑假北京高师到西山消夏的学生,都有组织地到周围的村庄进行宣传、讲演。这就是我国最早的乡村教育的雏形,较陶行知为中华研究改进社起草《创造全国乡村教育宣言书》早 9 年;较梁漱溟在河南辉县创办"河南村治学院"早 12 年;较中华平民教育促进总会提出乡村系统教育的观点早 13 年。

对导致京郊乃至全国农村的落后状况的原因,北京高师学生是有深刻认识的,知道这是社会问题。他们抨击当局剥夺了农民受教育的权利,致使乡村教育设施颓败,文盲充斥,村民愚昧。认为这不是"德谟拉克西(民主)主义下之教育",并主动将振兴乡村教育视为"吾辈所急宜努力从事"的事业。

自1922年,高师学生的消夏活动正式改名为"乡村教育",即这项工作更趋完善、正规,也意味着高师学生将西山休暑假的时间基本用于乡村教育。暑假前,他们对普照寺周围的33个村庄进行了户口、职业、生计、卫生、学校、学生、交通、古迹等多项调查、登记,决定根据各村亟待解决的突出问题有针对性地举办讲演外,还普遍开办露天学校。他们在教村民识字的同时,宣讲人人要爱祖国、要受教育、要懂科学等。这些活动收到很好效果。每年暑假"高师"都有一批热心乡村教育的学生活跃在西山周围各村庄。

当著名平民教育家陶行知、黄炎培、晏阳初等在全国各地普遍探索乡村教育时,我校在西山实践乡村教育已经取得一定经验,并融入全国的乡村教育的潮流中。1925年春,教育系将乡村教育课程正式纳入课堂,聘请中华教育促进会乡村教育部主任傅葆琛教授主讲。同年12月6日,学校以教育系师生为骨干成立乡村教育研究会,以深入探讨乡村教育问题。陶行知和农业专家冯锐应邀到会讲演,并被聘为荣誉会员,以指导"师大"乡村教育实践的开展。以后,"北平师大"成立乡村教育实验区,并纳入学校的教学计划。校长兼任乡村教育实验区主任,另聘一副主任协助校长工作。从此,乡村教育成为"师大"一门重要的课程和一项重要的工作。

到1931年,"师大"在北平西郊和宛平县、昌平共县计16个村庄建立乡村教育实验区,这些实验区均是北平师范大学的附属机构。

"师大"创办乡村教育实验区的目的、宗旨为:第一,为寻求改进乡村教育方法,以复兴乡村社会;第二,为深入乡村,了解农村社会问题并解决之;第三,为在校生提供乡村教育实验场所。显而易见,创办乡村教育实验区的目的在于解决乡村社会存在的问题,最终"复兴乡村社会",归根结底是改革中国的乡村社会。

"师大"的乡村教育实验区实验项目有:第一,实验乡村小学教师之训练方法;第二,实验乡村小学为乡村文化中心,其教师有领导乡村民众一切生活、活动的能力与兴趣之方法;第三,实验乡村间全体男女老幼整个的民众教育之教材与教法;第四,实验以民众教育的方法促成乡村建设并养成民众自治之能力;第五,实验乡村民众教育普及推广之法。由以上可以看出,"师大"解决乡村问题、改革乡村社会的方法,是从培养小学教师入手,在农村广泛设立小学校,并以小学校为乡村最基层的行政机构,带领乡民学习文化、普及科学等,从而实现对中国农村社会的改造。

乡村教育实验区首先设立乡村师范班，训练实际从事乡村儿童与成人教育事业的人员。每年招收30名学生，条件为：必须是农民子女、18岁以下、有完全小学文化程度、身体健康、勤苦耐劳，并愿意为乡村教育服务者。学制三年。所开课程分为四类，第一，基础文化课：国文、历史、地理、算学、物理、化学、生物、健康教育、儿童科学、音乐、美术、家事、体育、军事训练看护等；第二，教育科目：教育概论、教育心理、教育测验及统计、小学教材及教法、乡村民众教育；第三，乡村及农业科目：乡村社会问题、乡村自治、农业概要、农村经济、合作运动之理论及实施、农家副业；第四，参观实习：教学实习、农事实习、教育参观。实行学分制，不计选修科三年共144分，平均每年24分。毕业成绩及格者师大颁发证书。从所开设的课程看，既保证了师范生的基础文化课的学习，也体现农村教育的特点。

乡村教育实验区另一重要项目为乡村民众教育。最终达到的目标有10项：1.激发民众爱乡土、爱国家的观念，并增进其参与政治活动的智能与兴趣；2.扶持地方自治机关俾其组织臻于完善并发挥其机能；3.促进各种自治事业使得以均衡发展；4.指导民众改善农业生产程序，并酌量采用新式生产工具；5.传授民众农余从事副业之技能以裕家计；6.辅助各种合作组织的推广，以期多数民众均能积极参加；7.引起民众对于教育的信念及求得教育的欲望，并使明了或活用与实验生活有关之科学知识；8.养成关于保持个人健康及公共卫生的优良习惯，并矫正各种流行的不良嗜好；9.提高民众对于艺术的欣赏能力，使能于工作余暑从事正当的娱乐；10.陶冶民众和平互助俭勤耐劳诸般德性，保护中华民族固有美德。

从以上十条标准看，这是中国农民走出愚昧，走出贫穷的综合目标；也是我校通过改造农民，改造乡村，最终达到改造中国社会的终极目的。因此，我校的乡村教育实验区的规划、目标，就是我校为改造中国社会的长远规划。当然，这种思想与陶行知、梁漱溟等人的乡村教育的主张是一致的，或者也是受了他们的影响。20世纪初，有识之士纷纷在寻求拯救中国的方法，提出"实业救国""教育救国""科技救国"等。我校师生们认识到肩负的重担，以"教育救国"为他们义不容辞的职责。他们说："中国以农业立国。乡村人民约占全国人口百分之八十五。而我国自有新教育以来，一切设施完全以都市人民之生活为对象。对于乡村社会之需要从未顾及。此吾国以往教育之错误，急宜补救，不容再缓。""本大学负有研究吾国教育问题，促进吾国教育设施，并养成各项教育人才之责任。在吾国民族濒于危亡的严重局势之下，研究如何改进乡村教育之道，以复兴乡村社会，实为目前当务之急。"

迁往西北后,“师大”在城固郜留乡建立社会教育实验区,在兰州设置了国民教育实验区和家庭教育实验区,师生们为群众办夜校教识字;通过讲演、文艺演出,宣传抗日,动员群众捐钱捐物慰劳抗日将士;并以此普及文化,宣传爱国,提倡文明、科学,提高国民素质。这一活动深受群众的欢迎。几十年过去了,城固、兰州郊区的一些老人还记得北京来的大学教师、学生教他们识字,指导他们科学种田等情景。抗战胜利,“师大”由兰州迁回北平后,学校在京郊冉村也办有农村教育实验区。

“北京师大”的师生们不仅给乡村教育实验区的农民带去了知识,也不同程度地改变了一些乡村的社会风气,提高了农民的素质。只是当时受条件所限,有些计划难以实施。但是,这毕竟是北京师范大学师生对乡村教育的有益实践,也是对改造中国社会的有益探索。

(原载于《北京师范大学校报》2003 年 7 月 4 日第 4 版)

北平沦陷时期师大的西迁之路

魏书亮

高等教育在短时间内做大规模的转移,世界上也仅在中国发生过。由此带来的文化资源的折损和流失,至今仍令人感叹。尽管它不乏耀眼的光辉,但有一点不容忽视,这种迁徙从政府到学界,并不是主动的、喜悦的,而是出于生存和保存的考虑,为避屈辱,颇感无奈。

九一八事变与七七事变的相继爆发,一步步地把中华民族推上了生死存亡的危急关头,作为全国文教中心的平津,真正到了"安放不下一张平静的书桌"的地步。1937 年 7 月 28 日,以宋哲元为首的二十九路军全部撤离北平,北平失陷,日军以征服者的姿态进入北平。商人们纷纷逃离,学者、教授想方设法离京,大街上搬家的、出走的随处可见。

北平成为日军、汉奸恣意妄为之地。"北平师大"数理学院被日军南城警备司令部占据,文学院被日军空军山之内航空部队占据,学校图书仪器横遭毁坏,留守人员受到迫害。"教职员学生校工纷纷逃避,校工有在校门外观望者,竟至触怒寇军,立加逮捕绑缚。"就整个北平来说,14 所大学被日寇盘踞,高雅学府成了日军的马厩和兵营。文物、博物的破坏也随处皆可以见到。大学作为文化的保存和传播中心,文化典籍是无价之宝,日军对其的抢掠非常惊人,仅北平师范大学一家,损失图书就达 32794 册,"北平师大附中"的 2886 册图书、323 幅挂图不翼而飞。

日本政府的文化殖民,对于一个文明古国的文化精英来说,无疑是戕心之痛。1937 年 11 月,北京地方维持会组织"京津中小学教科书委员会",开始全面修改中小学教科书。其伪教育总署编审会编辑的《初中地理》的地图,已赫然把东三省的广大区域标写为"满洲国",而地图中的日本、朝鲜半岛和所谓的"满洲国"均为墨绿色。

随着国土大片沦丧,国民政府的战略方针也在发生大的改变,东部的"重心"谋划转换为对西北部、西南部后方的经营。国民党五届五中全会决议中提到:"今长江南北各省既多数沦为战区，则今后长期抗战之坚持不懈，必有赖于西南、西北各省之迅速开发，以为支持抗战之后方。”针对大学教育，国民政府教育部的态度很明确，“决定以‘战时须作平时看’为办理方针”。将平津的著名高校以临时合并的方式西迁和南迁，以维持根本的办学存在，就是在这一背景下进行的。

1937 年 9 月，国民政府电令(《教育部第 16696 号训令》)：“以北平大学、北平师大、北洋工学院和北平研究院等院校为基干，设立西安临时大学。”北平师大师生，通过各种渠道，先后奔赴西安，开始了辗转陕甘的艰苦办学历程。

由京师大学堂师范馆开源，历经京师优级师范学堂、北京高等师范学校发展而来的北平师范大学，经过 30 多年的发展，已成为一所包含三院 12 系、一个研究院(1933 年改研究院为研究所)的高水平大学，是国家的学术重镇和教育人才的培养中心。截至 1936 年，北平师范大学在校生近 1000 人。教职员 233 人，其中教员 151 人。教员中有教授 43 人，兼职教员 84 人。图书馆藏书达 11 万多册。她还下设附属幼稚园、附属小学、附属中学、附属乡村教育实验区。仅两所附属小学在学人数就达 1600 多人，附属中学在学人数 1000 余人。北平师范大学以其鲜明的办学特色、完备的附属学校系统和实验基地建设，在全国的教育改革和探索中发挥着引领作用。这么大规模的办学实体，搬迁不是轻而易举之事，要在短时间完成更是不可想象，出于避难的匆忙转移，其损失可想而知。

临时大学拟于 1937 年 11 月 1 日开学，11 月 15 日正式上课，学生自愿报到。从 7 月底的失所无依，到 10 月份的筹备工作启动，在两个多月的时间里，广大师生人心惘惶。迁徙西安并不容易。由平津出发，由于华北陆路交通被日寇封锁断绝，他们不得不先向南，再向西向北绕道而行：冒着被日军搜捕的危险，先进入天津英、法租界，然后搭乘英国客轮经大沽入渤海，由山东的龙口或青岛上岸，绕一个大弯，再奔赴西安。据生物系校友“周裕农”的回忆，“平津客车本来三、五小时可达，而客车从北平开出，过丰台后，就站站让日本军车，由于沿途各站都换上了日本军人站长，一列列载满坦克、大炮、军火物资的货车开向北平和张家口，每次让一趟军车，要等二十分到半小时不等，行军近十五小时，始到天津站”。“每个车厢里，不仅座位上超员，多座一人到两人，人行道、座位下、车座背，甚至厕所里，都是水泄不通，动颤不得，要大小便也无法走动，走动一下，就挤不进来。即使车停站上，谁也不敢下去，因站上堆满日军军火物资，并有荷枪实弹日军站岗。火车到达天津站口，出站口两边布满了日本军人，挨个检查，对剃了光头的北平学生就拉到一边，不让出站，以后就没听见下文了。”迁徙的艰难和恐怖可想而知。考虑到师生辗转费日，临时大学又商定以 1938 年 1 月 10 日，作为学生到校的最后期限。

一些老师因病弱和家庭原因而未能成行。钱玄同先生就是一例，他虽留居北平，却坚辞日伪政府和机构的礼聘。1939 年初与世长辞，许寿裳先生的挽联称他，“滞北最伤心，倭难竟成千古恨。游东犹在目，章门同学几人存。”需要说明的是，“章门”即指章炳麟的弟子，20 世纪二三十年代，有不少在北师大任教，像鲁迅、黄侃、沈兼士、朱希祖等。就钱先生来说，他对日本的军国主义疾恶如仇，对去伪满和冀东伪组织谋求职业或受聘教课的学界同仁，不是怒骂就是痛斥，他的辞世，心情的激愤和苦闷是重要的引子。

在收纳学生方面，国民政府教育部在 1937 年 9 月 17 日的快邮代电中规定：平大、师大、北洋三校学生约略共占 70%；他校借读生及新招学生约略共占 30%。截至 1937 年 12 月，共收纳学生 1472 人。北平师大与未迁之前相比，师生流失多半。附属学校仅附中随迁，其师生也大多流失。

（原载于《北京师范大学校报》2016 年 1 月 15 日第 4 版）

艰难的复员之路

王淑芳

1945年8月抗战胜利，迁往异地办学的各校纷纷准备返回原址。教育部为此召开了一次由各大学校长、教育厅长、教育专员等参加的“教育善后复员会议”，对高等学校的回迁经费、交通等技术问题进行了讨论，同时也提出“教育合理化”，即趁复员之机，对教育机关有所调整，达到“合理分布”。这就为那些企图取消北师大或想将北师大挤出北平的人提供了舆论依据。

8月16日，《大公报》登载中央大学、武汉大学、浙江大学、复旦大学、清华大学、北京大学将复员的消息，给正在积极筹划迁回北平的西北师范学院（抗战期间师大曾用名）师生浇了一盆冷水。8月25日，为复员北平，校友总会出面成立了“复校委员会”，决定复校工作计划：首先陈述理由及事实，电请当局准予复校；印发《为拥护恢复国立北平师范大学敬告社会人士书》,吁请各界援助;选出代表赴重庆向教育当局交涉复校事宜;通电全国校友,请响应复校运动。9月11日,师大校友总会理监事黎锦熙、李建勋、袁敦礼、胡国钰、易价、康绍言、齐国梁等14人联名《上蒋主席书》,陈述师大复员八条理由,并推举李建勋、易价为代表赴重庆向有关方面洽商。复校委员会提出恢复"原校名、原校址、原校长"的"三原则"。9月11日、12日复校请愿代表李建勋、易价分别飞赴重庆。校友总会已将《上蒋主席书》及《告社会人士书》分发各地,深得各界同情和支持。15、16两日,复校委员会举行"师大文物展览会",以实物、图片证明西北师范学院即北平师大的继续。

10月8日,最高当局批准复校,但教育部以现时各高级师资训练机关都名为师范学院为由,故要求师大复校后改名为北平师范学院,对师大的复员办法没有明确表态。同日,代院长黎锦熙教授在国父纪念周发表讲话,说:"西北师范学院即北平师范大学之继续,此乃一般人所公认之事实,勿须再作什么说明;所以在1945年度以前执教和就读于西北师范学院的师生,教育部俱应予以无条件之复员,始为最合理的办法。"复校委员会据此进一步强调"原校名、原校址、原校长"三原则。复校委员会和校友总会等多次电呈教育部,以"三原则"和全体师生无条件复员相请求,直到10月17日教育部仍无答复。是日,学校召开全体同学大会,决定自18日起罢课待命。虽是罢课期间,同学们仍按时到教室、自习室、图书馆等处看书学习。10月24日,李建勋、易价二代表从渝返校,转达教育部次长杭立武的"先复课,所提要求可商讨"的意见,又参照前院长李蒸的"诸生应即复课,以重学业而维校誉"的劝告,师生定于28日暂行复课,并议决将"继承北平师大之西北师院师生须一律无条件复员"的议案交李、易二代表转请教育部采纳。其间,甘肃省教育厅长郑通和曾几次到校慰问,并向当局代为转达师生复员北平的要求。

1945年12月17日是北师大建校43周年纪念日。全体师生隆重举行纪念会。会后,校友总会召开第七届年会,就如何实现复校北平展开讨论。会议一致主张再函电有关当局,重申"原校名、原校址、原校长"及西北师院全体师生无条件复员的原则;若近期仍不答复,即执行第一次全体大会决议案:罢课请愿;推选在渝工作的原体育系教授董守义为校友总会驻渝代表,以便就近斡旋。复校委员会还就全校师生应一律复员组织签名活动。下午,校友总会、学生班代表会及复校委员会联合召开全体师生代表大会,讨论有效复校办法。后决议由教职员7人、学生8人共同组成"师大复校联合会";并决定,复校运动进入第三步骤——赴渝请愿,不达目的,决不罢休。12月31日,西北师院全体师生赴渝请愿《敬告各界人士书》被通过,即行付印,分发各地。组织赴渝先遣队并定于元月6日启程,随后大队将陆续出发。

1946年元月5日,师生召开第二次联席大会,同时欢送先遣队。省教育厅长郑通和到会劝说:恳请先遣队暂缓出发;奉朱绍良长官和谷正伦主席之命,他将于8日飞渝向中央面陈师生的请求。师生谴责教育部对各校不能一视同仁,仍维持原案,先遣队于次日出发。这是国民政府最害怕的事情。当晚9时,朱绍良、谷正伦邀请复校委员会负责人到城内私邸面谈,张治中也在座,承诺若15日前尚无圆满答复,地方当局一定提供舟车之便利让师生赴渝请愿。

1月15日,董守义捎来快信两封并附朱家骅致董守义信函,内称:"抗战以来,时以北平师大之历史中断为可惜。……教育复员,定有先后,一为各校复员,继为复校,再建新校,复校问题,须待复员之后。"其公然否认西北师院为北平师大之赓续,并对数月来师生为复员北平的各点要求置之不理。师生群情激愤,坚持必须赴渝请愿。1月22日,教育部派督学沈亦珍(曾在北师大任教)来校,决定商谈期间赴渝请愿之事暂缓。经地方当局朱绍良、谷正伦协商,提出以下办法:一、维持北平师范学院校名,待学校分设三个学院以后恢复师范大学校名;二、校址即在北平市和平门外厂甸原校址;三、因李蒸于12月28日来函表示不再重长北师大,又经复校联合会等同意,聘原训导长袁敦礼继任校长;袁敦礼在美国讲学暂不能回国,推荐博物系主任郭毓彬赴平接收;四、现西北师院员生,凡自愿返平者,得按西南联大办法无条件复员。以上各条经沈督学和复校委员会同意,急电教育部请示,一俟复文到达,即可决定赴渝请愿或复课。2月15日,教育部仍无复文。师生连日在公告墙上张贴文告、标语,呼吁召开全体大会,重新讨论请愿的具体技术问题。同日上午召开全体师生大会,李建勋教授主持,请愿大队长易价、先遣队长郭俊卿报告请愿队伍缓行原因,并说:自去年12月17日起,教职员以每月所得一半、学生以每月膳费的一半充作请愿费用。沈亦珍督学称,他19日将飞渝转达师生的请求,请愿事仍请稍候。师生几次引而不发,目的是要教育部表态。

2月24日,沈亦珍自重庆致函学校复校委员会和省政府教育厅,大致内容为:一、已电促袁敦礼先生急速回国任职,因此不再另派代理人;二、收复区学生返平无问题,非收复区学生可照转学办法办理,由两院院长洽办,具体问题可自行统筹解决。至此,教职员放弃无条件返平的要求;学生中因有两种不同意见,于3月6日、8日两次开会表决,最后决定一面上课,一面交涉。3月14日,黎代院长召开全体同学会议,保证将尽最大力量帮助同学返平就读,并将于近日飞渝,向教育当局请求,请同学们安心学习。次日全院复课。学生紧张而有秩序地补习课程,补行上学期末举行的考试;18日至27日,复校委员会组织返平就读学生登记。留在兰州的师生坚持西北师范学院的办学。

袁敦礼回国后,与黎锦熙、李蒸商量决定30名教职员复员北平,他们是:沈树桢、康绍言、张志贤、徐英超、薛济英、赵擎寰、张云波、王均衡、汪堃仁、郭毓彬、金澍荣、黎锦熙、王汝弼、李庭芗、许椿生、焦菊隐、包桂濬、黄国璋、陆懋德、张贻侗、傅种孙等。实际上返平的教职员超过30人。

从兰州返平的学生280余人,基本保持原来的系、班不变。原敌伪的北京师范大学学生在教育部设的临时大学补习班学习,后根据所学专业与程度,插入西北回来的各班中。1946年8月5日,袁敦礼院长到学校接任;11月1日开学。

(原载于《北京师范大学校报》2004年2月20日第4版)

我校历史上的几首校歌

邵红英

“往者文化世所荣，将来事业更无穷，开来继往师道贯其中，师道师道谁与立，责无旁贷在藐躬。皇皇兮首都，巍巍兮学府，一堂相聚志相同，朝研夕讨乐融融，宏我教化，昌我民治，共矢此愿务成功！”

在今年101年校庆晚会上，我校老年合唱团演唱的这首悠扬、舒缓的歌曲，把听众带入到北师大历史上那些辉煌的岁月。这首歌词大气磅礴，颇有“教育救国，舍我其谁”的气概，这实际上是我校传唱最久的国立北京师范大学校时期的校歌。

这首校歌创作于1924年，曲作者是师大教员冯孝思，词作者乃是民国著名教育家、国立北京师范大学校第一任校长范源廉。此校歌之所以有如此豪迈的底气，是与北师大当时的地位分不开的。1923年7月1日，北京高等师范学校正式更名为“国立北京师范大学校”，成为全国第一所师范大学。经过北京高师时期11年的迅速发展，北京师大已成为闻名遐迩的著名学府，与当时的北京大学并驾齐驱。

范源廉（1877—1928），字静生，湖南湘阴人。这首校歌体现了他教育兴国的思想，他认为“一国之实力……其相关之事至繁，而教育实其最要者”，并且认为师范教育为教育之本源。主持北师大期间，十分重视为师之道，提倡人格教育，强调师范生的学识与品德修养。他在给师大毕业同学录题词时，题写了“以身作则”四个字,并注释道"师范大学毕业诸君以教育为职志,特本言教不如身教之旨,为书四字于同学录,期共勉之",从此"以身作则"被历届同学奉为校训,师大人也谨记"以教育为职志"。

这首校歌一直传唱到1949年。期间因南京国民政府成立,1928年北京改称"北平",故歌词中"皇皇兮首都"一句,曾改为"皇皇兮故都"。这首校歌在北师大历史上有较大影响,1924年至1949年解放,在历届毕业同学录的扉页上都印有此歌。那段时光里,它伴随着师大人在教育园地里不懈地耕耘,不断地收获。即使是在时局动荡、我校迁往兰州时,歌声依然飘荡在西北的天空,激励着师生们努力向学,不忘肩负的历史责任。许多老校友至今还牢记着它的旋律,对于歌词中所强调的"师道",更是不曾忘却。

校歌是一所学校办学理念、治校传统、校风学风、办学特色等丰富内容的集中体现,是一种巨大的精神力量,它对全体师生员工具有强烈的激励作用和凝聚作用。历史上的北师大人是很重视校歌的,除了这首之外,我校在其他时期,也曾确定过几首校歌。

"礼陶乐淑教之基,依京国,重声施,英才天下期。党庠州序仰师资,师资肇端在于斯,学日进,德务滋,诚勇勤与爱,力行无愧为人师。"

这是我校在北京高等师范学校(以下简称"高师")时期的校歌,1914年2月编成,章厥生作词,冯亚雄编曲,词曲作者均为高师教员。冯孝思,字亚雄,江苏宝山人,高师乐科专任教员。章嵚,字厥生,浙江杭州人,高师国文部及史地部教务主任,后任国文系主任。

这首校歌首先体现了高师当时的办学宗旨。1912年5月,京师优级师范学堂改称北京高等师范学校,曾留学日本的著名教育家陈宝泉出任校长。依照教育部颁发的《高等师范学校规程》,北京高等师范学校制定了《校规》,规定"本校以养成师范学校、女子师范学校、中学校、女子中学校教员为宗旨",高师成为培养师资的摇篮。其次,这首校歌彰显了高师的校训。高师有着优良的学风校风,师生们关心国事,勤奋攻读,品行笃正,为人师表,恪守"诚实、勇敢、勤勉、亲爱"的校训,在社会上有着极好的声誉。

高师时期,学校聘请了一批从欧美和日本回国的留学生,教师力量雄厚,著名学者云集。李大钊、鲁迅、王桐龄、钱玄同、何炳松、马寅初、黎锦熙、张耀翔、陈寅恪等著名学者都曾在高师任教,他们为高师注入了民主自由的学术研究空气,也大大提高了教学质量和学校的声誉。为了让高师在国内外有更大的影响,学校还编写了一首英文校歌:On the Liu Li Chang in the olden days, when my youth was in its spring, oh, I tarried long in a fair retreat, The Normal in old Peking. Rah, rah, rah! For the Normal in Peking. Long I lingered there to win a name, and my heart was filled with a fond desire to drink the cup of fame. Peking Normal is the place I crave , dear old college where for old memories cling, ere I lay me in the quiet grave, May I journey back to old Peking……

同一时期,作为我校源流,后来并入我校的北京女子师范学校(即后来的女师大)也唱着这样一首校歌:

“三物绡沈四科替,三育代兴智德体,煌煌女师之任微乎微! 不朽者三;守,猷,为,使方中矩圆中规。智,要以致知。德,期以合礼。体,约以壮志而养气。此不朽者三,信哉自砺而共励! 中小蒙养同此基,三育同进、同坚此基不使移,更倡美育唯女师! 嘻! 嘻! 噫! 噫! 如切如磋如琢如磨终不可喧兮!”

词曲的作者尚待考证。这一时期的女子师范学校校长为姚华。姚华(1876—1930),字重光,号茫父,贵州贵阳人,文字学家、书画艺术家。博学通邃、多才多艺,其创作的文学作品有诗、词、散曲、赋及散文,世人更喜爱他创作的书法、绘画、颖拓作品。20 世纪 20 年代有人以“当代通人,艺林耆硕”赞颂他。姚华主持北京女子师范期间,开设数理化和博物等新学,强调培养女学生自立能力。倡导德、智、体、美、劳全面发展的教育思想,开创了我国女校最初阶段的新风气。这首校歌便体现了他的办学思想,特别是有些歌词和他的部分诗句相合,因此有人认为这首校歌的歌词是由偏爱词曲的姚华所撰写。

(原载于《北京师范大学校报》2003 年 12 月 26 日第 4 版)

第四章 04

文以载道

“无知”是一种无价之宝

童庆炳

人们总觉得有知识是一种财富，却从来没有想过“无知”更是无价之宝。此话怎讲？是谁提出此论？是法国人瓦莱里（1871—1945）。瓦莱里是何许人？瓦莱里是法国诗人，但他同时又是思想家。他最早是攻读法律的，却爱好诗和建筑，他认为诗与建筑是有关联的。他的著作很多，比较重要的有《札记集》《达·芬奇方法引论》（1895）、《与台斯特先生促膝夜谈》（1896）。但真正使他成名的是 1917 年发表的一首长诗——《年轻的命运女神》。而《幻美集》（1922），更是他的里程碑式的作品，里面有一首《海滨墓园》受到许多热捧。诗人在这首诗中沉思有关存在与幻灭、生与死的问题，既富有哲理，又诗意盎然。1925 年他当选为法兰西院士。当时的欧洲上流社会的风尚之一，是以将瓦莱里的作品置案头为荣。他逝世时，法国为他举行国葬。

好了，现在就让我们先来看看法国诗人瓦莱里是怎样提出“无知是一种无价之宝”这个问题的。瓦莱里在《人与贝壳》一文中说：“无知是一种无价之宝，人们本应珍惜它的一点一滴。然而绝大多数人却将它任意抛撒。有的人通过学习破坏了它，有的人由于不知如何利用它而任意荒废。这真是天大的错误，我们正应该在那些自认为最了解的领域内探索自己的无知。只要你随意翻阅一部字典或编撰一部辞书，便会发现每一个字都遮掩着一个无底洞。你把问题投进洞去，充其量也只能激起一阵回声。”（《当代美学》，光明日报出版社，1986：346）这是一段极富启发性的话。我们可以从几个层次来理解。

首先，瓦莱里认为无知不是可耻的，相反是无价之宝。为什么“无知”是无价之宝呢？很显然，人必须知道自己的无知，才会有动力去学习知识，以便使自己在某个方面具有知识，变无知为有知。例如汉代有所谓“今文经学之学”和“古文经学之学”的区别，究竟是怎么回事？一般的说法，秦始皇焚书坑儒，经书多被烧毁，只有《易经》保留下来，所以到汉代，特别到了董仲舒“独尊儒术”后，总能从一些熟读经书的人的回忆中，口耳相传下来儒家的经典，这"口传"派被称为"今文经学"；但后来从孔子和其弟子的宅屋中的壁上或从地下的挖掘中，发现了一些经书，这"挖掘"派被称为"古文经学"。这些知识的获得是以无知为前提的。因为不知、无知，我们就必须去学习。在这个意义上，"无知"的确是促成有知的力量。

其次，瓦莱里又认为"有的人通过学习破坏了它"，即破坏"无知"作为无价之宝的存在。这是什么意思呢？就是有的人，知道自己无知，于是开始去学习，想变无知为有知，却采取好读书不求甚解的态度。结果是"有知"了，但这知识不是完全正确的，或只知道一点皮毛。这样的"有知"还不如"无知"。因为你不是真正的"知"，不过是一知半解，自己的头脑被这一知半解的知识充塞着，形成了偏见，这种"知"真的不如"无知"。所以瓦莱里说有的人通过学习，反而把"无知"给破坏了。例如现在研究"国学"的人，对什么是"国学"，理解有很大差距，很少相同。所以搞"国学"的行家，未必就是真行家。

其三，"无知"就是要知道事物的复杂性、广延性、矛盾性、变化性等，所以瓦莱里说，辞书中"每一个字都掩盖着一个无底洞"。事物总是在变化中生存，每时每刻都在变化着，每一个词语和事物都在历史的长河中变化无穷，因此我们要知道自己总是处于"无知"状态。前一刻，你对某事物的理解是正确的；后一刻，事物变化了，已经不是或不完全是你前一刻所认知的那个样子。真理变谬误，谬误变真理的情况，就是这样发生的。的确"每一个字"，每一种事物，都是"无底洞"，因为"永远"是没有永远的，一切都在变化着。所以人要有自知之明。"改革"这个词的意义，谁能说得清楚呢，我和我家乡的镇长，对于"改革"的理解就完全不同：我说家乡是一个山区，改革要以保护、保持和保守为主；他说改革就要有开发区，要办工厂、搞政绩。是谁说得对，只有等实践来检验了。

我们要永远珍惜"无知"！"无知"的确是无价之宝！

（原载于《北京师范大学校报》2013 年 9 月 20 日第 4 版）

读书不等于看书

——王宁、瞿林东关于读书的对话

◆网络阅读代替不了书本阅读

瞿林东:我的学生中大约80%都在网络上搜集资料或是在线阅读,只有大约20%的人在坚持书本阅读。

但是网络读书和读纸本书的感觉是不一样的。学史的人要读纸本书,要读线装书,如果学史的人不用手接触纸版的《二十四史》,是一个缺陷,学古代知识的同学就更需要接触纸本书了。

王宁:网络是一个先进的东西,一则方便,二则资源丰富。方便是指检索查阅迅捷,有时在公交车上也可以随时通过网络查看。资源丰富是指网络资源信息海量、更新快速。但是正因为海量,所以真伪不分,精粗不分;正因为快,所以错误很多。网络上的书往往加工不够,例如容易出现乱码,容易遗漏信息,内容很乱,我们要用的时候还要去再次加工;而纸本的书出版时就已经经过了编辑、校对、出版,得到的是比较稳定的文字资料。任何一种文化最精髓的部分都是经过时间的筛汰留下来最稳定的东西。而网络上的东西仅是"时潮",不过昙花一现,未经过加工、阐释、发挥、考据、辨析,得到的并不是属于我们这个国家民族最宝贵的内容。

◆选择大家小书,站在巨人的肩膀上丰富自己的人生

瞿林东:阅读要持有怎样的态度?我认为首先要有求知的欲望。求知的欲望是前提,不要为了一个短期的目标而读。

其次要有认真的态度。学者白寿彝先生经常引用顾炎武"采铜于山"的例子,就是讲读书要求得新知,要有"抽绎之意",即把书里的思想提炼出来,把精神实质弄懂。"读书"和走马观花的"看书"是不同的,"读书"是要认真读懂书中的内容。

再次要有计划。我一直在强调,文史哲本科四年,要读两三本马列主义的书,要读几本文史经典,比如《文心雕龙》《文史通义》等。这些经典,如果我们下定决心有计划地读,是可以读完的。有计划地读书,正如王宁老师所说,"知识丰富人生",会带来很大一笔财富。

读书还要有恒心。读书是快乐的,读书也是艰苦的,读不懂的地方要查辞书、查参考书,不能一知半解。

"读好书"就是要选择好的书籍来读,选择就有价值观的问题,也就是用什么样的标准去选。现在是一个娱乐的社会,很多东西都过分地娱乐化。媒体有服务大众的一面,也有引导大众的一面,不能说大众喜欢什么就看什么。现在大众的水平没有都达到一定水准,在普及的基础上还要提高,在提高的指导下普及,普及和提高是辩证的统一。

王宁:不爱看书的人不是现代人。人一生直接经历的东西很有限,经历是要用年龄来累积的。人生的经历大多是间接来的,根据他人的体验来体验。我认为书是他人的一种人生阅历的浓缩,是别人的一种理解和体验的呈现,是知识的源泉,是精神境界的参照,在书中可以得到别人的人生。我们读书就是站在巨人的肩膀上丰富自己的人生。所以要丰富自己、提高自己的人生境界,就一定要读书。不爱看书的人一定不是现代人,当今是一个知识爆炸的时代,现代人都是有求知欲、有知识的,有知识的人就一定要看书。

选择大家小书。大家不等于名家,小书不等于浅书。"术业有专攻",大家可以在一个领域内把问题探讨得非常深入,并非处处都很深。精读很重要,选读和浏览也很重要。有的人喜欢看杂书,我说的杂书不是乱七八糟的书,而是从"约"转"博"的时候需要放开来涉猎的书。小书不等于浅书,而是因为它深入、浓缩。

看出书感。不但要"爱看书",还要看出自己的书感,"语有语感,书有书感"。语言真切,事实精确,内容丰富,简练扼要。好书都是这样的。

◆用文言文培养白话文的语感

瞿林东:读书要有方法。有的书是必须精读的,比如专业领域的书。专业领域要精读到倒背如流的地步。有的书不必精读,只须通读,要对这门知识有个大致了解;还有的书要选读,只需选读其中的某些部分即可;另外更多书只需去浏览,简单地看看序、目录、后记等,将这些信息都储存到大脑里,在以后需要时作为参考。

除了方法,做札记也是很重要的。章学诚的家书中写道"札记之功,必不可少”，就是说读书一旦有心得就要赶快写下来，此外也可以写旁批；另外，可以写主题索引式笔记，即把认为有收获的文章，用自己的语言概括出主题。

王宁：读书也是一种语言的培养，所以要读文风好、语言好的书。语文教学中读写是最根本的部分，好的口语表述出来就像一篇优美的文章，这是口语在向书面语靠拢。

我们读书要练就一个很重要的基本功——会读文言文。五四运动时期取消了文言文，提倡“我手写我口”。但是当时主张废除写文言文的，很多都是文言文大家，比如鲁迅、钱玄同等。学文言文对提高现代汉语的修养有很大帮助，读文言文是基础。我们要用文言文来培养白话文的语感。文言和白话是相通的，例如现代汉语里的“走狗”“走穴”的“走”，都是古代汉语中“跑”的意思。读文言文可以改造、提升语言能力，使其丰富、雅致。所以建议大家读文言文，读懂了文言文，才能读懂蕴含了几千年文化沉淀的古代典籍，境界思想会提升很多。我自己就很庆幸自己学的是古汉语，才能知道民族文化中有那么多高深的东西。

（原载于《北京师范大学校报》2011 年 10 月 20 日第 3 版，张莉、王力可整理）

讲师爱,无私大爱最神圣

林崇德

我国历代教育家都以孔子的最高道德原则、道德标准和道德境界的“仁”字出发,把关爱学生或师爱作为师德的首要因素。俄国文学家、教育家托尔斯泰曾说过:如果一个教师仅仅热爱教育,那么他将比那种虽然读过许多书,但却不热爱事业,也不爱学生的教师好。没有爱就没有教育。

师爱是教师的一种情感,又是教师的一种美德,也是教师的一种奉献。师爱的主体是教师,教师应该是爱的使者;师爱的场所在学校,学校应该是爱的摇篮;师爱的对象是学生,学生应该在教师的关爱中成长。

我国台湾教育家高震东先生在论述师爱的性质时说:“爱自己的孩子是人,爱别人的孩子是神。”他的教育著作在大陆出版,请我为他作序。我在“序言”中写到:“爱自己的孩子是本能,爱别人的孩子是神圣!”老母鸡护小鸡是本能;从不咬人的母狗,当生小狗又遇到生人的时候也要扑上去咬几口,因为有保护自己崽子的本能;人类亲子关系,尽管有着社会性,但骨肉之情、血缘之爱难免也有着生物本能之特色。唯有教师,哺育着无以回报的孩子成长,捍卫着没有血缘的学生的灵魂主权,这种无私付出的爱,那才是世上最大的神圣。

师爱以神圣无私为特点。我曾在霍懋征老师教育思想研讨会上当着几百位与会者对霍老师说,您一生热爱学生胜过您的孩子,但是将来对您养老送终的还是您的儿女。霍老师表示同意。我俩都谈到这种爱不同于父爱、母爱和情爱,它是不计回报的,是无私而神圣的。2010 年元月,被周恩来总理称为“国宝”的霍老师与世长辞,温家宝总理等中央领导同志为她送别,处理后事的还是她的儿女们。霍老师一生表明了师爱无私、崇高且不计回报的事实,呈现给人们的是师爱大爱无疆的特点。

师爱以尊重学生为出发点。有的中小学教师曾找到我并向我咨询:“我对学生‘爱’不起来怎么办?”我对其说:“尊重,起码的人格尊重你能做到吗? 不体罚或变向体罚，不挖苦，不讽刺学生，你总能做到吧！”我最不愿意听到那种对学生武断的结论：“我把你一碗清水看到底——你好不了啦！”因为这种判断与尊重学生相悖，至少不要忘了教育家陶行知先生的名言：“你的教鞭下有瓦特，你的冷眼里有牛顿，你的嘲笑中有爱迪生。”从师德的角度来分析，尊重也是爱的别名。师生之间的人格是平等的，一时气话，不仅忽略了教师应有的期望值，而且也造成对学生人格的伤害与师生关系的紧张。

师爱以严慈相济为手段。师爱是一种严慈相济的爱。“爱”仅仅是师爱内涵的一半，其中一半是“严”。严是为了爱，爱的前提是严。我的教育理念是“严在当严处，爱在细微中”。严与爱都不是目的，而是手段，目的是为了学生成才。因此，坚持师爱必须把严慈相济作为教师日常工作的必不可缺的有效方法。

师爱以一视同仁为原则，师爱具有广泛性，一视同仁，有教无类是师爱的根本原则。霍懋征老师做法是：“从不偏袒哪一种花，也从不放弃哪一棵苗。”我们爱不爱学生，并不是因为学生长得是否可爱，也不是因为学生学得好坏，又不是因为学生有无专长，更不是因为学生的出身家庭是当官的还是农民，等等。我们一视同仁地爱学生，让师爱像一股清清的流水，慢慢地去浸透并滋润每个学生的心田。

师爱以学生成长或成才为目的。学生能否成才，这是考验师爱最好的标准。当然，我们对成才也应有个全面的分析。成才，决不能狭窄地指当什么官或什么家。“行行出状元”，学生在各自岗位上，在“德、识、勤、绩”上有良好表现，尤其是在自己部门做出成绩者，只要对国家做出贡献，就是成才。

（原载于《北京师范大学校报》2014 年 11 月 30 日第 4 版）

“经师”与“人师”

郭英德

东晋史学家袁宏记载,汉灵帝时期,太原名士郭泰博学多才,为人正直,曾被推举为“有道”(汉代察举制度中的特举科目)。郭泰在太学任教时,深受太学生爱戴,推为领袖,名震京师。当时洛阳有一位神童魏昭,11岁就入太学学习。他拜访郭泰,表示愿意向他求学,说:“尝闻‘经师易遇,人师难遭’。愿在左右,供给洒扫。”(《后汉纪·灵帝纪》)既然魏昭说的是“尝闻”,可见“经师易遇,人师难遭”是当时流传甚广的一句名言。汉代重经学,经师众多,但其中真正能称为“人师”的却难得一遇。而有心向学的学生,最看重的,不是“经师”,而是“人师”。后来北魏时,魏帝器重大臣卢诞,要他当诸王的老师,也说:“经师易求,人师难得。”(《北周书·卢诞传》)宋代史学家司马光在《资治通鉴·汉纪·桓帝延熹七年》中,记载了魏昭求学的故事,南宋史学家胡三省注释“经师易遇,人师难遭”,道:“经师,谓专门名家,教授有师法者;人师,谓谨身修行,足以范俗者。”这就是说,“经师”是“授业解惑”的知识传授者,“人师”则是“以身作则”的道德持守者。

现代著名教育家徐特立曾经指出:“教师是有两种人格的,一种是经师,一种是人师。”“经师是教学问的,人师是教行为的。”既能传授知识,又能弘扬道德,两者结合,当然是最完美的教师。但相比较而言,无论是古代还是当今,在教师群体中,往往“经师”易见,而“人师”难逢。因为凭借知识的汲取与积累,可以当“经师”,却不足以为“人师”;只有以“传道”为己任、以道德为信持的人,才能称为“人师”。像清初大儒顾炎武“生无一锥土,常有四海心”(《亭林诗集》卷三《秋雨》),所以梁启超(1873—1929)称赞说:“我生平最敬慕亭林先生为人……但我深信他不但是经师,而且是人师。”(《中国近三百年学术史》)因此,往大处说,“人师”是中国文化传统中对教师的最高嘉许,是教师人格的自我完善、自我实现;往小处说,“人师”也应该是每一位教师对自身的终身期许,是教师言行的自我约束、自我戒律。

在“天下熙熙，皆为利来；天下攘攘，皆为利往”的现实社会中，要做一个信守道德、洁身自好的“人”尚且不易，要做一位人格完美、道德模范的“人师”当然更难。但是我们既然选择了教师的职业，既然以“传道、授业、解惑”为职责，对自身就应该有一种与众不同、更为严苛的“自律”，不仅应该“知难而上”，更应该“见贤思齐”，以孔子、顾炎武等“人师”为典范，真正做到“学为人师，行为世范”。

（原载于《北京师范大学校报》2014年9月15日第4版）

千秋基业　教育先行

王炳照　施克灿

基础教育是包括学前教育、小学教育、中学教育在内的普通教育的总称。现阶段,基础教育的主体是小学六年、初中三年,合计为九年义务教育。基础教育是提高全体国民整体素质、建设现代文明社会的奠基工程。通常所说“百年大计,教育为本”“千秋基业,教育先行”,重点是指基础教育。基础教育发展的水平和质量,成为衡量全体国民整体素质和现代社会文明程度的基本标志,也成为我国实现从人口大国提升为人才强国宏伟目标的根本标志。

2008年是中国改革开放30周年,也是中国基础教育发生翻天覆地变化的30年。认真研究30年来中国基础教育的巨大变化,充分肯定已取得的丰硕成果和积累的宝贵经验,实事求是地分析存在的困难和不足,积极主动地探讨发展和创新之路,是非常必要、及时的。

30年来,基础教育的改革开放是逐步深化的。从1977年到1985年,重点是解放思想、实事求是,拨乱反正、正本清源,树立尊重知识、尊重人才、重视教育、尊敬教师的政策导向和社会风尚,明确了教育优先发展的战略地位和发展方向,理顺教育管理体制,为全面推进改革开放奠定思想理论基础,落实制度保证。主要标志是“全国科学大会”“全国教育工作会议”的召开和《中共中央关于教育体制改革的决定》发表。邓小平的一系列重要谈话,特别是1983年为景山学校题词:“教育要面向现代化、面向世界,面向未来”,最集中地表明了中国现代教育的特征、目标和方向,成为整个教育领域改革开放的指导性纲领。这一阶段偏重于解决教育宏观问题,创造教育改革开放的外部环境和条件。

1986年至20世纪末,基础教育的改革开放全方位铺开,重点是实施普及九年制义务教育,全面推进素质教育,逐步向基础教育内部深化。

普及义务教育是现代教育的重要标志,是全国人民和几代教育工作者的百年梦想。1949年中华人民共和国成立时,全国适龄儿童入学率不足20%,文盲率高达80%以上,而改革开放以后,1981 年全国小学学龄儿童入学率已达93%,1985年提高到95%以上,至 1999 年全国小学入学率达到 99.09%,初中入学率达到88.60%,实现了20 世纪末在一个12 亿多人口的大国基本普及九年制义务教育,创造了世界性奇迹。这是30 年基础教育取得的最为骄人的成绩。

素质教育是30 年基础教育改革开放最大的热点之一,也是争议颇多、困惑难消的话题。时至今日,仍未从根本上走出尴尬的困境。主要原因在于:理论准备不足,缺乏充分的论证,概念不清,含义模糊,表述带有明显的随意性。因此当面对着“轰轰烈烈讲素质教育,扎扎实实抓应试教育”的困境时,不必大惊小怪,悲观失望,因为,基础教育改革开放仍在深化,认识的成熟、经验的积累仍在继续。

跨进21 世纪,基础教育改革开放进入新阶段,两大攻坚战将成为焦点。一是全面完成全国普及九年制义务教育任务,认真巩固普及九年制义务教育的成果,大力提高九年制义务教育的质量,做好进一步扩展普及义务教育范围的准备;二是新一轮中小学课程改革实验的开展。

普及九年制义务教育已取得决定性的胜利,尚需打好最后攻坚战。在全国大约10%左右的地区尚未完成普及九年制义务教育,这些地区经济发展水平较低,教育资源稀缺,人口居住分散,完成普及九年制义务教育难度甚大。中央已采取一系列特殊政策,教育部门也全力以赴,全社会支持和当地人民奋发图强,都为决战胜利准备了充分的条件。已完成普及九年制义务教育的地区,面临继续巩固,坚持标准,提高质量的任务,需要密切注意反复和回潮。有些地区出现的初中学生流失率提高苗头,已经引起高度关注。普及九年制义务教育攻坚战重点在农村,特别是边远地区和流动人口子女,关键是初中。一些大中城市和经济发达地区正在酝酿或着手实施扩展义务教育的范围,向上扩展至高中教育,向下延伸到幼儿教育,对此应予以鼓励,使之稳健推行。

课程改革和教学改革是基础教育改革开放的核心,也是衡量基础教育改革开放成效的重要指标。事实上,任何教育改革都要通过课程和教学才能得到体现和实施,离开课程和教学,教育改革就无从谈起,就会沦为空谈。

中华人民共和国成立后,基础教育课程和教学改革进行过多次,每次涉及的范围和重点各不相同,成效也各有差异。20 世纪末21 世纪初推进的基础教育课程改革,称作新一轮课程改革实验,涉及范围广,影响面大,力度强,几乎涵盖了从小学、初中到高中等基础教育的各个阶段和各门课程,课程设置、教材内容、教学组织等都有巨大变动。2001 年7 月,教育部发布《基础教育课程改革纲要(草案)》,标志着基础教育课程改革正式启动。几年来,我国陆续制定了各级学校课程改革方案和各科课程标准,编写了一批试用教材,迅速在相当大的范围内进行实验。

这次课程改革,引入许多国外的新教育理念、新课程理论和新教学思想,创新意识非常突出,反映了尽快赶超世界先进水平的强烈愿望和热情,为基础教育的教学注入了许多新的活力。但是,实验过程中也遇到了一些困难,发现了一些问题,有人对此提出了一些质疑。实事求是地讲,新一轮课程改革实验,确有一些问题值得深思。主要是:理想化成份高,过于乐观,对课程改革的复杂性、艰巨性估计不足,对可能遇到的问题和困难准备不充分;新课程理论关注国外多,对自己多年积累的经验过于忽视,甚至倾向于否定,“重起炉灶”的想法太强烈;课程改革的配套系统不落实,必要条件提供不及时;第一线教师参与度低,内在动力未能充分调动。突击式地培训,灌输式地宣讲,甚至被轻率地指责,使教师陷于被动,态度消极;虚心听取不同意见不够,缺乏正视困难和不足的科学态度和勇气;行动上操之过急,急于求成,追求一蹴而就,一步到位,流于轻率、粗糙。这些问题的出现,并不奇怪,也不可怕,关键是要摆正位置,调整心态,认真总结,逐步完善。

基础教育改革开放30年及其取得的成就,本身就是一部内容极为丰富的教科书。随着时间的推移,其意义和价值必将越来越为人们所认识和重视。回顾基础教育改革开放30年的历程,肯定取得的巨大成就,总结积累的丰富经验,查找存在的主要问题,理清未来发展的目标,探索继续改革开放的前进道路,是学习和实践科学发展观活动的重要内容和基本目的。有机会承担研究、概括基础教育30年的改革开放,对于我们来说,是一个难得的学习、思考、提高的机会,又是很难胜任的,只能尽力而为,做初步的尝试。

(原载于《北京师范大学校报》2008年11月30日第3版)

立德树人　师范天下

过常宝

教育关乎一个国家和民族的未来,建设一支高素质、高水平的教师队伍,对于办好一所高校,具有重大而深远的意义。2014 年 9 月 9 日,习近平总书记在我校与师生代表座谈时,指出了好老师的共同特质是“有理想信念,有道德情操,有扎实学识,有仁爱之心”。好老师须是道德情操上的合格者,作为一位好老师需要以德立身,以德立学,以德树人。

立德树人,首先就是要特别重视师德的培养。古语说“太上有立德”,立德是人生至高的一重境界,也是大学的目标。习总书记也指出:“高校立身之本在于立德树人,只有培养出一流人才的高校,才能够成为世界一流大学。”因此,教育大计,教师为本,教师的素质关乎教育的质量,教育的质量关乎人才培养的规格。《尚书·说命》云“学学半”,《礼记》说“教学相长”,这两个意思是一样的,都认为教师要在教学活动中自我培养,自我成长。卢梭在其《爱弥儿》一书中告诫教师:“你要记住,在敢于担当培养一个人的任务以前,自己就必须先要造就一个人,自己就必须是一个值得推崇的模范。”正是在这个意义上,孔子才强调老师的示范意义:“其身正,不令而行;其身不正,虽令不从。”孔子作为中国第一位老师,特别强调自我提升、不断学习的意义。因此,教师一定不能放松自己的学习,要以四个好老师的标准要求自己,时时衡量自己,以保证不落伍,做一个合格的人民教师。高等师范院校是“教教书之人,育育人之才”的摇篮,从 1902 年京师大学堂师范馆成立开始,百余年来,北京师范大学一直践行着它为国家培养优秀教师人才和其他类型人才的教育功能和职责。教育强则国家强,人才兴则民族兴。教师有德,则学生有德;学生有德,则德化天下。所以,只有提高教师自身的师德水平,才能培养出有道德、高水平的人才,才能使一个国家、民族繁荣昌盛于世界之林。

其次是要重视对学生的德教。习总书记说过:“青年的价值取向决定了未来整个社会的价值取向,而青年又处在价值观念形成和不确定的时期,抓好这一时期价值观养成十分重要。这就像穿衣服扣扣子一样，如果第一粒扣子扣错了，剩余的扣子都会扣错。人生的扣子从一开始就要扣好。”当下世界文化交汇交融，社会思潮多元交织，立德树人作为教育的中心环节，具有时代的紧迫性。今天的学生是未来实现“中国梦”的主力军，广大教师是打造这支“梦之队”的筑梦人。高校育人，德育当先。师者，传道授业解惑也，传道就包含帮助学生树立正确的人生观和价值观。立德树人，高校应该做“中国梦”的积极倡导者，帮助青年学生筑梦、追梦、圆梦。

教育者先受教，涵养德性，如何才能做到立德精诚以树人呢？一是依托传统树立崇高的立德树人理想。中华独特的优秀传统文化是立德育人的底蕴，古语名言诸如：“大学之道，在明明德，在亲民，在止于至善”“君子进德修业”“芝兰生于幽林，不以无人而不芳，君子修道立德，不为穷困而改节”“师也者，教之以事而喻诸德者也”，等等，启迪人于千古之后。立德树人，是沉甸甸的历史使命，经师与人师合一，在优秀传统文化浸润中，明德、进德、立德，生成以德育德、以德树人的崇高理想。中华优秀传统还包括革命斗争的传统，近代以来一代代优秀的中华儿女为探索中国独立、强大的道路，前赴后继，英勇牺牲，默默奉献，缔造了一个红色的传统，其中的精神品质，既是对传统文化的继承，也是在新的历史条件下对传统文化的重大的发展，充实了中国文化的内涵。对学生进行传统教育，发扬优秀传统文化，凝聚着历史，承载着当下，昭示着未来，高等院校要自觉坚守精神家园，带头弘扬中华传统的这份优秀“德”文化。

二是树立立德树人的模范和榜样。“大学的荣誉不在它的校舍和人数，而在它一代一代教师的质量”，“所谓大学者，非有大楼之谓也，有大师之谓也”，作为德行高尚的名师，是高校的一张张名片。赤县神州，名师荟萃，古有“大成至圣先师”孔子，他据于德，依于仁，游于艺，被誉为“万世师表”。近亦有诸多德行高尚的名师，拿我校来说，诸如李大钊、黎锦熙、陈垣、钟敬文、启功，等等，一大批名师先贤，弘文励教，立德以树人，垂范后世。当下，我们也拥有大量的好老师榜样。榜样的力量是巨大的。名师者，人之模范也。善教者，使人继其志也。“捧着一颗心来，不带半根草去”，以三寸粉笔，一颗丹心，一生秉烛铸民魂，追步名师们育人的精诚之德，见贤思齐，取法乎上，不断提升人格品质和人格魅力，不断提高品德修养。

三是建立完善的立德树人践行体系。高校教师队伍的建设需要严把教师的录用关口，政治立场、理想信念、品德修养、价值观念等内容是选聘教师的重要条件。在高校教育系统里，学校要采取各项举措，促进教师和学生的共同进步和发展，通过文化沙龙、文体活动、职业培训、专家讲座、人文论坛等多种多样的形式，提高思想觉悟和认识水平。建立完善的考核制度，加强教师和学生的德育工作管理，把关乎“德”的各种表现作为评奖评优、人才推荐等的重要依据。

立德树人，是一个他利和己利的共同体，德者得也。教育是双向的真善美，把真善美传递给学生，同时自身也收获着真善美。以德育人，以德传人，春风化雨，辉光日新，久久为功。在新的历史时期，我们应该弘扬京师风范，培养一流人才，助力中华民族的伟大复兴和国家繁荣。

（原载于《北京师范大学校报》2017 年 9 月 15 日第 2 版）

北师大校训背后的故事

徐 梓

“学为人师，行为世范”是北京师范大学的校训，它是启功教授在1996年的夏天，响应学校的校训征集活动提出的。这一校训一经提出，不仅立即得到了北京师范大学全校师生的高度认同，而且很快引起了全社会的深切共鸣。除了社会各界人士在各种场合援用并称赞外，很多学校尤其是师范学校的校训也仿效而制，表现出浓烈的依傍的印记。

这一校训之所以产生巨大的影响，且具有旺盛的生命力，一方面是由于它学行并重，突出了师范的意义，形式上简洁明快，恰切允当，言近而旨远，辞约而意丰；另一方面更为重要的是，它继承并在新的历史条件下弘扬了中国教师的优良传统，可以看做是中国2500年优秀教育传统的厚积薄发，也可以看做是一代又一代中国教师的郑重誓言。

中国传统文化对士人尤其是教师学和行的一贯强调，形成了代代相传的传统，结晶出众多形式整齐、简洁明快的句式。说到这样的语句，一般都会举列《世说新语》中的那段话：“陈仲举言为士则，行为世范，登车揽辔，有澄清天下之志。”（《世说新语·德行》）实际上，这里所标举的言和行，都可以归并到行的范畴。在此之前，无论是就时间的早晚、内容的全面，还是句式的典型而言，都另有先例。如在东汉初年，南阳太守杜诗在向光武帝推荐伏湛的上疏中，就说伏湛“笃信好学，守死善道，经为人师，行为仪表”（《后汉书》卷五十六）。东汉和帝之初，窦宪也上疏称桓郁，“结发受学，白首不倦，经为人师，行为儒宗”（《后汉纪》卷十二）。汉朝末年的陈寔，在一篇碑文中称颂主人“文为世范，行为士则”。

三国时期的邓艾，12岁读到陈寔的碑文后，为其标树的境界和表述的精到而折服，“遂自名范，字士则”（《三国志》卷二十八）。与邓艾同时的刘靖，在《请选立博士疏》中，建议“高选博士，取行为人表、经任人师者，掌教国子”（《三国志》卷十五），以改变太学设立20年来少有成效的状况。这几则材料，都比《世说新语》的说法要早，有的要早三四百年，而且赅括了学和行两翼。

《世说新语》之后,类似的说法在历史文献中时有所见。如庾信称颂陆逞“仪表外明,风神内照。器量深沉,阶基不测。事君唯忠,事亲唯孝。言为世范,行为士则”(《庾子山集》卷十三)。隋朝卢昌衡,在徐州做地方官时,以能干著名,吏部尚书苏威经过考查之后,说他“德为人表,行为士则”(《隋书》卷五十七),当时以为美谈。《旧唐书》的作者,赞颂唐文宗“文章可以为世范,德行可以为人师”(《旧唐书》卷一百七十三)。到了宋代,“学为世师,行为人表”“行为世表,经为人师”“经为人师,行为世范”等说法屡见不鲜,而且出现了有意思的变化。以往这种说法的指代对象,大都针对的是行政官员,从宋朝开始,转移到了学者尤其是教师身上。如余靖在国子博士毛应佺的墓铭中,称颂墓主“行为士则,才为世贤”(《武溪集》卷二十)。司马光在《祭郭侍读文》中,称郭侍读“文为国华,行为士则”(《传家集》卷八十)。国子监直讲孙复被贬之后,赵概等人上疏,称孙复“行为世法,经为人师,不宜弃之远方”(《东都事略》卷一百十三),结果孙复得以官复原职。吕溱在为皇帝代拟的任命胡瑗为光禄寺丞、充国子监直讲的诏令中说:“汝瑗行为物矩,经为人师,以处士拜官,不屑从政。致仕在里,无忘讲学。”(《新安文献志》卷一)也正是在宋朝,出现了“行为世范,学为人师”这样与北京师范大学校训最为接近的说法。这一说法最早出自南宋高宗赵构。宋高宗在视察太学的时候,有感当即而作孔子赞。后来又利用闲暇,为孔子的诸弟子“亦为制赞”。其中关于颜无繇的赞词是这样的:“人谁无子,尔嗣标奇。行为世范,学为人师。请车诚非,顾非其师。千载之下,足以示慈。”(《咸淳临安志》卷十一)这八个字与北京师范大学校训完全相同,差别仅仅是两句话前后互换。

这一互换显然出自启功教授的手笔,它的意义体现在两个方面。从内容上说,这一互换微调了“学”和“行”的轻重,突出了现代大学对“学”的关注。大学教育要重视德行,但显然又不能停留于此,而有必要通过传授知识、研究学术,来彰显大学的精神。对于一个学者来说,在学术上没有什么造诣,德行就不可能丰满和充盈;对于一所大学而言,没有尽到自己传播知识的职责,没有完成自己学术研究的使命,任何德的标榜都会流于虚幻。从形式上来说,这一互换颠倒了“范”和“师”的位置,形式更严整,结构更合理,更加符合人们的阅读习惯和心理预期,也与“师者,人之模范也”的“师范”意义更为切合。

“学为人师,行为世范”八字校训,立足、来源于传统,又进一步培植、弘扬了传统。正因为它植根于传统的沃土,得益于2500年丰厚养料的滋养,它才得以具有厚重的文化意味,弥久芬芳,有着超越特定时代的永恒价值,并对今后北京师范大学乃至我国教师教育的发展,具有示以准绳、匡其趋向的意义。

(原载于《北京师范大学校报》2017年9月15日第4版)

图书的时间价值

赖德胜

在美国经济研究局主办的“农业部纪念建国200周年座谈会”上，西奥多·舒尔茨做了题为《人类时间价值提高的经济学》的讲演。他认为，由于人力资本的积累、技术的进步、思想和制度的演进，人类的时间价值是不断提高的。比如，在1900至1972年期间，以1967年的美元计算，美国制造业的每小时“工资率”从60美分增加到了3.44美元。据此，舒尔茨认为，人类时间价值的提高为理解许多社会难题提供了线索。比如，社会制度为什么会从支持产权转向支持人权，人口出生率为什么会下降，经济增长为什么会越来越依赖劳动价值的增长而不是原材料价值的增长，等等。

这是个很好的观察与思考问题的视角，我非常喜欢，并经常用来“卖”给我的学生。因为在我看来，很多东西的价值都可以通过时间来衡量。

图书的价值随时间如何变化？这是一个很有意思的问题。由于图书是记录人们观察思考自然与社会之历程和结果的一种重要载体，因此，一般而言，随时间的推进，很多图书的价值会递减，能够成为经典而不断被人阅读的总是少而又少。张五常有一次在中山大学讲演时就说：“有件事情我是感到很骄傲的，我可以肯定，我起码有六七篇文章，100年后还会有人读。”如果有谁的文章和著作100年后仍有人读仍能被引用，他确实有充分的理由感到自豪和骄傲。

但也有些书并不会因为时光的流逝而褪色，反而可能会由于某些难于细说的原因而增值。最近两套（本）跟朝鲜（韩国）有关的书就给我这个体会。

一套叫《燕行录全集》，它是明清时期朝鲜使节访问中国时的日记或见闻录。根据北京师范大学历史学院张升教授的介绍，明清两朝，朝鲜李朝多次派使团来华。据统计，整个清代，平均每年行使来华次数将近三次，每个使团的人数规模约在200至300名，在京逗留时间约为12个月。由于种种需要，朝鲜使团成员写有大量的日记或见闻录。一般来说，访问明朝的朝鲜使团成员的日记或见闻录多称为《朝天录》,而访问清朝的朝鲜使团成员的日记或见闻录多称为《燕行录》。韩国林中基先生将这些《朝天录》《燕行录》汇编成《燕行录全集》100 册,由韩国东国大学校出版部于 2001 年出版。由于绝大多数用汉字写就,出版又是影印,因此,虽为韩国出版,但中国人也能看懂。

书中文章写于几百年以前,它们对于朝鲜人了解当时的中国应该是发挥过重要作用的。但在今天,我发现它们对于我们自己了解当时的中国特别是当时的北京同样具有重要的作用。以图书贸易为例,由于求购中国典籍是朝鲜使团的任务之一,因此《燕行录全集》有许多关于当时北京图书贸易的记载,从而为我们了解和研究清代的图书贸易提供了重要的参考。比如琉璃厂,现在大家都知道它是个很有历史的书肆,但它从什么时候开始兴盛的?据孙殿起辑的《琉璃厂小志》说,相传清朝某年,有一名江西举子,来京会试不第,便在琉璃厂设立书肆,自撰八股文试帖诗,镌版出售,借此谋生,后来许多江西人依靠同乡关系也都来此地经营书肆,以江西人经营为主的琉璃厂书肆就逐渐多了起来。但可以推定,琉璃厂书肆在康熙时期似乎并不突出,因为致力于搜求中国典籍的朝鲜使团成员,在此时期及以前的《燕行录》还未提及这一地方。随着乾隆三十八年(1773 年)《四库全书》开始修编,琉璃厂书肆成为纂修官查资料、访书之所,各地图书也纷纷汇集于此,进而逐渐繁荣。也是从这时开始,《燕行录》有了非常多的关于琉璃厂书肆的记载。比如,乾隆四十三年(1778 年),李德懋在《入燕记》中写到:“归路历观琉璃厂市,书籍画帧鼎彝古玉锦缎之属,应接不暇,颈为之披。”“因出阜城门,历琉璃厂,瞥看左右书肆,如水中捞月,不可把捉。”此外,书中还有很多书肆经营和管理方面的记载,其中一则关于书肆以诚待客的故事值得在此一说。有一个书店叫五柳居,其主人叫陶生,他是当时诚信经营的代表。据孙星衍《五松园文稿》卷一“陶君墓志铭”载:“与人贸易书,不沾沾计利,所得书值百金者,自以十金得之,止售十余金;自得之若千金者,售亦取余;其存之久者,则多取余。曰:‘吾求赢余以糊口耳,己好利,亦使购书者获其利。人之欲利谁不如我!我专利而物滞不行,犹为失利也’……朝之公卿、四方好学之士,无不知有五柳居主人者。”李德懋在《入燕记》也记载过他的事迹。有一次,朝鲜书状官在五柳居所购图书没有取走,就已经起程离京,陶生发现后,让亲戚用车装载所购图书,追送至通州,交于购者之手。对此,李德懋不由得感慨:“益叹陶生之信实。”

另一本是中国社会科学院詹小洪教授的《告诉你真实的韩国》。他在韩国工作生活了一年,在繁重的教学之余,对韩国社会生活的诸多方面都进行了细致的观察和思考,几乎每天都有记录,以日记的形式,为我们描绘了他多彩的工作生活,也为我们了解当下韩国提供了不可多得的视角和素材。詹著涉及的领域相当广泛,几乎涵盖了一个人工作生活所可能涉及的各个方面,既有国家政治经济这样的大事,比如南北首脑会谈、任命总理听证会、总统弹劾风波、经济形势等,更有生活中的诸多亲身经历和细节,比如光州的澡堂子、公务员家庭、禽流感后的鸡肉价格、婚嫁习俗、学生的课外生活等。它们是真实的,却是细微的,以至于连韩国人自己都可能不会去注意(或说熟视无睹),但它们又是构成历史链条的有机组成部分。

都说细节决定成败。这些细微处毫无疑问非常有助于我们深入了解我们的邻居韩国,但它的更大价值也许在后面。我希望,100 年后韩国人阅读《告诉你真实的韩国》一书时,有我们今天阅读《燕行录全集》时所带来的惊喜和快乐。

(原载于《北京师范大学校报》2012 年 3 月 25 日第 4 版)

潜心育英才　热血铸师魂

杨共乐

2014年9月9日，习近平总书记视察北京师范大学，作了意义深远的讲话。重温习总书记的讲话，对于重新认识教育的价值、重新思考教师的责任帮助极大。

习近平总书记说："教育是提高人民综合素质、促进人的全面发展的重要途径，是民族振兴、社会进步的重要基石，是对中华民族伟大复兴具有决定性意义的事业。""教师是人类历史上最古老的职业之一，也是最伟大、最神圣的职业之一。"

教师肩负着"塑造灵魂、塑造生命、塑造人"的使命。"一个人遇到好老师是人生的幸运，一个学校拥有好老师是学校的光荣。一个民族源源不断涌现出一批又一批好老师，则是民族的希望。""在中华民族5000多年文明发展史上，英雄辈出，大师荟萃，都与一代又一代教师的辛勤耕耘是分不开的。"

百年大计，教育为本；教育大计，教师为本。

习总书记从民族复兴决定性意义的高度来论述教育的重要性；说明教育的最基本任务是促进人的全面发展；阐述教育是民族复兴、社会进步的重要基石。同时总书记又以"教师是太阳底下最崇高的职业"来阐明教师职业之伟大。因为"教师承担着最庄严、最神圣的使命"。"国家繁荣、民族振兴、教育发展，需要我们大力培养造就一支师德高尚、业务精湛、结构合理、充满活力的高素质专业化教师队伍，需要涌现一大批好老师。"习总书记号召广大教师做"有理想信念，有道德情操，有扎实知识，有仁爱之心"的好老师。"四有好老师"也就成了全国教师奋斗的目标。

"师垂典则，范示群伦。"教师承担着办好人民满意教育的重任。理想信念是成为好老师的核心内涵。正确的理想信念是好老师最深层的精神实质，是好老师教书育人、播种未来的指路明灯。

唐代韩愈说："师者，所以传道授业解惑也。""传道"显然是第一位的。一位只会"授业""解惑"而没有理想信念的老师，只能称作是误人之师；一位只会"授业”“解惑”而脱离“传道”的老师,充其量只能算作是“经师”或“句读之师”。好老师,应该是“经师”和“人师”的统一。“修道”与“传道”是好老师的立身之本;“精业”“去蔽”与“授业”“解惑”是好老师的立业之基。新时代的好老师应该以学马克思主义之道、学中国化的马克思主义之道为职责,应该以传马克思主义之道、传中国化的马克思主义之道为使命。

“德高为师,身正为范。”教师承担着培养下一代的重要责任。道德情操是好老师践行教育使命的核心品质。“教书者必先强己,育人者必先律己。”“师也者,教之以事而喻诸德者也。”教师的道德情操是成功教育的重要前提。教师不能做只会教授课本知识的教书匠,而应言传身教,成为道德的楷模,以人格的魅力影响学生的心灵,以人格的魅力赢得学生的尊重。好老师是“神圣”“崇高”的化身,应该师德高尚,在是非、曲直、善恶、义利、得失等方面体现核心价值,以德修身、以德立学、以德施教,以自己的行为引导并帮助学生扣好人生的第一粒扣子。

教师是立教、兴教之主体。教师承担着传播知识、传播思想、传播真理的使命。扎实学识是成为好老师的立业之本。《吕氏春秋》一书中曾有这样的论述:“为师之务,在于胜理,在于行义。理胜义立则位尊矣。”好老师既要成为“学问之师”,也应成为“教学名师”。“学问之师”需要有深厚的基础与积累,所谓“水之积也不厚,则其负大舟也无力”。“学问之师”需要有广阔的视野与理论的高度,有“独上高楼,望尽天涯路”的勇气;有“衣带渐宽终不悔”的精神;有“众里寻他千百度”的经历。如果基础不实,知识储备不足,知行不一,就无法胜任好老师的职责。“教学名师”则需要掌握教育学原理,懂得教学规律,懂得学生的认知接受能力,懂得先进的教学技术手段,循循善诱,诲人不倦,融知识于传授之中。只有“学问之师”与“教学名师”的有机统一,才能把先进之学术成功地传授给学生,既授人以鱼,又授人以渔,达到教与学之良性结合,真正做到以学术造诣开启学生的智慧之门。

“学为人师,行为世范。”教师是学生健康成长的指导者和引路人,承担着“打造中华民族‘梦之队’”的梦想。仁爱之心是成为好老师的必备条件。教育从严格意义上说是一门“仁”与“爱人”的学问,“爱是教育的灵魂,没有爱就没有教育”。卢梭认为:“凡是教师缺乏爱的地方,无论品格还是智慧都不能充分地或自由地发展。”爱是帮助学生打开认知之门、启迪学生心智的一把钥匙。好老师应该是仁师,具有热爱学生、尊重学生、关心学生、宽容学生的品格;好老师应该是播种爱心的使者,善于把自己的情感分洒到每一位学生身上,使学生从中获取温暖,汲取力量,让学生在老师的关爱下茁壮成长;好老师应该宽严相济,以严导其行,以爱动其心,在学业上严格要求,使学生日有所得,月有所进。人们常常把教师比作是春蚕,比作是园丁,比作是燃烧自己照亮学生的蜡烛,这一个个美好的比喻,既颂扬了教师的无私奉献,更是对教师"仁爱之心"的肯定与赞赏。

其实,理想信念、道德情操、扎实学识、仁爱之心是一个整体,理想信念是最深层、最重要的核心发动源,关系到教师的信仰与立场,决定着道德情操、扎实学识与仁爱之心的如何落实,起着统领全局的作用;而道德情操、扎实学识与仁爱之心,又反过来从各个具体的层面,使好老师的理想信念变成学生的信仰理念与自觉行动。它们相辅相成,辩证统一。

《荀子·大略》曰:"国将兴,必贵师而重傅,贵师而重傅则法度存。"教育是一个民族立国强民的根本。我国目前有近3亿学生,他们都是实现两个一百年奋斗目标的生力军。把未来的生力军教育好、培养好既是我国的重要国策,也是我国由人力大国走向人力强国的根本保证。教师兴,则国兴,教师强,则国强。在"四有好老师"的感召下,我国的教师正以满腔的热忱书写着用灵魂塑造灵魂的壮丽诗篇;我国的教师正以"孺子牛"的精神,勤奋耕耘,创造着属于自己、属于社会、属于中华民族的伟大辉煌。

(原载于《北京师范大学校报》2017年9月15日第2版)

让师生的温情温暖每一个人

萧 放

中国是尊师重教的国度，在传统社会，家家堂屋正中供“天地君亲师”的牌位，师与孕育万物的天地、社会最高统治者及血脉之源的祖宗并列，共享人间馨香。中国师之地位在世界上也罕有其匹。师之所得尊崇，与师之使命有关，唐代文学大师韩愈在《师说》中凝练地指出了师之职责：传道、授业、解惑。虽然已越千年，但我以为它仍然是我们今天“良师”的标准。

在古代社会，师有人师与经师之分，拿今天的话说，即有道德学问之师与职业培训之师，前者重在人格塑造，后者偏重于技能训练，二者可分可合。在传统社会以至今天，我们推崇的是人师，人师担当的是传道、授业、解惑的使命与职责。因此，我们对从事教育行业的工作者，既有由衷的尊敬，也有对其道德人格崇高的特别期待，这就注定了教师并非普通行业的劳动者，他的劳动带有使命、情感与精神关怀。今天的时代是一个传统向现代过渡、商业功利气息浓郁、价值观多元呈现的时代。在利益、欲望、精神扰动的不确定的变化时代，教育工作者面临着更强烈的操守与利益冲突的迷惑，本为社会良心的解惑者，也常常陷入困惑之中。我们时常听到“教师就是一个普通职业”“教师也是人”的言论，这种言论固然有利于我们走出对教师过分推崇，甚至异化的道德困境，但客观上使一些教师逐渐看轻了自己的责任担当，由此出现的个别教师品质下降已是不争的事实。近年来，在各种媒体上见到了不少师生肢体冲突，甚至弑师的极端案例。教师倒在讲台上的惨剧，发生在尊师重教的中国，这是中国教育的悲哀，更是教师的悲哀。我觉得师生关系的变化，除了社会原因外，我们作为教师也该反思，该是讨论“何为良师”的时候了！

简要地说，现代良师的标准是：有使命感、有学问功底、有教学能力，三者缺一不可。

大学之道，在明德、亲民，达于至善之境。大学的良师应该是道德学问的楷模，无道德不可为师，无学问不足以为师。依照中国传统的良师标准，第一是传道，即在于育人，让受教育者在大学期间得到良好的人格养成，培养有道义担当、有民族情感、有人类责任意识的社会成员。传道是良师的第一标准与最高要求，也是近年来被我们忽视的地方，教育界所发生的种种“事端”，无不与此相关。因此重新竖立教师“传道”的使命，十分必要。诚如韩愈所说：“道之所存，师之所存也”。第二是授业，即学问传承。传承学问，是教师的立身之本。它要求教师有坚实的学问基础，需要教师不断学习与提高，否则就承担不起教师授业的职责。第三是解惑，即通过言传身教为学生释疑解惑，解惑应该包括解人生之惑与学问之惑，解惑的过程是提升学生人格品质与培养、激发学生创造力的过程。简要地说，现代良师的标准是：有使命感、有学问功底、有教学能力，三者缺一不可。作为师范大学，我们培养的是未来的教师，我们大学在为师的标准上更应该严格要求，正如师大校训所说：“学为人师，行为世范”。

我的本科到研究生的学习阶段都在师范院校中度过，受到师范院校诸多良师的教育与影响。我觉得一个好的老师除了上述三点外，还应该正派、严谨、敬业。我最喜欢的老师形象是“望之俨然，即之而温”。钟敬文先生是我最后一位老师，当时我常常去他的书房聆听教诲，在先生面前，我们感到“如坐春风”地愉快，先生完全没有今天某些所谓“老板”的作派。而今，我同样是大学教师，我不敢奢望自己达到良师的化境，但我勉励自己保持为师的基本品质，在教学中履行教师的职责。

师道是为师的职业之道，在强调个人价值、追求利益最大化的商业社会中，中国传统的师道有着独特的文化价值。今天我们重温“师道”，期待传统师道在师大高扬，让师生的温情温暖每一个人，师生关系重归和谐。

（原载于《北京师范大学校报》2010 年 11 月 30 日第 2 版）

论大学精神

晏 辉

大学乃创造知识、传授知识、教化心志之殿堂，谓其大，乃指其学科之齐备，知识之丰富，学问之深远。大学作为知识创造者、传授者和接受者的精神家园，在其特定的文化氛围下，生成着个性化的文化类型，这就是大学精神，它既表现在教师与学生的认知、情感与行为中，又表现在学校的管理体制中。大学精神可能有很多内容，但创新始终为其首，其次为宽容，再其次为求实。

《大学章句》云："大学之道，在明明德，在亲民，在止于至善。""明明德""亲民""至善"三者为《大学》纲领。而"亲民"则为其首。"亲，当作新。""亲民"当作"新民"。新者，革其旧之谓也。《诗》云："周虽旧邦，其命维新。"又有"苟日新，日日新，又日新"之说。惟有创新才使人类与时俱进，那创新来自何处呢？其来自创新者的创新精神、创新制度和创新行为，而此三者又从何而来呢？大学虽不能使没有创新者能够创新，却使具有创新潜质者脱颖而出。关键在于大学为求学者提供了创新的文化氛围。这种文化氛围首先表现在教师的思维方式和授课方法上。"大学者，作为大人之学"，就在于为学生提供一个发现新事物、解决老问题的新方法，以及足够其遐想的想象空间。任何一种理论和方法只是解决问题诸多方法中的一种而已，而不是唯一；独断论式的致思方式和不容辩解的教学方法，无法培养起学生的创新意识和创新兴趣。我们主张一种个性化的教学方式。首先大学特别是现代大学，其主旨不是把全部知识传授给学生，这既无必要也不可能，大学的要点在于启蒙和激发，启蒙使学生掌握通用的理论和方法，激发使其寻求一种新的角度和方法，从而将其潜质充分地发挥出来。其次，为学生提供多种展现其才智的舞台，如科技创新活动、学术沙龙、论文竞赛，使学生感到一种无形的压力，并随时具有展现其才智的机会。最后，学校教师以及学校管理决策者的创新理念和创新行为是可供学生模仿和学习的直接对象。教师不能随着知识的更新和社会的进步而不断提升，反而在某些方面落后于学生。进行素质教育，教育者本身必须具有素质。大学能否保持长久不衰的创新,除了一种由教师和学生的创新意识和行为造成的文化环境之外,更需要一种制度环境和制度安排。这就要求学校决策者和管理者要不断研究新情况,解决新问题,时时出台反映时代要求的新举措。

而要保证学校有一种创新精神,就必须形成一种宽松、民主的气氛,教师、学校决策者以及学生有一种宽容精神。宽容是一种品质,反映着人们的视界与胸怀。个性化与宽容似乎是矛盾的,实际上,宽容是个性化的基础,没有宽容便没有个性化,继而也就没有创新。同时个性化必须以宽容为底线,只允许自己个性化和别人对你的宽容,而自己却容不得别人的主张,这是一种没有限制的个性化。没有限制的个性化是一意孤行的,是一种没有规定的任性。宽容与民主是密切关联的。对个人来说,民主表现为宽容品格;对制度来说,宽容表现为民主特质。在某种意义上,制度宽容比个人的宽容品质更显重要。而在实际的生活中,制度的专制和某些个人没有限制的个性化常常是一个问题的两个方面,其结果必然是专制的文化环境和制度环境。从大学的使命及其品质来说,大学不允许有个人的压制和制度的专制,尤其是市场化的今天。

创新是有规定的,它一定是符合规律的,既不是主观想象也不是盲目蛮干。大学除了具有创新、宽容这些精神和品质之外还要有求实精神。求实精神有两个方面,一是科学精神,一是求实原则,亦即求是和求实。求是就是发现规律,并有效地利用规律。创新的科学规定是,在条件和关系已经给定的情况下,找到一种更能节约或更有效率的理论、方法和制度,这就是通常所说的知识创新和制度创新。求实就是节约和讲实效,不要摆花架子,搞形式主义。遵循科学精神和实效原则,在科学研究和施教过程以及行政管理中,不允许有半点马虎和造假。在市场经济条件下,对大学来说,强化科学精神和求实原则更显重要。

对百年老校,传统诚可贵,创新价更高。只有具备了以创新、宽容和求实为主要内容的大学精神,才能成为世界知名、国内一流、综合性、研究型大学。

(原载于《北京师范大学校报》2002年4月10日第2版)

知者行之始　行者知之成

朱小健

"知者行之始，行者知之成。"这是明代思想家王阳明的话，出自学生记录其言行的《传习录》。其中学生陆澄记的是："知者行之始，行者知之成。圣学只一个功夫，知、行不可分作两事。"这个意思大概王阳明不止一次说过，学生们也觉得这种观念很重要，也就不止一次地加以记录。

知、行是人的两类基本活动，也是中华传统文化中两个重要概念。古人说大学之道在明明德，始自格物致知。"知"字由"矢"与"口"两部分组成，矢有疾义，所以朱骏声《说文通训定声》说"知"字的造字之意是"识也，憭于心，故疾于口"，即心中了然明白，嘴里可以很快地说出来。"知"指人对外部世界的感识所觉，所得越多越深入，具备的能力就越强，"知"也被用来表示智慧。《荀子·王制》说"草木有生而无知，禽兽有知而无义"，这里的"知"是感知义。《论语·阳货》"好知不好学"，《庄子·外物》"心彻为知"，其中的"知"都是智义。

"行"在甲骨文里的写法像个十字路口，本指道路，引申为行走，再表示行为。与知相对的行，指人有意识的动作，泛指各种实践活动。这种活动是在意识指使下发生，当然也就离不开知。《荀子·儒效》载："闻之而不见，虽博必谬；见之而不知，虽识必妄；知之而不行，虽敦必困。"闻、见、知、行递进，这里的知，指的是理解认识，行则为知之用。《礼记·中庸》载："或生而知之，或学而知之，或困而知之：及其知之，一也。或安而行之，或利而行之，或勉强而行之，及其成功，一也。"这些都是着眼知行之关联说的。

着眼知行之差异的，《尚书》所说"非知之艰，行之惟艰"，可算知易行难说的滥觞。朱熹说："知行常相须，如目无足不行，足无目不见。论先后，知为先；论轻重，行为重。"这是知先行后说，同时认为行更重要。王阳明则说："知之真切笃实处即是行，行之明觉精察处即是知，知行功夫本不可离。"认为知行相依不分先后。

古人有真知、常知之辨，程颢说："真知与常知异。尝见一田夫，曾被虎伤，有人说虎伤人，众莫不惊，独田夫色动异于众。若虎能伤人，虽三尺童子莫不知之，然未尝真知，真知须如田夫乃是。”即真知需经实践而得形成，有知离不开行的意思。但王阳明说：“知是心之本体，心自然会知。见父自然知孝，见兄自然知悌，见孺子入井自然知恻隐，此便是良知，不假外求。”“夫人必有欲食之心，然后知食，欲食之心即是意，即是行之始矣。”强调心性，与程颢有所不同。

王阳明的说法，既有对前人的继承，也是针对其所处时代而发，饱含竭力救世的情怀。他对知行关系的阐述有其特色，更可贵的是他毕生追求理想信仰，践履知行合一，这对后人影响甚大。近代著名教育家陶文濬赞赏知行合一说，于是改名陶知行。后受杜威影响，认为做为学的起点，提出“行是知之始，知是行之成”，再改名为陶行知，主张“即知即传”。他的观念与王阳明所说不尽相同，但在重视知行关联互促上是一致的。

（原载于《北京师范大学校报》2018 年 10 月 30 日第 3 版）

学问人生路

刁晏斌

又是一年岁尾时。

每当此时,人们总愿意总结、盘点一年的得失成败,以体味收获的喜悦和欢欣,当然,有时可能也免不了会有失落甚至痛苦。

我从1986年硕士研究生毕业,开始参加工作,算来已经有25个年头了,而我也早在很多年前就走完了从助教到讲师,到副教授,再到教授的全过程。在事业方面,我一直有一个庆幸,这就是我选择了做大学教师。这倒不完全是因为如人们所说,教师是太阳底下最神圣的职业,而主要是因为大学教师是最适合我的工作。

我喜欢做大学教师,主要是乐于从事它职责范围内的两件事情:教学生和做学问。

先说教学生。近些年来,由于某些原因,我主要从事研究生的教学任务,屈指算来,带过的中外学生已有30多位,已经毕业的大概有近20位。在这一过程中,我有了越来越多的体会与越来越真的感悟,对弟子们也有了越来越深的感情。有学生说对我有对父亲的感觉,而我却更愿意成为他们的兄长和朋友。在去年出的一本书的后记中,我写下了这样一段话:“感谢我的研究生们,他们和我的亲朋好友一样,都是我最喜欢、最愿意接触的人;有了他们,我才不敢有一丝的懈怠;我从他们身上看到了过去的自己,我也希望他们都能有更加美好的未来。”这就是我想经常对我的学生们说的话。

古人把得天下英才而教育之,视为人生的一大乐事。我不敢说我的学生都是“英才”,但我敢说他们都是渴望上进、渴望有更大作为的人;而我还自信,通过我的教育,以及他们自己的努力,他们能够实现自己的愿望,能够比他们的同辈和同学做得更好。所以,我把我对学生的付出、把我为他们所做出的最大努力,看作我人生的一大乐事。

再说做学问。前些日子，在接受一家报纸记者的采访时，我说我是把做研究看作回报社会、为社会做贡献的一种最重要的方式的。这话听起来像是在唱高调，然而确实是我内心最真实的想法和感受。就我个人而言，读书和写作已经成为我的一种生存方式，我不能想像如果离开这两者，我会是什么样子。一名教师，如果只教书，不研究，即使书教得再好（其实也不可能教得很好），也只是完成了一半的任务，因而这样的教师是不称职、不合格的。所以，作为大学教师，我们有义务在教书的同时，拿出很大的精力、很多的时间，从事研究工作，为学术的发展做出自己应有的贡献，否则就是失职。正因为有这样的认识，多年来，我在研究工作中投入的精力和时间是相当多的。鲁迅曾说，他是把别人喝咖啡的时间都用来写作的。我不大喝咖啡，但是对这话深有同感：正因为有耕耘，所以才会有收获。

我最欣赏和信奉三句格言，从每一句中，我都悟到了一些做学问，乃至于安身立命的道理。其实，这三句格言也是互相关联的，甚至在某种程度上还是互相包含的，它们分别是："有所作为是人生的最高境界""发展是硬道理""与时俱进"。

第一句话据说是恩格斯说的。我经常思考的是，我的作为是什么？答案是，对社会和事业而言，就是前边提到的两大职责。所以，我的想法是，我要有所作为，就要做好上述两件事情；我要有大的作为，就要把这两件事做得更好。

第二句话是邓小平的名言。我的体会是，发展这一硬道理可以用于任何方面，而与每一个人的切身利益关联最密切的，当然是自身的发展了。我选择的发展之路是，在当上教授之后，又读了博士学位和做了博士后，这当然都是外在的。而内在的发展，则是通过这样一种形式，丰富了内涵，提高了水平，同时也为以后进一步的发展积蓄了后劲。

我所理解的"与时俱进"包括以下两层含义：一是跟上时代前进的步伐，不落伍；二是走在时代前列，开风气之先。以做学问而言，我的体会和做法是，不断学习新的知识，掌握和运用新的研究手段及方法，在某一点上寻求突破，找到并建立自己的学术领地，从而在某一方面取得领先的地位。

年终过去，就是岁首了。此时，人们也总愿意定一些目标，发一些宏愿，而我的目标和愿望依然是有所作为，与时俱进地不断发展和完善自己。在文章的结尾，也就以此与年轻的读者们共勉吧。

（原载于《北京师范大学校报》2011 年 12 月 20 日第 4 版）

重知识还是重思维

赵国庆

随着思维发展型课堂改革的不断深入,老师们的困惑也越来越多。我听到最多的一条就是:在学科融入式思维课堂上,如何去把握知识教学和思维教学的分寸?

在回答这个问题前,我要做一下澄清。多年来,我在传播和推广思维教学理念时受到过很多的指责,其中之一就是被误解为“思维重要,知识不重要”。事实上,我从未表达过诸如“知识不重要”的观点。相反,我认为知识非常重要。知识是人类文明进步的载体,今天的人们能够过上比先辈们更好的生活,正是得益于人类发展进程中积累的丰富知识。

前几天在网上看到,著名教育家王策三先生表达了对“轻知识论”的担忧。对此,我也同样感到担忧。在过去16年的教师生涯中,我深刻地感受到,今天的学生们面临的不仅仅是思维技能上的危机,在知识上也同样面临危机。

知识危机,危在何处?

我常常遇到这样的场景:在问学生“你会查文献么?”这样的问题时,他们大多会回答“在《教育研究方法》课上学过,会的!”但一周后的讨论会上,我发现他们并没有找到我认为还比较关键的文献,此时我就会现场给他们示范如何查文献,而他们又往往会惊讶地说:“原来文献是这么查的啊!”

这一场景提醒我们,学生们的“知道”并不是真的“知道”,往往只是听说过某个名词而已。在信息技术特别是网络技术的支持下,今天的学生比以往任何时候都更容易获取知识。也正是由于知识的易获得性,今天的学生正在慢慢成为一种所谓的“煎饼人”——也就是知道的面越来越广,但理解越来越肤浅的人。

早年的我从事的是信息技术教育的相关研究,那时我对“能上网搜到的就不必去花工夫学习”的理论奉如圭臬。但如今的我已经完全不信了。一个熟读唐诗三百首的人往往能出口成颂,但那些擅长从网络上获取唐诗、宋词和元曲的人能做到么？知识存储在网络上和存储在大脑里并深刻理解其内在逻辑还是有很大差距的。

当今的知识危机不在于知识学得太多还是学得太少，而在于学到的知识有没有被深刻理解，在需要时能不能被激活。

活化知识与发展思维是思维发展型课堂的双重使命

事实上，知识和思维从来就不是对立的。知识是思维的材料和载体，离开知识，思维就没了着力点，所谓的思维训练也就退化成了形式训练；思维是对知识的组织和加工，离开了思维，知识也就永远只是死知识。

在课堂教学上，教授知识和教授思维也不是对立的。它们如同一枚硬币的两面，一方面，我们可以借助思维工具全方位深入加工知识，实现对知识的更透彻理解；另一方面，我们可以通过加工知识促进思维技能的娴熟运用，实现思维技能向思维能力的迁移。

相信很多老师对教知识和教思维的辩证关系都是清楚的，但在具体实施时他们还是面临着这样的困惑：如何合理把握二者的分寸呢？

我私下里问过很多老师，他们表示，最大的困惑来自于时间不够用。他们还说，只要遵循思维发展型课堂的理念，课堂的时间就从来没有够用过。

表面上看，如果学生生成多一些，教师讲授就会少一些；思维加工多一些，知识传授就会少一些……如果对每个知识点都进行深层次加工，那么教学大纲上要求的那么多知识怎么可能教得完？

在传统课堂上，深层次加工知识的任务是由教师完成的，学生往往只是被动去接受教师加工的结果，从而沦为“装知识的容器”。离开了老师，学生也就不会学习，长期下去，学生的学习能力反而下降了。我们倡导的思维发展型课堂，就是要把加工知识的重心从教师端转移到学生端，让学生真正掌握加工知识的能力。这种能力增强了，他们加工知识的效率和质量自然就会提高；效率高了，问题也就迎刃而解。

两点建议

但在刚开始的时候，时间问题的确是大问题。为了跨越这一难关，我有两点建议：

一是挑选重点、难点进行深加工。我曾以“疏通下水道”来形容课堂教学，下水道堵塞并不意味着全部管道都堵塞，而是在一两个关节点上出现了堵塞，只要疏通关节点,整个下水道也就恢复了畅通。课堂教学也如此,看似知识点多多,但其实绝大部分知识是学生一看就会明白而无须教师教的。因此,教师只需找出最具挑战性的环节,带领学生借助思维工具对其进行全方位深层次加工,其他的细枝末节也自然而然就会了。

二是串接多个低挑战型任务为一个高挑战、低威胁型任务。我曾多次讲过学习任务类型和学习产出之间的关系,谈到只有高挑战低威胁型的任务才能培养出智慧的学习者。我在听课的过程中经常听到校长和专家们抱怨“课堂太碎”,太碎的学习任务由于其挑战性不足往往无法让学生集中注意力,而无法集中注意力又进一步提高了任务的威胁性,这种不安全感让学生无法放松。我们需要做的正是将这些低挑战高威胁型任务整合成高挑战低威胁型任务。

比如,很多孩子都不喜欢抄写生字,不小心抄错了又可能被家长冠以“注意力不集中”的恶名,若改成“以某个主题绘制思维导图”,学生可能就在无意中完成了数十个字的抄写,遇到不会的再去查字典,又能认识更多的生字。

孩子如此,成人又何尝不是如此呢?我从大一到大三坚持用打字软件练习指法,依然只有一小时几百个字的水平。几年后的师弟师妹们没有专门的指法练习,却在入学后一个月就落字如飞。究其原因,那不过是把目标从练习指法(低挑战)切换到了和朋友聊QQ(高挑战低威胁)罢了。

总结一下:教师不必纠结于课堂上是知识多一些还是思维多一些,而是应该努力去设计任务,让某些重点和难点知识获得深入加工的机会,同时改变任务的类型,让孩子们在低威胁的环境下去完成高挑战的任务。

(原载于《北京师范大学校报》2016年6月22日第2版)